# Pan de limón con semillas de amapola



Bestseller

**Cristina Campos**

# Pan de limón con semillas de amapola

Planeta

El papel de este libro procede de bosques gestionados de forma sostenible y de fuentes controladas.


Avinguda Diagonal, 662, 6.ª planta. 08034 Barcelona (España)
www.planetadelibros.com

Adaptación de la cubierta: Booket / Área Editorial Grupo Planeta
Ilustraciones de la cubierta: © Mateja Kovac
Primera edición en Colección Booket: mayo de 2018
Segunda impresión: julio de 2018
Tercera impresión: agosto de 2018
Cuarta impresión: noviembre de 2018
Quinta impresión: febrero de 2019
Sexta impresión: enero de 2020
Séptima impresión: octubre de 2020
Octava impresión: febrero de 2021
Novena impresión: noviembre de 2021
Décima impresión: febrero de 2022
Undécima impresión: junio de 2022
Duodécima impresión: octubre de 2022
Decimotercera impresión: junio de 2023
Decimocuarta impresión: agosto de 2024

Depósito legal: B. 7.017-2018
ISBN: 978-84-08-17039-6
Impresión y encuadernación: CPI Black Print
*Printed in Spain* - Impreso en España

**Biografía**

Cristina Campos (Barcelona, 1975) es licenciada en Humanidades por la Universidad Autónoma de Barcelona. Acaba sus estudios en la Universidad de Heidelberg, donde también trabaja como coordinadora del Festival Internacional de Cine de dicha ciudad. Tras regresar a su país natal empieza su carrera laboral en el sector cinematográfico, profesión que compagina con la escritura. Su primera novela, *Pan de limón con semillas de amapola*, se ha convertido en un *longseller* con más de 250.000 ejemplares vendidos desde su publicación en 2016. Se ha traducido a diez idiomas y su adaptación cinematográfica logró un gran éxito de público.

Anna había planeado su entierro cuidadosamente. Fue su amante, jugando con su pecho, quien encontró el trocito de muerte que se la llevaría para siempre un año más tarde. Y ese último año de su existencia, Anna, por fin, cogió las riendas de su vida.

Lo dejó todo escrito en una carta que envió a su hermana Marina días antes de morir. A su entierro solo asistirían su hija, su marido y una pequeña familia de amigas. Se reunirían en un acantilado de la sierra de Tramontana, en la isla de Mallorca. Leerían las palabras que dejó escritas para todos ellos y juntos tirarían sus cenizas al mar.

Ninguno de los presentes en ese íntimo entierro sabía por qué Anna les había reunido en aquel lugar alejado del mundo. Pero allí estaban todos, cumpliendo sus deseos, en el acantilado de Sa Foradada. Parecía que hasta el viento la hubiera escuchado y soplase suave como ella hubiese querido. El mar, en calma como una balsa inmensa.

Su hija cogió la urna de las manos de su padre y caminó sola unos metros, buscando retenerla a su lado unos segundos más. Se sentó en el borde del acantilado y rodeó con sus brazos la urna. Cerró los ojos y dejó que sus lágrimas resbalasen, poco a poco, sobre las cenizas de su madre.

Marina dio unos pasos hacia su sobrina pero se detuvo. Bajó la mirada y volvió a leer, para sí, las palabras que le regaló su hermana antes de morir.

*Querida hermana, querida amiga:*

*Me gustaría que cada vez que pienses en mí, en nosotras, borraras los últimos treinta años de nuestras vidas y saltaras en el tiempo hasta el día en que nos separaron. Porque yo lo sentí así, eras mi hermana pequeña, mi amiga, mi confidente, y sentí que se me desgarraba el alma el día que te fuiste, casi para siempre. Acababas de cumplir catorce años. Nunca entendí el porqué de tu marcha.*

*Cuando partiste, evocaba los paseos en el llaüt de papá con nostalgia. ¿Recuerdas el amor que sentía papá por esa vieja barca de madera? Casi la quería más que a nosotras...*

Sus ojos palparon el mar, el mismo mar que las acogió y las vio crecer. Dejó que la memoria navegara despacio hacia los recuerdos de su infancia por entre las calas del norte de la isla, sobre esa vieja barca. Buscando, siempre, las calitas resguardadas del viento. Vio a Anna sentada en la proa del *llaüt*, joven, frágil, de tez clara, ataviada con un vestido de lino blanco amarrado por unos finos tirantes que dejaban ver su escote y su delicada figura. Su cabello rubio arremolinado por el siempre suave viento de los meses estivales en la isla. Le gustaba estirar sus brazos y jugar con las pequeñas olas que chocaban contra el casco del barco. Recogía agua con la palma de la mano haciendo un pequeño cuenco, para acabar abriéndola lentamente y dejar que el agua se deslizara por entre sus dedos. Una y otra vez.

Allí, en aquella vieja barca de madera, se contaban la vida, se reían, se peleaban, se reconciliaban o, simplemente, dejaban pasar las horas en silencio, acunadas por la brisa marina, hasta que su padre volvía con algún tesoro..., según él decía.

Marina introdujo la carta en el sobre y recordó el último paseo que dieron juntas en barca. No tuvo nada de especial, nada especialmente memorable o único. Simplemente verbalizaron esas dos palabras que no suelen decirse entre hermanas. Fueron los primeros en sacar el *llaüt* del puerto de Valldemossa. Navegaron buscando la cala más vacía, la cala donde no hubieran llegado los veraneantes. Fondearon en cala Deià, un bellísimo entrante de mar rodeado de montañas. Néstor lanzó el ancla al mar y tardó segundos en zambullirse. Ellas dos, juntas, desplegaron la lona de tela blanca para resguardarse del sol.

—¿Me trenzas el pelo?

Marina se sentó en la cubierta de proa. Se soltó la goma que sujetaba su salvaje melena negra. Anna le peinó el pelo con los dedos. Le separó el cabello en tres partes y lo humedeció con gotas de mar. Lo trenzó poco a poco. Entreteniéndose en cada movimiento cada vez que entrecruzaba el cabello y, entonces, sin quererlo, pensó que nunca más la peinaría, que nunca más saldrían a navegar juntas. Temió no verla nunca más. Y las gotas de mar se fundieron con sus lágrimas por entre el cabello de su hermana. Se miraron con tristeza, con los ojitos color avellana que ambas habían heredado de su padre, una mirada que guardarían para siempre. Y, por fin, Anna le dijo esas dos palabras que no suelen decirse entre hermanas. Se sentó a su lado, apoyó su cabeza en el hombro de Marina y le dijo:

—Te quiero.

Marina introdujo la carta en el bolsillo de su chaqueta. Observó a esa personita asustada que seguía abrazada a las cenizas de su madre, llorando todas sus lágrimas.

«Cuida de mi hija, te lo pido —seguía la carta—. Está perdida buscándose a sí misma. Acompáñala, por favor, en esta adolescencia extraña.»

Caminó hacia su sobrina y se sentó junto a ella en el borde del acantilado.

—¿Dejamos que se vaya? —dijo Marina con voz suave.

Su sobrina asintió, acariciando despacio la urna, por última vez.

El rugido de una moto de gran cilindrada rompió el silencio. Marina se volvió. El tipo de la moto sacó las llaves del contacto y bajó. Se quitó el casco y lo apoyó en el sillín. Parecía inseguro y dudaba en sus ademanes. Nadie parecía conocerlo.

Marina supo enseguida quién era ese hombre, al que nadie esperaba allí, el único que sabía el porqué. Por qué Anna había escogido ese lugar para despedirse de las personas que quería. Del mundo. De él.

# 1

# LA MATERNIDAD O LA *INJERA*

INGREDIENTES:

300 g de harina de *teff*

250 ml de agua

Una pizca de sal

PREPARACIÓN EN *MOGOGO* DE CERÁMICA:

Mezcla la harina de *teff* con el agua y la sal, y deja que repose en un bol cubierto con un trapo. Debes esperar a que fermente de uno a tres días.

Vierte aceite ligeramente en el *mogogo* y ponlo a fuego mediano. Echa la masa en el *mogogo* y deja que se tueste. La *injera* solo debe cocinarse por un lado.

Anochecía. Un viento despiadado silbaba en el lugar más caluroso y profundo del planeta, el desierto de Danakil, al noreste de Etiopía. Solo sal, arena y azufre en ese espacio infinito del continente africano donde las temperaturas llegan a los sesenta grados y donde nada hace creer que sea posible la vida. Y, allí, en medio del silencio y de la nada, resguardada en una pequeña casa blanca de hormigón, Marina se dejaba acariciar por Mathias después de hacer el amor.

—*Bäckerei* —susurró Mathias.

—No paro de darle vueltas —dijo Marina entrelazando sus manos con las de Mathias—. ¿Por qué a nosotras? ¿Por qué a Anna y a mí? Nadie regala su casa y su negocio a unas desconocidas.

—¿No dejó una carta escrita junto con el testamento?

—En principio no. Mi hermana sigue indagando en los apellidos, pero de momento nada nos vincula a esa mujer.

—¿Y el molino sigue funcionando? —preguntó Mathias.

—Está en ruinas. Pero la panadería sí. Era la única que había en Valldemossa.

Marina se quedó pensativa unos segundos.

—María Dolores Molí… Por más que pronuncie su nombre no me dice nada…

—Dolores en alemán… es Schmerzen, ¿verdad? —preguntó Mathias.

Marina asintió.

—Es extraño llamar a una hija Dolores, es como llamarla angustia o melancolía —siguió él.

—Dolores es un nombre muy común en España —aclaró Marina.

—Me encantaría acompañarte… Debo de ser el único alemán que no conoce Malorca —dijo Mathias entre bostezos.

—Mallorca, con doble ele. —Sonrió cariñosa.

El sonido de la elle no existe en el alfabeto alemán y, por muchas clases de español que le impartiera, Mathias cometía siempre el mismo error. Al igual que Marina, que seguía siendo incapaz de pronunciar los sonidos de la Ä y la Ö. Se comunicaban siempre en inglés y de vez en cuando se enseñaban sus respectivas lenguas maternas. Dos años atrás, en una librería del aeropuerto de Barajas, compraron una libreta Moleskine de tapas negras que habían convertido en su propio diccionario. En ella anotaban en las dos lenguas las palabras que les parecían importantes. En la columna de la derecha, las palabras en español; en la columna de la izquierda, la traducción al alemán.

Marina alargó su mano y cogió la libreta de la mesilla. Abrió su estuche y sacó un bolígrafo negro.

—¿Con diéresis?

—En la a.

Marina escribió *panadería* y a su lado *Bäckerei.*

Dejó de nuevo la libreta en la mesilla de noche y suspiró.

—Hace más de diez años que no vuelvo a Mallorca —dijo Marina con cierta tristeza.

Mathias apagó la desnuda bombilla que colgaba del techo.

—... Buenas noches, heredera, y no le des más vueltas, que te conozco. Desde aquí no vas a poder resolver nada.

Marina le dio la espalda y él la rodeó con sus brazos.

Mathias se durmió en apenas unos minutos. Marina siempre tardaba en conciliar el sueño. Caminaba por sus pensamientos repasando los problemas laborales del día y proyectando las soluciones en el siguiente. Era consciente de que por la noche no se solucionaba el mundo, y solía enfadarse consigo misma cuando se encontraba pasada la una en esa situación. Y esa noche, como todas sus noches, caminó por su vida. Pero no pensó, claro está, en el trabajo como solía hacer, sino en ese viaje que no quería pero debía emprender a Mallorca. Recordó las últimas palabras del *mail* que le había enviado Anna.

Al final, esta herencia misteriosa va a provocar nuestro reencuentro, por fin, tu vuelta a casa.

Esa última frase había molestado a Marina. Mallorca no es mi casa —se dijo a sí misma al leerla—. Es el lugar donde nací y donde pasé parte de mi niñez. Donde vivieron mis padres y donde ahora solo queda Anna. No, ya no es mi casa. Nada me une a esa isla.

Porque Marina no tenía unas piedras que le pertenecieran, no tenía un lugar donde volver por Navidades. Un lugar donde quedarse en las fechas señaladas en el calendario por las familias normales. Tenía el dinero para comprarse una casa, eso sí. Pero nunca tuvo el deseo de poseer cuatro paredes. Su psicóloga, parafraseando a un escritor que no recordaba, le dijo una vez: «Una casa es el lugar donde uno es esperado». Y esa frase se coló en sus pensamientos durante días y durante noches. Sus padres habían fallecido. Tenía familiares lejanos con los que apenas había mantenido contacto. Y sí, claro, estaba su hermana mayor, Anna. Anna y sus circunstancias, que las habían alejado durante demasiado tiempo.

Ese desarraigo de Marina empezó en su adolescencia. Empezó la ruta a los catorce años y ahora con cuarenta y cinco seguía en el camino. Su trabajo la obligaba a viajar. Pero ¿por qué buscó esa vida nómada? Siempre de un lugar a otro. Sin querer echar raíces. ¿Dónde está tu hogar, Marina? ¿Quién te espera? No encontrar la respuesta a esa pregunta tan simple la angustiaba. Y estuvo años buscando una respuesta sincera. Tras muchas vueltas, concluyó que su casa, su verdadero hogar, era el mundo entero junto con Mathias. Esa fue la respuesta que se dio a sí misma. Una respuesta que la tranquilizó, y además era cierta, porque en todos los lugares del mundo a los que acudían, por pequeños, recónditos y escondidos que fueran, sus habitantes les esperaban siempre con los brazos abiertos.

A pesar de haber encontrado esa respuesta sólida, lo verdaderamente cierto es que no tener ese lugar físico, esa Ítaca con que contaban sus amigos, sus compañeros de trabajo, y que, por supuesto, también tenía Mathias en el apartamento de sus padres, en el número 11 de la calle Bergmanstrasse del barrio berlinés de Kreuzberg, a veces, a ella le pesaba.

Claro que Marina podía haber elegido una vida más convencional. Una vida más segura. Más estable. Podía haberse quedado en ese pedazo de tierra rodeado de mar que tenía cien kilómetros de norte a sur y setenta y ocho de este a oeste. Si hubiera vuelto a Mallorca, quizás estaría casada, como su hermana, con uno de los chicos del Real Club Náutico de Palma, como le sugirió su madre. O tal vez, como quiso su padre, estaría ejerciendo su profesión en la planta de obstetricia y ginecología del Hospital Universitario Son Dureta, ubicado en el distrito de Poniente en el término municipal de Palma.

Pero no. Estaba allí, a siete mil ochocientos cuarenta y tres kilómetros de donde nació, en el desierto de Danakil, abrazada al hombre que amaba.

Seguía sin poder conciliar el sueño. Se volvió hacia Mathias y lo observó dormir plácidamente. Eran tan distintos, él tan caucásico, tan alto, tan grande, tan alemán. Ella morena, con un pelo negro que le caía en la espalda, bajita, fuerte, tan española. Le acarició la mejilla cubierta por una barba castaña siempre descuidada. Le apartó el pelo que le caía en la cara y sus dedos rozaron suavemente su piel tersa y joven alrededor de sus ojos. Mientras repetía el movimiento, pensó en las tímidas arruguitas que empezaban a salirle a ella en el contorno de los suyos. Él tenía treinta y cinco. Ella cumplía cuarenta y seis en agosto. Ese pensamiento la inquietó unos segundos. Pero enseguida lo apartó de su mente. Con su brazo le rodeó la cintura y se sintió tranquila y afortunada de estar abrazada a ese hombre, profundamente bueno, diez años menor que ella, que la quería y la admiraba. Marina cerró los ojos y, por fin, se durmió. Y él, inconscientemente, la apretó hacia su cuerpo. Su hogar. Su casa.

Un golpe seco. Apenas hacía una hora que Marina había conciliado el sueño. Abrió los ojos. Se incorporó, sobresaltada. Escuchó de nuevo un golpe. Silenciosa, salió de la cama y caminó hacia la puerta del dormitorio. Los golpes venían del exterior de la casa. Siguió caminando por el comedor hasta una pequeña ventana. Miró hacia el exterior. Estaba demasiado oscuro. No vio a nadie. Volvieron a aporrear la puerta, esta vez con menor intensidad.

Se dirigió a la puerta y la abrió. En el suelo yacía, semiinconsciente, una joven etíope embarazada.

—¡Mathias! —gritó Marina.

Marina se puso en cuclillas al lado de la joven, que adivinó no tendría más de quince años.

—Tranquila —le dijo Marina en inglés.

Posó las yemas de sus dedos en la muñeca de la joven. Presionó. La frecuencia del pulso era demasiado alta.

Mathias salió corriendo del dormitorio y recogió a la joven en sus brazos. Un círculo de sangre manchaba la tierra yerma bajo su cuerpo. Corrieron hacia la casa contigua y Mathias tumbó a la joven en la camilla que había en el interior. Marina cogió un estetoscopio de una mesa metálica que contenía material quirúrgico y de auscultación. Mathias le cortó el velo azul marino que le cubría el cuerpo. Actuaban rápido y sin hablarse. Cada uno sabía lo que tenía que hacer. La joven etíope, también en silencio, cerraba los ojos dejándose hacer.

Marina acercó el estetoscopio al vientre de la joven y comprobó que los latidos cardíacos fetales seguían produciéndose. El feto seguía vivo. Marina se enfundó unos guantes de látex. Abrió las piernas de la joven etíope y se sentó en un pequeño taburete de madera para inspeccionarle la vagina. Como todas las mujeres de la tribu afar, tenía los genitales mutilados y el pequeño orificio que le habían dejado al practicarle la infibulación dificultaba la salida del feto.

Le introdujo los dedos en la vagina y la palpó. Tenía el cuello del útero borrado y una dilatación de siete centímetros. El feto no estaba encajado. El trabajo de parto había empezado, posiblemente, hacía más de doce horas y el feto había dejado de empujar.

Podía practicarle una desinfibulación, seccionándole las cicatrices y permitiendo, así, que los tejidos vaginales se dilataran y cumplieran la función que deberían haber cumplido si la joven no hubiera sido mutilada. Debía decidir. La palpó. El feto estaba demasiado arriba y la joven había perdido demasiada sangre.

—Cesárea, rápido. No hay tiempo —le dijo a Mathias.

Mathias cogió el brazo de la joven, le buscó las venas y le introdujo un gotero.

—*Sëmëwot man nô?* —preguntó Mathias en kuchita a la joven.

La joven no contestó.

—*Sëme Mathias nô.*

—*Sëme Marina nô.*

La joven cerró los ojos. Parecía extenuada.

—Mantenla despierta, como puedas.

Mathias la incorporó. Marina se situó tras ella con la inyección de novocaína. Le encorvó la espalda. Presionó en los últimos huesos de la columna vertebral. Le inyectó la anestesia en el tubo raquídeo y, con cuidado, juntos, la tumbaron de nuevo en la camilla. Debían esperar veinte largos minutos a que la anestesia hiciera efecto. Sin dejar de hablarle medio en inglés medio en kuchita para mantenerla despierta, extendieron unos paños en el campo quirúrgico del vientre y se lo cubrieron de yodo. Prepararon un bisturí, pinzas de disección, pinzas hemostáticas, agujas e hilo de sutura.

Gotas de sudor caían sin descanso de la frente de la joven. Debían de estar a treinta y cinco grados. Marina mojó un paño, se lo pasó por la frente y, levantándole la cabeza, la hidrató. Le preguntó otra vez su nombre, si vivía en el poblado más cercano, si tenía marido... No contestó.

—¿Cómo se llamará el bebé? —le preguntó Marina gesticulando para hacerse entender.

Tampoco contestó, apenas conseguía mantener sus miedosos ojitos adolescentes abiertos.

—Está perdiendo demasiada sangre —observó Mathias con preocupación.

Diez minutos hasta que la anestesia surtiera efecto. Marina posó sus manos en el cabello de la joven. Le pasó, despacio, la mano por las cuarenta trencitas azabache que cubrían su cabeza. Se puso frente a ella para que pudiera verla bien y, simulando con sus dos manos hacer una trenza al aire, le dio a entender que, cuando naciera el bebé, ella debía trenzarle el pelo igual. La joven etíope, entendiendo los gestos cariñosos de esa mujer blanca, dibujó en sus labios, como pudo, una pequeña sonrisa.

El bisturí fue introducido bajo el ombligo. Marina, presionando hacia el interior, abrió los tejidos subcutáneos y practicó una incisión vertical hasta el borde del pubis. Tijeras. Con extremo cuidado le cortó la fascia. Introdujo sus dedos y le separó los tejidos hasta llegar a los músculos. Pinzas. Con un corte preciso, desgarró el peritoneo. Perforó la pared uterina hasta alcanzar la bolsa del líquido amniótico. El líquido se entremezcló con la sangre, que brotaba en exceso. Precisa, introdujo la mano en el interior del útero y advirtió que la placenta estaba insertada próxima al cuello uterino. Tocó el cuerpo del feto. Lo colocó en posición. Traccionando de los pies, con un movimiento rápido, lo extrajo de la cavidad uterina. El feto, inmóvil, salió del vientre. Mathias le cortó el cordón umbilical. No reaccionó al corte de oxígeno materno que acababan de provocarle.

El feto fue colocado boca abajo por Marina. Recibió varios golpes en las nalgas. Silencio. Marina volvió a intentarlo. Le cogió el cuello, lo incorporó y lo inclinó de nuevo hacia abajo. Inmóvil, en silencio. Marina se quitó los guantes. Tumbó el feto en la mesa y le inclinó, ligeramente, la cabeza hacia atrás. Con la otra mano, le levantó la barbilla. Se acercó a su corazón. Colocó los dedos medio y anular de una mano en el esternón del bebé y, de forma suave y rítmica, hizo cinco compresiones rápidas. Pensó que probablemente habría aspirado el meconio dentro del útero y sus vías respiratorias estarían obstruidas.

Marina miró a Mathias con preocupación. Mathias había sacado ya la placenta de la cavidad uterina y cosía con hilo de sutura el cuerpo de la joven etíope, que desde la camilla mantenía los ojos abiertos en absoluto silencio y observaba a su bebé. A la primera hija que había traído al mundo.

Con el bebé inmóvil en los brazos, Marina se acercó a la joven. Se sentó a su lado. Tumbó al bebé en su regazo y cogiéndole la mano a su madre intentaron juntas el masaje cardíaco.

Llevaba ya más de un minuto fuera del vientre, sin oxígeno. No aguantaría mucho más. Marina lo sabía. Mathias miro a Marina. Marina lo miró a él y él bajó la mirada. Dos muertes más de las tantas que habían intentado evitar en sus cinco años juntos como cooperantes de la oenegé para la que trabajaban. Y, por muchas muertes que hubieran presenciado, uno nunca se hacía inmune al impacto que causaba la muerte ajena en manos propias. Marina, con la palma de su mano encima de la palma de la mujer etíope, apretó de nuevo, con más fuerza, el cuerpo del bebé.

Inesperadamente, la joven etíope, utilizando sus últimas fuerzas, cogió a su hija del regazo de Marina y se la recostó en el pecho. La bebé, sobre el pecho de su mamá, escuchó, como llevaba haciendo nueve meses, los latidos de su corazón. La joven respiró hondo. Dijo unas palabras en su lengua y envolvió a su hija entre sus brazos. Y como si la niña hubiera entendido las súplicas de su madre, por fin, abrió sus pulmoncitos y lloró.

Escuchó el llanto de su hija y sonrió en paz. La joven etíope miró con agradecimiento infinito a la mujer blanca que había traído a su hija al mundo, cerró los ojos y murió.

«Cooperación internacional», fueron los términos que utilizó el doctor Sherman, en la última clase de obstetricia que impartía a los alumnos de medicina de la Universidad de Perelman. Les pasó diapositivas donde médicos, uniformados con chaleco blanco y logo rojo con las letras MSF, atendían a pacientes en situaciones de emergencia en el continente africano. Hasta entonces, Marina solo sabía lo que la mayoría de los estudiantes de la Universidad de Pensilvania: que el mundo es injusto y que la medicina es un privilegio de algunos.

Habían pasado diecinueve años desde esa clase magistral en una de las más prestigiosas universidades del mundo y ese día, con esa niña africana entre sus brazos, entendió, más que nunca, las palabras del doctor Sherman cuando afirmó que la generosidad de unos pocos capaces de renunciar a la comodidad del mundo occidental era necesaria para salvar vidas en los lugares más recónditos e inhóspitos del planeta.

Mathias sacó del dispensario el cuerpo de la joven, que yacía inerte en la camilla cubierta por una sábana verde. Marina se quedó sola con la bebé. Dejó de observar al feto para ver al ser humano y tomó consciencia de la personita que tenía frente a sus ojos. De la bebé negruzca, pegajosa y demasiado pequeña que acababa de quedarse huérfana.

Había atendido innumerables partos en los diez años que llevaba como cooperante, pero era la primera vez que una madre fallecía en un parto ante ella. Esa situación la sobrecogió y, mientras observaba a la bebé, sintió la inmensa soledad de esa niña en el desierto africano. Con un paño mojado le sacó los restos de sangre, líquido amniótico y placenta que le cubrían el cuerpo. La envolvió en una sábana también verde como la que cubría el cuerpo de su madre muerta y la tumbó entre sus brazos. La bebé abrió la boquita buscándole el pecho, buscando el pezón de su mamá para metérselo en la boca. Marina abrió la nevera. Metió la mano en una caja de cartón que llevaba el logo de Médicos Sin Fronteras y sacó un biberón preparado de agua y leche en polvo. Lo apoyó en la ventana, dejando que los primeros rayos de sol lo calentaran.

Jugó unas décimas de segundo con la tetina, pero, como si lo hubiera hecho desde el vientre de su mamá, sorbió con una rapidez nada propia de un recién nacido. Seguía moviendo sus labios pidiendo más. Pero Marina consideró que ya había tomado suficiente. La meció, suavemente, entre sus brazos y le colocó la cabeza próxima a su pecho para que pudiera escucharle los latidos del corazón. Los latidos que llevaba escuchando nueve meses dentro del vientre. La niña parecía inquieta y Marina caminó con ella hasta salir del dispensario. Amanecía a cuarenta y ocho grados. El cielo se dejaba pintar de naranja y rosa, el bellísimo paisaje de cada mañana. La bebé lloró. Marina la acarició y mientras la acariciaba, flojito, le cantó:

A la nanita nana nanita ella, nanita ella,
mi niña tiene sueño, bendita sea.
Fuentecita que corre clara y sonora,
ruiseñor que en la selva cantando llora,
calla mientras la cuna se balancea.
A la nanita nana, nanita ella.

La canción de cuna que la abuela Nerea solía cantarle a ella en las suaves noches mallorquinas.

Y la bebé se durmió. Y allí se quedaron las dos solas, frente al desierto de Danakil, entre arena, sal y azufre.

Sus reproches al mundo hacía tiempo que habían cesado. Como una mujer el primer año de casada, que en su propio hogar le reprocha al marido no cumplir con las promesas hechas, Marina, en sus primeros años como cooperante, reprochaba al mundo no cumplir con las suyas.

Poco después de los veinte y con esa maravillosa ingenuidad propia de la edad, pensó que la humanidad cambiaría. A los treinta era una apasionada activista por la lucha de los derechos humanos capaz de combinar su trabajo como médico con la lucha activa contra la injusticia global. Sobre todo, por la lucha de los derechos de las mujeres. Mujeres como la que acababa de morir en sus manos y la que seguía viviendo entre sus brazos.

Pero la ingenuidad de los veinte y la fuerza de los treinta habían ido menguando al cumplir años, dando lugar a la serenidad, a la templanza, y Marina era, ahora, una mujer madura, una profesional comprometida que trabajaba desde el corazón de cada persona a la que atendía. Sin pretensiones, más allá que la de mejorar la vida de esas personas. Y consciente de que arropar a esa bebé etíope que acababa de nacer era mucho más importante que cualquier lucha, reivindicación, petición o súplica a las organizaciones supranacionales que gobernaban el mundo.

Su reloj de pulsera marcaba las siete y veinte de la mañana. La temperatura empezaba a ser asfixiante y entró de nuevo en el dispensario con la bebé dormida entre sus brazos. La miró y la vio preciosa, negra, delgaducha y pelona. Dormía tranquila. Se sentó sin dejar de mirarla y sintió la paz que desprenden los bebés, dormiditos, al nacer. Apoyó su cabeza en la pared y, agotada, dejó que la acompañara el sosiego.

Por entre la puerta vio, desdibujadas y saliendo de una nebulosa de tierra rojiza, unas siluetas femeninas. Seguramente, los familiares de la niña, pensó aliviada. Le acarició la mejilla. Y se imaginó cómo se la entregaba a otra mujer. Le quitaría la sabanita verde y la envolvería en esas telas tan bonitas de vivos colores que llevaban las mujeres africanas. Pensó en la vida que le esperaba. Sabía que no le faltaría amor. Los afar eran un pueblo amable y bondadoso, que adoraban a sus hijos. A pesar de ser huérfana de madre, tendría el cariño del resto de la tribu, de su padre, de sus tías, de sus innumerables primas, de las abuelas, de las amigas de su madre. Porque, en África, el cuidado de los hijos se compartía con todas las mujeres que formaban el clan. Se ayudaban unas a otras.

Marina, a pesar de no ser madre, reflexionó a menudo sobre la maternidad de las mujeres europeas, aisladas en sus asépticos pisos de ciudad, convirtiendo la crianza en sinónimo de soledad. Como la maternidad de su hermana Anna y su hija, en esa mansión de quinientos metros cuadrados, cubierta de mármol blanco y frente a una piscina con vistas al mar. Marina había aprendido a no juzgar, pero era consciente de que europeas y africanas tenían mucho que aprender unas de las otras.

Pensó, acariciando la mejilla de esa niña negra que tenía entre sus brazos, que también le esperaba una vida dura. La vida nómada. Esa tierra árida sería el único paisaje que verían sus ojos. Y nunca otro. Siempre a más de cuarenta grados. Como el viento, se desplazaría toda su vida en busca de agua. Llevando a cuestas las esterillas que formarían su hogar en cualquier trozo de tierra. Seguramente no aprendería a leer ni a escribir, ordeñaría cabras, buscaría leña, molería el grano, amasaría pan y, antes que todas esas tareas domésticas, al cumplir dos años y siguiendo la tradición milenaria, durante el amanecer, cuatro mujeres se la llevarían debajo de un árbol. La tumbarían. Dos de ellas le sujetarían los hombros, las otras dos le abrirían las piernecitas y se las sujetarían fuerte, para que la partera de la tribu con una cuchilla le desgarrara el clítoris. Cerró los ojos pensando en ello. Apretó el cuerpecito de la bebé hacia su cuerpo, queriendo protegerla.

—¿Ya duerme? —le preguntó Mathias desde el umbral de la puerta.

Marina asintió.

—Ha llegado Samala. Ya me quedo yo.

Con mucho cuidado le entregó a la bebé. Se alejó hacia la puerta y escuchó a Mathias pronunciar unas palabras en alemán, flojito, para no despertarla.

—*Willkommen zum leben, meine lieblich Mädchen.**

Marina se volvió hacia ellos. Y esa fotografía tan hermosa la conmovió de nuevo. Mathias, tan corpulento y tan euro-

* Bienvenida a la vida, mi niña bonita.

peo, acunando y mirando con sus enormes ojos verdes a esa pequeñísima niña negra.

—Creo que alguna de esas palabras las tenemos apuntadas en la libreta —le dijo Marina desde el umbral de la puerta.

Mathias esperó expectante la traducción de su mujer:

—Bienvenida a la vida, mi niña bonita.

—Deben de tener un GPS en el hipotálamo —dijo Marina viendo cómo las mujeres africanas se acercaban por el desierto.

Cada mañana se preguntaba lo mismo. ¿Cómo era posible que pudieran orientarse kilómetros y kilómetros en ese extenso mar de arena que a sus ojos era idéntico, miraras por donde miraras? Las clínicas móviles de la oenegé eran itinerantes y se instalaban cercanas a los poblados afar. Pero llegaban mujeres de tribus lejanas que habían caminado durante horas, orientadas, según decían, siguiendo las estrellas del amanecer y las ondas de la arena.

Marina las observó caminar lentamente hacia ella, con sus bebés atados a la espalda y un grupo de niños de dos a ocho años correteando junto a ellas. Las afar eran mujeres esbeltas que poseían una elegancia innata y sabían cubrir sus delgados cuerpos con grandes pañuelos estampados con cenefas y vivos colores que contrastaban con el color negro de su piel. Marina se acercó a ellas.

—*Ëndemën aderu* —les dijo.

Las mujeres rieron al escuchar a Marina saludarlas en kuchita. Eran mujeres terriblemente ingenuas y siempre agradecidas. Algunos bebés, sin embargo, girando la cabecita por entre los pañuelos, berreaban. Era, probablemente, la primera vez que veían una mujer blanca. Ninguna de ellas preguntó por la mujer embarazada y Marina, gesticulando y en palabras muy básicas en inglés, les explicó lo sucedido esa noche.

—¿Sabéis quién es?, ¿la conocéis? —les preguntó.

Ellas no sabían nada de la joven. Ninguna mujer de la aldea donde vivían había desaparecido. A pesar de ello, les pidió que fueran tras la casa de hormigón, donde Mathias había dejado la camilla con la joven muerta cubierta por la sábana verde. Quizás la habrían visto alguna vez. Antes de atender a esas mujeres y a los muchos pacientes que llegarían a lo largo del día, Marina necesitaba comer, una ducha y, sobre todo, beber agua.

Entró en la casa. Samala cocinaba *injera*, el pan etíope que desayunaban cada mañana. Samala formaba parte del personal local contratado por MSF y se encargaba de limpiar los dormitorios y la ropa, de comprar comida y cocinar para los cooperantes. Sus hijos eran ya mayores y había enviudado hacía cinco años. Malvivía en uno de los *kebeles* más humildes de Addis Abeba, donde todo se sabía por el boca a boca, y se enteró de que unos médicos europeos contrataban personal local para trabajar con ellos. Buscaban principalmente logistas, hombres con carné de conducir y conocimientos de construcción, electricidad y fontanería para montar las clínicas móviles por todo el país. Pero ella se presentó, sabía cocinar y limpiar, lo que había hecho toda su vida. Cada día durante dos meses se quedó en la puerta de la oficina sentada esperando que algún día los médicos blancos la necesitaran. Y un lunes una de las mujeres que tenía contratadas la organización dejó de venir, sin más, y Samala pasó a formar parte de la gran familia de MSF. De eso hacía ya un año. Y junto a Kaleb, el logista local, formaban el equipo que acompañaba a Marina y a Mathias en el proyecto de nutrición materno-infantil de la depresión de Afar.

Marina dedujo que Mathias ya le habría explicado lo sucedido a Samala, así que no le preguntó, y, tras saludarla cariñosamente y darle las gracias por el desayuno, sorbió un largo trago de agua y se fue a su dormitorio.

La ducha consistía en un hilo finísimo de agua. No más de dos minutos. Pero esos dos minutos eran un placer tal que, a veces, Marina contaba mentalmente los ciento veinte segundos para obligarse a no pensar en nada más que en ese tesoro escaso del desierto que se derramaba por su cuerpo. Pero la mente es así de extraña y, muy a su pesar, le vino a la cabeza el vuelo LH2039, de Lufthansa Airlines, que la llevaría en tres días de Addis Abeba de vuelta «a casa».

Sentadas en el suelo y apoyadas en la pared del dispensario, las mujeres etíopes y sus hijos esperaban a ser atendidos por los doctores. Unas a otras se explicaban lo sucedido y se acompañaban hasta la camilla donde yacía la joven muerta. Más de sesenta mujeres pasaron a reconocer el cadáver. Nadie supo quién era.

Al anochecer, el hedor a muerte era insoportable.

Marina, desde la ventana de la cocina y mientras daba el biberón a la bebé, vio a Kaleb introducir el cuerpo inerte de la mujer en el asiento trasero del jeep propiedad de la oenegé.

El logista cerró la puerta, encendió el motor y se alejó por el desierto. Cavaría un hoyo a pocos kilómetros, orientaría su cuerpo hacia La Meca y la metería dentro. Lo cubriría, formaría una pequeña montaña de piedras, como indicaba el ritual afar, y oraría a Alá.

El polvo que había levantado el jeep se había desvanecido totalmente. Y ese hecho tan insignificante inquietó a Marina. Sintió que el corazón se le aceleraba y le pareció que en pocos segundos la temperatura había aumentado varios grados. Durante esas doce horas que estuvo el cadáver en la casa, ese pequeño ser humano que tenía entre sus brazos pertenecía a la mujer muerta y así fue comunicado a cada una de las personas que acudieron al dispensario. Ahora, sin ese cuerpo, esa bebé ya no era de nadie. A nadie le importaba. Si lloraba, si tenía sed, si tenía hambre, si estaba sucia, si quería moverse, ningún otro ser humano más que ella acudiría en su ayuda. Y sintió una honda tristeza por la profunda soledad de esa niña sin nombre en el cuerno de África. Apenada, pasó del sentimiento de tristeza al de culpabilidad. Había actuado igual que cualquier otro médico. Pero no era esa la afirmación que le preocupaba, sino una pregunta que ya se había formulado en otras intervenciones médicas a lo largo de su vida laboral en MSF.

—¿Era la vida para ese ser humano la mejor opción?

Se vio a sí misma como una orgullosa médica occidental salvando vidas en el paupérrimo tercer mundo. Pero quizás todo era un error y la ley de la naturaleza era la que debía determinar quién debía vivir y quién no. Y quizás la bebé que acunaba entre sus brazos debería estar abrazadita a su madre, bajo tierra, sepultada en paz.

Marina se pasó la mano por la frente e intentó borrar ese pensamiento de su mente.

—Es extraño que nadie haya venido a por ella. Seguramente es una niña no deseada, fruto de una violación —afirmó Kaleb.

Marina y Mathias no esperaban esa respuesta y les creó malestar.

—Puedo llevarla al orfanato de Addis Abeba —continuó Kaleb.

—Esperemos unos días más, quizás venga alguien a buscarla —contestó Marina—. Si no la reclamara nadie, antes de ir al aeropuerto la dejaremos nosotros en el orfanato.

El viento golpeaba de nuevo la casa de hormigón donde dormían Marina, Mathias y la bebé. Volvió a llorar como lloran los bebés recién nacidos cuando tienen hambre, desesperadamente.

—Esto no puede ser normal. ¿Quieres decir que no le pasa nada —dijo Mathias abriendo los ojos, desconcertado.

Era la tercera vez que la niña se despertaba esa noche. Marina cogió a la bebé de nuevo entre sus brazos.

Mathias se incorporó. Él se encargaba de ir a buscar el biberón.

—Ahora entiendo por qué mi hermano mayor se separó al año de tener a su hijo.

—Mi sobrina lloraba sin parar día y noche —añadió Marina—. Un día a las cuatro de la madrugada, desesperadas, llegamos a coger el coche para que se durmiera.

—¿Y se durmió? —preguntó Mathias.

—Sí. Se durmió. Hasta que aparcamos el coche y sacamos las llaves del contacto.

Y así se pasaron dos días y dos noches más. Sin apenas dormir. Alternando el cuidado de los cientos de mujeres y niños que acudían al dispensario con los cuidados de esa niña sin nombre que nadie reclamaba.

Su vieja mochila negra estaba llena. Cinco camisetas blancas, tres pantalones de tonos ocres con bolsillos laterales, ropa interior, anorak, un neceser y una tela africana con cenefas verdes, amarillas y lilas que compró con Mathias en el Congo y que le hacía de cubrecama allá donde fuera. Abrió la Moleskine, metió el billete y el pasaporte dentro, y la colocó en el bolsillo lateral de la mochila. Del armario sacó el fonendoscopio de su padre. Había viajado con él a los más de treinta países en los que Marina había ejercido su profesión. Siempre el mismo. Nunca quiso otro. No tenía mucho sentido llevárselo a Mallorca porque estaría de vuelta en menos de una semana, pero sin ese viejo fonendoscopio Marina no iba a ningún lado. Con cuidado y pasando el tubo flexible del fonendo por el tubo auditivo, metió su amuleto en la mochila y la cerró.

La bebé estaba tumbada en la cama y, aunque con dos días de vida, seguía con sus ojitos los movimientos de Marina. Olía a *injera.* Marina se alejó hacia la puerta para recoger su desayuno. La bebé emitió un sonido. Marina se volvió a ella y se la quedó mirando unos segundos. La niña balbuceó otra vez. Marina sonrió percatándose de que la estaba llamando. Caminó hacia ella. Se dio cuenta de que ya les reconocía. Llevaba tres días entre ellos dos. Escuchando sus voces. Sus risas. Sus discusiones cotidianas. Marina se sentó a su lado y le cogió la mano. La bebé cerró su puñito rodeándole el dedo índice y balbuceó como si quisiera decirle algo… «Quédate aquí conmigo».

—Voy a buscar café y un trocito de *injera* con mantequilla y enseguida vuelvo —le dijo en castellano.

La bebé balbuceó.

—Si no tardo nada… Y te traigo tu biberón también.

La niña respondió de nuevo.

Marina la acarició y la bebé, que seguía con el puñito cogiéndole el dedo, apretó más fuerte. Y ese gesto tan sutil, tan pequeño, que hacían todos los bebés del mundo la estremeció.

El jeep se adentraba en el desierto a ciento cincuenta kilómetros por hora. Kaleb conocía esa carretera como la palma de su mano, conducía charlando orgulloso de sus orígenes en la región de Caffa, de donde provenía el café; la etimología de la palabra ya lo dice: *caffa,* «café», aseguraba mirando en exceso a Mathias, que, algo inquieto por la velocidad y sentado en el asiento del copiloto, asentía y se sujetaba con una mano al salpicadero y con la otra al agarradero bajo la ventana.

En el asiento trasero, Marina, con la bebé dormida en los brazos, ajena a la conversación, miraba por la ventanilla los kilómetros de arena. A lo lejos, una fila de camellos, cargados con bloques de sal, caminaban en paralelo al horizonte.

Pasaron por un poblado donde unas mujeres nómadas construían sus chozas. Unas disponían piedras en el suelo formando un zócalo, otras sujetaban el entramado de ramas que formaría la estructura y mientras sus bebés se sentaban en las esterillas que cerrarían el techo.

El jeep cruzó el poblado. Los niños corrieron hacia él y siguieron al coche, que aminoraba la marcha.

—*Hello, hello!* —gritaban sonrientes—. *Doctor, doctor!*

Marina les sonrió. Le gustaba que la reconocieran.

Arena durante kilómetros. El jeep se adentró en una zona profunda, calurosa. Vio un montículo de piedras formando un círculo, señal de que allí había un cuerpo enterrado, y Kaleb se lo confirmó: bajo esas piedras, yacía el cadáver de la madre de la niña que dormía en sus brazos.

Marina miró a la bebé. Se había despertado cinco veces esa noche y ahora, seguramente por el traqueteo del coche, dormía plácidamente. Les quedaban casi siete horas de viaje. Pasaron por montañas de sal, lagos de sulfuro, por la ladera del volcán Ertale, hasta llegar a una zona cercana a la frontera con Somalia.

Un grupo de etíopes uniformados con ropa militar sujetaban unos Kalashnikov. Uno de ellos levantó la mano. Kaleb paró el jeep y bajó la ventanilla. El militar se acercó atisbando las puertas laterales del coche donde, enganchado, había un enorme logo rojo que rezaba «Médecins Sans Frontières». Intercambiaron unas palabras en amárico y Kaleb le tendió un billete de diez birs. El militar sonrió amable a los médicos y les dejó marchar. Ese escaso minuto en el que estuvieron parados sirvió para que la bebé se percatara de la ausencia de movimiento. Se despertó. Marina la miró y le acarició la barbilla con el dedo. La bebé sonrió. Volvió a repetir el movimiento y volvió a sonreír. Movió las manos, desperezándose de esa manera rara que tienen los bebés. Marina se quedó pensativa. Algo la inquietó un segundo. Inclinó su cuerpo hacia el asiento delantero.

—No tiene nombre —les dijo.

—¿Cómo? —le preguntó Mathias.

—La bebé. No tiene nombre —repitió Marina.

—Se lo darán en el orfanato —intervino Kaleb.

Marina se inclinó de nuevo hacia atrás y se apoyó en el respaldo. La niña lloró y, de una manera automática, Mathias abrió su mochila y le pasó el biberón.

«¿En el orfanato? ¿Quién le daría el nombre? Es importante el nombre que uno recibe», se dijo a sí misma.

Pensó el motivo por el cual sus padres le dieron el nombre de Marina y no otro. Nunca lo preguntó. Cursando bachillerato y en clase de latín descubrió que «Marina» significaba «mujer nacida en el mar» y dedujo que fue su padre, que presumía divertido de ser médico y marinero, quien eligió su nombre: «Soy un auténtico lobo de mar», decía, apasionado, subido al *llaüt* y haciendo reír a sus hijas.

Así que ella concluyó que su nombre era debido a ese amor que sentía Néstor, su padre, por las aguas del Mediterráneo. Marina era la hija del hombre de mar, la hija del lobo de mar.

A su hermana mayor le pusieron el nombre que llevaban todas las primogénitas del matriarcado familiar en el que nació, Ana. Pero sumándole la letra ene, como se llamaban las Annas mallorquinas. Y Anna había seguido con la tradición familiar y bautizó a su hija con el mismo nombre que su tatarabuela, su bisabuela, su abuela, su madre, y su propio nombre. Pero esta vez sin la ene.

Marina, acariciando a la bebé, sonrió para sí recordando la conversación que mantuvo con Anna, tumbadas en una playa mallorquina, acerca del nombre que daría a su hija. Anna tenía un vientre inmenso. Entraba en la semana treinta y ocho de embarazo y argumentaba convencida el motivo por el cual su hija se llamaría Ana sin ene.

—Mi hija se llamará Ana. Ana sin la segunda ene. Lo tengo claro. Llevo toda la vida corrigiendo mi nombre en pizarras de colegios y documentos oficiales y prefiero ahorrárselo. Ana a secas. Anita —insistía convencidísima Anna—. Anita. La llamaremos Anita.

La bebé entornaba los ojos y hacía muecas extrañas molesta por el sol que entraba a través de la ventana.

—Necesitas un nombre, bebé, un nombre bonito, para toda la vida —le dijo.

Marina dejó que las letras de su nombre se deslizaran lentas por sus pensamientos. M, A, R, I, N, A. Hizo el mismo ejercicio con las letras del nombre de su hermana: A, N, N, A; y con las de M, A, T, H, I, A, S. Concluyó que su nombre compartía cuatro letras con el de Mathias y la última sílaba con el nombre de su hermana Anna y, así, jugando con el abecedario, encontró el nombre que acompañaría el resto de la vida al bebé que mecía entre sus brazos. Naomi.

Por fin, se adivinaba a los lejos el perfil de Addis Abeba. Los lujosos rascacielos junto a la ladera del monte Entoto. Marina suspiró aliviada. Estaba exhausta. Tenía el cuerpo dolorido y los brazos adormecidos de aguantar siete horas a la bebé. Entraron por una carretera perfectamente asfaltada, pasando por el esqueleto de un edificio en construcción, donde un centenar de obreros trabajaba en la futura y deslumbrante sede de la Unión Africana. Pasaron el Hilton, el Sheraton, el palacio imperial, el estadio de atletismo, hasta adentrarse en la avenida Churchill, donde un guardia urbano con sobrepeso movía sus brazos intentando organizar el tráfico. Bocinas. Taxis. Coches. Motos. Africanos vestidos de Armani. Bellas etíopes en traje de chaqueta con tacón de aguja. Tiendas de artesanía. Escaparates con maniquís vestidos de Nike. Turistas. Mendigos. Una avenida europea, un espejismo del cuerno de África que, por más veces que Marina frecuentara, no le era indiferente... Pegado al lujo se extendía la miseria de África, cientos de chozas de adobe y uralita sin agua corriente, sin luz, sin porvenir alguno.

Serpentearon por una callejuela entre rebaños de cabras y pequeños mercados al aire libre llenos de gente hasta llegar a un camino de tierra. Condujeron por él durante un kilómetro y medio, alejándose del centro urbano y adentrándose de nuevo en la verdadera Etiopía. La carretera llevaba hasta unos campos de cereales donde mujeres agachadas recogían la cosecha. Condujeron un kilómetro y medio más hasta llegar a una casucha de paredes desvencijadas color rosa palo. El orfanato estatal Minim Aydelem Children Orphanage.

Kaleb aparcó. Marina observó a través de la polvorienta ventanilla la humilde casa que albergaba el hospicio. Mathias le abrió la puerta del coche. Marina esperó unos segundos, escrutando el lugar, que le pareció tristísimo. Miró a la niña, que seguía durmiendo tranquila en su regazo.

—Qué silencio —dijo extrañada.

Bajó del coche, intentando no despertarla. Caminaron hacia la puerta del orfanato. Mathias picó con los nudillos. Una mujer etíope de ojos bondadosos abrió la puerta.

—¿Hablas inglés? —le preguntó Marina.

Ella asintió. Marina le explicó quiénes eran y cómo había llegado Naomi al mundo. Mientras, inconscientemente, atisbaba las cunas de hierro que se amontonaban en el pasillo con bebés silenciosos. Algunos, despiertos, miraban la nada, desde la cuna. Olía a orines, a leche rancia y a excrementos de bebé. El silencio del lugar la molestó. Demasiado silencio para albergar una casa de niños sin padres. Era el lugar más lúgubre que había visto en todos los años que llevaba como cooperante. Sus manos habían curado a niños mutilados del Congo, a bebés infectados de ébola, a agotadas niñas refugiadas en Sudán. Pero siempre ante la atenta mirada de sus madres, o de una abuela, un hermano, algún familiar. Ningún lugar como el que se encontraban, donde los niños no lloraban, no demandaban nada, no guardaban contacto visual con nadie...

La mujer les mostró la cuna donde debían dejar a Naomi. Una cuna de hierro rota con colchón de plástico todavía sin sábanas y junto a otra bebé también de escasos días. Marina miró la cuna para volver la mirada hacia Mathias. Naomi, serena, empezaba a desperezarse todavía con los ojitos cerrados. Mathias acercó su mano al rostro de la niña y la acarició. La miró unos segundos, le besó la mejilla y la dejó tumbadita en el colchón de plástico de la cuna rota y, entonces, sin ella pretenderlo, el alma se le rompió en mil pedazos.

Se volvió hacia la puerta de salida y caminó cabizbaja. Sin mirar atrás. Naomi emitía ruiditos mientras se desperezaba, esperando los brazos de esa mujer que la había acunado los tres días de su vida. Naomi emitió un sonido más agudo. Otro. Gritó. Una vez y otra. Hasta que rompió en llanto, demandando esos brazos conocidos. Marina cerró los ojos. Su alma en dos mil pedazos. Sintió la pena en lo más profundo de su corazón. Una pena que se mezclaba con rabia, vergüenza y tristeza. Escuchó el llanto histérico de la bebé mientras ponía un pie fuera del hospicio. Notó una presión en el pecho y un suspiro se le incorporó al sollozo. Respiró hondo caminando rápido hacia el jeep. Comprendió, en ese momento, el silencio del orfanato. No había suficientes manos en ese lugar para poder acudir al llanto de los cincuenta bebés que yacían en las cunas. Y lloraban y lloraban los primeros días, hasta que se acostumbraban al vacío y, poco a poco, enmudecían.

Kaleb puso las llaves en el contacto. Mathias, que estaba ya en el asiento del copiloto, la miró con tristeza. Marina subió, cerró la puerta y abrió la ventanilla. El llanto de Naomi era tan intenso que pudo oírlo desde el coche. El logista arrancó y Marina volvió su mirada hacia la casucha rosa de paredes desvencijadas.

—Para el coche.

—¿Cómo? —dijo el logista sin entender.

—Para el coche, por favor, Kaleb.

—Faltan menos de dos horas para que salga el avión, Marina —dijo Mathias.

—Para, por favor —insistió.

Kaleb frenó. Marina abrió la puerta. Corrió hacia al hospicio. Entró y caminó hasta la cuna de hierro donde Naomi lloraba totalmente desconsolada. La cogió en sus brazos y se la apoyó en el pecho.

—Tranquila —le susurró con voz suave—. ¿Tienes hambre, verdad, bebé? ¿Verdad, Naomi?

La última toma del biberón había sido hacía más de cuatro horas. Una niña demasiado mayor para seguir tumbada en la cuna las observaba silenciosa con ojitos tristes.

Con Naomi en brazos, se dirigió a una puerta trasera. Apareció en un pequeño patio con una construcción de hormigón por donde salía humo de una improvisada chimenea. Dentro, una mujer ponía a hervir una enorme olla llena de biberones sucios. La mujer escuchó el llanto de Naomi y se volvió hacia ellas.

—Por favor —pidió Marina—, ¿me puede dar leche para la niña?

Sin prestar atención a Naomi, la mujer se acercó a una balda de madera con una lata grande de leche en polvo.

—Cuando hayan hervido se lo traigo —dijo señalando la olla.

—*Amesegënallô* —le agradeció Marina.

La mujer sonrió hacia ese gesto de respeto que mostró la mujer blanca dándole las gracias en amárico.

Naomi seguía llorando. La cambió de posición, colocándole el cuerpecito estirado contra su pecho, de manera que pudiera ver lo que sus ojos le permitieran. La meció, paseó por el patio hacia una ventanilla y atisbó a los diez niños en las cunas, silenciosos.

Naomi, hambrienta, lloraba cada vez más y a Marina cada segundo todo le dolía más. El punzante llanto de la bebé penetró en lo más profundo del alma de la cooperante europea. Nunca antes se había sentido tan indispensable para otro ser humano y, sin quererlo, una lágrima resbaló por su mejilla, y flojito, al oído, le cantó «A la nanita nana», la canción de cuna que la abuela Nerea solía cantarle a ella en las suaves noches mallorquinas.

El control de pasaportes del Aeropuerto Internacional de Addis Abeba estaba colapsado. Azafatas sonrientes caminaban junto con orgullosos pilotos, empresarios chinos estrechaban manos a colegas africanos, turistas cargados de maletas sorteaban a vendedores ambulantes mientras las empleadas de la limpieza repasaban, sin descanso, el edificio futurista que albergaba el aeropuerto. Marina, cogida de la mano de Mathias, esperaba en la cola.

Mathias se sacó la mochila de los hombros mientras Marina se cogía la trenza con las manos y se la colocaba en el pecho para que Mathias pudiera ponerle la mochila en sus hombros.

—Te voy a echar de menos.

—No más de diez días —respondió Marina de puntillas y acercando sus labios a los de Mathias.

Marina le dio la espalda y se alejó hacia el control de pasaportes. Mathias dio unos pasos detrás de ella y la llamó. Ella se volvió y él le cogió la mano.

—¿Me quieres? —susurró Mathias.

Marina le miró extrañada. Parecía realmente sorprendida, como si aquellas palabras tan simples fueran lo último que esperaba oír en aquel momento. Le abrazó.

—Claro...

—Pues dímelo, por favor. Aunque solo sea de vez en cuando.

Marina le acarició la mejilla. Era consciente de sus propias carencias, no era una mujer cariñosa que mostrara sus sentimientos a menudo. Más bien reservada y discreta siempre en sus relaciones. Era un reproche que había escuchado otras veces a lo largo de su vida. Amaba como cualquier otra mujer, quizás con menos pasión pero con toda la sinceridad de la que era capaz. Era una mujer fiel y sin dobleces. Y eso lo sabía Mathias y los pocos hombres que habían pasado por su vida. Marina le abrazó con fuerza y le susurró:

—Eso solo son palabras. Pero si quieres oírlas puedo decírtelas cada día, cada noche, tantas veces como quieras.

—De vez en cuando bastará.

Los labios de Marina dejaron escapar las últimas palabras.

—*Ich liebe dich.*

«Libro de cocina etíope», rezaba la portada del libro que Marina sujetaba entre sus manos en una tienda del Duty Free de la terminal del aeropuerto. Lo compró. Salió de la tienda y mientras buscaba la puerta de embarque leyó el inmenso rótulo con el eslogan ideado por el gobierno etíope para atraer turismo al país: «Bienvenido a Etiopía, la cuna de la humanidad». Así habían bautizado los paleontólogos a Etiopía. Fue el país donde se encontró enterrado el primer esqueleto de hembra, la primera mujer de la tierra sepultada hacía más de tres millones de años. Marina no pudo reprimir el recuerdo de la joven madre de Naomi que yacía bajo tierra.

Llegó a la puerta de embarque. Todavía estaba cerrada. Se sentó en un moderno banco transparente de varios metros de longitud junto a otros pasajeros europeos.

¿En cuántos aeropuertos había esperado? ¿Cuántos aviones había cogido en su vida? ¿Y cuántos más cogería? Vuelos internacionales a los cinco continentes, vuelos nacionales, avionetas de hélice hacia lugares remotos. Así llevaba Marina, saltando de país en país, diez años, entregada a la humanidad.

Llegar a Etiopía fue, paradójicamente, encontrar estabilidad en su vida. Médicos Sin Fronteras trabajaba en Etiopía desde hacía veinte años. Es el único país en el que la oenegé tiene una misión estable, ya que se considera en estado de emergencia permanente, dada la constante desnutrición de la mayoría de la población. A los cuarenta y tres años le ofrecieron el cargo de jefa de misión en el país africano, durante un año. Iba ya por el tercero...

Sacó el libro de cocina etíope de la bolsa y deslizó la mano por la cubierta. Lo abrió y lo ojeó. En la primera fotografía aparecía una mujer africana amasando pan. Acompañando a la foto, la receta y el proceso de elaboración de ese alimento básico del pueblo etíope.

El sonido de un avión despegando hizo que Marina desviara la mirada hacia el exterior del aeropuerto. Ninguna nube. El cielo azul.

A Anna le gustaría el libro. Desde muy niñas, ambas ayudaron a la abuela Nerea a amasar pan. La abuela las esperaba cada tarde a la salida del colegio. Tenía los ingredientes preparados sobre una larguísima mesa de madera para hacer ese pan negro que según ella tanto alimentaba, el *pa moreno amb farina de xeixa.** Mezclaban el agua con la harina y chapoteaban con sus deditos dentro de la masa. Aunque pareciera increíble, después de tantos años seguía recordando las cantidades exactas del *pa moreno.* La sensación de sus dedos dentro de la masa. Y el olor. Ese olor a pan recién hecho que se desparramaba por toda la casa y se le metía en el corazón. El olor a su hogar.

«Your attention, please. This is a boarding announcement for flight number 2039 destination Frankfurt. Please, passengers proceed to gate number eleven.»**

* Pan moreno con harina de centeno.

** Atención, por favor. Esta es la llamada de embarque del vuelo número 2039 con destino Fráncfort. Por favor, pasajeros, acudan a la puerta de embarque número once.

## 2

## LA AMISTAD O EL *CHAPATI*

INGREDIENTES:

200 g de harina

1 cucharada de sal fina

1 cucharada de aceite de oliva

1 taza de leche o agua

PREPARACIÓN:

Junta la harina y la sal fina. Vierte el aceite y mézclalo. Poco a poco, vierte el agua hasta que la masa quede homogénea y no se te pegue en las manos. Deja reposar la masa durante media hora. Haz pequeñas bolas y aplana la masa con un rodillo hasta que quede bien fina. Calienta una sartén sin aceite y cuando este caliente cocina el *chapati*. Cuando veas unas burbujas pequeñas en la masa, dale la vuelta. La masa se inflará poco a poco. Cuando el *chapati* empiece a dorarse, retíralo de la sartén.

Marina se abrochó el cinturón. Estaba cansada. Los últimos días habían sido intensos. Apoyó la cabeza en el respaldo y miró a través de la ventana del avión. Mathias estaría ya llegando de nuevo a la ciudad. Esa noche dormiría en el apartamento que la oenegé tenía alquilado para los expatriados que trabajaban en Addis Abeba. Lo imaginó sentado y compartiendo una Moritz con su amigo Sigfried, también cooperante, fanático del Bayer Leverkusen y de Michael Schumacher, quien se había convertido en un gran amigo de ambos. Y a quien prometieron, una noche con un par de cervezas de más, hacer padrino de bodas si algún día se casaban.

En el apartamento también estaría Aritz Goikoetxea, ingeniero vasco y surfero nostálgico de sus olas de Mundaka, y Ona, la contable catalana que por las noches apaciguaba la nostalgia del ingeniero con las letras de Serrat.

Y por supuesto Manolo, un simpático sevillano (del barrio de Triana, como aclaraba siempre), logista y exlegionario tatuado de pies a cabeza. Seguramente, el sevillano prepararía una tortilla de patatas con mucha cebolla para compartirla con todos y sobre todo para impresionar a la nueva cooperante, francesa y cursi, que había aterrizado en el proyecto.

Marina pensó que le hubiera gustado verlos. Siempre era un placer reencontrarse con ellos y con muchos otros expatriados que rotaban en las emergencias médicas del mundo. Eran una gran familia, una gran familia de gente sola, su familia.

Se escuchó el zumbido de los motores, Marina cerró los ojos y el avión despegó.

Los colores de las cosas. Eso era lo primero que le llamaba la atención a Marina al volver a Europa. Llevaba un año sin salir de África, donde, a pesar de la pobreza extrema, todo parecía pintado de colores alegres, naranjas, verdes, amarillos… Al poner un pie en el aeropuerto de Fráncfort, el mundo parecía apagarse. Parecía triste. El cielo casi siempre encapotado cubría la ciudad que servía de enlace a los cientos de europeos trajeados que se cruzaban sin mirarse sujetando maletines negros.

Marina cruzó, con prisa, el hall entre esa marabunta anónima de seres humanos grises hacia la puerta de embarque numero 45A para coger el enlace a Barcelona.

Vio el vaho salir de su boca al dejar la terminal 2 del aeropuerto del Prat. Era de noche. Se frotó las manos. Echó su aliento en ellas y se ajustó la cremallera del anorak. Los cambios de temperatura tan bruscos le afectaban con rapidez. Había aprendido la lección las navidades pasadas, cuando acompañó a Mathias a Berlín a celebrarlas junto con su familia. Pasó de los cuarenta grados etíopes a los menos diez berlineses en pocas horas. El resultado fue la gripe más devastadora de toda su vida.

Marina buscó con la mirada y enseguida reconoció el Mercedes Benz blanco destartalado y a su buena amiga Laura discutiendo, en esos momentos, con un guardia urbano. Tardara lo que tardara en volver, aunque pasaran años, Laura siempre estaría allí, esperándola en aquel viejo cacharro blanco.

Marina aceleró el paso y corrió hasta ella, que ya abría el maletero, solícita como siempre, y le decía al guardia urbano un «¿Ve? Ya le he dicho que mi amiga estaba al caer…».

Las dos amigas se abrazaron mientras el guardia urbano, negando con la cabeza y chasqueando los labios, se alejaba de allí.

Entraron raudas en el coche y, cómo no, al girar la llave del contacto sonó un viejo casete de Leonard Cohen. Marina sonrió al escuchar la voz del cantautor canadiense y Laura aceleró por la A-7.

Laura había cumplido ya los cincuenta y formaba parte de la unidad psicosocial de MSF. Trabajaba en la sede central de España, en un antiguo edificio del barrio del Raval, en Barcelona.

Cuando en 1971 se fundó la oenegé en París, empezó a fraguarse la idea de que los expatriados que volvían del terreno necesitaban apoyo emocional. No era fácil seguir con tu vida tras haber presenciado el horror, la hambruna, las mutilaciones y todas las atrocidades de un mundo que ellos intentaban curar. Así que pronto decidió crearse un departamento psicológico para que los cooperantes pudieran seguir ejerciendo su profesión limpios, sin miedos y sin traumas.

Los cooperantes no eran obligados a sentarse en el diván de Laura, pero la mayoría de ellos acababan pasando por sus manos. Para desahogarse, llorar, intentar entender. Para buscar respuestas.

El cincuenta y cinco por ciento de los cooperantes que viajaban en su primera misión decidían, al volver, no seguir trabajando para la oenegé. Se sentaban en el despachito acogedor de Laura, totalmente arrasados y avergonzados, y reconocían que no estaban preparados psicológicamente para seguir interviniendo en territorios en conflicto. La realidad era demasiado dura para ellos. Y era cierto. No es fácil ver morir a niños de hambre o de sed, escuchar el llanto desgarrado de sus madres, atender a jóvenes militares ensangrentados...

Diez años atrás, Marina se sentó en el diván de Laura a la vuelta de su primera misión. Volvió tras seis meses en un programa de salud materno-infantil en el estado indio de Chhattisgarh. Al minuto de sentarse frente a ella, Laura supo que Marina era del cuarenta y cinco por ciento restante. Ahora, Laura seguía siendo su psicóloga, pero con el paso de los años en su vínculo paciente-terapeuta a veces era ya difícil saber quién de ellas era quién, y habían ido forjando, casi sin darse cuenta, una relación de profunda amistad.

El Mercedes blanco bajó la Rambla de les Flors. Eran casi las diez de la noche. Sábado. La Rambla, a pesar del frío, estaba llena de turistas; las tiendas de comestibles seguían abiertas; entraban y salían guiris de los hoteles; los restaurantes acristalados se veían a reventar, y chicas jóvenes acicaladas sonreían mirando sus móviles. Grupos de africanos caminaban con sus enormes bolsas blancas llenas de ropa de imitación; mujeres hindúes ataviadas con sus saris caminaban con sus hijos de la mano; serios magrebís...: Barcelona.

Tomaron la calle Hospital hasta la Rambla del Raval y aparcaron.

—¿Y Mathias?

—Bien. Seguimos siendo un buen equipo —contestó Marina con una sonrisa.

Por fin subieron al viejo edificio donde vivía Laura. Entraron en la casa, en la que quedaba ya poco del feng-shui que pretendió años atrás. La preciosa niña de tirabuzones rubios que se acercó corriendo a abrazar a su madre era la culpable del caos acogedor que reinaba en esa casa.

—Hija..., ¿qué haces despierta a estas horas?

—Quiso esperarla, señora. Lo intenté pero no ha habido manera, discúlpeme —dijo una dulce y joven tibetana en un precario castellano.

El loft de ochenta metros cuadrados estaba lleno de libros de psicología, cuartillas garabateadas y folios pintarrajeados colgados por las paredes, Barbies, juguetes y plastidecores. La calefacción, siempre alta.

—Es preciosa —dijo Marina mirando a su ahijada, a quien no veía desde hacía casi año y medio.

—Debe de ser eso de la ley de la compensación —le contestó Laura con el humor ácido que le salía de vez en cuando.

La hija de Laura era rubia, tenía la piel blanca y los ojos muy claros. Una belleza eslava, casi insólita, nada que ver con su madre biológica. Laura era una mujer poco agraciada. Frente alargada, ojos pequeños, nariz prominente y un pelo fino algo canoso. «Inteligente sí, pero la pobre es fea como un *pecao*», había escuchado decir de pequeña a su padre una de esas nochebuenas en las que se bebe más de la cuenta. Una frase lapidaria que se quedó clavadita en el corazón de su hija Laura. Y que, por supuesto, toda la psicología que había estudiado en su vida no había conseguido borrar.

Laura pagó treinta euros a la mujer tibetana, que recogió su bolso y salió con discreción asiática.

—Venga, a dormir. Pero ¿sabes qué hora es?

La niña corrió hasta el tatami que compartía con su madre. Marina y Laura la siguieron y se tumbaron junto a ella. A pesar de sus seis años, seguía chupándose el dedo. Placer que su madre nunca le reprimió. Se metió el pulgar en la boca, se volvió a Marina con los ojos muy abiertos y le pidió a su madrina que le contara un cuento.

—A ver, a ver —dijo Marina, que no había contado un cuento en su vida—. Érase una vez…

No se le ocurría nada.

—Pues a ver… No estoy muy acostumbrada a contar cuentos, cariño. Mejor mamá.

Laura rio.

—No, espera. Ya lo tengo —siguió diciendo Marina—. Érase una vez una princesa que vivía en un país lejano llamado Etiopía. Se llamaba Naomi y tenía la piel negra. Vivía en medio de unos campos de cereales…, en una casa de color…, de color rosa.

—¿Rosa? —preguntó la niña sacándose el pulgar de la boca.

—Cierra los ojos —ordenó Laura a su hija.

Marina siguió con un tono pausado, bajando el volumen paulatinamente, inventando el primer cuento infantil de su vida, hasta que la pequeña por fin se durmió.

Dejaron a la niña en el tatami y desplegaron un biombo.

—No sé yo, esto del colecho, cuántos años más va a durar. Me pega una de patadas…

Laura vivía su maternidad plenamente. Y plenamente significaba plenamente. Antes de embarazarse trabajó durante quince años y era mujer de pocos placeres, así que tuvo ahorrado suficiente dinero para, además de la escasa baja maternal de cuatro meses que le otorgaba la ley, pedir dos años de excedencia laboral en los que se dedicó única y exclusivamente a la crianza de su hija. Le dio el pecho a demanda durante esos dos años. La llevó siempre colgada en el *mbotou*, un portabebés tradicional africano que le compró Marina en una pequeña tienda de un pueblo congoleño a orillas del río Ébola, y en contadísimas ocasiones utilizó el cochecito MacLaren que le regalaron sus compañeros de MSF. Y el colecho, por supuesto: desde el día de su nacimiento, madre e hija compartieron cama.

Además, Laura, desde el día en que su hija salió de su vientre la habló como si fuera una adulta. Nada de dirigirse a la niña en tercera persona, ni guaguás, ni popós, ni yayas. Creía firmemente en la relación entre el habla materna y el desarrollo de la inteligencia. Y era cierto que la niña hablaba con un vocabulario riquísimo para sus seis años de edad.

—¿Qué te apetece cenar?

—Algo ligero, tengo el estómago revuelto del avión.

—¿Hacemos *chapati*? Con un poco de ensalada.

Laura sacó harina del armario. Marina cogió un rodillo del segundo cajón. Ese sencillo pan indio lo habían preparado muchas veces juntas. Laura no le encontraba sentido a comprar diariamente una barra de pan cuando, con un poco de harina, agua, sal y diez minutos de tu tiempo, podías prepararte el tuyo propio.

—¿Quién es esa princesa etíope? —preguntó la psicóloga vertiendo un vasito de agua en la harina.

Marina la miró con complicidad. Se le escapaban pocas cosas a su amiga.

—Asistí el parto, la madre murió —contestó rápido, juntando con sus manos la masa.

Laura permaneció en silencio dejando que hablara.

—A veces creo… —Marina se quedó pensativa sin dejar de amasar—. Quizás esta niña no debería haber sobrevivido.

—Marina, no digas eso.

—La dejé en un hospicio de mierda.

Laura observó a Marina mientras, seria, cogía el rodillo y alisaba la masa de *chapati*.

—¿Estás bien?

Marina desvió la mirada.

—Niños que no deben nacer nacen y, sin embargo, niños que quizás deberían haber nacido no nacen…, porque sus madres se lo impiden —concluyó Marina echando el *chapati* a la sartén.

Ambas sabían qué había entre las rebuscadas líneas que acababa de pronunciar. Laura sabía que ese episodio de la vida de Marina volvería a ella. Llevaba demasiado tiempo psicoanalizando a fotógrafas, médicas, enfermeras, logistas, mujeres fuertes e inteligentes que habían llegado a lo más alto de sus carreras, sacrificando su maternidad; en algún momento de sus vidas y rebuscando en su alma, se arrepentían de esa renuncia tan arraigada en la condición femenina. Pero en Marina había que hurgar un poco más profundo para entender que no fueron solo sus pretensiones laborales las que le hicieron sacarse el feto que llevaba en su vientre.

—Eres capaz de amar a un hijo, Marina. No lo dudes nunca. Tú no eres tu madre —le dijo nueve años atrás Laura posándole la mano en el vientre a Marina.

Pocas horas después, la acompañaba a una clínica abortiva de Barcelona, a pesar de que Marina sabía que el padre de la niña que llevaba en el vientre —Jeremy, treinta años mayor que ella, profesor en la Universidad de Medicina de

Perelman y conocido por sus estudiantes como el doctor Sherman— la hubiera ayudado siempre.

—Le puse yo el nombre de Naomi. —Miró de nuevo a su amiga y sonrió con tristeza.

—Es un nombre muy bonito.

—Kaleb insinuó que seguramente la niña era fruto de una violación.

—Bueno. Eso no lo sabremos nunca. ¿Qué más da quién era el padre ahora? Hiciste lo que debías. Esta niña encontrará una familia adoptiva y será feliz.

—Ojalá.

—Te lo aseguro.

Laura cogió lechuga, maíz, cebolla y tomate de la nevera, mientras Marina ponía la masa de *chapati* en la sartén.

—Hablando de padres... Tengo que contarte algo —dijo Laura abriendo el grifo y lavando la lechuga.

Marina la miró expectante.

—Es sueco.

—¿Quién es sueco?

—El donante, Marina. ¿Quién va a ser?

—Pero... ¿cómo te has enterado? —contestó Marina sorprendida.

—La médica que me inseminó. En una de las últimas revisiones, la noté ojerosa, algo más delgada y, a pesar de no haber intimado con ella, le pregunté si todo estaba en su sitio y se puso a llorar. Sin más.

—¿De verdad?

—Sabía que era psicóloga y supongo que se desahogó, la típica historia marido se deja el móvil en casa y mujer se entera que lleva no sé cuánto tiempo con otra, que, para destrozarla todavía más, se suponía era su mejor amiga.

Llevaron el *chapati* y la ensalada al salón y se sentaron en el sofá.

—Y este año, supongo que como agradecimiento a estas terapias gratuitas y viendo a esta belleza rubia que he parido, pues me insinuó que cuando no tenían suficiente esperma lo compraban a un banco de esperma sueco...

Marina, tras esa información ilegal que había descubierto su amiga, enmudeció. Era un tema al que Laura y Marina le habían dado muchas vueltas en sus conversaciones, la identidad del donante de esperma. En España, la ley prohibía dar información sobre los donantes. Así que, juntas y gracias a la ayuda de Jeremy, contactaron con la empresa americana Criobank Association. Una empresa privada puntera en el campo de la reproducción asistida y que solo aceptaba esperma de estudiantes de las universidades de Harvard, Yale y Stanford. Razón por la cual era cinco veces más cara que el resto de las empresas del sector. Criobank Association permitía, además, a las receptoras de espermatozoides universitarios elegir el color de piel del donante, el color de pelo, el color de ojos, su altura, y escuchar su voz.

Laura encontró tentador viajar hasta las Américas en busca del mejor espermatozoide para su futuro hijo, pero era una mujer escéptica, y sobre todo escéptica con todo aquello que llegaba de Estados Unidos.

Una noche que salieron juntas a un bar del Gótico, entre copas de vino tinto y tapas de boquerones, Laura se imaginó a su futuro donante, un universitario enclenque de Ciencias Exactas, sentado en una minúscula sala roja insonorizada propiedad del banco de esperma y ubicada en el *downtown* de Filadelfia, bajándose la bragueta de su Levi's 501, introduciéndose la mano en el calzoncillo y cascándosela frente a un televisor donde un tipo musculoso de rasgos caucásicos y con un falo tres veces más grande que el suyo empotraba a una rubia de tetas enormes que aullaba de placer. Y siguieron las tapas de boquerones y llegaron más copas de vino y la imaginación femenina les siguió dando para mucho más durante toda la noche... Concluyeron que el procedimiento de recaptación de semen debía de ser similar al de las clínicas de inseminación españolas. Con el pequeño matiz, aclaró Laura, de que el tipo que se la casca puede ser un bala perdida expulsado del colegio en octavo de EGB.

Laura tras darle mil vueltas al tema, y poniendo en duda que los espermatozoides universitarios americanos fueran realmente universitarios, decidió inseminarse en su madre patria. No solo por la duda del origen del esperma, sino porque debería instalarse un periodo de entre tres a nueve meses en Estados Unidos, ya que las estadísticas dictaban que la probabilidad de quedarse embarazada en el primer intento era de un veinte por ciento. De modo que el proceso podía alargarse meses y no se imaginó esperando sola en Estados Unidos por mucho que el donante fuera doctor honoris causa de la Universidad de Stanford.

Así que un lunes del mes de enero del año 2004 dejó que el azar decidiera el espermatozoide que le iba a ser inyectado a través de una cánula aséptica en el departamento de reproducción asistida de la Clínica Dexeus de Barcelona. Y nueve meses más tarde, en el loft en el que se encontraban, acompañadas de la voz de Leonard Cohen, Marina sacó del vientre de su amiga Laura a la preciosa hija que había concebido.

—Desde que lo sé, ese donante anónimo, el padre biológico de mi hija, se cuela en mis sueños... y me atormenta, la verdad. A veces..., el padre. No sé por qué le estoy llamando padre —dijo haciendo una mueca para sí—. El donante aparece como un tipo tranquilo y bondadoso, de mediana edad, rubio, muy guapo, como mi hija..., y los observo a lo lejos; yo estoy dentro del sueño también, es como en una película…: él camina por un desierto y mi hija corre feliz hacia él.

—Es un sueño bonito.

—Sí, ya… Otras veces, sueño que es un vagabundo alcoholizado que arrastra un carro de supermercado lleno de objetos rotos por las calles congeladas de los barrios bajos de Estocolmo —acabó Laura con cierta angustia.

—Desde que tienes a la canguro tibetana, vas mucho al cine, ¿no? —dijo Marina con una sonrisa intentando sacarle hierro al complicado asunto que tenía su amiga entre manos.

Rieron las dos. Pero lo cierto es que Laura no había sentido curiosidad alguna por saber quién era el padre biológico de su hija. De quién era el semen que se había introducido en su óvulo. Y tras esa conversación con la doctora que la inseminó, se abrió un mundo onírico infinito que prefería evitar pero que no podía, porque solo en sueños se le aparecía esa otra mitad de su hija.

—Y lo peor de todo —siguió diciendo Laura— es que Suecia ha aprobado la ley del no anonimato y los hijos nacidos por reproducción asistida tienen derecho a conocer la identidad del donante al cumplir dieciocho años. —Laura esperó un segundo y siguió—: Aunque no tengo por qué decírselo.

—Ahora te voy a robar una frase… La mentira nunca es buena —dijo Marina sonriendo levemente.

—Dejemos el tema, que suficientes vueltas le doy ya por las noches… Yo lo que quiero saber, querida amiga, es cómo se te ocurre darle poderes a tu cuñado después de todo…

—¿Y qué querías que hiciera? Anna es incapaz de gestionar el papeleo de la herencia. Por lo visto, son mil trámites —Marina arqueó las cejas— y ella no hace nada sin consultarle a él. Pero le he dado poderes limitados. Mi hermana y yo tenemos la última palabra.

—Miedo me da...

Y así les dieron las cuatro de la madrugada, picoteando en algunos simpáticos cotilleos de MSF, repasando esos meses en que no se habían visto y alimentando la bonita amistad que habían cultivado a través de charlas sinceras y respetuosas durante años. Seguramente, esas dos amigas no volverían a verse en meses, quizás pasaría un año, tal vez más. Pero no importaba, ellas dos eran de esas mujeres afortunadas a quienes la vida les había regalado un tesoro. Una amistad sólida. Una amistad para toda la vida, de la que presumirían hasta bien viejitas. Aconsejándose de día y cuchicheando de noche entre *chapatis*, copas de vino tinto y tapas de boquerones.

En invierno, la Trasmediterránea fletaba desde Barcelona un único barco al día a la isla de Mallorca. El ferri tenía una capacidad para quinientos ochenta y nueve pasajeros y en ese trayecto no debían de ser más de cincuenta. Pocos viajaban a la isla en invierno. Los pocos que lo hacían preferían los veinte minutos que duraba el vuelo desde el aeropuerto de Barcelona hasta el de Palma de Mallorca y no las ocho horas de trayecto que le esperaban a Marina hasta atracar en el puerto de Peraires. Las nubes eran densas y un único rayo de sol, tímido, conseguía colarse entre ellas. Los cincuenta pasajeros caminaron raudos hacia el interior del ferri, acomodándose en sus butacas sin quitarse los abrigos. Sin embargo, Marina, al entrar al Sorrento, nombre con el cual el nieto predilecto del propietario de la naviera había bautizado al ferri, caminó por el costado de babor hacia la proa.

Un viejo capitán encendía motores en el puente de mando. Ciento ochenta metros de eslora y veinticinco de manga, sin apenas tripulación, sin apenas pasajeros. El Sorrento parecía un buque fantasma. Unas gaviotas revoloteaban en círculos emitiendo graznidos ásperos y esperando a que algún pescador generoso se acordara de ellas. Batían las alas ascendiendo y descendiendo en vertical. Observando las aves, se apoyó en la barandilla oxidada de la proa.

Por fin, Marina estaba donde quería estar.

Hubiera sido más práctico volar desde el aeropuerto de Barcelona y más rápido aún haber cogido el vuelo desde el aeropuerto de Fráncfort directo a Palma, pero Marina prefirió revivir ese lento trayecto, esas ocho horas, por las aguas del Mediterráneo. El mismo trayecto que hizo con su padre, el 21 de diciembre de 1982. Cuando ella tenía diecisiete años. Necesitaba revivir ese recuerdo íntimo a pesar de que la llenaría de nostalgia. Podía y quería recordar palabra a palabra la última conversación que mantuvo con el hombre que más había querido en su vida, con Néstor Vega, con su padre, en la cubierta de un ferri muy parecido al que se encontraba ahora.

Dirigió su mirada al horizonte. También era un invierno frío. Marina estudiaba su último curso de bachillerato en el prestigioso internado femenino de Saint Margaret's School, en la ciudad de Filadelfia, y regresaba como cada año a pasar la Navidad con ellos.

—Hija, estás hecha una mujer. Me gusta en quien te has convertido —le dijo su padre—. Te veo y te escucho y no puedo estar más orgulloso de la persona en quien te estás convirtiendo.

Esas fueron las primeras palabras que su padre le dijo al subir al ferri hacía ya más de veinticinco años.

—Papá..., qué cosas dices.

—Cada año pasan por mi consulta cientos de personas y te aseguro que los hay de muchos tipos: personas maravillosas, personas menos maravillosas, personas a secas, personas perversas y personas repugnantes.

Marina sonrió. Su padre era un hombre crítico con todo, a veces demasiado.

—Creo que el esfuerzo está valiendo la pena. Soy consciente de que no ha sido fácil separarte de nosotros, de mí, de Anna, de la abuela Nerea. —Hizo una pausa, dudó, pero la mencionó—: Y de tu madre.

Marina dejó de mirarle. ¿Por qué tenía que mencionarla a ella? Sabía que no había echado de menos a su madre… Néstor cogió la mano de su hija. Intentaría que fueran unas navidades tranquilas. Sin gritos, sin reproches. Sabía que madre e hija no podían estar juntas más de dos días seguidos sin que la cosa explotara, sin que una acabara llorando y la otra somatizando no se sabía bien qué. Su hija Marina se merecía unas navidades tranquilas… Saldrían abrigados en el *llaüt*, cuando el invierno se lo permitiera, a navegar.

—Y tu futuro, hija… ¿Qué quieres hacer con tu vida? —le preguntó Néstor a su hija.

—¿A qué te refieres, papá?

—Con tu vida. La vida que tienes por delante cuando salgas de Saint Margaret.

—No lo sé.

—En la isla no hay universidad de ciencias, puedes estudiar en Madrid, donde yo hice la carrera, o aquí, en Barcelona. O… —Marina le interrumpió. Sabía la tercera opción que le iba a plantear pero se negó a escucharla.

—No lo sé, papá. Ahora no puedo contestarte… ¿Sabes? Me parece complicado que a los diecisiete años te hagan decidir lo que vas a hacer. Lo que vas a ser el resto de tu vida.

—Si. Es cierto. Pero así está montado.

—No me imagino en una ciudad nueva. Empezando de nuevo. Sola otra vez… A veces pienso que no debo seguir estudiando.

Néstor endureció su expresión.

—¿Qué dices, hija? —contestó decepcionado—. Sería una pena. Llevas cuatro años en uno de los mejores internados americanos, estás preparada para entrar en cualquier universidad del mundo. Tus notas son excelentes, más que excelentes… No me has dejado acabar antes; claro que podrías estudiar en la Universidad de Madrid o en Barcelona, pero me ha escrito el director del Saint Margaret.

—Ya lo sé, papá —interrumpió Marina de nuevo—. Quizás puedan becarme en la Universidad de Medicina de Filadelfia —siguió sin un ápice de entusiasmo Marina—. Él ya habló conmigo.

—¿Y no te alegras, hija? ¿Tú sabes lo que eso significaría para tu futuro?

—El director cree que podría entrar. Pero todavía queda mucho curso por delante. Y tengo que hacer un examen parecido al de la selectividad, y no es fácil.

—Vas a entrar, hija. Vas a aprobar el examen. Con nota. Estoy convencido de ello. Si tú quieres, claro. Hija, si pasas las pruebas, te ofrecerían una beca completa y recibirías la mejor educación que un médico puede recibir. Te lo mereces.

Marina no quería hablar de sus progresos académicos ni de su futuro, ni de nada que tuviera que ver con todo aquello por lo que tanto se la valoraba. Le bastaba estar en silencio, abrazada a su padre en ese viejo ferri. Recuperando el tiempo perdido. Verlo dos meses al año no era suficiente. Vivía nueve meses a miles de kilómetros de distancia de él, y ahora que estaba a escasos milímetros solo necesitaba silencio, amor y no más conversaciones que giraran alrededor de sus progresos académicos. Pero Néstor, incapaz de intuir ese sentimiento, siguió preguntando por ese futuro brillante que auguraba.

—Mira, te voy a explicar una historia... ¿Te acuerdas cuando te visité el año pasado? ¿Recuerdas que volvía de Washington, de un congreso de medicina?

Marina asintió sin mirarle. ¿Por qué no dejaba de hablar de una vez?

—Pues en el congreso conocí a un ginecólogo norteamericano. La farmacéutica nos había hospedado en el mismo hotel y la primera noche coincidimos en la barra del pianobar. Había un pianista esmirriado muy viejo y tristísimo que versionaba el «Fly me to the moon» de Frank Sinatra. —Néstor sonrió con ese simpático recuerdo.

—Papá, ¿adónde quieres llegar?

—Espera un segundo, no seas impaciente. El pianista era lamentable y el ginecólogo me dijo: «No sé si pagarle el sueldo de esta noche y decirle que deje de atormentarnos». Nos reímos. Acto seguido me tendió la mano con humildad y se presentó. Digo con humildad porque todos en el congreso sabíamos quién era, una eminencia en la ginecología a nivel mundial... Jeremy Sherman, se llama. Un tipo amable, algo mayor que yo y, curiosamente, un enamorado de Mallorca. Había viajado con su esposa antes de casarse y, lo mejor, había probado el arroz *brut* de la fonda de Valldemosa. Increíble, ¿no?

Néstor miró a su hija, que seguía cabizbaja, escuchando sin querer escuchar.

—Bueno, pues nos pasamos el resto de la semana juntos de ponencia en ponencia. Hemos entablado cierta amistad... Nos escribimos asiduamente y además me envía revistas de ginecología imposibles de conseguir en la isla. Este señor,

Marina, es el decano de la Universidad de Medicina de Perelman. Y sé que nos ayudará si es que quieres estudiar allí.

Marina escuchaba mirando el mar, que, a pesar del invierno, estaba en calma.

—El último día del congreso acabamos sentados en el taburete junto al pianista cantando «Fly me to the moon»... Fue algo lamentable... Jeremy es un buen tipo. Nos ayudará.

Néstor aguardó la respuesta de su hija.

—Quiero volver a Mallorca, papá. No quiero seguir sola a siete mil kilómetros de vosotros..., ¿no lo entiendes?

Néstor agudizó su mirada y Marina la dirigió hacia él intentando mostrar seguridad.

—Sí, papá, trabajar. Como hacen muchos jóvenes que deciden no seguir estudiando.

—¿Cómo vas a dejar los estudios? Hija, por favor. ¿Y trabajar de qué? —No alzó la voz pero el tono era duro y su hija lo conocía bien.

Marina le cogió la mano, sabía que estaba decepcionando a su padre. Lo sabía y le dolía. Pero ya había decidido demasiadas cosas por ella y sentía que, a pesar de sus diecisiete años, quería ser dueña de su propio destino.

Néstor se apoyó en la barandilla del barco. No entendía a su hija.

—Papá, no sé qué va a ser de mi vida. Pero sí sé una cosa. Y es que quiero volver. Quiero volver, papá. Os he añorado tanto..., tantas noches sola en Estados Unidos. Quiero estar cerca de ti, de la abuela Nerea, por muy senil que esté y aunque ya no me reconozca, y junto con Anna. Es de lo único de lo que estoy completamente segura. De que quiero volver.

Las gaviotas seguían su vuelo; le pareció que habían dejado de volar en círculos y formaban un triángulo. El cocinero del Sorrento se acercó a la barandilla con una barra de pan duro en la mano.

—Me esperan a mí..., saben que no les fallo —dijo con voz grave el cocinero a Marina.

Marina observó cómo dos marineros soltaban los amarres del muelle de Botafort y el Sorrento emprendía, lento, su rumbo a Mallorca.

Anna imaginó que el ferri ya habría zarpado del puerto de Barcelona. Volvió a preguntarse por qué había querido Marina navegar durante ocho frías horas en ese barco incómodo y no tomar el Ryanair a sesenta euros que ella le había buscado. Cuando vio la aguja extrafina llena de toxina botulínica a punto de penetrarle en la comisura del labio superior, se olvidó de su hermana. Anna abrió los ojos de par en par, observando cómo el pulgar de la cirujana plástica presionaba lentamente en el émbolo de la jeringuilla, haciendo bajar la mezcla de suero y polvos de bótox que contenía el barril traslúcido. Era el primero de los veinte pinchazos que le quedaban en el código de barras.

Cuca, que así se llamaba la cirujana, extrajo la jeringuilla del rostro de Anna. Anna no sintió dolor pero palideció. Mareada y para evitar mirar la jeringuilla, observó la consulta aséptica en la que se encontraba. Cajones metálicos, líquidos, jeringuillas, algodones y grandes recipientes con alcohol. De nuevo, la aguja en su piel. Sintió un sudor frío en las palmas de las manos. Las separó y se agarró a la camilla metálica en la que yacía semitumbada. Sin pretenderlo, y mientras sentía el frío metal en sus manos sudadas, recordó la fobia que le provocaban las agujas de niña. Recordó una noche con apenas siete años escondida con Marina bajo el colchón de la abuela Nerea. Habían visto a su padre abrir su maletín negro lleno de agujas metidas en bolsas. Y huyeron las dos hacia el cuarto de la abuela. Néstor encontró a sus hijas media hora más tarde y, tras una buena reprimenda, las vacunó de viruela. Anna chilló como si se fuera a acabar el mundo, sin dar crédito a la actitud pasiva de su hermana pequeña, que, habiendo sido ya vacunada, sin soltar una sola lágrima, alineaba las jeringuillas de su padre tras sacarlas del maletín.

Sintió la aguja salir de la piel. Apretó los dientes. Tensó la mandíbula. Un algodón se posó sobre la pequeña gota de sangre que le brotaba del labio. Se fijó en los guantes de látex blancos que sujetaban el algodón. Respiró, levemente, intentando no mover un solo músculo. Ahora el sudor frío llegaba a las axilas. Sintió flojera en las piernas. La cirujana levantó el algodón que estaba levemente manchado de rojo. Anna vio su sangre y cerró los ojos.

La noche anterior tuvo la brillante idea de meterse en el ordenador de su hija y teclear la palabra «bótox». Treinta y ocho millones de entradas. Cliqueó en la primera entrada y, al recibir el segundo pinchazo y como si la pantalla del ordenador cobrara vida dentro de sus párpados cerrados, recordó las salvajadas que se decían en el mundo virtual acerca del *Clostridium botulinum*, el microbio que le era inyectado en ese momento. La primera frase que leyó rezaba: «Un solo gramo de toxina botulínica es suficiente para matar a un millón de cobayas». El texto venía acompañado por varias fotos de cobayas maltratadas en un laboratorio de alguna localidad norteamericana que no se especificaba.

Abrió un ojo. Solo uno. El ojo izquierdo. Miró fijamente a Cuca, que con el pulgar volvía a apretar el émbolo de la jeringa.

«Como la capulla esta se haya equivocado de dosis, me quedo tiesa en la camilla.»

La cirujana, sintiéndose observada por el ojo izquierdo de su paciente, se inclinó hacia atrás.

—¿Todo bien? —le preguntó apartando la jeringuilla de su rostro.

—Hace un poco de calor aquí, ¿no? —dijo Anna incorporándose.

—Hombre, calor calor... No recuerdo un invierno tan frío en toda mi vida. La calefacción está a veintiséis. La bajo un poco si quieres.

—La menopausia quizás —contestó, sorprendiéndose a sí misma con la improvisación de la respuesta. Todavía le quedaban algunos años para llegar a los cincuenta y seguía menstruando regularmente.

—¿No tendrás un poco de agua?

Lo cierto es que Cuca era algo parecido a una amiga. Era su amiga hasta que no demostrara lo contrario. Ambas habían estudiado en el colegio San Cayetano. Cuca era dos años menor, fue compañera de Marina en el colegio. Además, Curro, el marido de Cuca, un conocido notario mallorquín y miembro fundador de J&C Baker, un temido bufete de abogados en la isla, y Armando, el marido de Anna, eran también colegas de la infancia y socios del Real Club Náutico de Palma. En verano, los dos matrimonios salían a navegar juntos. Un día con la lancha de uno, otro día con la del otro. Además, coincidían en las cenas femeninas que organizaba el club para todas las socias, en las que intimaban y se contaban cosas de sus hijos, de sus maridos y de sus arrugas.

Cuca le acercó un vaso con agua.

—Es que ayer leí acerca de esto que me estás inyectando. —Señaló innecesariamente la jeringuilla—. ¡Se dicen unas barbaridades! Leí que era treinta millones de veces más letal que el veneno de una cobra y que Al Qaeda la está fabricando como arma de destrucción masiva.

—¿Perdona? —dijo Cuca apoyándose en la mesa.

—No se puede mirar internet —dijo Anna tras sorber el agua—, dicen unas tonterías... Pero, claro, te asustas. A ver si ahora por sacarme un par de arrugas me quedo criando malvas.

Cuca corroboró lo que ya pensaba, que su amiga, además de ingenua, era boba.

Hacía ya un par de años Cuca, tumbada en *topless* en el yate de su marido, al ojear la revista *Naturaleza y Vida* leyó que el bótox era utilizado como un arma de destrucción masiva que había sido prohibida por el protocolo de Ginebra... Pero ese artículo de ciencia ficción veraniego le hizo más gracia que otra cosa y los efectos secundarios de la toxina botulínica se la traían floja; ella tenía muy claro que no quería seguir ganando un mísero sueldo de médico de la Seguridad Social. Demasiadas guardias hechas en el Hospital Universitario de Son Dureta, demasiados pacientes y demasiados años sin llegar a dos mil euros al mes. Así que, gracias al *Clostridium botulinum*, montó su propia clínica privada y, lo más importante, había podido cambiar la vieja lancha de seis metros de eslora por un yate de treinta y cinco... Ese era el tipo de amigas que frecuentaba Anna.

—¿Quieres que sigamos mañana?

—No, no —dijo tumbándose de nuevo en la camilla—. Es que soy muy aprensiva. Porque ¿no tendrás un ibuprofeno?

Cuca, con cierto cabreo, se volvió y abrió un armario lleno de frascos y medicamentos. Sacó una pastilla de seiscientos miligramos y se la dio.

—No me queda agua. —Sonrió tímidamente Anna.

Cuca rellenó el vaso y se lo acercó, casi arrepintiéndose del descuento que había prometido hacerle, como amigas que eran.

Anna sorbió el agua y le entregó de nuevo al vaso a la doctora.

—Te voy a poner música. Te relajará.

Evidentemente, la cirujana no pensaba en su paciente sino en ella misma. Necesitaba oír su música de relajación, la que escuchaba en el centro Kundalini Yoga Mallorca, cada tarde, junto con otras tantas mujeres de mediana edad que seguían las instrucciones de Carlos Shankar Awhit, en verdad Carlos Fernández Fernández, un caradura que se paseaba por los *ashrams* hindúes una vez al año y había conseguido montar su propia escuela, y con quien Cuca, por cierto, follaba de vez en cuando.

Las cuerdas de un sitar dieron paso a una música relajante. Los seiscientos miligramos de ibuprofeno empezaban a surtir efecto.

La tarjeta de crédito de Anna se deslizaba por el datáfono de la consulta de Cuca. Pensó que todavía tenía muchas cosas que hacer antes de que llegara Marina. Pasar por el supermercado a comprar pescado fresco, por la floristería a por un ramillete de lavanda seca, ir a la tintorería a recoger los trajes de su marido, recoger a Anita en el colegio, y, lo que más le inquietaba, preparar el dormitorio para Marina. Había dado órdenes precisas a la filipina de cómo debía arreglar el cuarto, pero Anna quería supervisarlo todo antes de su llegada.

Una señora septuagenaria entró en la consulta. El exceso de bótox le había dejado los ojos excesivamente abiertos, los labios excesivamente hinchados y la frente excesivamente lisa. Pero, a juzgar por sus andares, la vieja se sentía guapa. Anna deseó no perder la cabeza y acabar convirtiéndose en ese esperpento con ojos de lubina.

El datáfono emitió un pitido continuo.

—No la coge —le dijo una auxiliar de enfermería mascando chicle.

—¿Cómo que no la coge?

La auxiliar meneó la cabeza.

—Habrá un problema con el datáfono —sugirió Anna con cierto nerviosismo.

Era 1 de febrero. El banco tenía la orden de hacer el traspaso de la cuenta de su marido a la suya. Debía de ser un error.

—Hemos pasado varias esta mañana, sin ningún problema —afirmó la auxiliar—. ¿No lo tiene en efectivo?

—Pues no, señorita. No suelo llevar tanto dinero en efectivo encima —argumentó algo avergonzada y atisbando a la septuagenaria, que la miraba fijamente.

—Espere un segundo. —La auxiliar rodeó el escritorio, hizo un globo con el chicle y entró en la sala donde Cuca rejuvenecía a otra mujer.

Anna sacó su móvil del Louis Vuitton y llamó a su marido. ¿Quizás se trataba de un error bancario? Sabía que su marido no cogería la llamada, pero ella aguardó con el móvil pegado a la oreja…, por si acaso. Miró hacia el despacho de Cuca. Volvió a mirar a la lubina. Colgó la llamada. Volvió a intentarlo. Ni caso.

Mientras dejaba el móvil de nuevo en el bolso, pensó en la maravillosa herencia que le había caído del cielo. Esa humillación por la que estaba pasando no volvería a sucederle nunca más. ¡Qué vergüenza!

Vio a Cuca acercarse a ella.

—Lo siento…, la tarjeta debe de estar defectuosa.

—Ya me lo das en la próxima cena del club. —Cuca dudó—: O cuando puedas… No hay prisa.

Anna percibió en ese segundo de duda que mostró Cuca que sabía algo de la situación económica por la que estaban pasando su marido y ella. Era obvio, Curro era quien llevaba los asuntos legales de Armando, pero ellas dos nunca habían hablado al respecto y sintió todavía más vergüenza.

—Esta tarde sin falta te lo traigo.

—No te preocupes, de verdad, ya me lo pagarás, hay confianza, mujer, somos amigas.

# 3

# LA FAMILIA O EL PAN DE LIMÓN CON SEMILLAS DE AMAPOLA

## INGREDIENTES:

2 limones rallados del árbol de la abuela Nerea
30 g de semillas de amapola
350 g de harina integral
200 g de azúcar moreno
250 ml de leche entera
200 g de mantequilla
3 huevos
1 sobre de levadura en polvo
1 cucharadita de sal

## PREPARACIÓN:

Mezcla la harina, la levadura y la sal. Bate por separado los huevos, el azúcar moreno y la ralladura de limón. Cuando esté bien batido, añade la leche. Derrite a fuego lento la mantequilla e incorpórala a la mezcla húmeda poco a poco mientras bates. Una vez hayas conseguido una masa uniforme, agrega el contenido del cuenco de la mezcla seca. Por último, mezcla las semillas de amapola con la masa, entreteniéndote sin prisas...

Introduce el bizcocho en el horno precalentado a 180 °C durante una hora.

Imelda era consciente de la importancia de la visita de la hermana de la señora y repasó todo con extremo cuidado. Apenas había oído hablar de ella. Sabía que se llamaba Marina, que vivía en África y era médica. Alguna Navidad escuchó decir a la señora que le hubiera gustado que Marina estuviera ahí, pero ningún otro miembro de la familia le había prestado excesiva atención.

Deslizó su mano por una gruesa manta de lana blanca que cubría la cama del dormitorio de invitados. Estiró las sábanas de hilo de debajo y, como le había ordenado la señora Anna, dobló la sábana sobre la manta de manera que quedaran visibles las letras bordadas en azul cielo: N & A.

Una semana antes, la señora le había pedido que bajara del altillo una caja de plástico que contenía esas antiquísimas sábanas. Habían adquirido un color amarillento pero la señora no quiso meterlas en la lavadora. Quiso hervirlas y dejarlas al sol dos días. «Nada de detergente ni lejía —le ordenó—, desteñirían el bordado azul.» La filipina las miró satisfecha. Habían quedado blanquísimas. Y las iniciales no habían rebajado el azul, que era lo que más le preocupaba a la señora. Pasó sus manos por la N, la inicial de Néstor, y por la A, la de su mujer Ana de Vilallonga, los padres de Anna y Marina. Iniciales que había bordado la abuela Nerea para su hijo y su nuera. Y esas sábanas antiguas, como la casa, formaron parte del ajuar que le regaló el día de su boda a su hijo Néstor y que este dejaría en herencia a sus dos hijas.

A Imelda ese cuartito que limpiaba le parecía el más bonito de la casa a pesar de que en los catorce años que llevaba ahí trabajando no había sido utilizado ni una sola vez. Era un pequeño oasis dentro de la casa recargada y asfixiante en la que trabajaba. El resto de las estancias estaban cargadas de objetos que debía limpiar meticulosamente. Sin embargo, ese pequeño dormitorio de paredes blancas, sin decorar y prácticamente vacío, transmitía paz y tenía un aire acogedor. Junto a la cama, una mesilla de madera con una lámpara hecha a base de apliques náuticos. A los pies de la cama, descansaba un enorme e imponente baúl también de madera que a los ojos de Imelda parecía muy antiguo y le recordaba a los baúles de los marineros filipinos.

El primer día que entró a trabajar allí, la señora le ordenó subir ese viejo baúl del sótano e instalarlo en esa habitación. Imelda intentó hacerlo sola pero pesaba demasiado. Así que las dos, con ayuda de una carretilla oxidada, lo subieron al dormitorio. La señora Anna le enseñó a limpiarlo con un trapo seco y con un producto anticarcoma que fueron juntas a comprar a una ferretería de Palma.

Lo que le pareció extraño a Imelda es que su señora le ordenara limpiar diariamente toda la casa, su dormitorio, el de su hija, la cocina y los cuartos de baño. Por el contrario, y como el cuarto de invitados no era utilizado, debía repasarlo únicamente una vez al mes. Sin embargo, ese viejo baúl debía ser limpiado cada día. Y así lo hizo durante los catorce años que llevaba como interina en esa casa. Y, que ella supiese, ese baúl no había sido abierto nunca en todo ese tiempo. Tuvo curiosidad por saber qué había dentro, pero esa discreción tan característica de su cultura filipina se lo impidió.

Echó espray limpiacristales sobre el ventanal. Mientras lo repasaba, dirigió su mirada al mar, el mar infinito, quizás esas mismas aguas habían bañado las orillas del río de su vida, el río Pasig. Un río que desembocaba en la ciudad de Manila, donde hacía catorce años había dejado a su hija al cuidado de su madre. Imelda emigró a España con el único propósito de regalarle a su hijita de cuatro años una vida mejor. Imelda tuvo suerte, mucha suerte, le dijeron otras filipinas que trabajaban en la isla, ya que nada más llegar encontró trabajo en la casa de los señores García Vega. La señora Anna acababa de parir y necesitaba ayuda con la limpieza de la casa, pero sobre todo con el cuidado de su recién nacida. Y así lo hizo. Desde que Imelda entró en esa casa, acunó a esa hija ajena como si fuera propia. Como si hubiera salido de su propio vientre y de su hija se tratara. Y allí seguía Imelda catorce años después en esa misma casa, haciendo camas, sacando polvo, limpiando lavabos, cocinando y durmiendo con una familia que no era la suya. De lunes a sábado y librando la tarde de los jueves y el domingo. Una familia que, por no saber, no sabía el nombre de la hija que seguía esperándola pacientemente, catorce años después, sentada en la orillita del río Pasig.

El claxon del coche de la señora sonó dos veces.

Anna abrió el capó de su BMW descapotable azul metalizado con el que se desplazaba arriba y abajo por la isla. La mansión donde vivía estaba situada a escasos kilómetros del centro de Palma, aislada dentro del barrio de Son Vida, y, dada la escasa red de transporte público que ofrecía el gobierno mallorquín, era un trayecto que hacía diariamente para sus quehaceres de madre y esposa.

—Qué poca compra trae hoy, señora Anna —le dijo Imelda sacando una única bolsa con olor a pescado del capó del BMW.

—Tenía muchas cosas que hacer y se me ha echado el tiempo encima —mintió.

Tras el episodio de la tarjeta de crédito y al salir de la clínica de cirugía estética, sacó el raído monedero Louis Vuitton y confirmó que aún le quedaban dos billetes de veinte euros y algo de calderilla; no eran suficientes para pagar la sesión de bótox pero sí para ir a comprar pescado a la plaza.

Hizo tiempo paseando por las tiendas de moda de la plaza Weiler y la avenida Jaime III, esperando que el mercado estuviera a punto de cerrar, cuando las pescaderas de la plaza preferían bajar precios que echar a perder el pescado fresco. Y así lo hizo. Entrar a última hora en el mercado era algo que solía hacer cuando ya casi no le quedaba saldo en la cuenta. Pero esa situación por fin se iba a acabar. Su marido, como buen especulador que era, encontraría un buen comprador para esa bendita herencia que les había caído del cielo...

—Mi hermana llegará sobre las ocho. ¿No ha llamado? —le preguntó Anna a Imelda cerrando el capó del coche y subiendo las escaleras de salida del garaje.

—No, señora, no ha llamado nadie.

—Patatas quedaban, ¿verdad?

—Sí, señora.

Entraron directamente al salón. Un salón afrancesado con pinceladas rococó. Anna y su madre lo decoraron, antes de la boda, inspirándose en las fotografías de las mansiones que la revista *¡Hola!* hacía de la *jet set* española. Escogieron un tono gris para las paredes y colores nacarados para los muebles del salón. Un sofá de cuero presidía el salón. Frente al sofá, un cantarano de madera del siglo pasado, regalo de su suegra. Le seguía una librería de caoba decorada con libros antiguos no leídos junto a Lladrós y recuerdos traídos de los viajes organizados por Halcón Viajes: un jarrón chino, un buda tibetano, un tambor japonés y una máscara azteca. Y el último elemento y el que tenía más solera dentro del recargado salón: una *chaise longue* tapizada de piel de leopardo frente a un enorme televisor de plasma, en la que ella se permitía breves siestas antes de ir a buscar a su hija Anita al San Cayetano.

Anna se quitó el abrigo y lo dejó sobre el sofá. Cogió el mando a distancia y se tumbó en la *chaise longue*. Las noticias estaban ya empezadas. Nada nuevo. Guerras, muerte y hambre.

Imelda se acercó a su señora y le posó en su regazo una bandeja con un plato de judías verdes con patatas. Imelda se alejó hacia la cocina. Se sirvió la misma comida que la señora y se sentó en la mesa de la cocina de manera que ella también pudiera ver el televisor de salón.

—Imelda, la patata está dura. Ya le he dicho que las haga en cazuelas distintas, por favor —le dijo Anna alzando levemente la voz, sin volverse hacia ella y en un tono familiar, carente de reproche y como una más de las tantas conversaciones que mantenía con su criada desde hacía catorce años.

—Lo he hecho señora, como usted me dijo —le respondió como una letanía, como una frase hecha.

—Pues déjela más tiempo, por favor, y tráigame sal.

Imelda se levantó. Entró de nuevo en el salón y le acercó la sal. Volvió a la cocina. Se sentó a su mesa y siguió comiendo, mirando las noticias del plasma del salón.

El telediario empezó por la crónica nacional. Inflación, paro, descontento social y lo que le hizo dejar de chafar las patatas duras fue una noticia que hablaba del caso de corrupción en Mallorca bautizado por la policía como la «operación Maquillaje». A pesar de que la periodista no aclaraba el porqué del curioso nombre que había recibido dicha operación, Anna sabía perfectamente que la presunta acusada de delitos fiscales, malversación de caudales públicos, prevaricación y fraude a la Administración, además de asidua a la consulta de su amiga Cuca, era una tipa a la que le perdía la estética y de cuyo neceser Loewe solo sacaba cremas de Shiseido, rímel Yves Saint Laurent, barras de labios de Dior y sérum de caviar. Era una buena amiga de su marido y, en alguna ocasión, se habían retocado juntas en los lavabos del Real Club Náutico de Palma. Mallorca era una isla muy muy pequeña.

Siguió comiendo tranquilamente, escuchando los ya cansinos casos de corrupción política en España hasta que finalmente pasaron a la crónica internacional. Anna aguardaba expectante a diario las noticias de África. Daba igual qué guerra o qué sequía aconteciera en ese inmenso continente vecino. Las escuchaba atenta sintiéndose orgullosa de saber que allí estaba su hermana pequeña entregada a los demás.

Los seiscientos miligramos de ibuprofeno que había tomado horas atrás hicieron que Anna se durmiera antes de que el meteorólogo anunciara la borrasca que se avecinaba en la isla.

Imelda acabó de comer. Entró en el salón y apagó el televisor. Cubrió el cuerpo de la señora con una mantita. Cogió su bandeja y volvió a la cocina. Fregó los platos. Los secó y volvió a dejarlos en el armario.

La señora le había pedido que dejara lista la mesa del salón para la cena con su hermana. Era algo inusual, ya que solo los domingos se preparaba esta mesa; el resto de la semana se comía en bandejas frente a la tele.

Imelda sacó el mantel de hilo blanco, los platos de porcelana y la cubertería de plata. Sigilosamente, y para no despertar a la señora, extendió el mantel, dispuso los platos y la cubertería. Acabó y se retiró a su estancia. Debía arreglarse para bajar al centro, Imelda tenía una cita importante.

Una hora y media más tarde se sentaron las dos en el BMW. Imelda se había soltado el pelo, maquillado levemente y estrenaba un abrigo de paño de color negro. Con ese abrigo negro, sin el uniforme clásico de empleada de hogar, a rayas rosa palo, que llevaba a diario, parecía otra mujer.

—Qué guapa te has puesto hoy, Imelda. Este abrigo te favorece —le dijo Anna con sinceridad.

—Gracias, señora. Es que hoy es el cumpleaños de mi hija. Cumple diecisiete.

—¿Ah, sí? Y se ha echado un perfume nuevo también —añadió Anna.

La filipina asintió con una sonrisa.

Un cuarto de hora más tarde, Anna dejó a Imelda en un locutorio cochambroso del centro de Palma, el Sai Baba Telecom, regentado por un extraño paquistaní y en cuyo escaparate colgaban pósteres de innumerables compañías telefónicas que permitían hacer llamadas a cualquier lugar del mundo a precio de derribo. Dentro del locutorio, una fila larga de PC y, frente a los ordenadores, diez minúsculos cuartos, cada uno con un teléfono y un taburete, desde donde Imelda, vestida para la ocasión y oliendo a colonia dulzona, llamó a su hija para desearle feliz cumpleaños.

Anna aparcó el BMW en batería a escasos metros de la puerta principal del colegio San Cayetano. Dejó la calefacción puesta. Cuca tenía razón, era uno de los inviernos más fríos de los últimos diez años.

Vio a un grupo de madres charlar alegremente frente a la puerta. A pesar de que los pinchazos de bótox eran casi imperceptibles, prefirió no salir del BMW y, con el propósito de no guardar contacto visual con ninguna madre, sacó el móvil del bolso y lo miró.

Tenía claro que el móvil no contendría ningún mensaje, pero pensó que Marina debería haberla llamado informándola de que había llegado a Barcelona, de que cogería el ferri... En el *mail* que le había enviado hacía una semana le escribió:

«Llegaré el 1 de febrero en el ferri de las 8 de la noche. Te llamo a tu casa al bajar.»

Un cura abrió las puertas del San Cayetano. Salieron primero los más pequeños. Las niñas con falda azul marino a juego con los leotardos y blazer azul celeste, los chicos con el mismo blazer y pantalón de franela, también azul marino de corte recto. Exactamente el mismo uniforme que ella y su hermana llevaron treinta años atrás. Observó a las quinceañeras de la clase de su hija salir, la mayoría con las faldas del uniforme demasiado cortas, peladas de frío sin los abrigos y con las mochilas mal colocadas al hombro, escondidas tras sus largas melenas. Las más lanzadas se encendían cigarrillos sin miedo a ser vistas. Otras tonteaban con los de un curso superior.

Era el colegio de niños de la clase alta mallorquina y se notaba. Todos aparentaban tener vidas felices, vidas alegres. Vidas en la opulencia. Anna solía charlar con las madres de los exámenes de sus hijos, de las actividades extraescolares, del trilingüismo en las aulas, de las luchas del AMPA. Esos eran los temas de conversación de cada tarde desde que a los tres años Anita entró en el colegio San Cayetano. Pero nunca otros. Le hubiera gustado intimar con alguna de ellas. Pero no llegó a hacerse amiga realmente de ninguna. No se fiaba. Porque ella, sin ser de las madres activas del colegio, se enteraba de todos los cotilleos habidos y por haber. Y no le apetecía que su vida estuviera en boca del resto. «Hay que guardar las apariencias, hija. Oír, ver y callar.» Otra de las frases lapidarias de su madre Ana de Vilallonga, que tenía bien acuñada en su memoria.

Por fin salió su hija, como cada día, sola, sin la compañía del tan necesario grupo de la adolescencia, caminando cabizbaja, escondida tras un chaquetón grueso en el que creía podía ocultar su cuerpo. Porque su hija Anita no había heredado nada del físico de su madre. La genética se empeñó en que la mayoría de los rasgos de Armando, su padre, recayeran en ella. Era gruesa y fuerte como él. Ancha de caderas y de hombros, de constitución robusta, parecía además el doble de lo que era debido a la cantidad de capas de ropa que se ponía. Y, como desde los ocho años se había empeñado en hacer natación, había ido ensanchando de espalda.

—En vez de Anita a nuestra hija la deberíamos llamar Anota —bromeó Armando entre risas una noche en una cena solidaria del Real Club Náutico de Palma.

Y seguidamente, y con el fin de divertir a los comensales, Armando recordó cuando, a los cinco años, bajo el árbol de Navidad, Anita encontró un maillot, un tutú, unos calentadores y una chaquetita, todo ello de color rosa. La niña cogió el equipo de ballet, lo puso en el regazo de su madre y le dijo (Armando, con el fin de hacer más gracia, imitaba aquí la voz infantil de la niña):

—*Ezto ez* una mierda.

Y entonces los comensales se desternillaron de risa como hacían siempre con el siempre simpático y elocuente Armando. Se descojonaron todos, a excepción, claro está, de su mujer, que hizo una mueca con los labios..., porque ese aspecto masculino y tosco de su hija no le hacía ninguna gracia.

Lo que no sabía Armando, y por consiguiente no podía explicar a sus amigos del Club Náutico de Palma, es que Anna no hizo caso al desaire de su hija y, sobornándola con un par de Sugus, la vistió de arriba abajo para su primera clase de ballet. Como la niña no sabía dónde iba, entró tranquila en la sala en la que veinte niñas también con tutú rosa hacían un *relevé* imitando a una treintañera flaca.

El día de la segunda clase, tras zamparse cinco Sugus y a escasos metros de la puerta de entrada de la escuela de danza, se abrazó a una farola y dijo que ella no volvía a entrar en ese sitio horrible. Su madre le pidió por favor que no hiciera tonterías y que soltara la farola. Anita se aferró con más fuerza al tubo de hierro y suplicó a su madre que se fueran a casa; que ya llevaba muchas horas en el colegio y estaba cansada, y que a ella eso del ballet no le gustaba. Pero Anna estaba empeñada en que su hija aprendiera ballet. Era una buena manera de hacerla más femenina. De que caminara con algo más de gracia. Además, había pagado ya la matrícula y el trimestre entero.

Le ofreció la bolsa entera de Sugus, comprarle Koyacs de fresa con chicle dentro y serpientes de coca-cola con mucho azúcar blanco por fuera. Pero Anita se negó. «No quiero, que no y que no.» Anna intentó quitarle las manos de la farola, pero Anita forcejeó y logró volver a cogerla. Enfadadísima, consiguió sujetarle una mano otra vez. Anita, que seguía aferrada con la otra mano a la farola, empezó a llorar, a suplicar y a sudar; se le empezaron a caer los mocos y parecía una niña salvaje agarrada a un árbol del Amazonas más que una niña regordeta de clase alta entrando en una prestigiosa escuela de ballet. Las otras madres, que dejaban a sus impasibles hijas, con las horquillas perfectamente hundidas en sus moños, las atisbaban al pasar, haciendo ver que ahí no pasaba nada, pero totalmente horrorizadas...

—A ver si se le va a electrocutar la niña —le dijo una abuela que llevaba a su nieta de la mano.

—¿Cómo que a electrocutar? —le preguntó Anna alarmada.

—Ayer petó una farola en Sóller..., sabe usted... Por algo del agua de las lluvias. Es que son farolas muy antiguas —siguió la abuela sin saber bien lo que decía.

—Pero qué dice, oiga —dijo Anna medio creyéndose a la vieja y sin dejar de forcejear con su hija.

—Como veo a la niña sudar tanto... —concluyó la vieja, desapareciendo por la puerta de la escuela.

Y así, tras esa conversación sobre cortocircuitos del alumbrado mallorquín, acabó la relación de Anita con el mundo de la danza. Tres años más tarde, y por decisión propia, pidió a su madre apuntarse a natación. Y desde entonces entrenaba cada día de la semana.

Había un rasgo que Anita había heredado de la familia Vega. Nació con unos bonitos ojos color avellana, los del abuelo Néstor, los de su madre, que también había heredado Marina; pero Anita, lejos de lucirlos, los escondía tras un flequillo mal cortado por ella misma.

Anita se acercó desganada al coche. Abrió la puerta y seria y sin mirar a los ojos a su madre la saludó brevemente.

—¿Qué tal el día, cariño?

Portazo.

—Como siempre.

Anita alargó su brazo hacia el salpicadero y, sin preguntar, apagó la calefacción. De mala gana se quitó el abrigo.

Anna aceleró despidiéndose con la mano de dos madres del colegio que charlaban alegremente con sus hijas.

—¿Qué tal el examen de *mates*, cielo? —preguntó Anna con voz sosegada.

—No lo sé. No me han dado la nota evidentemente. Lo he hecho hoy.

—Ya, ya, pero ¿te ha ido bien?

Anita subió los hombros y arqueó las cejas.

—Te he metido el bocata en la bolsa de natación.

—No tengo hambre.

Condujeron sin hablar hasta llegar a la piscina.

—Si me compraras la moto que llevo pidiéndote hace un año, no tendrías que hacer de chófer a diario.

Anna no iba a entrar en esa discusión. La habían tenido demasiadas veces. A los cinco minutos llegaron al polideportivo. Anna aparcó y Anita cogió la bolsa de natación del asiento trasero.

—Sal puntual, por favor, que esta noche llega tía Marina.

—Sí, mamá, me lo has dicho esta mañana —le contestó abriendo la puerta del BMW.

—Sí, es verdad..., es que se me o....

Portazo.

Anna siguió con la mirada a su hija. Caminaba encorvada, mirando al suelo. Era tan poco femenina... Había intentado llevarla de compras como hacían el resto de sus amigas con sus hijas adolescentes. La hija de Cuca se volvía loca por ir de *shopping*. Dos veces al año, coincidiendo con el inicio de la temporada de invierno y con el de la de verano, cogían un billete de Vueling a Madrid para perderse en tiendas de grandes marcas del barrio de Salamanca y en las de *vintage* del barrio de Malasaña.

A Anita, sin embargo, le bastaban los pantalones de chándal oscuros con raya blanca y las sudaderas con capucha que ella misma se compraba en la segunda planta del Alcampo.

Había intentado llevarla a su peluquera, pero ella se empeñaba en hacerse ese corte de paje que tan poco le favorecía.

Había intentado llevarla a la esteticista, para sacarle los puntos negros enquistados, tan propios de la adolescencia. Pero se negó a que le tocaran la cara.

Había intentado enseñarle a caminar con elegancia para que dejara esos andares de paquidermo que tenía. Anita le dio la espalda cuando escuchó a su madre explicarle cómo debía estirar la punta del pie antes de apoyar la planta en el suelo.

Había intentado enseñarle a posar para las fotos, subiendo la mirada y bajando la barbilla al mismo tiempo, como hacían la Presley y sus hijas. Pero Anita, observando la foto de la revista *¡Hola!* que su madre le había dejado sobre las rodillas para enseñarle dicha posición, le preguntó, textualmente, si fumaba porros.

Había intentado enseñarle a sonreír, a no gesticular al hablar, a no decir la palabra «vale», a ser agradecida. En definitiva, a tener clase.

—Es importante la clase que uno tiene. Con la clase se nace, hija, pero también se hace. —Otra frase más de las lapidarias de su madre.

Pero Anita se negaba a hacer cualquier cosa que viniera de su madre. No deseaba parecerse lo más mínimo a ella ni a ninguna de sus secuaces del Club Náutico de Palma.

El *paquidermo* se acercaba al edificio de la piscina municipal. Anna vio que su hija metía la mano en la bolsa de natación. Sabía perfectamente qué buscaba: el bocadillo. Y así fue, Anita sacó el bocadillo que Imelda había envuelto en papel de plata. Lo desenvolvió. Hizo una bola con el papel. Levantó la mano y lanzó la bola hacia una papelera situada a más de tres metros de distancia. Canasta. Miró el bocata de sobrasada que tanto le gustaba. Abrió sus fauces y de un mordisco se zampó la mitad.

—Anota —suspiró Anna girando la llave del contacto.

El bañador, la toalla, la camisa, la falda del uniforme y los leotardos giraban en el tambor de la lavadora.

Anita cogió la sobrasada que colgaba de una barra metálica de la cocina. En esos momentos, entró Imelda.

—Hola, Imelda —dijo Anita con dulzura.

—¿Te ayudo en algo? ¿Quieres que te corte pan? —contestó la filipina.

En su voz había cierta tristeza que por supuesto Anita no notó.

—No, gracias. Espero a cenar con mi tía. Pero tengo que picar algo, que me muero de hambre. Hoy he hecho casi cien largos —se dijo a sí misma—. ¿Qué hay para cenar?

—Lubina con patatas panaderas.

Anita hizo una mueca que hizo reír a Imelda, que sabía que desde bien pequeña detestaba el pescado. De bebé había intentado darle cientos de papillas de pescado, pero era un verdadero suplicio conseguir meterle una cucharada en la boca. Las papillas acababan en el suelo, en la basura o si no en su uniforme a rayas rosa palo. Anita descubrió a los tres años el *camaiot*, la sobrasada, la morcilla y el buen queso, y de esos manjares se alimentaba.

—Pues... sí, acompañaré el embutido con un poco de pan.

Imelda abrió la panera. Quedaba una *baguette* de la mañana.

—No te preocupes, Imelda, ya lo hago yo.

Anita dejaba que Imelda le hiciera pocas cosas. Se lavaba su ropa. Se hacía la cama. Dejaba el baño recogido y las toallas extendidas en el tendedero. Imelda pasaba el aspirador a diario por su dormitorio por orden de la señora, pero realmente no era necesario.

Anita cortó la barra entera en dos trozos.

Imelda ablandó un tomate de rama que colgaba junto a otros embutidos. Sacó el aceite de oliva y la sal marina del armario.

—¿Te hago uno? —le preguntó Anita.

Imelda dudó. Ya había cenado, pero, después de tantos años en Mallorca, se había aficionado al *pa amb oli* con *tomàtiga de ramellet*.

Se sentaron las dos juntas a comer y, mientras ellas picaban, Anna repasaba el cuarto de invitados donde iba a dormir Marina. Pasó su mano por la manta blanca de cachemira y algodón a pesar de que no había ninguna arruga. Estiró las sábanas y subió las almohadas para que las iniciales N & A pudieran verse mejor. Sonrió para sí: esa era la cama en la que se había escondido, con Marina, para no vacunarse de viruela. Cogió el ramillete liliáceo de lavanda seca que había comprado esa misma mañana y lo dejó con cuidado sobre el antiguo baúl marinero.

Su reloj de pulsera marcaba las siete y cincuenta y cinco. Marina estaba a punto de desembarcar.

Se sacó el móvil del bolsillo trasero de su tejano. Comprobó que funcionara correctamente. Llevaba cuatro años sin que le hubiera dado problemas...

Miró el cuarto por última vez. Cerró la puerta y caminó por el pasillo hasta su dormitorio. Cruzó el dormitorio hasta el baño. Se miró en el espejo. Se acercó para comprobar si el bótox había hecho algún efecto. Ninguno. «Tres días», le había dicho Cuca. No podía ponerse maquillaje todavía pero sí pintarse algo los ojos. De un neceser sacó rímel. Lo agitó porque estaba en las últimas y apenas quedaba algo dentro. Metió el cepillito hasta el fondo y haciendo movimientos circulares sacó la poca pintura que contenía. Cuidadosamente lo paseó por las pestañas. Pensó en que lo primero que haría al recibir el dinero de la herencia sería comprarse el rímel Yves Saint Laurent, el mismo que le había prestado la política corrupta en el lavabo de Club Náutico de Palma. Se pasó la barra balsámica de cacao efecto *lipgloss* por los labios. De una pequeña caja sacó unos pendientes clásicos de perla redonda. Se los puso. Se pasó el cepillo por la melena y volvió a acercarse al espejo, estaba lista. Se sentía feliz de volver a ver a su hermana. Realmente lo estaba. Le preocupaba el primer encuentro: el primer encuentro entre Armando y Marina. Su marido era dicharachero y seductor fuera de casa, sin embargo, en cuanto cruzaba el umbral de la puerta, mostraba sin reparo su carácter dominante e histriónico, y eso Marina lo sabía muy bien. No podría soportar que se repitiera otra vez esa horrible discusión que tuvieron su hermana y su marido. Aunque, gracias a Dios, el tiempo lo cura todo y lo único que deseaba es que pudieran estar tranquilos los pocos días que Marina se iba a hospedar con ellos.

Volvió a sacarse el móvil del tejano. Las ocho y diez. La Trasmediterránea no solía ser puntual. Pero y ¿Armando? ¿Dónde estaba Armando?

Le pidió expresamente a su marido que estuviera a las ocho en casa. Se metió de nuevo el móvil en el bolsillo y salió del cuarto de baño. Abrió el armario y cogió un abrigo de piel color cámel, elegante, sabedora de que la favorecía. Salió del dormitorio. Bajó las escaleras que conducían al salón. Descolgó el teléfono fijo apoyado en el cantarano y marcó el número de teléfono de la oficina de su marido. Pensó que la secretaria ya se habría marchado. Nadie respondió. A Armando no le gustaba recibir llamadas al móvil. Era la segunda vez que llamaba ese día..., a pesar de que no había contestado. Le llamó.

Saltó el contestador. Colgó.

Se dirigió a la cocina. Imelda y Anita comían *camaiot*.

—Imelda, ¿tiene a punto el pescado?

—Sí, señora, está en una bandeja dentro de la nevera.

Anna abrió la nevera y comprobó que las patatas estuvieran cortadas en rodajas finas, la cebolla en juliana, los dientes de ajo laminados y el pescado encima. Perfecto.

—En cuanto llame mi hermana, ponga a precalentar el horno. Eche un chorrito de vino blanco a la lubina. Y a los veinte minutos lo mete dentro.

Imelda asintió. Anita se secó las manos con un trapo y salió de la cocina.

—¿Cenarás con nosotros, verdad, hija? —le preguntó viendo que subía de dos en dos las escaleras al piso superior.

—Sí —respondió ella escueta.

Por mucho que la relación con su madre fuera prácticamente nula, sabía lo importante que era la llegada de Marina para ella. Además, sentía una enorme curiosidad por esa tía misteriosa que viajaba por todo el mundo. Su madre le había enseñado fotos de ellas de pequeñas. Le llamó la atención lo diferentes que eran. Su madre tan rubia; su tía tan morena. Su madre de cara angulosa y lánguida; Marina con la cara redonda y unos mofletes con unos simpáticos hoyuelos. Sabía que la tía Marina acompañó a su madre en el parto, pero nunca se preguntó por qué su tía, tras estar en ese momento tan importante de la vida de su madre y de la suya propia, nunca más llamó y nunca más las visitó. Simplemente desapareció.

Sonó el móvil. Se lo sacó del bolsillo trasero del tejano. En la pantalla: Armando. Lo cogió con rapidez. Unos socios panameños habían llegado a la isla y le invitaban a cenar. No podía declinar la invitación. Esas cenas eran parte de su trabajo. Era importante que acudiera. Él le pidió disculpas. Se despidió rápido, no sin antes recordarle que la venta del molino harinero de Valldemossa sería el lunes a las cinco en punto de la tarde y que debía recordárselo a su hermana. Armando colgó.

Anna no sintió nada ante el plantón de su marido. Lo cierto es que era incluso mejor que no estuviera en ese primer reencuentro entre hermanas. Pero fue él quien insistió en esa cena. Hacía años que Anna estaba por encima del sentimiento de la decepción. Esa fase la había superado hacía mucho. Tantas veces le había fallado en sus veinticinco años de matrimonio que esa cena era un encontronazo más que pasaba por su vida al igual que transcurrían los días. A veces echaba la vista atrás y se preguntaba en qué momento dejaron de ser felices. «¿Me casé enamorada?», se preguntó en su décimo aniversario de boda tras otro plantón de su marido. Y miró la foto encima de la repisa de mármol de la chimenea del salón, una foto tomada casi veinticinco años atrás. Y se miró y no se reconoció. Miraba a la mujer rubia, frágil y de mirada dulce que sonreía tímida a la cámara, con un largo velo blanco y ataviada con un suntuoso vestido de boda inspirado en el traje de raso blanco de grandes volantes y mangas de farol que llevó Lady Di en su boda. Y esa joven dulce le parecía otra mujer y no ella misma. En la foto también estaba Armando en traje de chaqueta negro besándole la mejilla. Armando, a sus ojos, se había convertido también en otro hombre. Esa foto le reafirmaba que sí había sido feliz tiempo atrás. Estaba segura de ello.

Quizás fue esa cruzada que tuvo ella con la maternidad lo que hizo que empezaran a distanciarse. Sus deseos eran los mismos que sentían sus amigas del Club Náutico de Palma, pero Armando nunca lo entendió. Tal vez pesaron esos ciento veinte meses, esos tres mil seiscientos cincuenta días en los que marido y mujer fueron progresivamente separándose el uno del otro.

Porque estuvieron diez años intentando concebir un hijo que no llegaba nunca. Diez años haciendo el amor sin apenas deseo. Diez años pasó Anna sentada en la taza del váter mirando cada mes sus bragas manchadas de sangre. Diez años sumida en la incomprensión. Porque Armando tampoco necesitaba un hijo y no entendía la necesidad de su mujer y la depresión en la que se sumergía poco a poco. Cada año un poquito más. Se sentía vacía por dentro. Hueca. Estéril. Veía crecer los vientres de sus amigas del San Cayetano y se retorcía por dentro. Y le invadía la tristeza por no poder parir, y a esa tristeza se le sumó la vergüenza de ser una mujer yerma. Una mujer no apta para procrear… Diez años.

Y por fin un día, cuando ya Anna no esperaba nada, se quedó embarazada. Y volvió a sonreír. Y llegó Anita, y pensó que volvería la felicidad a esa casa, pero nada fue como ella esperaba. Pasó un año en vela, sin dormir. Porque Anita lloraba sin descanso. Día y noche. Demandaba el pecho de su madre a todas horas. El insomnio que irritaba a Armando y el llanto de Anna, que se veía desbordada en su maternidad, hicieron una mezcla explosiva en el matrimonio. Contrataron a Imelda, que ayudó en lo que pudo. Pero el llanto de Anita continuaba y desquiciaba a Armando, que solo pensaba en sus gestiones inmobiliarias y en la falta de sueño que le provocaba esa situación. Anna dejó de darle el pecho al segundo mes y Anita pasó a dormir al dormitorio de la empleada filipina. Por fin solos otra vez, Armando y Anna..., pero Armando ya se había cansado de su mujer y empezó a viajar con asiduidad a Panamá con la excusa de amasar lo que él decía sería una gran fortuna. Y, mientras su hija abandonaba progresivamente el llanto, él abandonaba progresivamente a su familia. Eso sí, manteniéndolo todo: la misma casa, el mismo coche, la misma filipina, la misma mujer y los mismos muebles. Y Anna fue asumiendo su soledad como una parte más del matrimonio. Como una parte más de su vida. Metamorfoseándose, poco a poco, en uno más de los muebles que limpiaba su empleada del hogar. Y el mueble no se quejaba, simplemente vivía la vida que creía le había tocado vivir.

Las nueve y cuarenta.

Salió de la cocina. Abrió el cantarano y sacó el listín telefónico. Miró el número de la Trasmediterránea. Marcó los dígitos de un 902. Una grabación le indicaba dos opciones. Pulsar el uno para reservas y el dos para agencias. Pulsó el uno. Otra grabación le pedía el puerto de embarque.

—Palma.

Se dio cuenta del error y rectificó.

—¡Barcelona!

—Diga sí si ha dicho Palma —dijo la grabación.

—No —contestó.

—Por favor, no le hemos entendido. Repita con claridad el puerto de embarque.

Anna resopló...

Repitió el proceso de nuevo mientras miraba el reloj de pulsera constantemente y la pantalla de su móvil. Tras unos minutos, finalmente consiguió hablar con una operadora de carne y hueso que le confirmó que el barco había llegado hacía cuarenta minutos al puerto de destino. Le pidió si podía comprobar en el listado de pasajeros si su hermana Marina Vega de Vilallonga había subido al barco. La operadora, amablemente, le dijo que por protección de datos del pasajero no tenía permiso para proporcionar la información. Anna colgó malhumorada y marcó el teléfono del puerto.

Nadie respondió.

—Señora, me voy a mi cuarto. Ya me avisa usted cuando llegue su hermana.

—Sí, claro, Imelda. Ponga, por favor, el horno a calentar.

Anna observó la mesa que Imelda había preparado. Retiró el plato de su marido y los cubiertos y los colocó otra vez en el armario de la cocina. Volvió a la mesa y dispuso los platos de nuevo, de modo que Marina pudiera presidirla.

No quería esperar de brazos cruzados. Se echó el abrigo cámel por los hombros y salió del salón. Entró enérgica al garaje y subió al BMW. Puso la llave en el contacto. «¿Y si Marina había decidido coger un taxi?» Entonces cabría la posibilidad de que se cruzaran. Al segundo pensó que durante los meses de invierno no solían verse taxis por la urbanización de Son Vida, ya que los escasos turistas que acudían a la isla se hospedaban en hoteles del centro de Palma. Si veía un taxi subir, sabría que Marina iba en él. Tocaría el claxon y su hermana la reconocería.

Arrancó. Aceleró por la carretera que bajaba hacia el centro, fijándose en cada coche que se cruzaba: un Jaguar, un Audi, otro Audi. Pasó por delante de la mansión de Cuca. La verja estaba abierta y el todoterreno de su amiga no se veía. «Estará en clase de yoga —pensó—. Qué adicción le ha cogido Cuca al yoga, por Dios —se dijo a sí misma—. Quizás debería probarlo.»

A los diez minutos llegó al puerto. Aparcó en el solitario parking frente al mar. Bajó del coche y sin cerrar la puerta escrutó el lugar. Había tres coches aparcados. Ni un alma. Se abrochó los botones del abrigo. El aire era frío y húmedo. Apenas había iluminación. Un ferri de la Trasmediterránea estaba atracado en el muelle, pero la naviera también fletaba ferris a Valencia, Menorca e Ibiza. Debía confirmar que se trataba del ferri de Barcelona. Era una mujer miedosa y, a pesar de que no le hizo excesiva gracia abandonar el coche, salió y se encaminó rauda por el muelle de Peraires hasta un edificio, vagamente iluminado y que albergaba la oficina de la naviera. Un reloj digital colgado junto a la puerta de entrada al edificio marcaba en dígitos rojos las nueve y un minuto. Entró. El edificio estaba vacío. Solo un joven mallorquín adormilado aguardaba tras un mostrador.

—Sí. Es el ferri de Barcelona —le confirmó en mallorquín—. Ha llegado hace una hora.

—Por favor —siguió Anna en tono de súplica, en un mallorquín macarrónico y sabiendo la respuesta del joven—, ¿no podría mirar si una pasajera llamada Marina Vega de Vilallonga ha embarcado en ese ferri?

Subida de nuevo en su BMW pensó que quizás le habría pasado algo. Se angustió. Tal vez seguía en Etiopía. Un accidente. Un secuestro. Se había contagiado de algo. Aceleró por el centro de Palma encaminándose de nuevo hacia su urbanización. ¿Quién la avisaría? En Médicos Sin Fronteras no tenían su número. Había conocido a una amiga de Marina llamada Laura. Si hubiera pasado algo, la hubiera llamado, pensó, pero concluyó que Laura tampoco tenía su número. Debía ponerse en contacto con la sede de MSF en Barcelona. Ellos sabrían el paradero de Marina. Era tarde, la sede estaría cerrada.

Por fin llegó a casa. Entró. Sin dar la luz, dejó el abrigo cámel encima del sofá. Se dirigió a la cocina, solo iluminada por la luz interior del horno en funcionamiento. Abrió la puerta dejando escapar el calor acumulado durante la hora inútil que llevaba encendido. Sintió hambre. Abrió la nevera. Vio la lubina tiesa, con los ojos muy abiertos, iguales a los de la septuagenaria operada en la consulta de Cuca.

Y esa imagen de lubina muerta la hizo sentir, esta vez sí, verdaderamente sola.

Los amarres del Sorrento fueron lanzados al muelle de Peraires. Olas negras chocaban contra el dique del puerto, donde dos marineros mallorquines enfundados en gruesas chaquetas y gorros de lana azul oscuro recogían los amarres afianzándolos, después, a los norayes empotrados en el suelo.

En el puente de mando, el viejo capitán apagaba motores. Gracias al garbí que acompañó al Sorrento toda la travesía, había llegado a puerto de destino un cuarto de hora antes y eso siempre le hacía sentirse un buen marinero.

Marina los observaba desde la proa. Pensando en ellos, en esos marineros, con vidas tan diferentes a la suya. Era algo que hacía a menudo, observar la vida de los otros, la vida ajena. En Etiopía observaba a sus gentes en los paseos solitarios por las calles del mercado. En la Rambla de Barcelona, a esos miles de turistas arriba y abajo. En los cientos de aeropuertos por los que había pasado. ¿Cómo serían sus vidas? ¿A quién amarían? ¿Qué les hacía sufrir? ¿Qué les quitaba el sueño? ¿Cómo habría sido su infancia? Cada uno con una vida diferente, única e irrepetible.

Sintió frío. Se subió la cremallera del anorak.

Cinco taxis esperaban en el muelle. Algunos pasajeros, conocedores de los pocos que circulaban a esas horas en los meses de invierno, se abalanzaron sobre ellos.

Un reloj digital colgado junto a la puerta de entrada al edificio de la Trasmediterránea marcaba en dígitos rojos las siete y cuarenta y cinco.

Marina caminó hacia el edificio de la naviera y entró. Se dirigió al mostrador, donde un joven mallorquín adormilado dejaba pasar el rato mirando su móvil.

—Buenas noches.

El joven hizo un vago ademán saludando sin abrir la boca. Dejó el móvil en el mostrador.

—¿Me podría decir cómo llegar a Valldemossa?

El joven se incorporó levemente.

—*Uy, està lluny això*..., muy lejos..., tome un taxi. No se preocupe, que ahora vendrán más.

—Me gustaría coger el autobús.

No tenía prisa. Y además no era muy partidaria de coger taxis. No se consideraba una mujer tacaña o extremadamente ahorradora, pero seguía rompiéndole los esquemas eso de que los sesenta euros que aproximadamente le iba a costar la carrera fuera la misma cantidad que necesitaba una familia africana para comer durante un mes.

—Salga del puerto y enfrente encontrará la marquesina. Coja el número 1 hasta la plaza España y allí espere... Yo que usted cogería un taxi —insistió.

El joven abrió un cajón bajo el mostrador y sacó un folio fotocopiado con los horarios de autobuses de la isla. Se lo tendió a Marina. Salían cada hora y al último, seguramente, no llegaba.

—¿Una cabina de teléfono por aquí?

—Frente al parking. Aunque unos gamberros la destrozaron la semana pasada. No sé si está arreglada ya... Con esto de que todo el mundo tiene móvil, Telefónica no se ha dado mucha prisa. Mire a ver.

Marina dio las gracias y salió del edificio. El joven mallorquín cogió el móvil y volvió a lo suyo.

Efectivamente, el plástico de la cabina había sido quemado y el auricular estaba roto.

Un taxi entró en el muelle. Marina se acercó.

—*Qué val un viatge a Valldemossa?* —lo preguntó con cierta astucia en su escaso mallorquín.

Sabía que era mejor pactar con ellos un precio que dejar el taxímetro correr. A los pobres guiris les daban la vuelta a la isla cobrándoles lo que querían.

—*Diset kilòmetres...*

El taxista simuló el cálculo.

—*Seixanta.*

Podía regatear, pero no tuvo ganas y tampoco se le daba muy bien. Manolo, su amigo sevillano, regateaba sin reparos en los mercados de Addis Abeba y solía pagar tres veces menos que Marina en cualquiera de los productos que compraba.

Sesenta euros era la mitad de lo que el taxista cobraba a los rusos; veinte euros menos que a los alemanes, noruegos, suizos e ingleses, dependiendo de si viajaban a Magaluf o a un hotel de cinco estrellas, y quince euros menos que a los italianos. Finalmente y tras acordar cincuenta y cinco euros, se alejaron por la Ma-1110.

Navegando en el ordenador de Laura y mientras su amiga discutía con su hija, que se empeñaba en llevar una falda veraniega sin leotardos (no debe olvidarse que era medio sueca), Marina encontró la web de un hotelito de ocho habitaciones en Valldemossa. No llamó. Era temporada baja y supuso que encontraría habitación.

Tras veinte minutos de trayecto, Marina vio entre las montañas las casitas de piedra del pueblo de Valldemossa. Sintió un leve palpitar en su corazón. No era el pueblo sino esa carretera que cogían los domingos su padre, su hermana y ella para llegar hasta el puerto y salir a navegar en el *llaüt*.

Entraron en el pueblito. Ya había anochecido, la avenida principal, adoquinada y desierta, estaba iluminada por farolas antiguas de hierro cuya luz anaranjada era absorbida por las fachadas de piedra que se hacinaban en las callejuelas... Parecía una aldea sacada de un cuento del Medievo. El taxista la dejó en una plaza a la entrada del pueblo.

—*Agafi sa tarja que som pocs taxis fent feina a l'hivern.*[*]

Marina pagó y cogió la tarjeta. El taxi se alejó. No había nadie, miró las montañas que rodeaban el solitario pueblo y no supo por qué sintió paz.

Observó los nombres de las callejuelas que desembocaban en la plaza y enseguida encontró la calle Uetam, donde se hallaba el Es Petit Hotel de Valldemossa. Se adentró en ella y a escasos metros vio la casa de piedra que albergaba el hotel. La puerta estaba cerrada, pero había luz en el interior. Llamó al timbre. Tenía las manos heladas. Se las frotó. Se las acercó a la boca y juntándolas se echó el aliento varias veces. Nadie abrió la puerta. Esperó un minuto y volvió a llamar. Empezaba a lloviznar. Caminó por la callejuela buscando otra posible entrada al hotel. La web decía «Abierto trescientos sesenta y cinco días al año». ¿Qué le hubiera costado llamar desde casa de Laura? Palpó dentro del bolsillo del tejano la tarjeta personal del taxista. Volvió a llamar al

[*] Coja la tarjeta, que somos pocos taxis trabajando en invierno.

timbre del hotel y sacó la tarjeta del bolsillo... Ahora faltaba encontrar una cabina telefónica. Suspiró.

—¡Voy, ya voy! —dijo una voz masculina desde el interior.

Abrió la puerta un hombre en los sesenta de sonrisa cálida.

—Discúlpeme. Vivimos en el piso de arriba y no esperábamos a nadie...

—Debería haber llamado —se apresuró a decir Marina entrando en el hotel.

—Es lo que tienen las personas que viajan mucho. Les gusta improvisar —le contestó sonriendo y sacándole, a su vez, una sonrisa a Marina.

—Soy Gabriel —le dijo tendiéndole la mano—. Bienvenida.

Marina le estrechó la mano. Le gustaba la gente hospitalaria con la que tras el primer apretón de manos ya te sentías a gusto. Y el hotelito en el que acababa de entrar desprendía la misma calidez que su propietario Gabriel. Era un tipo elegante, de barba blanca algo mal afeitada. Marina se fijó en el grueso jersey de lana color azul marino que llevaba cerrado hasta el cuello, muy parecido al que se ponía su padre los domingos de invierno.

—¿Cuántos días se queda?

—No lo sé todavía. Dos, tres días..., quizás más.

—Yo vine hace veinte años para dos o tres días y aquí sigo —dijo sin mirarla, sacándose una llave del bolsillo del pantalón de pana y dejándola en el mostrador—. Puede quedarse el tiempo que quiera, es la única huésped del hotel.

Marina le dio su pasaporte y Gabriel rellenó el formulario de entrada.

—¿Tiene teléfono?

De debajo del mostrador sacó un teléfono antiguo color verde pálido con los números en círculo.

Anna comunicaba. Eran las nueve y cuarenta, la misma hora en que su hermana hablaba con la operadora de la Trasmediterránea.

—¿Quiere cenar algo?

—No, gracias.

Gabriel le devolvió su pasaporte. Marina colgó el teléfono.

—La dejo descansar, entonces. Su habitación está en el segundo piso. Vivimos en el tercero. Cualquier cosa, por favor, no dude en avisarme.

—Buenas noches. Que descanse.

Intentó marcar de nuevo el número de teléfono de su hermana, pero Anna seguía comunicando. Apoyó el codo en el mostrador. Podía esperar o subir a la habitación, ducharse, entrar en calor y volver a intentarlo más tarde.

La estancia de piedra era pequeña y acogedora, un grueso edredón blanco cubría la cama. Posó su mano en el radiador, que empezaba a calentarse. Se quitó la mochila de los hombros y se sentó en la cama. Hacía más de cuarenta y ocho horas que había dejado el desierto de Afar. Apenas había conseguido dormir un par de horas en el vuelo de Addis Abeba a Fráncfort, y en casa de Laura unas escasas cinco horas. Estaba agotada.

Abrió la mochila y sacó el neceser. Entró en el cuarto de baño, abrió el agua de la ducha, se deshizo la trenza y se desnudó. El agua caliente resbaló abundante por su cuerpo, y sintió el mismo placer que con ese pequeño hilito de agua fría con el que aliviaba el calor del desierto... Qué diferente era el mundo. Se enjabonó el pelo con el jabón natural de miel que compraba en el mercado de Addis Abeba y lo desenredó con cuidado. Al salir, se envolvió el cuerpo con una toalla grande y suave y se puso una vieja camiseta de Mathias con el emblema de la Freie Universität Berlin. Por fin, bajo el edredón, pensó que ya llamaría a su hermana mañana.

De la mochila sacó la Moleskine negra, la acarició y la abrió por la última página.

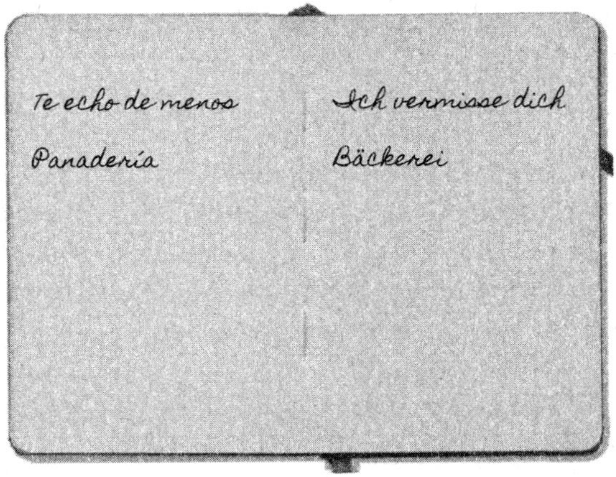


Cerró los ojos pensando en Mathias, pero Marina no sabía dormirse serena sin darle vueltas a lo que acontecía en su vida. Y, sin pretenderlo, a su mente volvió ese último mes que había pasado junto a Anna. Rememoró el día a día de aquel giro inesperado y fatídico que truncó su relación con ella, hacía ya catorce años… Marina cumplía treinta y dos años, Anna tenía treinta y cuatro.

—¡Tienes una llamada urgente desde España! —le dijo a Marina una enfermera afroamericana entrando por la puerta.

Marina, que acababa de asistir a un parto complicadísimo con gemelos en el hospital de Pensilvania, se asustó. Miró al doctor Sherman, que hizo un ademán en señal de asentimiento para que pudiera salir. Rauda, se quitó los guantes de látex ensangrentados. ¿Urgente? ¿España? ¿Anna? Eran las cuatro de la madrugada. Tiró los guantes a un cubo de reciclaje, dio un golpe seco a las puertas de acceso y corrió por el pasillo sorteando enfermeros y pacientes en camillas. Llegó hasta la recepción y cogió el teléfono.

—¡¿Sí?!

—Marina, soy Anna. ¿A que no sabes qué? ¡¡¡Estoy embarazada!!!

La hubiera matado. Sí. En ese momento, hubiera matado a su hermana. Anna era así: ingenua, sencilla, egoísta, y Marina, disimulando el cabreo, la felicitó por esa noticia que su hermana llevaba esperando diez años y que sabía la hacía inmensamente feliz. Su hermana tenía una única vocación en la vida: ser esposa; y un sueño que cumplir: ser madre, y Marina perdonó el susto entendiendo esas ganas inmensas de compartir la noticia con ella.

—Pariré a principios de junio. Me gustaría que pasaras el último mes de embarazo aquí, conmigo. Por favor. Dime que sí.

Marina no contestó. Llevaba más de año y medio preparando su tesis doctoral sobre el cáncer de cuello uterino en las mujeres norteamericanas. Un año y medio duro en el que, sacrificando horas de sueño, combinaba su profesión de ginecóloga en el hospital de Pensilvania con el profundo trabajo de investigación que suponía la elaboración del doctorado. El 15 de junio, Marina debía realizar la defensa de su tesis frente al tribunal de la Universidad de Perelman. Una fecha cerrada e inamovible desde hacía un año.

—¿Marina? ¿Qué te pasa?... Si mamá o papá estuvieran vivos, no te lo pediría.

Esa frase de su hermana a Marina le partió el alma. A pesar del océano Atlántico que las separaba, Marina visualizaba a su hermanita, miedosa como era, siempre sobreprotegida por sus padres...

—Anna, ¿te acuerdas de que te conté que estaba preparando un doctorado para poder trabajar como profesora en la universidad...? Tengo el examen oral el 15 de junio y si lo aplazo deberé esperar un año entero para volver a examinarme... El 15 por la noche cogeré un vuelo a España y estaré contigo.

—Pero ya habré parido, Marina. Quiero que me acompañes en el parto. Que estés a mi lado.

—Armando estará contigo.

—Pero yo quiero que estés tú.

Prometió llamarla al día siguiente para darle una contestación. Esa noche, Marina, en su apartamento del *downtown* de Filadelfia y recostada sobre el pecho de su tutor de tesis, de su amigo, de su amante, del doctor Sherman, de Jeremy, le pidió consejo. ¡Había supuesto un esfuerzo tal prepararse el doctorado, quinientos cincuenta y tres días investigando en silenciosas bibliotecas y escribiendo las doscientas cincuenta y siete mil palabras que contenía la laboriosa tesis, quinientos cincuenta y tres días preparándose para una exposición oral frente al tribunal de la Universidad de Perelman! Demasiado tiempo y demasiado esfuerzo para posponer la meta un año más.

—Tener un doctorado un año antes o un año después..., ¿qué más da? —le dijo Jeremy acariciándole el cabello—. Ya no me acuerdo de ese sobreesfuerzo que hice en esos años interminables de estudio. Sin embargo, Marina, me acuerdo de pequeños momentos llenos de felicidad al lado de los míos. Y creo que el nacimiento de tu sobrina es uno de esos momentos importantes en tu vida. —Jeremy se tomó unos segundos antes de concluir—: Néstor hubiera querido que la acompañaras.

A mediados de mayo, Marina voló de Nueva York a Madrid y de Madrid a Mallorca. Anna y su inmensa barriga de ocho meses la esperaban con los brazos abiertos a la salida del aeropuerto de Palma. Anna se abalanzó sobre su hermana, besucona, cariñosa, empalagosa como siempre. Marina, con su dulce sonrisa y sus dulces hoyuelos, tímida como era, la abrazó a su manera, más contenida, queriéndola igual.

Estarían solas tres semanas. Armando se encontraba en un viaje de negocios en Panamá. Así que podían campar a sus anchas por la casa de su infancia sin problema alguno. Se extrañó de que su cuñado apurara tanto el viaje, a la vez que no pudo reprimir alegrarse de ello.

Se subieron en el BMW nuevo de Anna y condujeron hasta la enorme casa de piedra en la que habían vivido toda la vida. La casa que la abuela Nerea dejó a su hijo Néstor, Néstor a sus hijas y que Marina, con generosidad y sin dudarlo cuando Anna se lo preguntó, le cedió para que viviera feliz junto con Armando, ya que ella tenía su vida montada en Estados Unidos. Marina ya no sentía esa casa como suya pero, de algún modo, volver allí siempre la llenaba de nostalgia. Abrir las puertas del jardín, la fachada de piedra, el limonero de la abuela Nerea. Pero era cierto que solo esa fachada del exterior le producía a Marina la vuelta al pasado. En el interior, al traspasar el umbral de la puerta, se entraba en una casa muy diferente de aquella en la que vivieron las dos hermanas. Había sido totalmente reformada: las paredes de piedra habían sido cubiertas con hormigón y pintadas según las tendencias que marcaba la *jet set* española, el suelo de mármol, la decoración rococó. Marina nunca tuvo nada que objetar, pero hubo un cambio que la molestó o más bien la entristeció. La cocina en la que ellas amasaban pan con la abuela Nerea se había convertido en el trastero de la casa y estaba llena de herramientas, productos químicos para la limpieza del barco, mangueras, tijeras de podar, neumáticos, sillas de plástico; y olvidado y lleno de polvo, el viejo baúl de su padre.

Solo el dormitorio de la abuela Nerea conservaba algo de la mansión de su infancia y allí decidieron dormir juntas las tres semanas que debían esperar la llegada del bebé, en la misma cama bajo la cual se escondieron de su padre para no ser vacunadas de viruela.

Fueron unas semanas maravillosas. En las mañanas descapotaban el BMW y conducían hacia las playas del norte de la isla, bañándose en las tranquilas aguas de la playa de las Assussenes, en los arenales de Can Picafort, de Son Bauló y de Ses Casetes des Capellans. Hubo una mañana preciosa en la que cambiaron el rumbo, condujeron hacia el este y se bañaron desnudas, las tres, en las tranquilas aguas cristalinas de la playa de Es Perengons Petits. Comieron a deshoras, escucharon música, bailaron, y hablaron de lo que se prometían cada año: verse mucho más a pesar de que el Atlántico las separara.

Marina, mirando por la ventana del Petit Hotel de Valldemossa, recordó la noche del parto: se despertó sobre las cinco de la madrugada muerta de calor. Era 1 de junio. Abrió los ojos y miró a su hermana, que dormía serena con las manos apoyadas en su vientre. Recordó haberla mirado y sentirla frágil e inmensamente vulnerable. Anna era su familia. La única que tenía. La única que le quedaba. Supo que había tomado la decisión correcta, su doctorado podía esperar. Antes de irse a dormir, le había hecho un tacto y ya estaba dilatada y el bebé colocado para salir. Sin proponérselo le invadió una sensación de rabia hacia su cuñado, a quien parecía no importarle su paternidad y creía suficiente llamar a su mujer una vez a la semana.

—Haz caso a mi madre y llámala cada día —le repetía Armando las pocas veces que telefoneaba.

Anna, desde que llegó Marina, no había llamado ningún día a su suegra. La suegra, sin embargo, lo hacía religiosamente, cada día, a las nueve de la mañana. De lunes a domingo. La suegra no tenía más entretenimiento que cuidar de su nuera.

La suegra la había acompañado a todas las revisiones ginecológicas. La suegra la había acompañado, también, a comprar el moisés y la cuna. La suegra había decidido el color rosa pálido del cuarto de la niña. La suegra había elegido la iglesia donde sería bautizada y el vestido de nido de abeja con el que recibiría el bautizo. La suegra lo decidía todo y Armando no ponía ningún impedimento, sino todo lo contrario, la animaba a que lo hiciera. Su suegra no la dejaba respirar, la ahogaba, y Anna, con su carácter sumiso, excesivamente conciliador, callaba y acataba.

Recordó que la había dejado dormida tranquila y que decidió bajar a desayunar. Sabía que no volvería a dormirse. Se preparó un té y fue en busca de sus recuerdos a la antigua cocina de la abuela Nerea reconvertida en trastero. Allí estaba el viejo y solemne baúl marinero cubierto de polvo, donde su padre guardaba los pequeños tesoros que hallaba en el mar. Algún día, quizás, si Marina encontraba su casa, le pediría ese baúl que sin duda merecía mejor cobijo. Apoyó la taza de té en el suelo y se sentó con las piernas cruzadas frente al baúl. Lo abrió con cuidado y miró en el interior. Dentro, lo que ya esperaba: las piedras de colores, las pulseritas de pechinas que hacían las dos esperando en la playa mientras su padre limpiaba la sal del *llaüt* antes de subirlo al embarcadero, caracolas, anzuelos, trozos de red, la estrella de mar de cala Ratjada, la caja metálica oxidada pintada en rojo que contenía fotos antiguas, que, por lo que fuera, no eran dignas de formar parte de los álbumes aterciopelados de la familia Vega de Vilallonga. Néstor, en vez de tirar las fotos a la basura, como le sugería su mujer, las guardaba en esa caja oxidada dentro del baúl. Marina la sacó y la abrió. Sabía que volver a mirar esas fotos la entristecería. Pero, no sabía por qué, cada vez que volaba a Mallorca, encontraba un rato en soledad para volverlas a mirar y sentir esa nostalgia extraña que provoca la ausencia de los momentos que ya no están. Aparecieron las fotos borrosas de las dos hermanas en el *llaüt*. Después, la serie de fotos a contraluz en las que Marina, cogida de la mano de Anna, correteaba por un campo de amapolas. Esa serie le parecía hermosa, a pesar de que la luz las desdibujaba. Marina recordaba perfectamente el día que tomaron esas fotos. Volvían de dar un paseo en barca y pasaron con el coche por un campo de amapolas. Fue ella quien le dijo a su padre que quería parar a recoger un ramito para la abuela y semillas para su pastel de cumpleaños... Era el 15 de agosto de 1971, el día en que cumplía siete años. Pasó la serie, sin poder evitar que se le humedecieran los ojos, y llegó la foto que le hacía reír siempre cuando la miraba: ella, con cuatro años, llorando como una descosida mientras Anna intentaba trenzarle el pelo. Fotos de la abuela Nerea junto a su limonero y, entre todas esas fotos, había una de una joven niñera, una de las tantas que habían contratado para cuidarlas, que, ataviada con un delantal blanco, sujetaba a Anna con apenas dos años en su regazo. Mientras miraba esa foto, escuchó a Anna gritar con la primera contracción. Sin cerrar el baúl subió las escaleras corriendo hacia la primera planta. Dejó la taza de té en la encimera de la cocina y fue hacia el dormitorio. Su hermana la esperaba inmóvil con cara de pánico. Marina sonrió levemente. Por fin...

Llevaban hablando del momento del parto desde su llegada a Mallorca. Marina le había explicado que los partos eran lentos, que podían alargarse hasta dos días y que, si ella quería, podría ayudarla a parir en casa.

Marina se sentó en la cama junto a Anna.

—Abre las piernas.

Introdujo sus dedos en la vagina.

—Estás muy verde todavía. De tres centímetros. Hay que esperar.

Era demasiado pronto para ir al hospital. Medicalizar el parto no era lo mejor ni para ella ni para su bebé. Durante las tres semanas que llevaban juntas, Marina había intentado quitarle el miedo irracional que sentía Anna a parir. Sabía que el cuerpo de su hermana estaba perfectamente preparado para parir sin ninguna complicación. Para tranquilizarla, sacaron de la biblioteca municipal de Palma libros que explicaban los partos naturales en los países del norte de Europa, cómo las mujeres parían tranquilas en sus casas, sin episiotomía, sin correas, sin sueros ni monitores, aprendiendo a respirar para aguantar el dolor en compañía de sus parejas y asistidas por comadronas. Si Anna quería, podían hacer el trabajo de parto en casa juntas. Las dos. Contaban, claro, con Armando…

Marina convenció a su hermana para que se duchara. A la hora, una segunda contracción. Anna se asustó y aguantó el dolor en silencio. Pasó una hora más en la que apenas tuvo contracciones. Marina preparó una infusión y la tomaron tranquilas.

El teléfono sonó frío y puntual a las nueve.

—Anna —le dijo Marina levantando levemente la voz—, es tu parto y es tu hija. No tienes por qué compartirlo con ella si tú no quieres.

Marina, ahora, echando la vista atrás, pasados catorce años, pensó que quizás no debería haber dicho esas palabras. Quizás Anna debería haber cogido la llamada de su suegra. Si la hubiera cogido, probablemente, nada de todo lo que después sucedió hubiera ocurrido…, o quizás sí.

Anna deambulaba intranquila con los ojitos miedosos esperando el dolor, que cada vez era mayor.

—Marina, prefiero ir al hospital.

—Si lo prefieres, no hay más que hablar.

Metieron en una bolsa rosa bodis rosas, gorritos rosas y manoplas rosas.

Una hora más tarde, una comadrona en los cincuenta, oronda y seca, en una lujosa clínica privada de Palma, hacía un tacto a Anna.

—Reina, estás de cinco ya. Hacemos el enema y bajamos a quirófano.

—Puedo aguantar un poco más el dolor, mi hermana es gi…

—Uy, reina, lo que te duele ahora… multiplícalo por diez —cortó.

Marina reprimió su impulso y calló.

Bajaron a quirófano. Marina estaría con ella en el parto. Se colocó a su lado y observó en silencio. Anna se sentó en el potro obstétrico. Le curvaron la espalda. Le inyectaron la epidural. La tumbaron en la camilla. Le acercaron sus glúteos al borde de la camilla. Le separaron las piernas. Se las subieron a los estribos del potro. Ataron las piernas con velcro. Entró el ginecólogo. Saludó. Introdujo las manos en la vagina de la paciente. Rompió la bolsa. Sacó las manos de la vagina. Cogió unas tijeras. Las introdujo en la vagina y cortó recto dos centímetros en dirección al ano. Cogió las espátulas. Las introdujo en la vagina. Sacó al feto. El feto lloró y fue entregado a la comadrona. La comadrona cogió el feto y se alejó hacia una mesa metálica.

Marina, durante toda la operación, miraba con dulzura a su hermana sujetándole la mano, en silencio. Respiró hondo viendo el trato indigno al que estaban sometiendo a esas dos personitas que formaban parte de su vida. Pero se lo guardó para ella y acarició a su miedosa hermana. Calló durante toda la operación pero no pudo reprimir intervenir al final. Quizás debería haberse callado. Quizás si se hubiera callado nada hubiera pasado, nada.

—¿Le traes la niña a mi hermana, por favor? —le dijo seria Marina a la comadrona.

—¿Cómo? —preguntó la comadrona volviéndose hacia ella.

—Que traigas a la niña y se la pongas en el pecho.

—Voy a limpiarla —le contestó con sequedad.

Quizás Marina no debería haber hecho lo que hizo, pero lo hizo y, sin pronunciar una palabra y escuchando el llanto histérico de su sobrina, se acercó a la comadrona y le arrancó la bebé de las manos. La comadrona le lanzó una mirada de desprecio, pero Marina estaba ya con sus ojos clavaditos en su sobrina, muy gordota, muy feúcha y muy llorona, y se la llevó a su hermana, que estiraba los brazos hacia ella. Anna cogió a su hija, se la recostó en el pecho y la envolvió entre sus brazos, llenándose de sangre y placenta y cumpliendo, por fin, tras diez años de espera, su ansiado deseo de maternidad.

Pasaron dos noches en el hospital prácticamente en vela. Anita solo quería el pecho de su madre y succionaba el minúsculo pezón del que todavía no salía una gota de leche, solo calostro. Pero para esa niña de cuatro kilos doscientos setenta y cinco gramos, el calostro no parecía suficiente y la leche tardaba de treinta a setenta y dos horas en subir. Además, era imposible dormir en la clínica. Si no las despertaba Anita, lo hacía el ginecólogo, el pediatra o la comadrona, más seca de lo que ya era. Y así cabecearon cuando pudieron, mirando embobadas a esa niña lozana con nariz de boxeador y ceño fruncido. Físicamente, igualita que su padre.

Y su padre, por fin, llegó. Llegó como era. Avasallando. Hablando demasiado alto.

—¡Anna! Pero ¿cómo no has avisado a mi madre? Hola, Marina.

Armando se sentó en la cama junto a su esposa y su hija. Marina vio a su hermana sonriendo a su marido con una mezcla de amor y tristeza. Sintió el anhelo de su hermana por recibir un abrazo de aquel hombre robusto que tenía sentado a su lado. Anna acercó los labios a los de su marido y él la besó... sin entusiasmo. Por fin, Anna formaba la familia que había querido formar. La familia García Vega al completo. Marina no supo por qué, pero esa imagen de ellos tres en la cama le recordó a una fotografía publicitaria de seguros de vida norteamericanos que colgaba por las autopistas de Filadelfia, en la que dos modelos sujetaban a un bebé de silicona en un decorado construido dentro de un plató. Esa imagen de la familia García Vega le pareció, como la publicidad de las autopistas, una gran mentira.

La suegra no tardó en llegar también hablando demasiado alto, besuqueando primero a su hijo y cogiendo a su nieta, sin preguntar, de los brazos de su madre.

—Esta noche se queda mi madre contigo —dijo Armando—. Llevo catorce horas volando, necesito descansar.

Marina recordó la cara de Anna al oír la frase de su marido, a punto del llanto, mientras a ella le invadía una sensación de rabia por la indiferencia de su cuñado y la sumisión de su hermana. Marina miró a su hermana. Sin hablar, le aguantó la mirada. Enfréntate. Es tu vida, Anna. Tu vida. Habla. Sin miedo. Las dos hermanas se conocían tan bien que Anna percibió todo eso en la mirada de Marina, pero se limitó a quejarse un minuto, bajar la mirada y recibir el beso fugaz de su marido, a la vez que observaba los pies embutidos en calcetines de su asfixiante suegra.

Recordó la conversación superficial que mantuvo con su cuñado subiendo en el coche hacia su casa, iniciada siempre con un «cada año estás más guapa», frase que Marina detestaba y encontraba innecesaria, pero por la que le daba las gracias educadamente, como le habían enseñado, sin entrar ni un ápice en el juego que él hubiera querido. Armando era así, se sentía un seductor con dotes donjuanescas y piropeaba a las mujeres guapas. Al principio tuvo gracia, pero ahora ya empezaba a dar algo de grima. Armando le dijo que podía quedarse el tiempo que quisiera... «Es tu casa..., sigue siendo tu casa.» De hecho, a Armando le iba bien tenerla allí ayudando y distrayendo a su mujer y a su hija, y sobre todo distrayendo también a su madre.

Se le hizo raro dormir esa noche en la misma casa que Armando sin su hermana. Pero, evitando la cena con su cuñado, subió al cuarto de la abuela y enseguida se durmió. Los berridos de su sobrina la despertaron al día siguiente. Abrió los ojos y se incorporó. Una cura de sueño... Salió al pasillo y bajó al salón. Armando las había recogido del hospital y allí estaban la suegra, su cuñado y su hermana intentando calmar a la bebé.

—Tiene hambre. Tiene mucha hambre. Tiene el pezón muy pequeño —graznó la suegra—, hay que darle leche de farmacia. Es lo mejor. Los engorda rápido.

—Lleva dos horas en el pecho. Le he cambiado los pañales ya. No para de llorar —dijo Anna desesperada dirigiéndose a su hermana.

Marina se acercó a ellas.

—Los bebés lloran. Anna, no te preocupes. A ver, vamos a ver qué le pasa a esta bebota —le dijo cogiéndola entre sus brazos.

Marina puso el cuerpecito boca abajo de forma que quedara recostado en su brazo derecho y con el izquierdo le hizo un masaje en la espalda.

—Leche en polvo —graznaba repetidamente la suegra.

Recordó esas palabras incisivas de ese ser desagradable que tenía su hermana como suegra. Anna no fue al dormitorio conyugal sino al cuartito de la abuela Nerea, que tanta paz les daba a las dos. Entraron las tres. Anna cerró la puerta y se sentó en la cama. Marina masajeaba su espalda con suavidad y la pequeña, apoyada en el brazo de su tía, finalmente se calmó. Marina la tumbó en la cama.

—Se despierta cada dos horas y solo quiere estar en mi pecho. Creo que no soy capaz.

—Claro que eres capaz, Anna. Dar el pecho significa dedicación. Y... yo no soy madre..., pero siempre lo he visto como un acto de amor hacia tu hijo... Supongo que es más fácil con los polvos artificiales, pero pruébalo un mes y si no pues la otra opción siempre está... Bienvenida a la maternidad.

Anna se acercó a la ventana para abrirla. La suegra, con su camisa gris de manga corta y la falda negra por debajo de las rodillas, caminaba por el jardín recogiendo hojas.

—Parece una urraca.

Marina se acercó a la ventana.

—Sí, sí lo parece. —Rio.

—¿Tú crees que mamá nos dio el pecho?

Marina alzó los hombros. Era una pregunta que ella nunca se había planteado. Anna se tumbó en la cama, cerró los ojos y, en apenas un minuto, se durmió. Marina las tapó con las sábanas de hilo y letras bordadas en azul. Le pareció hermosa y tierna esa imagen de esas dos mujercitas que dormían serenas frente a ella.

La voz de Armando se coló por el dormitorio. Hablaba por teléfono, divertido. Marina cerró la puerta y se sentó en una butaca junto a la ventana. Atisbando a la urraca y escuchado la voz de su cuñado, intuyó que algo no saldría bien. Anna le había pedido que se quedara la cuarentena y Marina, desobedeciendo su intuición, cedió.

Esa noche, Anna, tumbada en el dormitorio conyugal junto a su marido, descubrió una pequeña grieta que atravesaba su irritado pezón. Sintió aprensión al verlo. Le escocía mucho. Un segundo después, por fin, una agüita blanquecina resbaló por la mejilla de su hija. Sonrió, serena, en paz. Esa era su primera noche los tres juntos. Anna estaba feliz. La familia García Vega al completo. Armando, Anna y Anita eran una familia, por fin, de verdad.

Anita durmió dos horas. Lloró. Mamó de un pecho y luego del otro. Se durmió. Anita durmió dos horas más. Lloró. Mamó de un pecho. Defecó. Anna le cambió el pañal y se durmió. Anita durmió una hora. Lloró. Mamó del otro pecho. Luego del otro. Vomitó. Anna la cambió. Volvió a llorar. Se durmió. Anita durmió una hora más. Lloró. Mamó de un pecho. Luego del otro. Se durmió. Lloró.

—¡¡Ve al salón a dar el pecho!! ¡¡Mañana tengo una reunión importante!! ¡¡Necesito dormir!! —voceó Armando, categórico.

El tono duro de Armando despertó a Marina. Abrió la puerta y vio a Anna salir con Anita al pecho y el corazón roto. Trasladaron el moisés al cuarto de la abuela y, desde entonces, las hermanas formaron un pequeño equipo. Lograron una dinámica que les permitía descansar a las tres. Cuando Anna había acabado de dar el pecho, Marina cogía a su sobrina y salía del cuarto con ella en brazos para bajar a pasear. Mientras, Anna volvía a dormirse o se duchaba o desayunaba tranquila. Y así se turnaron durante veintiún días y veintiuna noches. Anna, a pesar de toda la ayuda que le brindaba Marina y como era lógico, anhelaba la presencia de su marido. Y Armando, además de dormir solo cada noche, seguía enfrascado en su trabajo, resbalándole las súplicas de su mujer. Si necesitaban más manos, ojo no fueran a quejarse, que rauda acechaba la urraca.

Marina, en medio de esa familia que no era la suya, percibía el desajuste emocional de ellos tres. El poder que ejercía Armando sobre su hermana, a sus ojos, el de un tirano. De acuerdo, traía el dinero a casa, pero tenían dinero suficiente. ¿Qué necesidad había de producir más? y, en cualquier caso, ¿no podían esperar un mes esas transacciones monetarias tan importantes de las que presumía? El primer mes de la vida de su hija. ¿De verdad no podía dejar de trabajar treinta días? ¿Qué significaba un mes en la biografía de cualquier hombre de negocios por muy empresario de éxito que fuera? ¿Cuántos millones dejaba de ganar en ese mes tan necesario para su esposa y para su hija? Y ese día en el que ella se planteaba el porqué del egoísmo de su cuñado y cuando empezaba a amanecer, se desató el conflicto que había provocado la separación de esas dos hermanas que tanto se necesitaban.

Anita, esa noche, lloró más que nunca debido a unos cólicos que tenía en el estómago. Recordó cómo ambas, desesperadas, se turnaban con ella, que lloraba de esa forma histérica en que pueden llorar los bebés. Le cambiaron los pañales. Anna se la puso en el pecho. No lo quiso. Le masajearon el vientre. Le dieron agua con una cucharilla de café. En medio de la desesperación y de la falta de sueño, les cogió un ataque de risa absurdo. Ya no sabían qué hacer. Si reír o llorar. Anna salió de la habitación para buscar agua para ellas dos, olvidándose de cerrar la puerta del dormitorio. Marina caminó hacia la ventana con su sobrinita histérica en brazos. Miró por la ventana, el sol se asomaba sin prisas por el Mediterráneo y parecía que poco a poco la bebé se calmaba.

—¡¡No podéis hacer que se calle de una puta vez!!

Marina se volvió hacia su cuñado. Anita rompió a llorar histérica de nuevo.

—¿Qué has dicho? —le dijo Marina.

—Llevadla al médico, hostias, que seguro que le pasa algo.

Marina no dio crédito a las palabras de su cuñado.

—Pero... cómo eres tan...

—¿Tan qué? —preguntó amenazante Armando.

Se le pasaron por la cabeza mil insultos que resumió en uno.

—Obtuso.

Esa palabra, que en la cabeza de Armando hacía referencia a un triángulo estudiado en la EGB, le desconcertó. Esperaba cualquier insulto azucarado. Pero ese vocablo no.

—Obtuso. Pero ¿quién eres tú para llamarme en mi propia casa... obtuso? Llevas casi dos meses viviendo a cuerpo de rey en mi casa, querida.

—Tienes a tu mujer abandonada —le dijo susurrando, sin defenderse y con el único propósito de ayudar a Anna.

—¡¿Qué pasa?! —gritó Anna subiendo con prisa los escalones con dos vasos de agua.

—Ya llevas suficiente tiempo en esta casa, así que empaquetas tus bártulos y te vuelves a tu querida Norteamérica.

Clavó su mirada en su cuñada y levantó la voz.

—... y dame a mi hija —ordenó arrancándole a la niña de sus brazos.

—Mi madre te acompañará al médico esta mañana, y no se hable más. Se compra leche en polvo de farmacia, y punto —le dijo a su esposa—, y tu hermanita se vuelve con el puto yanqui viejo ese que tiene como pareja y nos deja tranquilos.

—Armando, por favor, para —le suplicó Anna.

—Se vuelve a su casa y nos deja vivir nuestra vida, que aquí no la necesitamos para nada. Pero, ahora —añadió mirando a los ojos a su cuñada—, empaquetas y te largas.

—Armando, por favor, tranquilízate.

—¿Qué coño me voy a tranquilizar? ¿Qué se ha creído esta tía…? Sabelotodo. Me rompo los cuernos a trabajar para…, no sé por qué cojones me estoy justificando —se desgañitó alejándose hacia su dormitorio.

—Armando, por favor —insistió su mujer con ojos temerosos.

Armando le dio la niña a su mujer y se alejó en dirección al dormitorio conyugal. Se volvió hacia su cuñada antes de entrar.

—Por cierto, menudo numerito le montaste a la comadrona del hospital… Pero ¿tú quién te has pensado que eres, coño? —Chasqueó la lengua y desapareció por el cuarto.

Marina recordó haber mirado a su hermana esperando que se enfrentara al hombre egoísta que había escogido por esposo. Cualquier frase. Lo que fuera. Aunque fuese una frase ingenua, pero posicionándose a su lado. Esperó un segundo. Dos. Tres. El llanto de la niña se les metió, a ambas, en el cerebro más profundamente que otras veces. Cuatro segundos. Cinco. Seis. Marina caminó hacia el dormitorio. Anna la siguió.

—Voy a hablar con él. Ahora vengo.

Marina abrió su maleta. Recordó cómo la sangre le palpitaba en las sienes mientras se vestía con la ropa del día anterior. Metió con precipitación la ropa dentro y salió del cuarto.

Recordó que mientras bajaba las escaleras solo podía oír el llanto histérico de su sobrina acompañado del llanto sumiso de su hermana. «¿Por qué, Anna? ¿Por qué sigues con este hombre? No le necesitas. Vivís en la casa que nos dejó papá. Es tuya. Es nuestra. Échalo de aquí. Mejor sola que mal acompañada.» Pero esas palabras eran justo las opuestas a las que había oído en boca de su madre toda la vida. Frases lapidarias que se quedaron grabadas para siempre en el inconsciente de su hija. «¿Qué hace una mujer sola caminando por la vida? Son la comidilla del resto, que se compadece de que estén solas. La mujer, siempre acompañada de un marido. A veces, el matrimonio no es lo que uno espera. Pero hay que aguantar, hija. Ver, oír y callar.»

Dieciséis horas más tarde entraba en su apartamento del *downtown* de Filadelfia. De ese día, hacía ya catorce años y desde entonces no se habían vuelto a ver.

Cuando sus pensamientos acabaron de recorrer ese fatídico episodio de su vida, por fin, y en ese hotel perdido entre montañas, se durmió.

Al primer tono de teléfono, Anna descolgó el auricular.

—¡Marina, estás bien!

—Sí, Anna, estoy bien.

—Te esperé ayer. No he podido dormir en toda la noche... Pensaba que te habría pasado algo.

—Perdona..., intenté llamarte desde el muelle, pero el teléfono estaba roto.

—Pero ¿dónde estás?

—En Valldemossa.

—¿En Valldemossa? ¿Y qué haces allí? Voy a buscarte. Y comemos en casa, ¿vale?

—Ya he mirado autobuses, no te preocupes. Voy yo.

El autobús salía hacia Palma a la una del mediodía. Le quedaba tiempo para ir a conocer esa misteriosa herencia. Siguió las indicaciones de Gabriel, atravesó la plaza Ramón Llull, continuó hasta la plaza de Santa Catalina Tomás y entró en la callejuela de la Rosa, adoquinada y flanqueada por casas de piedra, y en cuya parte alta albergaba también el molino harinero. Imponente, viejo y de piedra, con unas enormes aspas que lo gobernaban. Caminó hacia él lentamente, con una sensación extraña. Ese gigante de piedra era suyo, le pertenecía. A su lado, la casa de piedra que albergaba la panadería. Llegó a la puerta de entrada, donde un cartel rezaba:

Trató de abrir el portal sin éxito. Un banco de madera descansaba junto a la fachada. Se subió a él e intentó mirar por una pequeña ventana, pero los postigos cerrados impidieron que pudiera ver el interior. Una gota de agua le cayó en el anorak. Bajó del banco y, a pesar de la lluvia que empezaba a caer, se sentó en él. Observó las casitas vecinas que se agolpaban junto al molino. Varias de ellas echaban humo por sus chimeneas. Paseó la mirada por el bello invierno mallorquín, por los olivos centenarios ahora sin hojas, por los campos de algarrobo y por el bellísimo espectáculo de tonos blancos y rosas que ofrecían los almendros en flor, que renacían allí, cada invierno.

«¿Por qué nos has dejado esto, María Dolores Molí? ¿No había nadie más a quien dejarle este precioso lugar?»

El ladrido de un viejo golden retriever de orejas gachas que bajaba, cansado, por el Camí de la Rosa la sacó de sus pensamientos. El perro se acercó a Marina y la olisqueó. Una anciana de pelo cano recogido en un moño se acercaba, a paso lento, ayudada de un bastón. Era muy alta, llevaba un abrigo de lana marrón oscuro hasta las rodillas y en el cuello un pañuelo azul de cachemira.

—Niebla, vení, dejá a la señorita —le dijo la anciana al perro—. Buenas —saludó.

Marina saludó a la anciana. Tenía la cara surcada de arrugas y unos ojos azules inmensos a juego con su *pashmina.* Le pareció bellísima a pesar de los ochenta años que debía de tener.

La perra, haciendo caso omiso a la dueña, se sentó junto a Marina.

—Mirá, que cierro la puerta.

La señora esperó apoyada en su bastón.

—Dale, Niebla, vamos... No seás pelotuda, que hase un frío del carajo —insistió introduciendo la llave en la cerradura de la casa contigua a la panadería.

La anciana volvió a mirar a la perra, que en ese momento cruzaba sus patas y se acercaba a los pies de Marina.

—Perra conchuda...

La perra posó el hocico sobre sus patas.

—Ya vas a rascar a la puerta cuando te salga del orto —concluyó la anciana desapareciendo por su casa.

Marina observó al animal, que no parecía tuviera intención de moverse de allí. La perra la miró y volvió a su posición de cordero degollado bajo sus pies.

Y allí se quedaron Marina y la perra vieja, bajo una leve llovizna, con la mirada perdida por entre los campos de almendros de la sierra de Tramontana.

Se sentó en primera fila tras el conductor del autobús. Solo había tres pasajeros más, a quienes Marina echó un vistazo sin prestar atención. Era una familia joven con una niña pequeña sentada en la falda de la madre, que comía un pan de molde industrial muy blanco y con mucha mermelada de fresa, según pudo descubrir Marina pocos segundos después por la bronca que la tal Marta, que así se llamaba la mujer, metía a su marido por haberle hecho un bocadillo de mermelada a su hija, con el que le había manchado el vestido nuevo.

Se sintió nerviosa, se había imaginado ese encuentro con su hermana muchas veces. El día después de la discusión con su cuñado, Anna intentó localizar a Marina telefónicamente en su apartamento de Filadelfia. Marina reconoció la llamada internacional en la pantalla del teléfono y no lo cogió. Cada día, durante tres semanas, Anna la llamó, pero Marina nunca levantó el auricular. Porque no fue esa discusión, ni tampoco el hecho de que debía esperar un año para presentar su tesis doctoral, eso era ya lo de menos. En el trayecto de avión Madrid-Nueva York había reflexionado al respecto y reafirmó algo que siempre había creído, que Anna era profundamente egoísta. Solo pensaba en sí misma y siempre había sido así. Cuando Marina fue internada a los catorce años en el Saint Margaret, la llamó en contadísimas ocasiones. Era ella quien llamaba a cobro revertido cada último domingo de mes. Porque Marina necesitaba oír la voz de su hermana mayor, con quien se había criado, con quien llevaba catorce años compartiendo dormitorio. Anna era la única persona que sabía cómo era Marina de verdad. Cuando volvía en las navidades y los veranos, lo pasaban bien juntas y no se separaban la una de la otra, pero todo giraba en torno a Anna. A sus amigas. A su novio marinero. A sus asignaturas suspendidas. Además, en los quince años que Marina llevaba viviendo en Estados Unidos, no la había visitado ni una sola vez. Estuvo a punto de ir a verla cuando, junto con su marido, hizo un viaje organizado por la costa este de Estados Unidos. Visitaron Washington, Boston y Nueva York, pero al ir en grupo le fue imposible pasar por Filadelfia. Ni el día de su graduación universitaria, como le pidió varias veces por teléfono, estuvo allí, y por aquel entonces Néstor y Ana de Vilallonga habían fallecido. Marina fue la única licenciada con toga negra que lanzó el birrete al aire sin ningún familiar que se alegrara por ello. Eso sí le había dolido profundamente. Pero no se lo tuvo en cuenta y siguió viajando a Mallorca cada Navidad para estar junto a su única familia, Anna. Ya había aguantado suficiente y la posición de víctima que su hermana tomó ante la discusión con su marido fue la gota que colmó el vaso, por lo que Marina decidió, mientras aterrizaba en el aeropuerto John Fitzgerald Kennedy, cortar la relación con su hermana mayor. Podía vivir sin las veinte llamadas telefónicas que se hacían al año y sin sus fugaces visitas a la isla en Navidad.

Anna nunca fue consciente de lo sola que Marina se sintió en Estados Unidos y de la necesidad que tenía de hablar con ella cada último domingo de mes. De hecho, la llegó a envidiar cuando su madre le prohibía salir los fines de semana por Mallorca y deseó muchas veces ser ella la interna en ese colegio de élite maravilloso de doscientas cuarenta hectáreas, de enormes bosques, rodeado de robles y con niñas de todo el mundo. Ya estaba casada cuando Marina se graduó en Medicina. La fecha de graduación coincidió con las reformas de la mansión de Son Vida. Y dejar a Armando solo, con la casa llena de paletas, no le pareció buena idea.

Anna, tras los intentos fallidos de localizarla por teléfono, decidió escribirle cartas. Cada semana una. Sin descanso. En ellas, le pedía perdón por ser tan débil, por no plantar cara a su marido, por dejarse llevar, por no decidir, por todo. «Te necesito cerca —le escribía siempre—. Saber que estás ahí aunque te encuentres a seis mil kilómetros». Y siempre, antes de acabar, le explicaba los pequeños avances de Anita... También, intentando sacarle una sonrisa, le contaba más detalles sobre su vida perra junto a la urraca.

Marina siguió con su vida al lado de Jeremy, sumergida en sus estudios y en su profesión de ginecóloga. Leyendo las cartas de Anna pero sin que las súplicas pudieran mediar en la decisión que había tomado, seguir con su vida y apartar a su hermana de ella.

En diciembre de ese año, Marina sacó del buzón la última carta de su hermana, cuyas breves palabras fueron:

*Querida Marina:*

*Te escribo para desearte una feliz entrada de año. Espero que en este nuevo año cumplas tus sueños y espero puedas, también, perdonarme por todo.*

*Ahora sí, me despido, hasta que tú lo consideres, con un te quiero y te querré siempre.*

*Tu hermana y amiga,*

*Anna.*

Esa carta fue la única que guardó consigo cuando un año más tarde acabó la relación con Jeremy y empezó su carrera de cooperante en Médicos Sin Fronteras.

Tardó diez años en contestar a esa última carta. Una fría mañana del 25 de diciembre del 2007, Marina deslizó un sobre por la ranura del buzón del número 17 de la Bergmansstrasse en Berlín, cuyas primeras palabras decían:

*Querida hermana, querida amiga:*

*Pasa el tiempo demasiado rápido y ya no le veo sentido a nuestra distancia. Seguramente, estas fechas navideñas me provocan una sensación de tristeza, de nostalgia..., no lo sé...*

*He necesitado muchos años, soy consciente de ello. Pero aquí estoy, si tú quieres, para volver...*

Con esta carta se restableció la comunicación epistolar entre ellas. Luego vinieron los *mails* y siguieron un par de llamadas telefónicas. Pero nada más. Cada una tenía su vida y llevaban demasiado tiempo alejadas; solo esa herencia inesperada había hecho posible el reencuentro.

Llovía intensamente. La puerta del jardín estaba semiabierta; entró y le bastó un segundo para cerciorarse del deterioro que sufría la casa de su infancia. La fachada de piedra le pareció más vieja que nunca. El limonero del jardín, muerto. La piscina, llena de agua verdusca. No sintió esa nostalgia que solía invadirla. Inesperadamente, le pareció un lugar totalmente ajeno a ella.

No le hizo falta llamar, Anna abrió la puerta. Se miraron a los ojos antes de acercarse la una a la otra. Catorce años eran muchos años. Marina vio en décimas de segundo la batalla que empezaba a lidiar su hermana contra la vejez. Le vio las arrugas hinchadas de bótox, la frente inmóvil, el pelo planchado, las mechas rubias, su cuerpo flaco presidido ahora por unos pechos asiliconados que lucía bajo el viejo jersey de pico de cachemira marrón claro. Anna vio a su hermana como siempre, con el pelo negro y lacio recogido en una trenza larga, con unas arruguitas más en los ojos cuando ella le sonrió levemente y, enseguida, sus dulces hoyuelos. Marina, sin saber por qué, se sintió avergonzada y casi culpable al ver los ojos llenos de ilusión de su hermana. Porque en el fondo, mirando a los ojos de Anna y siguiendo el popular refrán de su abuela que decía que los ojos eran el espejo del alma, se dio cuenta de lo que ya sabía, que el alma de Anna era un alma buena, un alma frágil incapaz de hacer daño a nadie, incapaz de defenderse a sí misma y menos aún de salir en defensa de nadie. Todo eso le pasó en una décima de segundo por la cabeza. Fue Anna la que caminó hacia ella y la abrazó. La abrazó en silencio y Marina se quedó clavada al suelo, pero subió sus brazos lentamente hacia la cintura de su hermana y la rodeó. Estuvieron diez segundos abrazadas, sin decirse nada.

—¡Hombre, cuñadita! ¿Cómo estás?

La voz de Armando, siempre alta, las separó y, como era de esperar, las violentó. Se acercó a ella con los brazos abiertos, la rodeó y le dio un abrazo con palmadita que concluyó con un sonoro beso en la mejilla... Aquí no ha pasado nada. Marina sonrió correctamente viendo a su cuñado más ancho que nunca, con las greñas de siempre ahora canosas, su impecable camisa blanca con caballito en la pechera algo desgastada, los tejanos azul marino y los Martinelli. Su amigo Sigfried, el enfermero alemán y acérrimo seguidor de todas las carreras de Schumacher, le hubiera dicho que era el doble del director deportivo de Fórmula 1, Flavio Briatore, venido a menos, claro.

—Tan guapa como siempre. El tiempo no pasa para ti. Mira qué color tiene —lisonjeó mirando a su esposa—. Todo olvidado, ¿eh? Pasa, por favor.

Anna permaneció callada y siguió a su marido, que las conducía al salón. Ese gesto ya evidenció lo que Marina imaginaba, que nada había cambiado en ese matrimonio.

—Voy a decirle a la adolescente que has llegado. Ahora estoy con vosotras —dijo Armando subiendo por las escaleras hacia la primera planta.

Marina se quitó el anorak y Anna lo cogió y lo dejó en el colgador. Se sentaron en el sofá. Se miraron y no supieron qué decirse. La filipina rompió el silencio trayendo una bandeja con berberechos, olivas y una jarra de agua.

—Ella es Imelda.

—Hola, Imelda. ¿Cómo estás? —saludó levantándose del sofá y dándole dos besos—. Soy Marina. Encantada.

Anna ensanchó los ojos tras el gesto de su hermana con la empleada del hogar. Ninguna de sus amigas del Club Náutico de Palma se había acercado a Imelda al ser presentada y menos aún la habían besado.

—Hola, señora. Tenía ganas de conocerla —le dijo Imelda con sinceridad—. ¿Quiere algo para beber?

—Agua está bien. Gracias.

Sonrió y se retiró discretamente dejando a las hermanas solas.

—¿Cómo estás?

—Bien. Muy bien.

—¿Tú?

—Bien también.

De nuevo una sonrisa y un silencio incómodo. Marina sacó de su mochila el libro de cocina que le había comprado en el aeropuerto de Addis Abeba.

—Muchas gracias. Qué detalle más bonito —dijo ojeando el libro—. La verdad es que tengo abandonada la cocina…, quizás es una manera de volver a empezar. Bueno, hoy sí —miró a su hermana con una sonrisa—, hoy sí que he preparado algo especial.

Se miraron otra vez. Anna se hubiera acercado más a ella y la hubiera abrazado y se la hubiera llevado lejos de allí para recuperar todos esos años perdidos. O, mejor aún, hubiera echado a su marido de casa por unas horas y de paso que se llevara a su hija, que cada día estaba más impertinente, los hubiera enviado a casa de su suegra y ella se hubiera quedado allí con su hermana pequeña, tranquilas

las dos en su casa. Porque fue Anna la que perdió más en esa separación. Porque Anna no tenía nada a lo que aferrarse en la vida. No tenía marido, a pesar de que vivían bajo el mismo techo. No tenía un trabajo, nunca le había hecho falta. No contaba con amigas de verdad, quizás culpa de esa educación que le dieron de no fiarse de nadie, del ver, oír y callar. Y sí, de acuerdo, tenía una hija adolescente, pero insoportable.

—Qué extraño —dijo Anna evitando entrar en todos los sentimientos que subyacían en su interior.

—Sí, la verdad. ¿Habéis averiguado algo más de la panadera? —contestó Marina.

—No —alzó los hombros y negó con la cabeza—, familiar no es. ¿Cómo era su nombre?

—María Dolores Molí —contestó Marina.

—Creo que Armando ha conseguido venderlo por una buena cantidad. El precio del metro cuadrado está altísimo —dijo con una media sonrisa.

Anna se frotó lentamente las manos mientras se las miraba. Marina conocía ese movimiento corporal nervioso de su hermana y esperó a que las palabras llegaran.

—No nos van bien las cosas —dijo Anna bajando el tono de voz y echando una mirada rápida hacia las escaleras—. ¿Te acuerdas de las inversiones inmobiliarias en Panamá?

Marina asintió.

—No entiendo bien qué pasó pero resultaron ser una estafa. —Hizo una pausa y volvió a dirigir su mirada hacia la planta de arriba para comprobar que su marido no pudiera oírlas. Bajó el tono de voz—: Estamos arruinados.

Anita apareció bajando por las escaleras con su chándal negro, seria, dejando que su peso cayera en cada escalón. Parecía que le costara andar.

—¡Hola, Ana! —saludó Marina incorporándose.

A Marina, por muy lógico que fuera, le pareció increíble que esa bebé llorona que dejó con veinte días se hubiera convertido en la mujer robusta que tenía enfrente.

—Hola —le contestó, parca y con timidez, esquivando la mirada.

Anita puso sus mejillas sin besar. Gesto que Marina notó. Sin embargo, Marina la besó y pasó su mano por sus brazos de forma cariñosa.

Se sentaron las tres en un silencio incómodo. Marina observó la provocadora estampación en la sudadera que llevaba puesta su sobrina: una foto de una mujer vestida con chaqueta de cuero negra sujetando un tenedor, que rezaba, «Eat the rich».

—¿Te gusta Patty Smith? —le preguntó Marina haciendo referencia a la mujer de la sudadera.

—¿Sabes quién es? —contestó extrañada su sobrina.

—Claro que sé quién es. Pero ¿no te ha contado tu madre que he pasado media vida en Estados Unidos? Estuve hace muchos años en un concierto que hizo en un bareto de Nueva York… Hace más de veinte años.

—¿En serio? —le contestó Anita fascinada, como si fuera la historia más increíble escuchada en esa casa, en la que no sonaba más música que la de la televisión.

Anita se sabía todas las canciones y los versos compuestos por esa vieja rockera americana, a la que llamaban ahora la «Abuela del punk». Su tía pensó que eso decía bastante de su sobrina. Porque lo extraño era que Anita, como el noventa y nueve por ciento de sus amigas del San Cayetano, no se moviera a ritmo de la chalada de Lady Gaga o moviera sus caderas acompañando a la ex Hanna Montana entonando el «Party in the USA» y, sin embargo, escuchara sola en su cuarto y con auriculares el «People have the power» de esa vieja activista norteamericana. Anna, evidentemente, no tenía ni la más remota idea de quién era la señora de la foto de la sudadera de su hija. Eso sí, la última vez que la había llevado puesta, y con motivo de una fiesta de la *jet set* mallorquina del Club Náutico a la que la obligaron a ir, Anna le pidió a Anita que por favor se la cambiara. No era una prenda adecuada para la ocasión. Anita, molesta, subió a su cuarto y bajó diez segundos más tarde con otra sudadera negra sin estampado en la pechera. Cuando Anna entró tras Anita en la fiesta, se dio cuenta de que su querida hija había estampado en la espalda de la sudadera a la abuela del punk haciendo un gesto obsceno, pero en vez de «Eat the rich» se leía «Fuck the rich».

—Señoras, comemos —dijo Armando entrando en el salón.

Se levantaron del sofá. Anna llevaba imaginando esa situación todo el mes con pavor. Antes de que llegara Marina, le rogó a su marido que fuera amable. Armando no era idiota..., la venta de ese molino significaba aliviar la deuda que tenía con Panamá. Sería el tipo encantador de fuera de las cuatro paredes donde vivía. Anita, ajena al pasado, observaba a ese miembro nuevo de la familia con curiosidad.

Imelda entró con la sopera llena y les sirvió.

Fue Armando el primero que abrió la boca y, al contrario de lo que las hermanas pensaron, la conversación que siguió toda la comida, aunque superficial, fue mucho más relajada de lo que habían imaginado. Armando le preguntó por su trabajo de cooperante y Marina, mientras la familia García Vega sorbía la sopa, respondió amablemente explicando detalles sobre los lugares en los que había estado trabajando. Anna habló de lo mucho que había cambiado la isla en esos catorce años; Armando, de las nuevas urbanizaciones construidas, del turismo que les llenaba los bolsillos a los mallorquines, de que oficialmente ya eran cincuenta mil alemanes con propiedades en la isla, uno de los cuales, precisamente, iba a quedarse con el molino harinero que habían heredado.

—Bueno, vamos al grano… Nunca mejor dicho —dijo Armando riéndose de su propio chiste—. He conseguido venderlo por dos millones de euros —añadió orgulloso Armando—, un millón para cada una.

Anna sonrió y miró a su hermana, que parecía no alegrarse en exceso. Armando les explicó que el comprador se llamaba Helmut Kaufmann. Era un robusto empresario salchichero, fabricante de los embutidos que surtían a la mayoría de las cervecerías de la República Federal Alemana, y pretendía darle continuidad a la panadería de Can Molí, combinando el *pa moreno* tradicional de harina de *xeixa* de la isla con la venta de los *Weiswurst* salidos de su propia granja de cerdos a las afueras de Fráncfort. Helmut aterrizaba en Palma a las tres de la tarde del día siguiente. Armando le recogería y, a las cinco, el notario les esperaba en su despacho para la firma de la venta.

Imelda trajo el postre que tan cuidadosamente había preparado Anna durante esa mañana. Sabía que a Marina le encantaría comerse ese bizcocho, que la abuela Nerea había bautizado como pan de limón con semillas de amapola. Quizás reconocer el sabor en su boca la llenaría de recuerdos. Los recuerdos felices de su infancia. Ese pan dulce, según ella les decía, poseía un ingrediente mágico que nunca les desvelaría y que hacía que ese bizcocho tuviera un sabor tan delicioso. Ambas insistían en saber cuál era ese misterioso ingrediente, pero la abuela siempre se negaba… Hasta que, por fin, el día en que Marina cumplió siete años, sentó a las dos en la mesa de madera de la cocina y, haciéndoles jurar previamente que guardarían el secreto, acercándose a ellas y susurrando entre sus cabecitas, les reveló la receta.

Marina miró a su hermana y le sonrió agradecida. Anna sabía que ese detalle del bizcocho pasaría desapercibido a ojos de Armando y a los de su hija, pero Marina sabría valorarlo y de alguna manera servía, otra vez, para pedir perdón.

A Anna le hubiera gustado hacer el pan con los limones del limonero del jardín, porque la abuela, además, decía que los limones de ese árbol tenían un sabor único e inigualable en la isla. Desgraciadamente, el limonero del jardín había muerto hacía unos meses. Y escribo desgraciadamente porque Anna lloró su muerte. Anna lloró frente al jardinero cuando este le dijo, para hacerse el gracioso: «Señora, este árbol está más muerto que Michael Jackson». Anna prohibió que lo talara al tiempo que estallaba en un llanto histérico. Atónito y viendo las lágrimas que le caían a la señora, el jardinero se disculpó creyendo dos cosas: la primera, que Anna era una fan incondicional del niño prodigio de los Jackson Five y, la segunda, que las Barbies ricachonas de la urbanización de Son Vida estaban completamente chaladas.

Así que Anna, esa mañana, cogió su BMW camino del Alcampo y compró diez limones. Sabía que no encontraría amapolas en invierno, así que, tras varias llamadas a sus amigas del Náutico, dio con una tienda bio de reciente apertura donde una joven alemana ataviada con sari naranja le vendió las diez bolsas de semillas de amapola que tenía en la tienda. Ya en casa, nerviosa, encendió el horno y mezcló sin prisas los ingredientes, intentando recordar las cantidades exactas que utilizaba la abuela. El primer bizcocho le salió demasiado amargo por exceso de ralladura de limón en la masa; el segundo se le quemó, y el tercero, por fin, salió esponjoso como tanto le gustaba a Marina.

—Se puede decir que Anna y tú sois millonarias —dijo Armando en tono fanfarrón.

—¿Tenéis la llave? —preguntó Marina cogiendo otro trozo de bizcocho.

—La llave —repitió Armando.

—Sí. La del molino y la de la panadería.

Silencio.

—Sí.

—¿Me la das, por favor? —dijo Marina.

Armando hizo una mueca de fastidio. Anna dejó de masticar y miró a su marido con pavor.

—¿Para qué? —quiso saber Armando con un tono de voz más grave del que había utilizado durante la mansa conversación que habían mantenido a lo largo de esa hora y algo menos grave que la que utilizó el día que echó a Marina de su casa.

Anita y Anna ladearon sus cuellos hacia Marina. Sonó un trueno pero ninguno miró al exterior, la tormenta ya se desataba dentro de casa.

—Tengo curiosidad por verlo. Por saber quién es esta señora tan generosa que nos va a hacer millonarias. Algo debe de haber dentro que nos ayude a averiguarlo.

Anna y Anita ladearon sus cuellos hacia Armando.

—No hay mucho que ver. Es una panadería antigua llena de sacos de harina, con un obrador y un horno de leña. Nada más. El molino hace años que no funciona y está..., está que se cae. Casi en ruinas. Familia directa vuestra no es. Hemos mirado el apellido de sus padres, de sus abuelos, de sus bisabuelos... A ver, sinceramente qué más da —dijo forzando una sonrisa—, los dos millones de euros son vuestros.

Armando dobló la servilleta dando por acabada la conversación y haciendo el ademán de levantarse de la mesa.

—¿Me das las llaves, Armando, por favor? —dijo firme Marina mirándole a los ojos.

*En esto, descubrieron treinta o cuarenta molinos de viento que hay en aquel campo, y así como don Quijote los vio, dijo a su escudero:*

*—La ventura va guiando nuestras cosas mejor de lo que acertáramos a desear; porque ves allí, amigo Sancho Panza, donde se descubren treinta o pocos más desaforados gigantes, con quien pienso*

*hacer batalla y quitarles a todos las vidas, con cuyos despojos comenzaremos a enriquecer, que esta es buena guerra, y es gran servicio de Dios quitar tan mala simiente de sobre la faz de la tierra.*

*—¿Qué gigantes? —dijo Sancho Panza.*

*—Aquellos que allí ves —respondió su amo—, de los brazos largos, que los suelen tener algunos de casi dos leguas.*

*—Mire vuestra merced —respondió Sancho—, que aquellos que allí se parecen no son gigantes, sino molinos de viento, y lo que en ellos parecen brazos son las aspas, que, volteadas del viento, hacen andar la piedra del molino.*

Cuca emitió un sonoro bostezo.

—Cuca, por favor, un poco de respeto hacia el resto de la clase —dijo la joven profesora de Literatura del San Cayetano.

—A ver, *seño*, es que esto a las nueve de la mañana no hay quien lo aguante —contestó Cuca.

Los veintinueve alumnos restantes rieron y la profesora suspiró. Cuca, tan impertinente como siempre, tenía algo de razón: no había adolescente que pudiera emocionarse con ese libro por mucho que estuvieran con una versión adaptada para jóvenes. Lo cierto es que la propia profesora tuvo que leerlo en la facultad de Filología Hispánica hacía ya varios años y, al margen de haber aprendido cientos de vocablos caídos en desuso, le pareció una lectura aburridísima, hecho que se guardó para ella para no ser tachada de ignorante y dada la fascinación que suscitaban entre sus compañeros de facultad las increíbles aventuras del ingenioso hidalgo manchego. Debía de ser una mujer muy simple.

—Cerrad el libro —concluyó la profesora—. Metedlo en vuestra mochila y poneos las chaquetas, que vamos a dar un paseo.

Gritaron emocionados. Se enfundaron raudos los chaquetones sobre sus uniformes y atropelladamente salieron del aula. La profesora recogió sus bártulos y los metió en su cartera. Solo quedaba una alumna sentada en la última fila, inmóvil, con la mirada perdida por la ventana.

—¿Marina?

Marina dirigió su mirada hacia la profesora.

—¿Te encuentras bien?

Marina asintió levantándose de la silla. Cogió su abrigo y caminó hacia la puerta de salida. No. No estaba bien. La situación en su casa era insostenible. Odiaba a su madre y tenía la sensación de que su madre la odiaba a ella. La noche anterior, como todos los días, habían tenido una discusión subida de tono. Esa vez fue por la forma de coger el tenedor. Otras noches, otros días, por su pelo excesivamente largo recogido en una trenza mal hecha y que se negaba a cortarse, por su olor corporal ausente de perfume, por su cuarto desordenado lleno de los libros viejos de medicina que había traído de casa de la abuela y que su madre creía venían llenos ácaros o por su negativa a ir a misa los domingos después de los paseos en barca. Su madre detestaba, por encima de todo, la complicidad que Marina mostraba con su hermana mayor y con la abuela paterna, y sobre todo con su padre. Además, Marina jamás levantaba la voz y siempre respondía a las críticas maternas con ataques sólidos y argumentos que desmontaban sus principios.

Marina tenía la sensación de que a su madre le molestaba su simple presencia. No lograba entender a esa mujer que le había dado la vida catorce años atrás. Por el contrario, Anna, a ojos de su madre, era la hija perfecta. La había hecho a su imagen y semejanza. Era bonita, frágil, ingenua, ordenada, perfumada. Pero Marina sabía tan bien como su madre que Anna era una adolescente simple, sin ningún interés más allá de sus nuevos vestidos, sin ningún tipo de expectativa en la vida. Mediocre en sus estudios, con notas que no pasaban del cuatro y medio, pero que, gracias a la aportación voluntaria que pedían los curas del San Cayetano y a la que generosamente contribuía su madre, lograba llegar hasta el cinco. Así, los dieces de Marina eran motivo de orgullo para su padre, pero solo lograban sacar una sonrisa tibia a su progenitora.

Marina acabó acostumbrándose a los gritos de su madre, que, curiosamente, siempre tenían lugar en ausencia de Néstor. Ni una vez ocurrían en su presencia. Dejó de rebatir a su madre con argumentos sólidos y aprendió a contenerse, a no responder. Cuando su madre le recriminaba cualquier cosa, ella, a la contra de su naturaleza adolescente, se levantaba y se encerraba en su dormitorio. Su madre la seguía, abría la puerta y continuaba con su retahíla de reproches. Hasta que una Navidad y gracias a las doscientas pesetas que le dio la abuela se compró un pestillo. El pestillo minimizó los gritos pero aumentó la desesperación de su madre, que lloraba en brazos de su marido a causa de la adolescente indómita que habían criado. Ana de Vilallonga, además, era hipocondríaca, sufría de los nervios y somatizaba sus preocupaciones, que se convertían en sarpullidos corporales, orzuelos y pupas en la boca. La tensión de la casa era cada vez mayor…, hasta que, por fin y debido a un brote exagerado de sarpullidos en la cara, su querida madre consiguió lo que llevaba tramando hacía varios meses y motivo por el que Marina se quedó inmóvil mirando por la ventana mientras sus compañeros del San Cayetano salían del aula alborotados: internarla en un colegio a seis mil kilómetros de Mallorca.

Los treinta alumnos y la profesora de Literatura llegaron hasta el antiguo barrio de marineros de Es Jonquet, coronado por unos antiguos molinos.

—¿Los veis?

—¿Qué tenemos que ver? —soltó Cuca de nuevo.

El resto de los alumnos, como siempre, permanecieron callados. Algunos sin entender. Otros sin escuchar.

«La adolescencia es una etapa de la vida que convierte al humano, durante un par de años, en idiota», pensó, muy para sus adentros, la joven profesora.

—Pues lo molinos, por Dios, los molinos.

Caminaron hasta llegar a la base de uno de ellos y una vez allí les hizo abrir los libros. Hizo un buen cásting y eligió a un estudiante de la clase con la cara llena de acné, larguirucho y desgarbado para leer el personaje de don Quijote y al rechoncho para hacer de Sancho Panza. Cuca se puso pesada y quiso leer el pasaje de Dulcinea, sacándole los colores al pobre desgarbado que, como la mayoría de los sancayetanistas, anhelaba rozar las tetas de la chica más enrollada del colegio.

Entre risas y aplausos pasó esa lección de literatura, quedando para siempre grabada en los recuerdos de la adolescencia de todos ellos, incluso en los de nuestra protagonista.

La joven profesora de Literatura, fuera de las cuatro paredes del aula, pensó que no era tan difícil emocionar a los adolescentes si uno, de verdad, se lo proponía.

El autobús serpenteaba de nuevo por la carretera de la sierra de Tramontana hacia Valldemossa. La lluvia arreciaba con fuerza contra el espejo del conductor que, prudente, conducía a poca velocidad permitiendo a la única pasajera admirar el atardecer de la solitaria sierra en la que se encontraba.

Se protegió bajo la marquesina. La lluvia rebotaba con fuerza en los adoquines. Se subió la capucha del anorak y corrió los trescientos metros que la separaban del hotel. Esperaría allí a que dejara de llover y luego iría hacia el molino.

Gabriel e Isabel estaban en el salón frente al fuego jugando una partida de ajedrez. La saludaron amablemente. Si le hubieran dicho que ese hombre y esa mujer que regentaban el hotel eran hermanos, lo hubiera creído. Debían de tener la misma edad, rozando los sesenta, guardaban un cierto parecido físico y además desprendían ambos una energía tranquila y sosegada que a Marina en ese momento la serenó.

—Tengo que escribir un *mail*. ¿Tenéis un ordenador en el que pueda conectarme a internet? —preguntó Marina.

—Sí. Pero hemos estado intentando conectar por Skype con nuestro hijo y no hay manera. Con las lluvias nos suele pasar..., lo siento. En cuanto funcione te aviso.

La lluvia azotó con fuerza el resto de la tarde y siguió por la noche. Internet no volvió y Marina se durmió. En la vigilia, su hermana y ella correteando por un campo de amapolas, e inesperadamente, la niña etíope que había abandonado en una cuna de hierro; y ya dormida, en lo más profundo de sus sueños, Mathias.

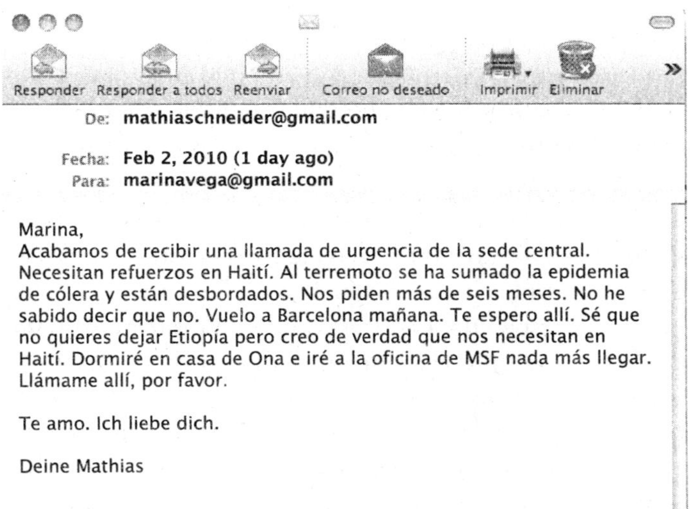

De: **mathiaschneider@gmail.com**

Fecha: **Feb 2, 2010 (1 day ago)**
Para: **marinavega@gmail.com**

Marina,
Acabamos de recibir una llamada de urgencia de la sede central. Necesitan refuerzos en Haití. Al terremoto se ha sumado la epidemia de cólera y están desbordados. Nos piden más de seis meses. No he sabido decir que no. Vuelo a Barcelona mañana. Te espero allí. Sé que no quieres dejar Etiopía pero creo de verdad que nos necesitan en Haití. Dormiré en casa de Ona e iré a la oficina de MSF nada más llegar. Llámame allí, por favor.

Te amo. Ich liebe dich.

Deine Mathias

Marina palideció. Se pasó las manos por la cara sin apartar la mirada del ordenador. Releyó el *mail*. Le hubiera gustado que esas siete frases no hubiesen sido escritas. Deseó no estar leyéndolas por segunda vez. Releyéndolas buscando algún error. Claramente, Mathias dejaba Etiopía para embarcarse en una nueva lucha. Tomó aire.

Deseó, de forma absolutamente egoísta, que ese temblor de tierra a casi ocho mil kilómetros de donde se encontraba no hubiera sucedido. Porque ese temblor de tierra le hizo temblar el alma. Esa nueva catástrofe humanitaria no encajaba en su vida. Ese cambio de planes no lo esperaba y no lo quería. El país antillano necesitaría años de la ayuda de médicos extranjeros y los períodos de estancia podían alargarse un año o más. ¿Cambiar de lugar otra vez? ¿Habituarse a una nueva cultura? ¿Habituarse a un nuevo equipo de cooperantes? ¿Dormir en una tienda de campaña, en otro hotel desconocido?

Suspiró intentando aliviar el sentimiento de angustia que crecía, poco a poco, dentro de ella. «Mathias, pero si estamos bien en Etiopía. ¿Por qué te has ido?»

Llevaban tres años trabajando y viviendo en Etiopía desde que la oenegé ofreciera a Marina el cargo de jefe de misiones médicas en el país africano. Por muy extraño que pareciera, la casa que servía de campamento base de los cooperantes que rotaban por proyectos que tenía MSF en Addis Abeba se había convertido en su lugar. En un lugar en el que se sentía segura, a gusto. Estaba lejos de ser un hogar, pero sí eran cuatro paredes conocidas que le aportaban cierta seguridad. La vacante era por un periodo de un año, pero cuando transcurrió el plazo solicitó quedarse un año más, convenciendo previamente a Mathias, que estuvo de acuerdo en permanecer con ella en Etiopía. Mathias dejó Etiopía solo en una ocasión, y a petición de MSF, que le pedía incorporarse en el equipo de médicos que viajaban Myanmar a ayudar a los afectados por el ciclón Nargis. MSF no permitía ostentar ningún cargo más de tres años. Le quedaba uno. Si MSF no le permitía seguir en el puesto, intentaría trabajar en alguna de las organizaciones no gubernamentales de desarrollo establecidas en Etiopía. Conoció a varios cooperantes de Médicos del Mundo e Intermón Oxfam en una fiesta que habían organizado los de la ONU en la sede de Addis Abeba, y le aseguraron que ni a ella ni a Mathias les faltaría trabajo en ese siempre necesitado rincón del cuerno de África. Ese era su plan.

Pero ese *mail*, esas siete frases lo cambiaban todo. Etiopía era también Mathias. Ella no se hubiera quedado allí esos dos años si Mathias no hubiera querido. Se imaginó allí sin él, en el árido desierto de Afar, y se estremeció. No podía reprocharle que se fuera. Él había sido siempre sincero al respecto, no quería quedarse el resto de su vida en Etiopía. Pero Marina le contestaba que qué más daba curar enfermos de un país o de otro.

Marina llevaba algo más de una década trabajando para MSF. Hasta que cumplió cuarenta años estuvo saltando sola de un continente a otro según las crisis humanitarias del momento. Nunca tuvo problema para cambiar de país, aunque estuvieran a miles de kilómetros. Se ofrecía siempre para viajar en Navidad cuando la mayoría de los cooperantes preferían quedarse junto con sus familias en sus países de origen. En 2004, cuando cumplió cuarenta, entró Mathias en su vida y, durante los tres primeros años de su relación, siguieron viajando por el mundo sin parar. Siempre juntos. Era algo que la oenegé respetaba y promovía. Trabajar en condiciones extremas siempre, como todo en la vida, era más fácil en compañía de amor. Ese año, Mathias y Marina aterrizaron en el campo de refugiados de Sudán del Sur para quedarse seis meses; a continuación pasaron cuatro en República Centroafricana, y a final de año volaron a Chechenia. En 2005, estuvieron cuatro meses combatiendo el mal de Chagas en Bolivia; el resto del año en Sri Lanka supliendo la falta de médicos locales, y en diciembre a Zimbabue con una ampliación del programa del VIH. A finales de 2006 viajaron a Yemen para asistir a los refugiados africanos que llegaban destrozados en pateras desde Somalia. Ese viaje fue psicológicamente devastador para Marina y, cuando en 2007 salió la vacante de jefe de misión en Etiopía, no dudó en presentarse. Ese cargo suponía poder establecerse de uno a tres años en el mismo lugar. Diez años con la mochila a hombros eran suficientes y ya no tenía la energía de los treinta. Se lo notaba física y psíquicamente. Sabía que desgraciadamente Etiopía no saldría adelante sin la ayuda de Occidente y que siempre la necesitarían. En ese rincón del mundo había soñado pasar el resto de su vida junto con Mathias.

Salió de su cuenta de Google sin contestar el *mail.* Aturdida, se levantó de la silla. Cogió el anorak del respaldo y se lo puso. Caminó hacia la salida del Es Petit Hotel de Valldemossa. Miró su reloj de pulsera, le quedaban cinco horas hasta la firma de la venta. Puso sus manos dentro del anorak y palpó el llavero circular de hierro y las llaves del molino. Caminó hacia el centro del pueblo siguiendo la misma ruta del día anterior, pero por inercia, porque es lo que había planeado hacer esa mañana antes de ir al notario, porque, en esos momentos, la curiosidad por esa herencia se había desvanecido por completo y en su cabeza una pregunta simple le golpeaba con fuerza en la sien. ¿Etiopía o Haití?

En la calle de la Rosa se cruzó de nuevo con la anciana de ojos claros y la canosa golden retriever de orejas gachas.

Se saludaron con un ademán breve y siguieron cada una su camino. Llegó al molino. Sacó el llavero y metió la llave en la cerradura. Abrió la puerta. El molino estaba vacío, con una máquina vieja en desuso. Subió por una escalera de caracol hasta la segunda planta, donde se encontraba la estructura para la molienda del trigo. Miró a través de uno de los ventanucos. Vio el mar entre las aspas que parecían doblar su longitud desde esa perspectiva y volvió la pregunta a su cabeza. ¿Etiopía o Haití?

Abrió la puerta de la casa. En la planta baja se encontraba la panadería y el obrador. Una mesa maciza antigua, larga, de madera de pino. Tras la mesa, bandejas vacías. Entrando en la panadería a la derecha, estaba el horno de leña, amasadoras, cientos de sacos de harina amontonados, fardos de encina y almendro, básculas de hierro y moldes. Era un lugar frío y austero.

Subió unas escaleras, que conducían a la primera planta. Entró en una estancia que hacía a la vez de cocina y sala de estar. Anchas vigas de madera cubrían el techo de lado a lado. Colgadas en las paredes, cazuelas de hierro y viejas sartenes sobre un fogón y un fregadero de piedra. A un lado, un sofá viejo de tela raída y una alacena con las puertas y los cajones abiertos. Se extrañó y se acercó a la alacena. Los cubiertos estaban revueltos unos sobre otros en un cajón. Las servilletas, limpias y hechas un revoltijo en otro. Cerró cajones y puertas y siguió inspeccionando el lugar. Junto al sofá, una segunda estancia que, al primer vistazo, le pareció caótica y desordenada. Era una despensa casi tan grande como la cocina donde, desperdigados por las estanterías y el suelo, había escobas, fregonas, latas de conserva, hilos, dedales, herramientas, botones, tijeras...

En la segunda planta, un dormitorio austero, una cama sin sábanas, a un lado una mesilla, al otro una silla de mimbre. Abrió los postigos de la ventana dejando que entrara la brisa de la mañana. El mar se veía a lo lejos detrás de las montañas. Sin cerrar los postigos de la ventana, volvió hacia la cama de la difunta panadera y se sentó en ella. Regresaron a su mente, otra vez, esos dos países: Etiopía, Haití. Instintivamente, buscando calmar sus pensamientos, se tumbó sin apartar la mirada de la sierra y del pedacito de mar que se veía a lo lejos. Apoyó las palmas de las manos bajo su cabeza. De pronto, un tímido rayo de sol se coló por entre las nubes, entrando por la ventana del dormitorio y llegando hasta su cuerpo, que sentía más débil que nunca. Y así Marina dejó que el sol, la tramontana y el aroma de los almendros en flor mezclados con el del Mediterráneo le hicieran de arrullo.

Helmut salió con un maletín lleno de billetes del aeropuerto de Palma a las tres y media de la tarde. Armando le esperaba fuera con el Audi A6 recién salido del lavacoches. Se dieron un abrazo, de esos tan masculinos, sin pasar la mano por la espalda sino con un par de palmadas huecas. Después del abrazo, una sonrisa y la inmediata entrega del maletín.

Armando, como el gran especulador inmobiliario que era, estaba acostumbrado a pagar y a cobrar utilizando la segunda letra del diccionario, es decir, la letra be. Pagaba en B y cobraba en B, que es lo mismo que cobrar en dinero negro o estafar a Hacienda o ser un mafioso. Pero eso, como ya sabemos, en España era algo habitual por aquel entonces, y, como era lógico, desde el paleta que ponía un ladrillo hasta el constructor que vendía propiedades intentaban no ser devorados por las fauces del fisco. Hasta ahí, todo en orden. Lo realmente grave del asunto es que ese dinero que

Armando cobraba en B por la venta del molino no solo suponía estafar a Hacienda, sino también robar a su esposa y a su cuñada, ya que a ellas y dado el desconocimiento de ambas de la posibilidad de realizar faltas ortográficas, no pensaba decirles nada. Armando estaba endeudado hasta las trancas, debía más de un millón de euros a un banco español y otro al panameño, y su situación, dados los intereses de la deuda contraída, se agravaban día a día. Sin pensarlo en exceso y gracias a su amigo Curro, el molino, la casa que albergaba la panadería y la vivienda de la señora María Dolores Molí serían vendidos por dos millones de euros en A, más un tercer millón, que sería entregado a Armando en billetes de quinientos euros, en un maletín cerrado, en B.

Helmut entró en el A6 y ambos se dirigieron a JC Backer.

Marina viajó en autobús hacia Palma. El conductor, el mismo que los días anteriores, reconociéndola, la había saludado con amabilidad. Gesto que Marina, a pesar del estado de ánimo en el que se encontraba, supo agradecer con una breve conversación acerca de los rayos de sol que poco a poco se asomaban entre las montañas. Se había despedido ya de Gabriel y de Isabel, y en el asiento contiguo estaba su mochila negra con sus pertenencias. Firmaría la venta y volaría a Barcelona en el último vuelo de la noche. Tras la visita al molino, volvió al hotel y, desde el mismo ordenador en el que había leído el *mail* que cambiaba el rumbo de su vida, compró un vuelo *last minute* a Barcelona para dormir esa noche junto a Mathias. El Audi A6 se cruzó con el autobús local en la plaza España.

**CONTRATO DE COMPRA-VENTA DE VIVIENDA.**

En Mallorca a 2 de Febrero del 2010.

**REUNIDOS**

DE UNA PARTE:Anna Vega de Vilallonga y Marina Vega de Vilallonga.
Y DE OTRA PARTE: Helmut Kaufmann.
INTERVIENEN: Todos en su propio nombre y derecho. Ambas partes se reconocen mutuamente la capacidad legal necesaria para el otorgamiento y firma del presente contrato de compraventa, para lo cual

**EXPONEN**

**I.** Que Anna Vega y Marina Vega son propietarias de la siguiente finca:

- Casa de tres plantas con una superficie total de 110 metros cuadrados.
- Molino harinero.

**INSCRIPCIÓN:** La finca se encuentra inscrita en el Registro de la Propiedad de Mallorca.

**II.** Que estando de acuerdo los abajo firmantes en que doña Anna Vega y doña Marina Vega venden a Helmut Kaufmann la finca citada y descrita en el expositivo anterior, y siendo voluntad de este adquirirla, llevan a efecto de común acuerdo la presente compraventa de conformidad con las siguientes

**CLÁUSULAS:**

**PRIMERA.**— El vendedor vende a don Helmut Kaufmann, quien compra, la finca descrita en el Expositivo primero.

**SEGUNDA.**— El precio de esta compraventa se fija en 2.000.000 de euros, importe que se abona de la siguiente forma:

20.000 euros como señal de la compraventa que se entregan en el acto de la firma del presente contrato, respecto a los cuales el vendedor declara haberlos percibido y otorga carta de pago a favor de don Helmut Kaufmann. El resto se entregará por la parte compradora con un talón al portador en el momento del otorgamiento de la correspondiente escritura pública de esta compraventa. Convienen, por tanto, las partes en elevar a escritura pública el presente contrato en un plazo no superior a tres meses a partir de la fecha de la firma del presente contrato, ante el notario que de común parecer acuerden.

**TERCERA.—** La entrega de las llaves del piso a la parte compradora se llevará a efecto en el momento de la elevación a público del presente contrato.

**CUARTA.—** La parte compradora se compromete a hacerse cargo de la totalidad de los gastos que la titularidad del inmueble lleva consigo, especialmente los gastos de comunidad, a partir de la entrega de llaves a la parte compradora.

**QUINTA.—** Respecto a los demás gastos e impuestos que se originen o devenguen como consecuencia de la presente compraventa, estos serán los que por ley correspondan a cada una de las partes.

**SEXTA.—** El vendedor o vendedores responderán ante el comprador por evicción y saneamiento con arreglo a las prescripciones legales que regulen estas materias.

Y en prueba de conformidad, firman ambas partes el presente contrato, por duplicado en todas sus hojas, en el lugar y fecha indicados en el encabezamiento.

La parte vendedora,
Anna Vega de Vilallonga
Marina Vega de Vilallonga

La parte compradora,
Helmut Kaufmann

La mano de Marina sujetaba temblorosa una pluma sobre el contrato. Sintió los ojos de su hermana, su cuñado, Helmut y Curro, clavados en ella. Levantó la mirada del contrato y los observó.

Vamos, Marina, decide. Marina tomó aire, bajó la mirada hacia el contrato, escribió la M de su nombre en él. Cerró los ojos un instante.

—No quiero firmar todavía —dijo dejando la Montblanc en paralelo al folio del contrato.

—¿Perdona? —dijo Curro—. ¿No estás conforme con alguna cláusula del contrato?

Marina enmudeció unos segundos. El resto de los presentes aguardaban expectantes.

—Dadme unas semanas, por favor —contestó bajando el tono de voz.

—¿Cómo? —saltó Armando con una expresión que Marina no supo si era de rabia, de odio o de miedo.

Anna miró a su hermana con cara de asustada para seguidamente mirar a su marido y, más concretamente, a la vena azul que siempre se le hinchaba en momentos de discordia y que en ese instante parecía a punto de reventarle

—Este hombre ha cogido un vuelo desde Alemania para firmar hoy aquí —siguió Armando, ahora sí, utilizando el mismo tono de voz amenazante que había empleado catorce años atrás al echarla de su casa.

—*Helmut, es tut mir sehr leid** —le dijo Marina en alemán—. Lo siento. De verdad. Te debo mil disculpas —acabó en inglés.

Marina se levantó de la silla con las llaves en sus manos y la mirada incrédula de su hermana, su cuñado y Curro.

—Lo siento —dijo Marina con sinceridad.

—¿Cómo que lo sientes? Firma y punto. ¿Qué coño te pasa? —dijo Armando alzando la voz.

* Helmut, lo siento mucho.

—Dadme un poco de tiempo, por favor —pidió Marina insegura.

—Pero ¿qué coño te has creído? —dijo Armando incorporándose.

Curro se incorporó y cogió del brazo a Armando intentando tranquilizarlo.

—Esto no acaba así, Marina —siguió amenazante.

Helmut, lejos de reaccionar ante aquel inesperado suceso, enmudeció y meses más tarde le explicó a su amigo Rudolf, sujetando un palo de golf ante una pequeña pelota blanca en el Frankfurter Golf Club:

—Estas cosas pasan en España, forman parte de la cultura. Forma parte del país, como la siesta, la paella, la sangría, las mujeres guapas, el descontrol. —Y a la vez que rotaba su cadera cuarenta y cinco grados y elevaba el palo de golf añadió—: A mí, qué quieres que te diga, me parece hasta gracioso que pasen estas cosas.

Marina se sentó en la marquesina de la plaza España. Debía coger el autobús número 1 que la conduciría al aeropuerto. Quedaban dos horas para la salida del vuelo a Barcelona. Sintió su corazón palpitar rápido. No entendía el porqué de esa decisión que había tomado. Era una mujer cabal, que desde los dieciocho años había tomado las decisiones sola. De forma lógica, sopesando lo bueno y lo malo. Sabiendo qué sería lo mejor para ella a todos los niveles. Había rechazado un millón de euros. Pero ¿por qué lo había hecho? Quizás esa vez no quería decidir, no quería tomar ella la decisión y tal vez necesitaba que el destino la sorprendiera. Quizás esas paredes desvencijadas de Valldemossa le estaban diciendo: «Quédate».

Anochecía y Marina seguía sentada en la marquesina con la mente abotargada, dejando pasar los autobuses.

Responder Responder a todos Reenviar Correo no deseado Imprimir Eliminar

De: marinavega@gmail.com

Fecha: Febrero 2, 2010

Para: mathiaschneider@gmail.com

Mathias:

No he cogido el vuelo. La sede está cerrada, por eso te escribo un mail. No he vendido el molino ni la casa... Ni yo misma se por qué he tomado esta decisión. Ojalá estuvieras aquí porque estoy hecha un lío. Mañana te llamo a la sede, pero vete a Haití tranquilo. No sé todavía cuándo, pero me uno a ti en cuanto resuelva quién es la mujer que me ha regalado este lugar en medio de las montañas. He escrito ya a la sede en Barcelona para pedir dos semanas más de vacaciones.

Te quiero. Ich liebe dich.

Deine Marina

—Es difícil entrar en Valldemossa, pero más difícil es salir —dijo Gabriel sorprendido al ver a Marina, que entraba por la puerta del hotel, aunque se había despedido de él esa misma mañana.

Gabriel se quitó la chamarra vieja con piel de borrego que llevaba puesta y la dejó en un colgador de madera.

—¿Has cenado?

Gabriel, Isabel y Marina cenaron junto a la chimenea. Fue una cena agradable con esos dos desconocidos que seguían riéndose el uno con el otro a pesar de los años que llevaban unidos. Marina vio enseguida la complicidad que tenían. Una complicidad hermosa entre parejas maduras que siguen queriéndose, ya de otra manera. Ellos le contaron algo más de lo poco que sabían de la panadera. Era una mujer trabajadora que se levantaba cada mañana de lunes a domingo a las cinco para hacer el pan a todo el pueblo y unos deliciosos bizcochos de limón que regalaba a los clientes de toda la vida... Abría trescientos sesenta y cinco días al año, y Gabriel afirmó que, en los treinta años que llevaba él en la isla, esa señora no se había tomado un día de descanso. María Dolores trabajaba con Catalina, otra panadera de la misma edad. Si alguien sabía de la vida de esa mujer, sería, sin duda, su buena amiga Catalina.

Subió directa al dormitorio de la difunta panadera. Gabriel le había dejado una potente linterna y ahí estaba ella, en esa casa sola en medio de la montaña. Abrió los postigos, la luna entró.

Junto al armario había una pequeña estufa de butano. Abrió la llave en la parte superior de la bombona y accionó una pequeña palanca. Saltó la llama azul y enseguida la pequeña llama se multiplicó. Olor a gas y calor.

Abrió el armario de madera oscura. Apuntó con la linterna: las perchas se veían vacías, pero el armario estaba lleno de ropa revuelta; los faldones, las enaguas y las camisas limpias se encontraban a los pies del armario sobre unas espardeñas. Se arrodilló para abrir los dos cajones inferiores del armario. En el primero, había sábanas y toallas también revueltas, pero parecían limpias. Cogió una bajera y una sábana. Abrió el otro cajón, también con ropa interior revuelta. Le pareció extraño que todo estuviera limpio pero tan desordenado.

Se incorporó y se dispuso a cerrar el armario, pero vio su imagen reflejada en el espejo rectangular sujeto a la puerta interior. Se observó mientras se deshacía la trenza y pensó que la difunta panadera era la última mujer que se había mirado en ese espejo. Era extraño.

El colchón era de lana, como se hacían antiguamente en los pueblos. Estiró las sábanas limpias sobre él. Y una manta de cuadros, que estaba apoyada en una silla de mimbre.

Chispeaba de nuevo. Se sintió sola. Si hubiera cogido el avión, ya estaría dormida junto a Mathias. Suspiró. Miró la cama casi con pudor. Empezó a desvestirse poco a poco, algo extraña por pasar la primera noche en ese lugar, sola. Inesperadamente, la vieja perra de su vecina entró parsimoniosa en el dormitorio. Marina pegó un grito. La perra la miró con ojos tristes y caminó, poco a poco, hasta ella. Jugó indefensa con su hocico en su mano y se la lamió. Marina no estaba muy segura de qué hacer y observó a ese animal manso que daba pena más que miedo mientras le acariciaba la cabeza. La perra se acurrucó bajo la ventana..., donde llevaba durmiendo toda su vida.

La despertaron los ladridos de la perra, a la que logró sacar del dormitorio la noche anterior ofreciéndole una chocolatina del avión de Addis Abeba que guardaba en el lateral de su mochila. Marina se puso los tejanos, la camiseta, el jersey y el anorak que la víspera había dejado en la silla de mimbre. La anciana argentina quizás podría ayudarla. Al cruzar el umbral de la puerta hacia el exterior, la anciana se sorprendió.

—¿Compraste la casa? —le preguntó la señora sorprendida.

La perra se abalanzó contenta sobre Marina, que le rascó tras las orejas.

—La heredé.

—¿De veras? ¿Pero sos familia de María Dolores?

—No —le respondió alargando la mano—. Me llamo Marina.

—Úrsula —le dijo estrechándosela.

—La verdad es que no sé quién es esta señora. No sé quién es María Dolores y me gustaría saber más de ella. La herencia ha sido una sorpresa.

—¿Cierto?... Pues sos muy afortunada. Estas casas de pueblo van muy buscadas.

—¿Usted la conocía?

—Sí... Puede decirse que éramos amigas, nos hacíamos compañía. Eso de ser mujeres solas. No se nos ocurrió nunca hablar de a quién dejaríamos nuestro patrimonio, la verdad.

Niebla ladraba demandando su paseo.

—Qué perra tan pesada. No es mía la perra, ¿eh? Era de la Lola —dijo dándole con el bastón a la vez que la perra esquivaba el golpe—. Callate, no se calla nunca, la pelotuda. Me estoy arrepintiendo de que no se la llevaran a la perrera.

La perra bajaba ya por la callejuela hacia el pueblo.

—¿Sabés qué?... Acompañame y te llevo a la casa de Catalina. Catalina era su amiga desde la infancia y además laburaban juntas aquí desde que yo llegué.

—Sí, me habló Gabriel ayer de Catalina.

—¿Lo conociste ya a Gabo? Este, a la que ve a una mujer hermosa, se le arrima. Es inofensivo, pero le puede...

Las dos mujeres caminaron por la calle de la Rosa sin que la perra dejara de ladrar. Úrsula, a pesar de llevar su bastón, tenía ese porte germano, unos profundos ojos azules; era alta, esbelta. Marina intuyó que esa señora había vivido intensamente y esperaba su muerte en ese lugar con la dignidad de una señora, sin ser la carga de nadie más que de ella misma.

—¿Hace mucho que vive aquí?

—Compré la casa hace treinta y cinco años... Antes de que capotara Franco, estas casuchas no valían nada. Pero antes iba y venía. Hasta hace cinco años, que me instalé.

Hizo una pausa, buscando un recuerdo o un momento en su memoria, y continuó:

—Cuando decidimos mi marido y yo venirnos ya para siempre, va y se muere, el pelotudo... Así que aquí estás con esta vieja alemana con acento porteño dejando pasar las horas.

—¿Es alemana usted? —se sorprendió Marina.

—Por favor, no me llamés de usted, que me hace sentir más vieja de lo que soy. Si querés que te diga la verdad, no tengo muy claro de dónde soy. Nunca me sentí de ningún lugar. Viajé en el vientre de mi mamá huyendo de Alemania en los años treinta y me crie en Argentina dentro de la colonia de inmigrantes germana de Buenos Aires y... luego mis padres, cuando cumplí veinte años, me enviaron a estudiar a Alemania, a Heidelberg, una ciudad estudiantil preciosa, muy chica, y estuve ocho años allá... Me enamoré de un músico —aclaró— y me quedé allá. Pero extrañaba Argentina y lo convencí para ir a Buenos Aires..., y así de aquí para allá toda mi vida.

Úrsula dejó de caminar.

—¿Sabés lo que pasa, Marina? Que soy una vieja chota que no tiene con quién hablar y sé que te estoy rompiendo las bolas.

—Úrsula, es un placer escucharla —añadió con sinceridad Marina sabiendo que la historia de esa mujer debía de ser intensa.

—Tratame de vos, por favor —dijo apoyando el bastón en un adoquín roto—. Muchas mañanas, y sobre todo ahora en invierno, me pregunto qué carajo estoy haciendo en esta isla.

Al poco, llegaron a una casa de piedra. Todas las casas de Valldemossa eran prácticamente iguales.

—Esa es la casa de la Catalina —dijo señalando con el bastón.

Picaron a la aldaba. Abrió una mujer mofletuda de sesenta años con gafas de culo de botella sobre unas cejas excesivamente pobladas y unidas. Un televisor tronaba en el interior.

—Hola, Úrsula. *Com anem?*... Mira la Niebla —saludó acariciando a la perra, que movía el rabo y le saltaba encima.

—Cati. Ella es Marina... Te está buscando porque... heredó la panadería.

Miró a Marina y Marina sonrió levemente. Catalina se quedó mirándola unos segundos antes de hablar.

—¿Qué tal? *En què et puc ajudar?* —preguntó en tono seco, muy a lo mallorquín.

—Dale, Cati. Que no entendemos el mallorquín.

—Mira que llevas años, Úrsula, cojones. Ya podrías haber aprendido algo. —Marina sonrió para sus adentros. Esas dos señoras debían de conocerse desde hacía mucho tiempo.

—Dejá de joder, Cati —le contestó Úrsula.

—Yo entiendo mallorquín pero no lo hablo —dijo Marina.

—Bueno, pues ¿en qué te puedo ayudar? —preguntó Catalina mirando a Marina.

—Si le soy sincera, Catalina, yo no conozco de nada a María Dolores, y... mi hermana y yo hemos recibido esta herencia..., y estamos muy sorprendidas... Estoy buscando el porqué. ¿Por qué a nosotras? No nos conocía de nada.

—*Jo no sé res.* No sé nada —se apresuró a decir interrumpiéndola y bajando la mirada—. Solo sé que un maldito infarto se llevó de un día para otro a mi amiga. Y se me ha ido ella y mi trabajo. Casi todo lo que tenía. Eso es todo lo que te puedo decir.

—Lo siento, Catalina. Yo... solo estoy buscando respuestas. Intentando saber el porqué. No dejas un lugar tan valioso a alguien que no conoces. A alguien que no te importa.

Se quedaron calladas mirándose la una a la otra. Catalina permanecía en silencio.

—¿Le habló alguna vez de Nerea Vega?

—No.

—¿Seguro? Nerea Vega era mi abuela. Su nombre de soltera era Nerea Arroyo.

—Nunca he oído hablar de su abuela.

—Mi padre se llamaba Néstor. Mi madre Ana de Vilallonga.

—No he oído estos nombres en mi vida.

Catalina negó con la cabeza. Marina esperó unos segundos. Tuvo la intuición de que sabía más de lo que decía.

—Bueno, pues no quiero molestarla más. Gracias por su tiempo, Catalina.

—Venga. *Que vagi be* —se despidió cerrando la puerta y dejando a las dos mujeres algo cortadas.

—¿Viste que son cerrados como culo de muñeca los mallorquines? Pero, vamos, mis años me dicen que tanto monosílabo no es normal. Era su única amiga —dijo Úrsula.

Se alejaron de la casa.

—Está jodida, Catalina. Estaban todo el día juntas y después está eso de que llevaban cociendo pan toda la vida. Levantándose al alba. Ahora se la pasa encerrada en casa mirando las tertulias de la televisión y cuidando a la madre, que si yo soy vieja esa señora debe de ser un fósil... Es costumbre, sabés. El que trabajó toda la vida las pasa putas cuando se jubila... Después, ya, pasan los días, los meses y te vas acostumbrando...

—El horno está lleno de sacos de harina. Es una pena que se echen a perder. Quizás pueda seguir trabajando mientras estoy yo ahí. La verdad es que no sé cuánto tiempo más me voy a quedar.

—Pues, sabés qué, harías un favor a la Cati y a todo el pueblo, porque es el único horno de leña con pan de verdad. Ahora, o te vas a Sóller o comprás las barras blancas esas del súper que no saben a nada.

Dieron la vuelta y se plantaron de nuevo en casa de Catalina. Abrió con cara de malas pulgas.

—*I ara què voleu?*[*] —preguntó seria en mallorquín.

Tanto Marina como Úrsula entendieron la frase en mallorquín. Pero lo cierto es que, a pesar de ser arisca y por mucha palabra grosera que esa mujer ruda, miope y cejijunta utilizara, no lograba intimidar en exceso.

—Catalina, no sé bien cómo decirle esto. Pero puede seguir trabajando en la panadería el tiempo que yo esté aquí. Es una pena echar a perder tanta harina.

—*Hi ha farina per sis mesos. Ho sé.*[**] Para seis meses hay harina... —tradujo Catalina.

La panadera permaneció en silencio. Parecía indecisa.

—Dale. Que el *pa moreno de xeixa* vos lo hacés mejor que nadie y llevás dos meses cazando moscas frente a la tele —intervino Úrsula.

—*Quins orgues que tenen aquests alemanys, ah.*[***] Nos invaden la isla y, hala, sueltan lo primero que les viene por la cabeza —contestó Catalina.

—Que no soy alemana, conchuda, que soy argentina, que mirá que son años los que nos conocemos.

Catalina miró a Marina. Marina esperó sin volver a preguntar.

—Yo sola no puedo hacerlo... Hay demasiado trabajo en la panadería para dos manos —observó la panadera.

—*Che,* a mí no me jodan, que tengo artrosis —dijo Úrsula.

—¿Y no sabes de alguien?

Catalina chasqueó la lengua.

—*Miri, jo, senyoreta, tot això ho trob molt raro...,*[****] que se me hace raro, yo a usted no la conozco de nada. Además, ahora

[*] ¿Y ahora qué queréis?

[**] Hay harina para seis meses. Lo sé.

[***] Qué órganos que tienen estos alemanes, ah.

[****] Mire, yo, señorita, todo esto lo encuentro muy raro...

mismo tengo cosas que hacer. Si me disculpan —se despidió cogiendo la puerta y haciendo ademán de cerrarla.

—Si cambia de opinión, allí estaré.

Catalina cerró la puerta.

—Es dura de pelar.

—Y yo terca como una mula —concluyó Marina.

Miró la panadería como si lo hiciera por primera vez. Abrió el horno de leña vacío y lo cerró. Apartó los sacos de harina y los contó uno a uno. Miró los fardos de leña. Sobre ellos, colgados de un clavo, dos delantales blancos. En la mesa donde supuso amasaban manualmente el pan vio algo que no había descubierto el día anterior: colgados con chinchetas, dos folios amarillentos escritos a mano. Se acercó a ellos y los leyó. Lo primero que le llamó la atención era el trazo infantil de las letras escritas, y el color desgastado del papel le hizo pensar que hacía muchos años que esos papeles estaban colgados en la pared. Seguramente, los había escrito una niña con sumo cuidado intentando seguir una línea recta.

En el primer folio se veían escritas las medidas del tradicional dulce de Valldemossa:

COCA DE PATATA

| Harina | Levadura | huevos | Azúcar | Patata hervida + Saim |
|---|---|---|---|---|
| 1 | 8 | 2 | 250 | 250 g |
| 2 | 16 | 4 | 500 | 500 g |
| 10 | 80 | 20 | 2.500 | 2.500 g |
| 20 | 160 | 40 | 5.000 | 5.000 g |

Recordaba haber comido esa coca en varias ocasiones.

Se dispuso a leer el segundo folio y, cuando sus ojos vieron el nombre de la receta escrita en el folio, Marina sintió que el corazón le daba un vuelco. Lo que allí estaba escrito no tenía ningún valor para cualquiera que lo leyera. Sin embargo, para ella, no era una receta cualquiera. Se trataba de la receta secreta. La receta que solo sabían su hermana y ella, y que les había enseñado la abuela Nerea. La receta del pan de limón con semillas de amapola.

Aturdida, cogió un rollo de bolsas de basura que había encontrado tirado en el suelo de la despensa y se fue al dormitorio. Abrió el armario. Cogió un faldón tradicional mallorquín. Lo tocó meticulosamente, buscando un bolsillo, un pliegue, alguna pista. Cuatro faldones más. No encontró nada. Cogió una rebequita roja de punto con un bolsillo lateral…, metió la mano. Nada. Así fue inspeccionando una por una todas las prendas de la difunta panadera. Una vez hubo comprobado que no había nada en ellas, las doblaba y las metía con cuidado dentro de la bolsa de basura. Cerró las bolsas y se sentó en la cama. Abrió el cajón de la mesilla: una vela usada, unas estampitas de santa Catalina Tomás, unas castañuelas…

Bajó a la cocina con las bolsas de ropa. Abrió la alacena y metió la mano para tropezar con cubiertos que no tenían ningún orden: cucharas, tenedores y cuchillos estaban desperdigados por el cajón. Nada que pudiera ayudarla. Abrió la despensa. Miró los estantes, con latas volcadas, escobas y fregonas en el suelo, y una caja grande de cartón vacía en medio de la estancia. Nada. Ni una foto. Ni un escrito. Ni la factura de la luz, del agua o del gas. Fue llenando bolsas y las juntó todas dentro de la despensa.

Mientras, algo decepcionada, cerraba la puerta, tuvo la sensación de que alguien había estado allí, revolviéndolo todo, buscando algo, antes de que ella llegara.

—¡Marina!

Oyó la voz de su hermana mayor. Marina se incorporó y, cargando la bolsa de basura llena de ropa, fue a la planta baja.

—Hola, Anna —la saludó con una leve sonrisa.

—¿Qué llevas en las manos?

—Estoy intentando averiguar algo —respondió Marina.

—¿Estás bien? —le preguntó preocupada su hermana.

Marina asintió.

—¿Seguro? Vine ayer por la noche. No te encontré. Estuve esperándote. Pero ¿por qué no quisiste firmar? ¿Y has dormido aquí?

Marina asintió.

—Pero ¿te quedas a vivir en Mallorca?... No sabes cómo se puso Armando cuando te fuiste —dijo angustiada.

—Ven —dijo Marina, incapaz de contestar a las preguntas que le formulaba su hermana. Ni ella misma estaba segura del porqué de nada.

Marina le cogió la mano y la arrastró hacia el obrador.

—Mira esto. —Señaló con el dedo el folio que contenía la receta del pan de limón con semillas de amapola.

Anna se inclinó para leerlo.

—La receta de la abuela —corroboró Anna.

—¿No te sorprende? Es una receta que se inventó la abuela y esta tal María Dolores Molí la conocía y curiosamente la tenía colgada en la pared, y por lo viejo que parece el folio desde hace muchos años.

—Seguramente no se la inventó la abuela, y además qué más da.

—A mí sí me da. Pero ¿no sientes curiosidad por saber quién es esta señora, Anna?

—Solo sé que estamos medio arruinados y que necesitamos el millón de euros para saldar algunas deudas..., porque yo ya no sé cuánto dinero debe mi marido... Está nervioso. Muy nervioso —dijo Anna angustiada.

La pregunta de Marina fue directa y sin rodeos.

—¿Por qué sigues con él?

En ese momento, la puerta de la panadería se abrió. Las hermanas salieron del obrador y vieron entrar a Armando. El corazón de Anna se aceleró. No lo esperaba allí.

—Hola, Armando —dijo, aunque nerviosa, con voz firme Marina.

—¿Qué haces aquí, Anna? ¿No ibas al mecánico?

—Sí, bueno, pero me he desviado un poco para... —Anna bajó la mirada justificándose asustada.

—¿Qué quieres, Armando? —cortó Marina.

Armando clavó la mirada en su cuñada. Le costaba pero debía hacerlo. Pedir perdón no era su fuerte.

—Primero... —Miró a su mujer con cierta rabia porque no quería que le escuchara rebajarse—. Ayer me violenté un poco. Te pido disculpas.

Marina permaneció callada. Armando no sentía ni una palabra de lo que decía, y eso Marina lo tenía muy claro.

—Mira, que... —siguió Armando tocándose el pelo con nerviosismo— Helmut quiere la finca y nos ofrece medio millón de euros más. Te los quedas tú íntegros.

Marina esperó unos segundos antes de contestar.

—Armando, no es una cuestión de dinero. Necesito un tiempo para mí... y, además, necesito saber quién es la señora que nos ha dejado todo esto.

Armando respiró hondo controlándose el carácter.

—¿Vas a echar a perder un millón y medio de euros por saciar tu curiosidad?

—Si Helmut no puede esperar, encontraremos otro comprador.

—No, guapa —contestó impulsivo volviendo a su tono chulesco sin darse cuenta—, nadie nos va a pagar tanto dinero. Te lo aseguro.

—Esta señora nos ha dejado la herencia a mi hermana y a mí. No a ti, Armando. Así que haz el favor de mantenerte al margen —contestó dura, aguantándole la mirada.

Vio la ira que desprendían los ojos de su cuñado. La rabia contenida que estaba obligado a frenar. Se sentía desesperado. Marina lo notó, a la vez que notó a su hermana hacerse invisible tras él.

—Concédeme un mes. A principios de marzo te daré una contestación.

—Es increíble que te permitas perder más de un millón de euros —acabó Armando.

—Soy una mujer muy... —Marina pensó unos segundos antes de contestar y concluyó— obtusa.

## 4

## EL AMOR O «CONTIGO PAN Y CEBOLLA»

### INGREDIENTES:

1 kg de harina. (No importa el tipo de cereal. Puede ser harina de trigo, harina de maíz, harina de arroz, harina de centeno, espelta, kamut. Cualquiera.)

500 ml de agua templada. (Tampoco importa el tipo agua, si no se encuentra otra, puede utilizarse agua de mar.)

2 cucharaditas de levadura o masa madre

1 cucharada de sal (siempre y cuando no se haya utilizado agua marina)

1 cucharadita de azúcar (no es imprescindible y si la economía lo permite)

### PREPARACIÓN:

Mientras tú precalientas el horno, yo juntaré la harina con el agua. Amasaremos poco a poco, sin prisas, juntos. Dejaremos fermentar unas horas y, mientras yo abro el horno, tú introducirás la masa en él. Cerraremos y esperaremos viendo como la masa crece dentro hasta explotar.

Solo me bastará un poco de ese *pan*, un poco de *cebolla* y tu amor para sobrevivir *contigo* en cualquier lugar del mundo, el resto de mi vida.

Siguió al A6 de su marido hasta la salida del pueblo. Debían desviarse a la carretera de Palma por un cruce. Armando aceleró sin esperarla. Un tractor y varios coches pasaron hasta que Anna pudo apretar el acelerador de su viejo BMW azul metalizado.

Apenas había recorrido treinta metros cuando el coche empezó a calarse. Sabía que tarde o temprano le iba a suceder… Llevaba varias semanas que notaba algo extraño en el motor. Pero no era el momento ni el lugar para calarse…

Intentó, en vano, encender el motor del coche varias veces. Menudo fastidio. Intentó llamar a su marido, aunque sabía que no lo cogería, no porque condujera, sino porque a ella no le cogía nunca el móvil. Ella dejaba el mensaje y él llamaba cuando podía. Así lo hizo, suponiendo que quizás a última hora de la tarde escucharía el mensaje.

Abrió la guantera del coche. Sacó el libro del RACC. Buscó el teléfono de urgencias en carretera y llamó.

Como era de esperar, una grabación de una suave voz femenina le indicó que todas las líneas estaban ocupadas y que no colgara; seguidamente la dejó en espera escuchando ofertas de la aseguradora.

Cinco minutos más tarde, la operadora contestó disculpándose por la espera. Le pidió nombre, apellido, domicilio, número de matrícula. La puso en espera de nuevo. Volvió a estar en línea y aclaró que la grúa llegaría, aproximadamente, entre cuarenta minutos y una hora y media más tarde.

—¡¿Una hora y media?! —repitió atónita Anna—. ¡¿Qué hago yo una hora en medio de un campo de almendros?! Hace frío, señorita, y la calefacción del coche no funciona… Pero para eso pago yo un seguro.

—Lo siento, señora. Tenemos las grúas ocupadas.

Anna arremetió de nuevo contra la chica de la centralita, que, acostumbrada ya a estas conversaciones subidas de tono, volvió como si de un robot se tratara a decir «lo siento» cinco veces más. Al quinto «lo siento», Anna explotó.

—¡No me diga más lo siento y mándeme la puta grúa de una vez!

Lanzó el móvil al asiento del copiloto extrañándose de su propia agresividad. Una agresividad que sabía que utilizaba en poquísimas ocasiones y con quien no se lo merecía.

Una hora y media... Podía volver caminando de nuevo al pueblo, esperar junto con su hermana en la panadería y quizás intentar persuadirla, pero era terca como una mula, ya lo decía su madre. Si había dicho que daría una contestación en un mes, no cambiaría de opinión. Además, el motivo por el que realmente prefirió esperar congelándose era que había vuelto a sentirse avergonzada. Marina no podía entender por qué aguantaba en su matrimonio. Claro, ella nunca había estado casada ni había tenido hijos. ¿Cómo iba a entenderlo? La convivencia no era fácil para ninguna pareja y una mujer tiene la obligación moral de aguantar, aunque solo sea por sus hijos. Marina no lo comprendería nunca. No era madre y a esas alturas ya no lo sería...

A los veinte minutos le llegó un mensaje al móvil. Lo cogió del asiento del copiloto. Miró la pantalla. Su hija. Abrió el mensaje: «Llegaré tarde».

—¿Cómo tarde? —dijo en voz alta.

Además, qué hacía Anita con el móvil encendido en horario escolar. Lo tenían absolutamente prohibido. La llamó. Anita no cogió. La llamó de nuevo. Nada. Anna escribió en su móvil.

«Tienes un examen de recuperación pasado mañana. A las cinco y media, en casa.»

¿Por qué le había tocado una hija tan complicada y tan seca? A veces la observaba y, si no hubiese tenido la certeza de que la había llevado en su vientre nueve meses, habría pensado que no era hija suya. Pero no había nada de Anna en Anita. Absolutamente nada.

Le esperaba una noche ajetreada entre su marido y su hija. Solo de pensarlo se puso nerviosa.

Treinta minutos más tarde vio la grúa acercarse por la carretera. Aparcó delante del BMW. Anna bajó del coche y caminó hacia la grúa. El conductor bajó, iba en manga corta. A Anna le dio frío solo de verlo. Debía de tener su misma edad, fuerte, no muy alto, moreno, muy de la isla. La verdad es que Anna tenía ganas de decirle cuatro cosas dado el mosqueo que llevaba, pero a medida que iba acercándose a él pensó que igual el tipo se rebotaba y la dejaba dos horas más esperando.

El conductor de la grúa cogió una gamuza con la que se intentó quitar grasa de las manos.

—Hola. Buenos días. Por fin —esa fue su máxima recriminación—. Creo que es cosa de la batería —continuó Anna.

—Buenos días —dijo el mecánico atisbando sin interés a la propietaria del BMW mientras volvía a dejar la gamuza grasienta en el lateral de la puerta.

Bastó esa mirada de soslayo, esa décima de segundo en la que se cruzaron sus miradas, para que el cuerpo de Anna temblara. El mecánico volvió sus ojos hacia ella y también tembló.

—Antonio —dijo Anna susurrando.

Anna reconoció sus ojos negros. Su piel tostada. Su porte firme y la seguridad que siempre había desprendido y que no se había tambaleado a pesar del tiempo. Se miraron en silencio reconociendo el paso de los años el uno en el otro. Y mientras Anna descubría ese paso inexorable del tiempo en el que fue el verdadero amor de su vida, el pulso se le aceleró y se olvidó del frío, de las deudas de su marido, de la adolescencia indómita de su hija, de su recién llegada hermana, de la herencia.

Antonio se acercó a ella para darle dos besos y mientras lo hacía el subconsciente le traicionó una décima de segundo y sintió, sin quererlo, una leve erección. Se besaron en las mejillas.

—Qué guapa estás —dijo Antonio separándose de ella.

Anna sonrió con timidez.

—Estoy mayor —contestó Anna.

—Yo también estoy mayor —respondió.

Callados, sin saber qué decir.

—He tardado treinta años en volver a la roca —siguió Antonio, mirándole fijamente a los ojos.

Al pronunciar esa última frase se dio cuenta de que su inconsciente volvía a traicionarle una décima de segundo más. Porque esa frase contenía un reproche amargo que por lo que fuese no había logrado olvidar.

Anna bajó la mirada una décima de segundo después, muy consciente de las promesas no cumplidas en su juventud, sabiendo que le negó el deseo con el que tantas veces soñaron y que, con diecisiete años y tumbados una noche en el puerto de Valldemossa, él le susurró al oído: «Nos escapamos de aquí y salimos, por fin, de la puta roca juntos. Para siempre, tú y yo».

Ambos recordaron esa frase como si él la acabara de pronunciar.

—Cuelgo el coche en la grúa y charlamos en el camión antes de que te hieles —dijo rompiendo ese momento de décimas de segundo no controladas.

Anna puso su bota de tacón en el estribo, cogió impulso y subió al camión. Antonio hizo una maniobra con el volante y miró por el retrovisor. Anna se fijó en sus manos, las reconoció enseguida. Manos fuertes. Siempre morenas. Las primeras manos que rozaron su cuerpo desnudo.

—Los alisios nos abandonaron en medio del Atlántico…, fue duro —le dijo Antonio esbozando una sonrisa.

Él sí lo hizo. Él sí hizo realidad el sueño que compartieron a los diecisiete. Él sí se atrevió tal y como habían planeado a salir de la roca y ver el mundo que había más allá de las aguas del Mediterráneo. Él sí se subió al Lord Black, un velero antiguo de cincuenta y cuatro pies, propiedad de sir Peter Black, que les contrató como parte de la tripulación que le ayudaría a cruzar las aguas del Atlántico. Porque esa fue la oportunidad que tuvieron para huir de la roca en la que los dos habían nacido.

Antonio llevaba desde la cuna mecido por las aguas del Mediterráneo. Hijo de un pescador de S'Estaca, una aldea de catorce casitas entre el puerto de Valldemossa y Sa Foradada. Había aprendido el oficio de pescador de su padre y este de su abuelo, y nunca había habido otra profesión en su familia que la del mar. Pero Antonio, desde bien pequeño y subido en el humilde *llaüt* de vela latina, aprendiendo el oficio familiar, admiraba esos preciosos e imponentes veleros de inmensas velas en los que llegaban extranjeros de todo el mundo y que fondeaban cerca de sus casitas de pescadores.

Uno de esos extranjeros, un aristócrata inglés, bajó de su velero y con un pequeño auxiliar se acercó a la costa de S'Estaca. Sir Peter Black tenía nociones de castellano y explicó a los pescadores, que en esos momentos asaban sardinas en una parrilla, que buscaba tripulación para su aventura. Antonio dio un paso al frente y le estrechó la mano. Era joven, pero todo lo que sabía se lo había enseñado el mar. Convenció al aristócrata inglés de que su novia podía trabajar como cocinera de a bordo. Y la esperó, una madrugada de octubre de 1980, para huir los dos en el velero que les abriría las puertas del mundo.

—Cuéntame lo que me perdí... —le respondió Anna casi avergonzada—, por favor.

Le contó detalladamente cómo, al salir del puerto de Valldemossa, llegaron a Puerto Banús, en Málaga. De allí al Puerto de Santa María, en Cádiz, saltando a los tres días al Puerto de Isla Canela, en Ayamonte, Huelva. Siguió Fuerteventura, Senegal, Cabo Verde. En Cabo Verde tuvieron que esperar tres semanas hasta que soplaron los vientos alisios del nordeste y tres semanas en un Atlántico con el viento a favor hasta que este dejó de soplar. Dos semanas sin apenas moverse. Luego, un huracán despiadado y por fin llegaron a la República Dominicana. Anna escuchaba a Antonio sin interrumpirle.

Toda esa historia debía haber sido igual, pero con ella a bordo, subida a ese velero.

—¿Y al llegar allí?

—Ya te dije. Fue fácil encontrar trabajo... Solo tuve que preguntar en el puerto. Llegan cientos de embarcaciones en busca de tripulación y así me he *pasao* treinta años de marinero por el Caribe. También bajé a Brasil, a Argentina, a Uruguay... Y vuelta a subir.

Miró por el retrovisor y siguió hablando.

—Se cruzó en mi vida una dominicana y... tuvimos una hija que ahora ya tiene veinte años... Nos separamos y aquí estoy de nuevo. —La miró a los ojos y sonrió...—. En la roca.

Tomó un desvío.

—Y tú, Anna, ¿cómo ha sido tu vida?

—Yo no he salido mucho de aquí... Algún que otro viaje organizado por Halcón Viajes.

Ambos rieron.

—¿Te casaste?

—Sí... Tengo una hija de catorce años —contestó Anna escueta.

Porque lo que menos deseaba en ese momento era recordar nada de su vida ni compartir sus miserias con él.

—¿Y cómo has acabado… conduciendo una grúa? —añadió cambiando de tema.

—Intenté trabajar en el puerto de Palma al llegar. Pero de enero a abril es mala época y en un taller de un conocido necesitaban a alguien… mecánico de barcos…, mecánico de coches. Y aquí estoy… En abril buscaré en el puerto otra vez. Pero me gano bien la vida arreglando coches… Además, lo bueno del Caribe es que siempre hay trabajo para un marinero, pero aquí los marineros trabajamos en temporada de verano y a estas alturas de mi vida a la pesca, como mi padre, no me voy a echar.

Siguieron picoteando en las vidas que no habían tenido juntos hasta llegar al taller. Antonio bajó el coche de la grúa. Abrió el capó y con una linterna miró el motor. Al coche le faltaba de todo, agua, aceite y la batería efectivamente había muerto. El coche dormiría en el taller y Anna debería recogerlo al día siguiente.

Llegó el momento de la despedida. Se besaron otra vez en la mejilla. Y se sonrieron casi con timidez.

—Siempre sales en mi auxilio… Si no son los erizos es la batería del coche.

Antonio miró al suelo y volvió su mirada hacia ella. Parecía querer decir algo, pero dejó que se marchara. Le hubiera gustado preguntarle solo una cosa. Algo que casi le había dolido más que el hecho de que no emprendiera el viaje que habían planeado juntos.

«¿Por qué, Anna? ¿Por qué nunca contestaste a mis cartas?»

Un banco de sardinas de más de cincuenta metros de longitud paseaba bajo el *llaüt* de Antonio, que, junto con su padre, sujetaba paciente una red de arrastre. Era finales de agosto, la época de reproducción de las sardinas, pero hasta ese día no habían tenido suerte, ya que ese verano de 1979 las aguas no habían sido lo cálidas que esperaban y las sardinas hembra habían preferido desovar en aguas del sur. Sin embargo, ese cardumen tomó la decisión de soltar los huevos en aguas mallorquinas, con tan mala pata que luego fueron atrapadas, con gran alegría, por los dos humildes pescadores de S'Estaca. Con más de quince kilos de sardina fresca se plantó el padre de Antonio en la lonja de Palma. Antonio, su hijo, se quedó en el embarcadero del *port* de Valldemossa limpiando el *llaüt* y esperándolo para volver juntos a su pueblo.

Antonio lanzaba un cubo de agua dulce en el interior del *llaüt* mientras escuchaba la conversación que una chica joven de clase alta mantenía con su padre. Dedujo que era una niña bien de Palma por la leve afectación que tenían todas las niñas bien de Palma, tan diferentes a las hijas de los pescadores de su pueblo.

—Me quedo aquí, papá. Sopla la tramontana y, además, ¿qué hago esperándote mientras buscas tesoros? —Hizo una mueca burlona y siguió—: Además, sin Marina me aburro —dijo Anna a su padre—. Y, papá, no deberías salir hoy. Es peligroso.

—Vente, cariño. Vamos a Es Port d'es Canonge, almorzamos en las barracas y volvemos. Va, ven —le dijo su padre soltando el nudo que sujetaba el *llaüt* al embarcadero.

—No, papá, que no me apetece. Te espero aquí.

—Bueno, tú verás, cariño. En dos horas estoy de vuelta.

El *llaüt* se alejó. Anna pensó, mientras alzaba su mano despidiéndose de Néstor, que su padre era un cabezota, no había otra embarcación que hubiera salido a navegar con la mar picada. Pensó en el amor y en la felicidad que esas aguas daban a su padre y a ella, en el fondo, también.

Se quitó las sandalias y, remangándose el vestido, puso los pies en el agua y caminó, poco a poco, hacia dentro; era finales de mayo y el agua seguía fría. Antonio la observó disimuladamente sin dejar de limpiar el *llaüt.* Diecinueve años ya, todo un miura, o mejor dicho más miura que nunca. La vio tan finita, tan bonita, tan frágil... ya la primera vez. Ella lanzó una mirada de soslayo al joven marinero que sin camiseta y con tejanos limpiaba la barca, pero no vio nada en él más que un joven pescador fuerte y moreno de piel. Seguía dando pasos lentos hacia dentro del mar. Le gustaba notar las piedrecitas masajeando sus pies y se entretenía, sin prisas en ello.

—¡Ahhh! —chilló Anna.

Antonio, que no le había apartado la vista de encima, corrió hasta la orilla. Anna se encontraba a unos diez metros.

—¿Estás bien? —le preguntó Antonio desde la orilla.

—Me he clavado algo —respondió.

Antonio entró sin pensárselo. Sus tejanos se mojaron completamente.

—Cógete a mi cuello —dijo el joven pescador.

—No te preocupes —contestó Anna.

—Cógete —le ordenó.

Anna, con timidez, rodeó con su brazo los hombros de Antonio y él, cogiéndole la cintura, subió sus piernas a sus brazos.

Anna se sentía avergonzada en brazos de ese chico. Le miró a los ojos un segundo y él le sonrió también. No se dijeron nada. Llegaron a la orilla y él la sentó cuidadosamente en las rocas.

—Déjame ver —dijo cogiéndole el tobillo.

—Qué vergüenza.

Antonio le cogió el pie sin hacerle caso. Seguramente se habría clavado las púas de un erizo. ¡A él le había ocurrido tantas veces! Y sí. Eso era, tenía una veintena de púas clavadas en la planta del pie. Antonio fue al *llaüt* y de un neceser negro de plástico cogió unas pinzas. Volvió junto a ella, se sentó a su lado y una a una, con extremo cuidado, fue sacándole las púas. Ella se quejaba cuando Antonio debía hurgar en la piel para extraerlas y él paraba un segundo, le mojaba el pie con el agua del mar y seguía. Anna sentía vergüenza y no se atrevía a decir palabra, además, siempre había sido muy tímida con los chicos. Antonio, por su parte, podía haber sacado la gracia que le caracterizaba, porque Antonio era un tipo gracioso y con elocuencia callejera, o más bien elocuencia marinera, y digo callejera o marinera porque no había leído un libro en su vida, motivo por el cual dejó los estudios a los catorce. Pero era rápido y hacía reír a amigos, novietas y familiares con facilidad. Gracias a la labia que Dios le había dado, ligaba más que ninguno de sus colegas. Lo cierto es que con las mallorquinas lo tenía más complicado, por eso de que había que respetarlas, eran de religión católica y unas estrechas, pero con las guiris rubias que se desperdigaban por la isla en verano era un *crack*. Chapurreaba un par de palabras mal aprendidas en inglés, las cogía por la cintura y con todo el arte y un poco de calimocho se las llevaba a la playa. Se desvirgó a los catorce con una sueca que le sacaba una cabeza y que, además, muy liberada ella, le enseñó durante los dos meses que se quedó en la isla los rincones erógenos del sexo femenino. A partir de ahí fue, como presumía con sus colegas, coser y cantar, y no mentía porque, noche que salía, noche que pillaba.

Pero, por algún motivo, esa joven a quien le quitaba las púas de erizo del pie lo cohibía y, así como con cualquier otra hubiera soltado cualquier burrada para hacerla reír, con ella no se le ocurrió absolutamente nada.

Al día siguiente, Anna y su padre volvieron al puerto de Valldemossa. Cuando Anna cerró la puerta del coche, miró discretamente hacia el embarcadero esperando que Antonio estuviera allí, pero en la orilla solo un grupo de ingleses ponía sus kayaks en el agua. El mar estaba en calma, hacía sol, un día perfecto para navegar. Anna, alegando dolor en la herida del pie y además estar en sus días femeninos, se quedó en tierra, esperando que quizás él apareciera; y él, por supuesto, no tardó en aparecer. Se sentó junto a ella y la besó en la mejilla. Se hablaron como se hablan aquellos que se gustan, con vergüenza e intentando llenar silencios. Así un día, otro y el siguiente, y todos los días que marcaron el final del verano, porque Néstor siempre respetó que su hija no quisiera subirse más al *llaüt*, alegando que se sentía sola sin Marina en la barca. Prefería esperarlo en tierra tomando el sol. Y allí estuvieron los dos jóvenes isleños contándose sus vidas en las mañanas del verano de 1979.

Anna le explicó que le quedaba un año para acabar el bachillerato en el San Cayetano y después estudiaría un curso de secretariado. Antonio pensaba tomar unos cursos en Palma que organizaba la Dirección General de Marina Mercante para ser patrón de barco, porque él no quería ser pescador, lo que deseaba, de verdad, es ser marinero y viajar por el mundo entero.

En todos esos días sentados en el embarcadero del puerto de Valldemossa ni un solo beso se dieron. Él no había conocido un deseo mayor por una mujer, pero sentía que esa chica de clase alta, blanca y frágil le quedaba grande a un pobre pescador cuya familia solo tenía una humilde casita frente al mar.

Ella nunca había probado los labios de un hombre, pero cada beso en la mejilla o cada roce con su piel despertaban en ella una sensación desconocida. Una sensación física como si el alma le bajara del corazón al bajo vientre llegando poco a poco a sus partes íntimas, y esa sensación se paseaba por su cuerpo y ella respiraba disimuladamente intentando que él no notara ese placer desconocido que provocaba su presencia dentro de ella.

El 15 de septiembre se reanudaron las clases en el San Cayetano. Lunes, martes, miércoles... Anna contaba los días, las horas de los días, los segundos de las horas, las milésimas de segundo para que llegara el fin de semana y pudiera volver al mar junto a su pescador.

—Mi padre saca el *llaüt* del mar a finales de octubre —Anna miró al mar—, ya no nos podremos ver.

Anna introdujo sus manos por entre las piedrecitas de la playa mirando hacia el mar. Él supo, por fin, por esa mirada triste que ella dejaba escapar, que Anna le deseaba tanto como él la deseaba a ella. Le cogió la cara con las manos e hizo que le mirara. Y llegó otra vez esa sensación extraña por todo el cuerpo de Anna, y entonces él se acercó a ella, sabiendo que no lo rechazaría. Acercó sus labios a su boca y los dejó ahí, paciente, hasta que ella entreabrió sus labios y permitió que su lengua entrara. Él lo hizo sin prisas, con delicadeza, saboreando cada rinconcito nuevo que descubría en esa boca que tanto había deseado. Paseó la lengua por los dientes, por las encías y jugó muy lentamente con la lengua de Anna. Salió de ella. Los ojos de su niña, cerrados, y su boca entreabierta pedían más. Volvió a entrar ahora con más prisa y ella respondía y se dejaba hacer rendida por primera vez al amor del que sería para siempre el hombre de su vida.

A finales de octubre, Néstor sacó el *llaüt* del agua. Como cada año, lo dejaría en una barraca del puerto de Valldemossa hasta finales de abril y, siguiendo el ritual, solo el 1 de enero, hiciera el frío que hiciera y siempre y cuando no soplara el viento, lo pondría en el agua, para saludar al año que entraba.

—Vendré con mi moto cada día a verte —le dijo Antonio.

Y así lo hizo. Se encontraban a la salida del colegio en una callejuela colindante, fuera de las miradas de sus compañeras. Convenció a su madre para que la dejara llegar una o dos horas más tarde de lo habitual, ya tenía diecisiete años. Ana de Vilallonga se opuso: no era propio de una señorita salir por el pueblo con las amigas.

—Mamá, tu hija pequeña está a siete mil kilómetros de aquí y a mí no me dejas ir sola ni a la vuelta de la esquina. Quiero estar con mis amigas un rato después del colegio, por favor —le rogó.

Pero hasta que Néstor no intervino, su madre no entró en razón.

Subida en la moto con su uniforme de colegiala y el casco puesto, se inclinaba sobre la espalda de su chico mientras él aceleraba cuesta abajo. Unos días, Anna llevaba unos deliciosos bizcochos hechos por ella misma e iban a comérselos a las playas de Palma. Otros, cuando ya empezó a hacer frío, buscaban cafeterías apartadas del centro donde merendaban ensaimadas que les llenaban de azúcar las comisuras de los labios y que se relamían el uno al otro. Antonio se había comprado unos *walkman* y, compartiendo auriculares, escuchaban música, tirados en cualquier playa de la isla. Como todos los enamorados, escogieron una canción, una jota marinera que hablaba de los ocho vientos del mundo y que, además, una joven cantautora mallorquina, Maria del Mar Bonet, había puesto de moda. Otros días le explicaba lo duro que era el invierno para una familia de pescadores, pero siempre salpicando sus explicaciones con su propio sentido del humor. Anna, cada día más feliz, más prendada por ese joven pescador... Pero había algo que le pesaba y no le permitía entregarse tranquila al primer amor de su vida. Sabía, y estaba segura de ello, que su madre nunca aprobaría una relación con un chico como él. Nunca.

Pasó octubre, noviembre, diciembre y el amor de esa pareja de jóvenes se hacía cada vez mayor.

A finales de diciembre, llegó Marina del internado americano a pasar las navidades. Por fin, pudo explicarle a alguien todo lo que llevaba guardado en su corazón y que nunca se atrevió a contar a sus amigas del San Cayetano, a pesar de que algunas tenían novio y salían ya con chicos, todos ellos, claro está, pertenecientes a la alta burguesía mallorquina.

El 1 de enero lucía el sol. Hacía mucho frío, pero por primera vez Anna y Marina pidieron a su padre acompañarlo al puerto de Valldemossa, porque ellas también querían empezar el año saludando al mar. Sabían que su madre se mareaba en el *llaüt* y que su naturaleza hipocondríaca no supondría ningún riesgo para el plan que habían tramado juntas.

Con botas de agua y anoraks, pusieron el *llaüt* en el mar. El puerto de Valldemossa estaba muy cerca de las casitas de pescadores de S'Estaca. Subidos los tres en la barca, navegaron bajo el sol y con mucho frío hacia allí.

—¡Papá, mira! —dijo Anna señalando a S'Estaca.

El humo de un brasero subía hacia el cielo. Un grupo de pescadores celebraba la entrada de año cocinando pescado fresco en el embarcadero del pueblo.

—¡Vamos!

Néstor quería seguir navegando. Dar la vuelta a la isla, hasta donde el invierno le dejara, pero dada la insistencia de sus dos hijas navegaron hacia allí.

Antonio les esperaba, les hizo una señal con las manos para que se acercaran.

Anna saludó tímidamente para sorpresa de Néstor.

—¿Los conoces? —preguntó Néstor extrañado.

—Sí, papá. En verano los conocí.

Utilizó el plural sin atreverse a ser del todo sincera.

Llegaron hasta la orilla. Antonio se quitó los zapatos, se remangó el tejano y ayudó a Néstor a llevar la barca al embarcadero. Como regalo de Navidad había pedido una camisa blanca con un caballito en la pechera, como las de los niños bien de Palma, y Anna lo vio más guapo que nunca.

—Encantado, señor Vega —dijo Antonio estrechándole la mano a Néstor con cierto nerviosismo, pero con esa sonrisa simpática que tenía siempre.

—Hola, Marina —le dijo dándole dos besos—, he oído hablar tanto de ti. Tenía ganas de conocerte.

En el embarcadero, los abuelos, los padres, los tíos, los sobrinos y los vecinos se apiñaban alrededor del brasero esperando el desayuno, sardinas frescas para recibir el año nuevo. Los padres de Antonio se acercaron a ellos.

—*Benvinguts a S'Estaca. Ja m'ho va dir es meu fill que vendrien amics* —dijo el padre de Antonio ofreciéndole un plato de sardinas—. *Fresques d'aquest matí.**

Enseguida Néstor entabló una conversación con el padre de Antonio, un viejo lobo de mar. Anna no hubiera planeado todo aquello si no supiera que su padre era un hombre sabio y cercano que trataría igual a los duques de Palma, con los que tenía relación, que a cualquier ser humano que se le pusiera delante, aunque fuera un humilde pescador analfabeto.

Se sentaron todos en las rocas a comer con las manos escuchando las batallas del lobo de mar, del patriarca de la familia.

—Un día iremos a verte los dos a Norteamérica —le dijo Antonio a Marina susurrándole y guiñándole el ojo disimuladamente a su chica.

* Bienvenidos a S'Estaca. Ya me dijo mi hijo que vendrían unos amigos. [...] Frescas de esta mañana.

—Me encantaría —dijo Marina con una triste sonrisa.

Marina necesitaba a su padre y Anna sabía que podía perderse un rato sin que la echaran mucho de menos. Se excusó y entremezclándose con los pescadores caminó con Antonio hacia el final del pueblecito. La última casa era la suya. Entraron. Era minúscula, de piedra oscura y húmeda. A Anna le impresionó que pudieran vivir allí, hacía tanto frío, pero no dijo nada y siguió de la mano hasta el pequeño dormitorio de Antonio. Un colchón con muchas mantas. Un mapa del mundo muy antiguo, pegado a la piedra con celo, hacía de cabezal. Desde una ventanita frente a la cama podía verse el mar. El mar que conducía a todos los mares de los sueños de Antonio.

Él la besó. Era la primera vez que estaban entre cuatro paredes, solos ellos dos. La miró. Le acarició el rostro.

—Te quiero, Anna.

Anna se deshizo por dentro, sin contestar. Era la primera vez que escuchaba esas palabras en boca de un hombre que no fuera su padre.

Dejó que él le quitara el anorak. A pesar del frío, notó su cuerpo arder. Le rodeó la cintura y lentamente subió sus manos por la espalda. La besó mientras sus manos acariciaban lentas su nuca. Bajó sus manos lentamente hacia sus pechos. Con cuidado, los acarició con las yemas de los dedos. Los sintió pequeños. Duros como rocas. Sin dejar de besarla, le rozó los pezones y notó como crecían. Jugó con ellos distrayéndose sin prisa y Anna sintió otra vez el alma bajándole hacia su sexo mientras sus pezones bombeaban sangre. Y él deslizó sus manos otra vez hacia allí donde le conducía su propia alma. Acarició sus caderas y las apretó cada vez un poco más fuerte. Le desabrochó un botón del tejano, lentamente la cremallera y su mano corrió por dentro de la braguita hacia el sexo húmedo de la mujer que amaba, y Anna gimió.

—Para, por favor.

—Perdona, mi amor. Perdona… Es que…

Él le abrochó los pantalones y la besó en la boca otra vez.

—Cuando tú quieras —susurró mientras le besaba la boca.

Ella asintió tímida y bajó la mirada.

—Mi padre va a sospechar.

Néstor estaba tranquilamente compartiendo un licor de almendra con los familiares de Antonio y ni cuenta se había dado de la ausencia de su hija. Se sentaron tras ellos. Anna miró a su hermana, que, sentada abrazando sus rodillas, sola en una roca, los observaba. Marina sonrió levemente al verla llegar. Anna le devolvió la sonrisa haciendo un ademán con la mano para que se acercara a ellos.

Los pescadores habían encendido una hoguera y el padre de Antonio, para vergüenza de su hijo, canturreaba junto con los otros marineros canciones populares mallorquinas. Néstor, también para vergüenza de la suya, canturreaba los estribillos acabados de aprender.

Navegaron de vuelta a sus vidas.

—Queda todo entre tú y yo, hija. No te preocupes —le dijo Néstor a su hija mayor.

Porque la mirada de Anna no requería de palabras. Néstor, sin que ella se lo explicara, supo que su hija se había enamorado por primera vez. Su esposa nunca aceptaría esa ingenua relación, pero él dejaría que Anna la viviera, sabiendo que era una historia de amor imposible, como la que él tuvo una vez. Auguró un final triste como el que él tuvo, pero sabía que pasara lo que pasara valía la pena vivirlo.

Marina volvió a Estados Unidos. Después de las fiestas empezaron de nuevo los paseos de Anna y Antonio en moto, los bizcochos caseros abrigadísimos a orillas del mar, el azúcar en las comisuras de los labios y los juegos de manos, sin prisas, por los rinconcitos del cuerpo de Anna.

Por fin abril, el buen tiempo, el *llaüt* en el mar y poco después los turistas en sus inmensos veleros, y con ellos los sueños de Antonio ahora soñados siempre junto a Anna.

Un domingo, cuando su padre y Marina se alejaban despidiéndose desde el *llaüt,* Antonio la llevó a su lugar preferido de la isla, el acantilado de Sa Foradada. Desde allí, la vista se perdía hasta el infinito. Bajaron de la moto y él la llevó hasta la punta más lejana del acantilado. Solos ellos dos. Se sentaron en la roca con los pies colgando hacia el mar. Él sacó de la mochila el mapa que le hacía de cabezal en su cuarto y lo abrió. Anna cogió de una punta y Antonio de la otra. Le cogió la mano y la posó sobre la isla de Mallorca. Antonio, sin soltarle la mano, hizo que sus dedos se deslizaran por el Mediterráneo hasta Gibraltar, de allí a Cabo Verde y siguieron hasta las aguas del Atlántico y cruzaron el océano hasta llegar a las islas del Caribe y de ahí para abajo, Venezuela, Brasil, Uruguay, Chile, Perú. Pasaron sus manos por debajo del mapa hasta llegar a Asia.

—Todo esto lo quiero hacer contigo.

—¿Y cómo? —Sonrió pensando que él jugaba con un sueño.

—En barco.

—¿Con el *llaüt* de tu padre o en el mío? —Sonrió Anna dulcemente y algo burlona.

—Se buscan marineros en el puerto. Mi primo es marino mercante y se fue a Cuba, y va y viene una vez al año.

—¿Y yo? ¿Qué hago yo en un barco? A mí no me van a contratar

—Ya pensaremos... Quiero salir de esta roca, Anna, contigo... Veo a mis padres, toda la vida en esta isla. Toda la vida, Anna —le dijo cogiéndole la mano—. Cada día saliendo a la mar. Al mismo trozo de mar. Mis padres no han salido jamás de aquí. Nunca, Anna. Nunca. —La miró a los ojos serio como pocas otras veces la había mirado—. Yo no quiero esta vida para mí. No la quiero. Quiero ver el mundo. Quiero otra vida en otro lugar del planeta junto a ti.

La besó en los labios.

—Pronto cumples dieciocho. Ya no tendremos que escondernos. Néstor lo entenderá y tu madre tendrá que apechugar.

—¿Y de qué vamos a vivir?

—Los marineros cobran un buen sueldo. Y, cuando lleguemos a un puerto, encontraré trabajo. No será difícil. Lo tengo todo pensado. En el puerto de Dominicana dicen que hay mucho trabajo. Nos quedamos allí el tiempo que queramos. Un año, dos. Cuando nos cansemos..., vamos a otro puerto... Yo no necesito mucho para vivir, Anna. Te tengo a ti. Tengo el mar y tengo mis manos para ganar lo poco que necesitemos.

Anna no contestó. Supo que Antonio le hablaba desde el corazón. No era una de las divertidas historias que contaba. Aquellas palabras iban en serio.

—Ya sé que es una locura, Anna. Pero por lo menos podemos probarlo. Si no sale, la puta roca esta en la que vivimos no se moverá nunca de sitio.

Rieron los dos.

Antonio se tumbó en la tierra y ella se recostó en su pecho soñando con esa vida simple que juntos pretendían vivir. Permanecieron en silencio con los ojos cerrados dejando que el sol de la primavera les arropara.

—¿Sabes qué pienso? —le dijo Anna sin levantarse de su pecho—. Marineros se necesitan en todos los puertos..., pero panaderos también. Y yo eso sí que lo sé hacer muy bien.

Por primera vez en toda su etapa escolar y durante el último año de bachillerato, Anna devoró los libros de geografía y Antonio sacó de la minúscula biblioteca marítima del muelle viejo de Palma un libro de cartografía náutica y otro de los vientos de mar. Aprendieron de los vientos alisios del nordeste, tan necesitados para cruzar el océano Atlántico, de las tormentas tropicales que debían evitar a toda costa, de los monzones asiáticos. De latitudes, millas y nudos. Anna, sin pedir permiso, robó un libro de la estantería de su padre. Se había fijado en él desde bien pequeña, pero no porque le interesara leerlo, sino por el miedo que le provocaba la ilustración de la tapa, donde una gran ballena chocaba contra una pequeña barca de marineros asustados. Se titulaba *Moby Dick*, de un tal Herman Melville. Lo sacó de entre varios libros viejos de medicina y, antes de metérselo en el bolso, y para asegurarse de que era un libro de aventuras marítimas, leyó el primer párrafo:

> *Llamadme Ismael. Hace unos años —no importa cuánto hace exactamente—, teniendo poco o ningún dinero en el bolsillo, y nada en particular que me interesara en tierra, pensé que me iría a navegar un poco por ahí, para ver la parte acuática del mundo.*

Sí. Ese era el libro para Antonio. Esa tarde, después del colegio, fueron a una playita escondida y, mientras comían pan de limón con semillas de amapola, juntos empezaron la lectura de *Moby Dick*. El primer libro que ambos leyeron con pasión.

Anna compró una libreta y pasó a limpio todas la recetas de pan y bizcochos que tenía la abuela. Recibía cien pesetas a la semana y con los ahorros que tenía en la hucha podría sumar diez mil. Antonio llevaba ahorrando años, tenía poco más de veinte mil pesetas, pero había oído que con sesenta mil en Latinoamérica eras rico.

La mejor época para cruzar el Atlántico va de noviembre a febrero. Entrado el mes de septiembre, Antonio empezó a preguntar en el puerto de Palma. Pudo subirse a muchos barcos pero ninguno de ellos aceptó llevarse a Anna de cocinera.

Había cocineros varones ofreciendo su trabajo y los hombres estaban más capacitados para afrontar las adversidades del mar. Un día, cansado ya de preguntar, apareció sir Peter Black por S'Estaca con su velero de madera clásico de cincuenta y cuatro pies. Había sido regatista en su juventud y seguían gustándole las aventuras fuertes. Navegaba junto con su esposa. Solos los dos. Pretendía viajar sin prisas. Tenía dinero suficiente para atracar en puertos y quedarse donde le viniera en gana, bueno, donde le viniera en gana a su mujer, que lo acompañaba siempre y cuando la dejara disfrutar de la vida de los puertos, de las playas y de los mercadillos estivales por los que le encantaba pasearse y comprar artesanía. Toda esa parte de compras la detestaba, así que llevar a otra mujer que, además de cocinar, acompañara a la suya a por pulseritas y pendientes le pareció una idea fantástica.

—Nos vamos, Anna. Mañana —le anunció Antonio eufórico, levantándola del suelo y dando tres vueltas sobre sí mismo.

La besó cinco veces seguidas, lleno de excitación y Anna sonrió como pudo, porque, al contrario de lo que pensaba al escuchar las palabras de su chico, sintió vértigo y miedo. Mucho miedo. Porque hasta entonces todo había sido un juego. Un sueño imposible que alimentaba cada día como quien alimenta un pececito en una pecera. Un pececito que sueña con salir al mar, un mar inmenso e inseguro que no conoce y para el que no está preparado tras tantos años nadando en su óvalo de cristal.

Esa noche volvió a casa y, cenando junto con Néstor y su madre, lloró. Lloró desconsoladamente sin atreverse a decir lo que le pasaba. Néstor supo enseguida que el joven marinero tenía algo que ver con el llanto descontrolado de su hija, pero tras preguntarle una vez y recibir un «Nada, papá» como respuesta, prefirió respetar su intimidad. Anna se encerró en el cuarto de su hermana, el único con pestillo. Dejó que el miedo entrara sin pudor por sus pensamientos, atacando su cuerpo e invadiendo su alma mientras su madre, intrusiva como era, aporreaba la puerta buscando explicaciones.

Antonio la recogería en moto a las cinco de la mañana del día siguiente. Bajarían hasta el puerto de Palma, donde les esperaba el velero del inglés, y de allí... al mundo.

Se quedó dormida en el cuarto de Marina. La primera luz de la mañana la despertó. Se incorporó aturdida. Abrió el pestillo y caminó hasta la cocina.

Veinte horas para partir, para salir de la roca que la vio nacer, para navegar por el mundo. Se preparó un tazón de leche, pero al primer sorbo le vinieron arcadas. Se sintió mareada y se acostó en el sofá. Pasó el día inquieta caminando como un alma en pena del sofá a la cama y de la cama al sofá. Descontando minutos, descontando segundos.

Quince horas para partir. Su madre le puso el termómetro. Unas décimas. Nada grave, pero enseguida le dio un ibuprofeno para relajarla. Lloraba de vez en cuando alegando pinchazos en el estómago.

Ana de Vilallonga llamó a su marido al hospital, estaba preocupada por su hija, nunca se había comportado así. Néstor, que sabía algo de pinchazos en el corazón, tranquilizó a su mujer. Anna no quiso cenar y se fue pronto a la cama.

Siete horas para partir. Esperó a que sus padres se durmieran y metió en una mochila negra, regalo de Marina, pantalones, camisetas, dos jerséis, ropa interior y el anorak. Se secó las lágrimas que le resbalaban por las mejillas mientras guardaba el pasaporte, las pesetas ahorradas y la libreta con las recetas de pan y bizcochos en una bolsa con cierre hermético totalmente impermeable que le había comprado Antonio. Introdujo la bolsa dentro de la mochila y esperó despierta los ciento ochenta minutos que faltaban para las cinco de la mañana.

Tumbada en la cama, con la cabeza sobre las palmas de sus manos unidas y en posición fetal, sollozaba. Escuchó a su padre caminar por el pasillo. Anna escondió la mochila bajo la cama.

—¿Qué te pasa, hija? —le dijo con voz suave al entrar en su cuarto.

Néstor se sentó a su lado y le acarició el rostro.

—¿Ha pasado algo con Antonio?

Néstor esperó paciente. Anna parecía querer hablar, pero no lo hacía.

—Yo también me enamoré una vez de una mujer muy distinta a mí.

Anna le cortó. Necesitaba explicárselo y lo hizo... Le confesó el plan que había tramado con Antonio. Su madre, por supuesto, escondida tras la puerta, escuchaba furiosa.

—Pero tú eres imbécil. ¿De qué vais a vivir? —dijo Ana de Vilallonga asomándose por el umbral—. Eres una mentirosa y tú, Néstor, otro mentiroso. No has sido capaz de contarme nada. ¿Hace cuánto que sabes esta historia?

—Ana, tranquilízate. Vuelve a la cama —ordenó Néstor a su mujer.

—Si sales por la puerta, no vuelves a entrar —dijo Ana de Vilallonga a su hija saliendo del dormitorio.

Su madre aguardó tras la puerta, escuchando a su hija histérica proclamar a los cuatro vientos el amor incondicional por ese humilde pescador, los futuros planes de boda, el dinero que ganaba él y que podría ganar ella haciendo pan en los puertos del mundo, pero buscando inconscientemente la aprobación de sus padres y, por encima de todo, el empujón que le diera el valor para salir de su óvalo de cristal.

—Pero, a ver, niña. Tú no te habrás creído eso de «contigo pan y cebolla», ¿no? Este muerto de hambre lo que quiere es nuestro dinero.

—¡Basta, Ana, es suficiente! Déjanos solos, por favor —le reconvino Néstor autoritario a su esposa.

Se retiró a su cuarto sin añadir una palabra más. Padre e hija se quedaron en la habitación. Anna tenía la mirada perdida. Néstor la acarició.

—¿Estás segura, hija? ¿Es de verdad lo que quieres? —le preguntó cogiéndole la mano—. Pronto cumplirás dieciocho años. Eres libre para irte si tú quieres... No sé si estás preparada para atravesar el Atlántico... No es lo mismo esperar la tramontana para dar una vuelta a Mallorca que a los alisios para cruzar el océano. Es peligroso, hija... ¿Es lo que quieres, seguro?

—Yo lo quiero a él. Pero... —Bajó la mirada—. Yo no me quiero ir de aquí. No me quiero ir de Mallorca.

Miró la hora en su reloj de pulsera. Eran las cinco menos cuarto. En quince minutos, Antonio estaría con la moto esperándola fuera. Las lágrimas empezaron de nuevo; el miedo que paraliza. Era el mar lo que brotaba, ahora, de los ojos de Anna, un mar que dolía, un mar furioso, nunca antes tan lleno de rabia, nunca antes tan cobarde.

—Sal tú, papá. Yo no me atrevo a mirarle a los ojos... Dile que me escriba cada día, por favor. Lo esperaré, hasta que vuelva, toda la vida.

Marina habló con Mathias desde el hotel. Le explicó su decisión de quedarse un mes en la isla. Se encontrarían en Haití a mediados de marzo. Volvió a la casa, había dejado la ropa de María Dolores dentro de la bolsa industrial en la despensa. Cogió un trapo húmedo y subió al dormitorio a limpiar el armario. Colocó los pantalones, las pocas camisetas y los dos jerséis en perchas. Guardó el fonendoscopio y la Moleskine en la mesilla. Por último, extendió la tela africana de cenefas verdes, amarillas y lilas que había comprado con Mathias en un pueblo de la República Democrática del Congo. Y, mientras con la palma de la mano la estiraba, recordó la primera vez que se vieron.

Marina se subía la cremallera de un mono de polietileno de alta densidad. Junto a ella se encontraba un médico congoleño, dos enfermeros también locales, un antropólogo americano y un joven médico recién llegado, Mathias. Todos en absoluto silencio se enfundaban el traje de protección biológica, mientras el personal local especializado supervisaba que siguieran el riguroso orden de colocación de, como lo llamaban en la jerga médica, el EPP o equipo de protección personal: mono aséptico, botas de goma, gafas de seguridad, guantes dobles, bata impermeable y mascarilla facial.

Marina se recogió el pelo en una trenza y lo metió dentro del EPP. Acabó de subirse la cremallera hasta la barbilla y se pasó la goma de la mascarilla por el cuello.

Se acercó al joven médico alemán. Ella era la jefe de misión de ese proyecto y adivinó, por su mirada llena de ilusión, que era su primera vez en el terreno.

—Gracias, Mathias. Ya me han dicho que te incorporabas hoy —le dijo con una sonrisa—. Somos unos héroes, lo sabes, ¿no? —añadió con ternura y con voz suave, mirándole a los ojos.

Quiso decirle esas palabras a Mathias porque, lejos de considerarse una heroína o de pensar que el trabajo de los cooperantes podía ser elevado a categoría de hazaña heroica, ese joven médico de mirada ingenua iba a presenciar algo que no esperaba. Iba a ser un golpe duro. Marina llevaba ya cinco años trabajando para la oenegé y sabía que empezar en esa misión devastadora iba a romperle de golpe esa preciosa mirada.

Se cubrieron la boca con las mascarillas y, como si de una tropa de astronautas se tratara, entraron en el Centro de Aislamiento de Alto Riesgo de Contagio de Ébola. El infierno. Cuarenta y un grados. Niños semidesnudos y solos yacían en camas sin sábanas. Mujeres tumbadas de lado vomitaban sangre en cubos. Los excrementos humanos de los mayores sobresalían de las camas. Personal local corría limpiando sin descanso. No había vacuna ni cura para el ébola. Cada uno de los médicos tenía asignada una fila e iban de paciente en paciente acercándose a los moribundos, hidratándoles con una mezcla de agua y sales minerales, suministrándoles paracetamol y antibióticos, y comprobando, constantemente, que la temperatura no ascendiera.

Dentro del EPP, no se aguantaba más de cuarenta minutos, el calor era extremo y las gotas de sudor nublaban la vista de los cooperantes. Marina vio como Mathias salía el primero y le fue siguiendo el resto del equipo. Ella podía aguantar unos minutos más y atender a una congoleña embarazada que la miraba con ojos suplicantes.

Los médicos hicieron un descanso de media hora sin apenas intercambiar palabras. Se hidrataron y volvieron a entrar.

A última hora de la tarde, Marina, Mathias y el resto de los cooperantes eran bañados en una solución de cloro por los especialistas sanitarios, siguiendo el estricto protocolo de desinfección. Después, continuaron con el orden establecido en la extracción del EPP. Primero el delantal, las botas sin tocarlas con las manos, la bata y los guantes poniendo la parte interna hacia fuera, las gafas de seguridad y, por último, la mascarilla, siempre desde atrás.

—No olvidéis, por favor, que no podéis tocaros entre vosotros. No podéis pasaros ningún objeto. Nada significa no poder pasarse un bolígrafo, la sal, la pasta de dientes. Nada.

A veces os olvidáis. Cuidado, por favor. Hasta que no volváis a Europa, no podéis tocaros —le recordó el enfermero congoleño a Mathias.

Marina observó a Mathias escuchar al enfermero y vio lo que ya se había imaginado: sus ojos eran ahora esmeraldas rotas; su mirada, perdida y asustada. La mirada de la primera vez. La primera vez que los ojos dejan de contemplar el dolor ajeno desde la pantalla del televisor y se topan de bruces con la verdad.

Cada tarde les recogía un jeep y los llevaba al campamento base, donde convivían todos los expatriados. Cada uno tenía un minúsculo dormitorio y compartían la cocina. Tomaban juntos la cena preparada por una simpática cocinera congoleña contratada por MSF. Era una misión silenciosa, donde los cooperantes hablaban poco entre ellos. Se sentaban alrededor de la mesa, abatidos física y psicológicamente por el horror que presenciaban a diario y sobre todo por la sensación de impotencia que les producía estar allí viendo como el setenta y cinco por ciento de los enfermos que trataban morían por el virus letal sin que ellos pudieran hacer casi nada. Además, debían sentarse a un metro de distancia para que ningún miembro de su cuerpo rozara el de otro cooperante. Nadie estaba a salvo del ébola.

Una de esas noches, y viendo Marina a Mathias cabizbajo comer desganado la pasta de harina de mandioca y agua que les preparaban a diario, le preguntó por su vida antes de entrar a trabajar en la oenegé. Había estudiado en la Freie Universität de Berlín y, desde el primer día que entró en el edificio que albergaba la Facultad de Medicina, su único objetivo fue trabajar para Médicos Sin Fronteras. Soñaba con ser un médico altruista capaz de cambiar el mundo. Capaz de hacer un mundo mejor y ayudar a los más necesitados. Al licenciarse trabajó tres años en el hospital Charité Campus Berlin Buch con el propósito de adquirir la experiencia requerida para ser admitido en la oenegé. Y allí estaba en tierras africanas cumpliendo su sueño. Un sueño que se hizo trizas al segundo de poner un pie en el continente africano.

Y así pasaron tres meses en ese lugar enfermo del mundo junto a la muerte, que llegaba sin contemplaciones.

La noche antes de partir a Europa, Marina no pudo conciliar el sueño. Salió a beber agua. Se envolvió con la tela de cenefas que había comprado esa tarde con Mathias. Caminó hacia la cocina y por la ventana le vio sentado en un banco. Alisaba papel de fumar en la palma de la mano. Marina salió.

—¿Todo bien? —preguntó Marina.

Mathias asintió, sin decir palabra, mientras colocaba la boquilla en el papel de fumar. Cubrió el papel de tabaco y lo lio. Marina caminó hacia él y se sentó a su lado.

Mathias se sacó un mechero del bolsillo del tejano y encendió el cigarrillo. Marina miró cómo lo aspiraba y dejaba el humo escapar poco a poco.

—En otras circunstancias te pediría una calada —le dijo ella con una leve sonrisa.

Nunca se olvidaban del protocolo que les prohibía tocarse entre ellos. Y así llevaban noventa y cinco días sin contacto físico que no fuera a través del traje de aislamiento.

—En otras circunstancias te pediría que me abrazaras —le respondió Mathias sin mirarla y mientras una lágrima se escapaba despacio de sus preciosos ojos verdes.

Marina acercó su mano a la de Mathias y con la yema del dedo índice rozó la uñita de su dedo meñique, bajo la luna y mil millones de estrellas.

# 5

# EL PASADO O EL PAN MORENO CON HARINA DE *XEIXA*

### INGREDIENTES:

400 g de harina de trigo de *xeixa* autóctono de las Islas Baleares
200 ml de agua templada
150 g de levadura madre
La cocción debe hacerse en un horno,
con leña de pino, almendro y encina

### PREPARACIÓN:

La harina debe ser molida en un molino antiguo tradicional. Durante la molienda, las muelas de piedra se calentarán levemente para preservar todas las propiedades nutritivas del trigo y el sabor original del grano. Un sabor suave, que nada tiene que ver con el que se consigue en la molienda de trigo realizada en molinos industriales.

Mezcla harina, agua y masa madre y amasa a mano o en una amasadora antigua de brazos lentos. El secreto de este delicioso pan no es más que el largo proceso de fermentación, que puede alargarse de uno a tres días, y sobre todo la cocción del pan dentro de un horno de leña tradicional, calentado con maderas autóctonas de la isla. La mezcla de la harina de *xeixa* y el calor del almendro y la encina darán a este pan un sabor único.

Marina se puso la camiseta vieja de Mathias con el emblema de la Freie Universität de Berlín. Anna, su camisón de seda verde, muy fino y con tirantes. Hacía años que no se ponía esa prenda, demasiado bonita para malgastarla en las noches de soledad durmiendo junto a su marido.

Cada una en sus pensamientos.

«¿Por qué nunca me escribiste, Antonio? Entiendo que no quisieras hacerlo, pero esperé paciente cada día y cada noche durante años hasta que tu recuerdo se fue diluyendo en mis pensamientos. Yo te hubiera escrito, explicándote por qué no me subí a ese barco contigo. Explicándote mi miedo, justificando mi cobardía. Pero ¿dónde podía escribirte? ¿No volviste nunca a la isla? ¿Alguna Navidad? ¿Alguna Semana Santa? Sabías dónde vivía. ¿Por qué no volviste a buscarme? Quizás Néstor, cuando salió a decirte que no me subiría a ese velero contigo, te pidió que te olvidaras de mí. Que era una historia imposible. Quién sabe, quizás algún día pueda preguntártelo. ¿Cómo hubiera sido mi vida a tu lado? ¿Cómo hubiera sido mi vida si me hubiera subido al Lord Black? ¿Cómo hubiera sido la vida de un humilde marinero con una joven de la alta burguesía mallorquina?»

La vida de Anna hubiera sido otra muy distinta. Quizás mejor. Quizás peor. Pero indiscutiblemente otra. Se imaginó en ese velero con diecisiete años, feliz, junto a él..., hasta que el ronquido recurrente de Armando, el de cada noche, la devolvió a la realidad.

Marina se metió en la cama pensando en Etiopía. Repasó sus últimos días allí y se acordó de esa niña escuálida que había abandonado en el orfanato. Deseó que encontrara una familia adoptiva pronto que le diera el amor que todo niño se merece al nacer. Si no, su infancia se haría larga y amarga en ese triste hospicio en el que se hallaba. Pensó en cómo la infancia marcaba la vida en la edad adulta. ¿Cómo era entonces la vida adulta de un huérfano? Un niño sin infancia era un adulto sin vida. ¿Qué le esperaba a Naomi si no era adoptada? Sin amor, sin caricias, sin nadie que la acunara por las noches, siempre sin nadie. Le invadió la pena, pero intentó despejar ese pensamiento de su mente y dormirse entre esas cuatro paredes ajenas y a la vez propias.

Las dos hermanas se durmieron casi al mismo tiempo; sin embargo, antes de eso y como si por algún misterioso motivo sus pensamientos pudieran entrelazarse, pensaron la una en la otra y las dos recordaron las tardes de su niñez en la cocina de la abuela Nerea, rallando limones, sacando las semillas de las amapolas y con las palmas de las manos cubiertas, siempre, de harina...

A las cinco de la mañana golpearon la aldaba de la panadería. Niebla se puso en guardia. La noche anterior y poco antes de que Marina conciliara el sueño, la perra volvió a sus andadas y, echando de menos su antiguo dormitorio, subió. Marina la cogió por el collar de cuero que rodeaba su cuello e intentó, como la víspera, arrastrarla hacia las escaleras. Vieja y tozuda, la perra se aferró con sus canosas patas al suelo. Marina intentó de nuevo el truco del chocolate. Era vieja pero no tonta, y ni lo olisqueó. «Niebla, está Úrsula esperándote. Niebla, que aquí no te puedes quedar. Niebla, sal.» La perra, con una triste mirada humana, levantaba la cabeza buscando complicidad con la nueva propietaria de su casa. En definitiva, esa era más su casa que la casa de ese ser humano que intentaba echarla de allí. Diez años llevaba durmiendo allí. Traducido a humano: setenta.

—¡Úrsula..., no quiere bajar! —dijo Marina levantando y asomándose por la ventana.

—¿Y qué hacemos? —contestó Úrsula mirando hacia arriba—. Si querés me subo e intentamos bajarla entre las dos. Pero a mí muchas fuerzas no me quedan…

Marina miró a la perra, que ya se había tumbado bajo la ventana. Y volvió a mirar a Úrsula.

—Bueno, pues…, no sé…, que se quedé aquí esta noche… —resolvió Marina con cierta duda.

—No sabés la alegría que me das —dijo entrando rauda en su casa.

—¡Marina! —dijo antes de cerrar la puerta.

Marina, que se disponía a cerrar los postigos, abrió de nuevo.

—Yo sé que vos sos buena persona y que confiás en la raza humana, pero, por Dios, cerrá la puerta con llave.

Niebla cerró los párpados y se durmió.

Otro golpe seco en la aldaba. Niebla ladró. Marina abrió los ojos. Miró su reloj de pulsera. Sonrió para sí. Sabía quién era. Se lanzó a ponerse los tejanos y corrió escaleras abajo.

—Buenos días, Catalina —dijo Marina abriendo la puerta.

Catalina acarició a la perra, que volvía a saltar sobre ella.

—*Bon dia.* —La mujer carraspeó levemente—. *Mira, guapa…, he tornat perquè… és un desastre, tothom ha de comprar es pa en es súper que és una espardenya.**

—Qué bien que haya venido, Catalina. Es su casa, por favor, pase.

—*Millor diguem Cati i, mira, ja te saps el nom de mitja Mallorca. Aquí, la meitat de dones són Catalines i la meitat d'homes Tomeus. Treballadors sí, però originals no ho som gaire el mallor-*

* Buenos días. […] Mira, guapa…, he vuelto porque… es un desastre. Todos han de comprar pan en el súper, y es una espardeña.

*quins*[*] —dijo limpiándose las gafas empañadas de vaho con la falda ancha y negra que le cubría las rodillas—. *Perquè me vas dir que el mallorquí l'entens, no?*[**]

—Lo entiendo, sí... Hace mucho que no estoy en la isla. Quizás algunas palabras no las comprenda, pero ya le pediré que me las traduzca. No se preocupe. Usted hábleme tranquila en mallorquín.

—Ya me va bien a mí practicar el castellano..., ya mezclaremos lenguas.

Catalina entró en el obrador parsimoniosa como venía haciéndolo toda la vida. Llevaba un capazo de mimbre del que sacó masa madre que guardaba en su casa. Miró los sacos de harina de *xeixa* desperdigados por el suelo. Suficiente para abastecer a todo el pueblo durante el invierno. Se dispuso a coger un delantal que se encontraba colgado junto a los sacos. Miró a la nueva propietaria de la panadería interrogándola con la mirada. Debía pedir permiso, toda aquello ya no era de María Dolores.

—Por favor, Cati, haga lo que tenga que hacer.

Catalina se lavó las manos. Ordenó a Niebla que no entrara en el obrador y se puso el delantal.

—*Trob molt raro ser aquí sense na Lola*[***] —dijo para sí.

—¿Lola la llamabais?

—*A na María Dolores no li agradava gens el seu nom. Ni Dolores. Ni Dolo... Deia que era com María Agonía o María Suplicio... Sí, a Valldemossa, des de joveneta, tothom li deia Lola.*[****]

[*] Llámame Cati y, mira, ya te sabes el nombre de media Mallorca. Aquí la mitad de las mujeres Catalinas y la mitad de los hombres Tomeus. Trabajadores sí, pero originales no lo somos mucho los mallorquines.

[**] Porque dijiste que el mallorquín lo entiendes, ¿no?

[***] Encuentro muy raro estar aquí sin Lola.

[****] A María Dolores no le gustaba su nombre. Ni Dolores. Ni Dolo... Decía que era como María Agonía o María Suplicio... Sí, aquí en Valldemossa, desde jovencita, todos la llamábamos Lola.

Catalina cogió el delantal de su amiga Lola. Lo miró un segundo con nostalgia.

—Ya he corrido la voz para buscar un aprendiz de panadero. Hoy solo coceré cien panes.

—Puedo ayudarte yo mientras buscas a alguien —intervino Marina.

Catalina miró a Marina extrañada.

—¿A amasar pan?

—Sí. Aprendí a hacer pan de pequeña con mi abuela. Más bien jugábamos, pero quizás recuerde algo.

Catalina aguardó un segundo mirando a la nueva propietaria.

—*Doncs bueno.* —Miró dudosa a su interlocutora—. Bueno, vale. Sí —dijo cogiendo el delantal de Lola y acercándoselo.

Marina se pasó el delantal de Lola por el cuello y se lo ató a la espalda. Catalina se puso una cofia que sacó de su capazo y Marina se recogió el pelo en una trenza.

—*Ja* lo sabes entonces: *farina de xeixa,* agua, *masa mare, ni sal ni sucre...* y reposo toda la noche hasta que doble su tamaño. Para el pan de hoy, levadura seca y dejamos fermentar hora y media.

Catalina abrió el horno. Era profundo, abovedado, de unos tres metros de longitud y menos de un metro de altura.

—Me podrías traer *ses feixines,* por favor —le pidió Catalina.

Marina arqueó las cejas. Observó el obrador buscando algo que materializara ese vocablo mallorquín desconocido.

—*Ses feixines...*, mujer, eso se dice igual en español, ¿no? —dijo señalando los fardos de encinas y las ramas de pino y almendro enrolladas con cuerdas en el suelo.

Marina cogió los fardos del suelo sin explicarle a esa simpática señora que esa palabra en español no existía, y se las tendió.

Catalina introdujo en el horno abovedado primero las ramitas de almendro y pino y luego los troncos de encina.

Sacó una cajetilla de cerillas del capazo. Encendió una cerilla y la lanzó dentro. Las ramas de almendro prendieron enseguida, la encina tardó unos segundos más. La llama subió lentamente hasta rebotar en lo alto de la bóveda. Marina observó a la panadera en silencio. Había algo mágico ahí dentro, en ese horno de leña antiguo y profundo. Algo mágico para Marina, claro, que lo observaba por primera vez, pero solo cotidianeidad para quien lleva viendo ese horno centenario toda su vida.

Catalina cerró herméticamente la puerta.

Catalina abrió un saco de harina y, mientas enharinaba la mesa de madera, le explicó cómo habían trabajado juntas ella y María Dolores durante casi cincuenta años. Se cocían trescientas barras de pan moreno en verano y seiscientas en invierno. Los fines de semana, la tradicional coca dulce de patata y la salada de Trempó… La panadera siguió hablando de los proveedores que venían dos veces al año, y, mientras la escuchaba, Marina recordó que Gabriel le hizo comentarios sobre un bizcocho de limón con amapolas, lo recordaba por los exagerados elogios que utilizó para describir el sabor de ese dulce… Sin embargo, Catalina no mencionó nada de dicho bizcocho.

En una amasadora antigua de brazos lentos fueron vertiendo harina, agua, masa prefermentada y levadura.

—En las panaderías de Palma venden unas amasadoras que en cinco minutos te sacan la masa. Todo se hace con mucha prisa ahora, y no, no es lo mismo. No tiene el sabor que ha de tener…, *poc a poc tot surt molt més bé.**

—¿Has avisado al pueblo de que se ha vuelto a abrir la panadería? —preguntó Marina.

* Poco a poco todo sale mucho mejor.

—Claro, mujer, a ver si te vas tú a creer que me he venido yo para aquí con las gafas empañadas y helada de frío a las cinco de la mañana sin saber que iba a vender todo el pan. Ayer me fui al bar *den* Tomeu... ¿Conoces el bar del Tomeu?

—¿El de la carretera?

—Ese mismo, sí. Si quieres saber cualquier cosa, ahí. Que se ha *separao* mengano, allí te lo cuentan. Que se ha *arruinao* fulano, ahí. Que zutano ha *estirat sa pota*..., también ahí... En Valldemossa, intimidad, poca: *poble petit, infern gran*... Ayer en *s'horabaixa* fui a tomar un café y hablé con Josefa, su mujer, ya lo sabrán todos. No te preocupes, que no quedará ni un pan. La gente de pueblo se aburre mucho y *xerra massa*. Las habladurías, que dicen los españoles... De ti se dice de todo.

—¿Ah, sí? ¿Y qué se dice?

—Uffff. Se dice que eres hija de un fabricante salchichero alemán multimillonario y que te ha comprado el molino para que te entretengas. No acaban de entender cómo hablas español tan bien, claro..., *pardals asoleiats** —dijo para sí en mallorquín—. Yo he dicho que no sabía nada. Vendrá todo el pueblo a comprar, ya lo verás, primero porque el pan blanco del súper es incomestible y segundo porque les mata la curiosidad y quieren saber quién eres.

Sacaron la masa. Catalina cogió una rasqueta y cortó un trozo pequeño. La panadera le enseñó a heñir con los puños, primero replegando la masa sobre sí misma, levantándola de la mesa unos centímetros y dejando que cayera. Ese movimiento debía repetirse varias veces. Seguía el amasado a mano durante unos minutos y luego debía redondearse

* Gorrión acalorado por el sol: leve insulto mallorquín que hace referencia a los hombres atontados.

hasta hacer de la masa una bola perfecta. Catalina cortó cien pedazos mientras Marina heñía con sus manos torpes. Las manos regordetas de Catalina eran ágiles y rápidas.

Dejaron reposar la masa tras haberla cubierto con trapos de algodón.

Abrieron el horno, la temperatura oscilaba entre los doscientos cincuenta y los doscientos setenta grados. El pino, el almendro y la encina se habían convertido en ceniza y en brasas de colores rojo, amarillo y naranja.

Catalina metió una pala metálica con un mango alargado y extrajo la ceniza y las brasas. Cogió otra pala igual de larga pero hecha en madera y la enharinó. Marina colocó el pan en las palas como le indicó la panadera. La primera tanda. La segunda. La tercera. La cuarta. La quinta...

Una hora más tarde, al abrir el horno de leña, salió como una bocanada el olor a pan cocido recién hecho, y ese olor acarició despacio el alma de nuestra protagonista. Cerró los ojos e inspiró lentamente el olor llenito de nostalgia. El olor de su infancia. El olor a su hogar.

El alcalde, la peluquera, el párroco, el cartero, el guardia urbano, Tomeu, Gabriel, Úrsula, el del quiosco, el conductor del autobús, varios funcionarios innecesarios del Ayuntamiento y los lugareños del pequeño pueblo de Valldemossa desfilaron por la panadería en busca del *pa moreno* de su dieta diaria. Miraban curiosos a la nueva panadera y le mostraban su agradecimiento quejándose de las barras de pan industrial que llevaban consumiendo desde que Lola falleció. Todos y cada uno de ellos pidieron, además, su dosis diaria de placer matutino, el pan de limón con semillas de amapola. Catalina se justificó así:

—*El pa de llimona i rosella era cosa de na Lola, no era cosa meva**—les decía a todos.

A Marina, obviamente, no le pasó desapercibido ese detalle. No era el momento de preguntarle, ya habría tiempo.

Cada uno de ellos, tras comprar el pan y antes de irse, dejó palabras amables para la difunta panadera. La echaban de menos. Era una mujer alegre, decían. Siempre con una sonrisa para sus clientes.

Acabó la jornada. Marina y Catalina se sentaron en unas sillas de mimbre.

—El oficio del panadero es duro —le confesó Catalina sosteniendo la caja metálica en la que habían guardado el dinero—. Muchas gracias.

—*Gràcias a vosté* —le contestó Marina en mallorquín.

—Dime de tú, por favor.

Marina sonrió mientras Catalina sacaba la mitad de los billetes de la caja.

—Esto es para ti —le dijo tendiéndoselos.

—No, Cati. Yo no quiero nada.

—El dinero es tuyo y no hay más que hablar. Aquí en Mallorca somos gente honrada. *Has fet bona feina... Els doblers són teus.***

Marina se negó a cogerlo, pero Catalina le dejó los euros que le correspondían en su regazo.

—Bueno, pues gracias... No sé el tiempo que me voy a quedar aquí, Cati. Unas semanas más. Un mes. Hasta que sepa por qué María Dolores, Lola —rectificó—, una mujer que no conozco de nada, me ha dejado este lugar tan... —miró a su alrededor buscando las palabras precisas—, tan mágico, tan bonito. Si no tenía a ningún familiar a quien donárselo, te lo podía haber dejado a ti. Eras su amiga.

* El pan de limón con semillas de amapola era cosa de Lola, no era cosa mía.

** Has hecho un buen trabajo. El dinero es tuyo.

Cati bajó la mirada un segundo.

—*Jo no sé res.* Yo no sé nada —dijo otra vez demasiado deprisa y esquivando la mirada de Marina.

—Tengo que ver cómo arreglo todo con mi hermana, que quiere venderla rápido.

—Es lo único que he aprendido a hacer en mi vida, pan. *Només ser fer pa* —intervino Catalina con tristeza—. No me veo sentada en casa mirando la tele y esperando la visita *dels pardals dels meus germans.* Ni a mis hermanos, ni a mis cuñadas, ni a sus hijos. *A més, a qui vénen a veure és a mumare.** Vienen a ver a mi madre. Claro, la que lleva diez años cuidándola soy yo... Porque yo hubiera podido casarme, irme del pueblo, pero con ocho hermanos varones ¿quién iba a cuidar a mi anciana madre?

Catalina contempló su querida panadería y a la perra de Lola, que, espatarrada en la callejuela, parecía escucharlas.

—Yo tengo ahorros, pero no los suficientes para comprar todo esto —siguió diciendo Catalina—. Podría buscar trabajo en otro pueblo o en Palma. Pero ahora se congela la masa, están las máquinas modernas, ya no se necesitan tantas manos y además nadie querrá contratar a una sesentona gorda y miope como yo. *Ningú.*

—No digas eso, Cati.

—Lola y yo hemos sido las solteronas del pueblo, sabes. Ya se reían de nosotras, ya. *Se quedaran per vestir sants,*** decían todos... Qué coño a vestir santos. Yo con ocho hermanos ya tuve suficiente. Nunca quise hijos. Y lo digo de verdad, aunque sé que nadie me cree..., pobrecitas las dos solteras... Cuando los padres de Lola murieron, Lola pensó en cerrar,

* Solo sé hacer pan [...] Los pájaros de mis hermanos. [...] Además, a quien vienen a ver es a mi madre.

** Se quedarán para vestir santos.

pero decidimos intentarlo las dos. Piensa que era principios de los ochenta y, en aquella época, las mujeres en casa con los niños, sabes, eso de que dos mujeres se pusieran a ganar dinero estaba muy mal visto…

Marina percibía el orgullo de Catalina en cada palabra. El orgullo de haber levantado ese pequeño negocio femenino con su amiga, a la vez que sentía su pena por, seguramente, tener que abandonar su profesión.

—Nos hicimos famosas en el mundo entero con esta panadería…

Marina sonrió.

—*No te'n riguis.* No te rías, que no exagero. Salimos en todas las guías turísticas y además nos sacaron en una revista japonesa…, con fotos y todo.

—¿De verdad?

—Sí, de verdad. Vino una periodista que no hablaba nada, ni mallorquín, ni español, ni nada, solo japonés…, todo el día haciendo fotos y *arigato, arigato,* haciendo reverencias.

Catalina dejó de hablar y volvió su mirada hacia el obrador. Marina, enseguida, percibió la nostalgia de esos tiempos pasados junto con su amiga.

—Quizás haya una manera de que puedas seguir trabajando aquí a pesar de que la casa se venda. No te lo puedo asegurar, Cati…, pero lo intentaré.

Catalina suspiró levantándose de la silla.

—Tengo que hacerle la comida a mi madre. Ya le he avisado de que hoy llegaría tarde, pero no sabes cómo se pone si no come. *Moltes gràcies, bonica. I perdona per ahir… Sempre he tingut una mica de mala lluna…*[*] Nos vemos mañana entonces.

[*] Muchas gracias, bonita. Y perdona por ayer… Siempre he tenido un poco de mal genio.

Catalina caminó hacia la puerta. Marina la siguió con la mirada.

—Cati.

Catalina se volvió.

—La receta del pan de limón con semillas de amapola me la enseñó mi abuela. Sé hacerla... Si quieres puedo intentarlo.

Catalina, sin contestar, salió de la panadería.

Con cuidado, quitó las chinchetas del folio que contenía la receta del pan de limón con semillas de amapola de la pared del obrador. La dobló y se la metió en el bolsillo del tejano. Cogió unas llaves que había colgadas en la entrada. Salió de la panadería y entró en el molino. Allí todavía no había buscado. Estuvo una hora dentro despejando aparatos de molienda polvorientos. Sacos vacíos. Sillas de madera y trastos rotos. No encontró nada. Ahora bien, apoyada en la pared circular del molino y observando el desorden y la dejadez del lugar, tuvo claro que o Lola fue una mujer muy caótica o alguien había estado revolviendo entre sus cosas.

Según el artículo 1.059 del Código Civil Español la partición judicial de la herencia dispone que, cuando los herederos mayores de edad no se entienden sobre el modo de hacer la partición, quedará a salvo su derecho para que lo ejerciten en la forma prevenida en la Ley de Enjuiciamiento Civil según lo establecido en el artículo 782.

SECCIÓN I

*Del procedimiento para la división de la herencia.*

**Artículo 782.** *Solicitud de división judicial de la herencia*

1. Cualquier coheredero o legatario de parte alícuota podrá reclamar judicialmente la división de la herencia, siempre que ésta no deba efectuarla un comisario o contador-partidor designado por el testador, por acuerdo entre los coherederos o por resolución judicial.

2. A la solicitud deberá acompañarse el certificado de defunción de la persona de cuya sucesión se trate y el documento que acredite la condición de heredero o legatario del solicitante.

3. Los acreedores no podrán instar la división, sin perjuicio de las acciones que les correspondan contra la herencia, la comunidad hereditaria o los coherederos, que se ejercitarán en el juicio declarativo que corresponda, sin suspender ni entorpecer las actuaciones de división de la herencia.

4. No obstante, los acreedores reconocidos como tales en el testamento o por los coherederos y los que tengan su derecho documentado en un título ejecutivo podrán oponerse a que se lleve a efecto la partición de la herencia hasta que se les pague o afiance el importe de sus créditos. Esta petición podrá deducirse en cualquier momento, antes de que se produzca la entrega de los bienes adjudicados a cada heredero.

5. Los acreedores de uno o más de los coherederos podrán intervenir a su costa en la partición para evitar que ésta se haga en fraude o perjuicio de sus derechos.

—Ya te dije que la panameña tenía unas buenas tetas pero no era trigo limpio —dijo Curro a Armando en el exterior del restaurante donde ellos dos y sus mujeres habían ido a comer una paella con bogavante.

Armando aspiró con ansia el Marlboro rojo que sujetaba entre sus labios mientras se subía la solapa del abrigo. Parecía que el maldito invierno no quisiera acabar nunca. Soltó una bocanada de humo recordando con odio a su amante latina, que le engatusó sacándole lo que pudo.

—Me estoy tirando piedras sobre mi propio tejado. J&C Baker factura millones gracias a casos como el que me propones —siguió el notario—. Pero perderemos el juicio. Mi consejo es que es mejor llegar a un acuerdo, a un mal pacto con tu cuñada, que meternos a batallar con abogados y que la herencia acabe entrando en subasta pública, y ya sabes lo que pasa con eso. Será vendida por cuatro duros y perderéis vosotros y ella. Ofrécele el millón entero. Dos millones para ella y uno para vosotros. A eso no dirá que no.

—No la conoces. La hija de puta es terca como una mula —dijo aspirando el Marlboro.

Curro atisbó, a través del cristal del restaurante, a Cuca, que, excesivamente seductora, entregaba la tarjeta de crédito a un apuesto y joven camarero. Intuía los escarceos de su mujer y, desconectando de Armando, le echó una mirada asesina. Cuca, sintiéndose observada y conocedora de los celos de su marido, le miró y le guiñó un ojo a sabiendas de que esa noche se la follaría sin contemplaciones en su dormitorio del chalé, en el que convivían desde hacía veinte años.

—Invito yo a la paella —insistió Curro haciendo ademán de querer entrar en el restaurante.

—Ni hablar —dijo contundente y orgulloso—. No estoy tan mal como parece —mintió.

Dentro del restaurante, Anna y Cuca charlaban de lo suyo.

—Tu hermana la ha liado parda, ¿eh? Me acuerdo de que era la rarita de la clase. En segundo de BUP se fue, ¿no?

Anna asintió.

—Siempre callada —siguió Cuca—. Pasaba desapercibida..., pero siempre fue respetada. Era un *crack* en matemáticas y nos dejaba copiarle los exámenes. Era una tía generosa.

—Espero que la hagamos entrar en razón... En cuanto pueda te pago lo que te debo —contestó Anna.

—Olvídalo.

—No, Cuca, yo te lo pago cuando pueda.

—Te ha quedado muy bien —dijo Cuca mirando su pequeño Rolex de pulsera.

—Llego tarde a yoga —se excusó incorporándose apresuradamente.

—Sí. Yo también llego tarde al mecánico.

El taller mecánico abría a las cuatro y media. Anna llegó quince minutos antes. Entró en un bar cutre e, intentando no ser vista por el camarero, se escabulló al lavabo. Se plantó frente al espejo y sacó su neceser del bolso. Miró su reflejo. «¿Qué haces, Anna? ¿A qué juegas?» Anna suspiró y se contestó a sí misma, sin estar del todo segura. «No hago nada, estoy arreglándome para ver a un amigo.»

Sacó la muestra de un sérum instantáneo japonés que, según le dijo la dependienta de la perfumería que intentaba venderle la moto, contenía un activo revolucionario concebido para estimular los liftantes naturales de la piel. Abrió el sobrecito de sérum y se echó unas gotas en la mano. Se lo esparció por los pómulos y guardó el resto dentro del neceser. Sacó el lápiz de ojos negro que se había comprado esa misma mañana y, con extremo cuidado, se pintó los ojos. Con un pincel difuminó el color del párpado superior. Pegote de rímel y brillo en los labios.

Salió del bar tras oír eso de «el lavabo, señora, es solo para clientes». No había mucha gente, así que no pasó demasiada vergüenza. Ahora bien, detestaba que la llamaran señora o, peor aún, de usted. Anna tenía cuarenta y siete años, pero no sentía que los tuviera. A veces se paraba a pensarlo: «¿Cuarenta y siete? Me faltan tres para los cincuenta». Le parecía imposible. Imposible. Pero no había día en que algún veinteañero le recordara con un «perdone usted» ese casi medio siglo que llevaba a sus espaldas.

Se sacó la melena del abrigo. Y entonces, a escasos metros de la entrada del taller, sucedió. Sucedió algo que Anna no esperaba. Por primera vez en mucho tiempo, notó, de nuevo, el alma dormida recorrerle el cuerpo y saludarla unas décimas de segundo. Se asustó. Dejó de caminar, respiró hondo y espiró poco a poco. Siguió caminando y, como una actriz de teatro a punto de entrar a escena, irrumpió Anna en el taller mecánico. Antonio se acercó a ella. Se había afeitado y llevaba una camiseta blanca de manga corta impecable (minutos antes se la había cambiado en el lavabo).

—Como nuevo —le dijo dándole las llaves del BMW.

—¿Cuánto os debo?

—Dame cien por la batería. El aceite, el agua y la mano de obra es regalo de la casa.

A Anna esa rebaja le venía muy bien, ya que esa reparación suponía quedarse sin blanca el resto del mes, pero evidentemente no pensaba tolerarlo.

—No, Antonio. Ni hablar. Dime cuánto es.

—Cien y ya está… De verdad.

Anna insistió pero Antonio no pensaba cobrarle.

—Bueno, pues, no sé… Muchas gracias. Te debo una —dijo Anna.

Le dio los cien euros, caminó hasta el coche y abrió la puerta. Antonio la observaba. Ella volvió a darle las gracias y se metió en el BMW. Puso las llaves en el contacto y encendió el motor. Lo que menos deseaba en ese momento era pisar el acelerador y salir de ese grasiento taller con olor a gasolina. «Anna, sal del coche y haz lo que te sale del corazón, sin miedo, por una vez en tu vida», se dijo a sí misma. Respiró. Se incorporó de nuevo y salió del coche. Miró a Antonio, que no se había movido del sitio.

—Si tienes tiempo y... —dudó un segundo y alzó los hombros—, y... te apetece, puedo, si tú quieres, invitarte a cenar.

De: **marinavega@gmail.com**

Fecha: **Febrero 5, 2010**
Para: **mathiaschneider@gmail.com**

Perdón, *Es tut mir leid*..., no te llamé a Barcelona. Me dijeron que embarcabais todo el equipo junto y que habías estado esperando mi llamada en la sede todo el día. Me alegro de que hayáis llegado a Haití. Dale un beso a Sigfried.
No te lo vas a creer, ni yo misma sé qué estoy haciendo aquí. Estoy siguiendo mi intuición. Esta mañana he estado amasando pan con la panadera que trabajaba con María Dolores (Lola). Ella sabe más de lo que me cuenta. Pero no sé por qué motivo no quiere decirme nada. Necesito saber quién es esta mujer y por qué me ha dejado todo lo que tenía en su vida.
Por cierto, María Dolores tenía un perro que me sigue allá donde voy. Ha dormido conmigo esta noche. Cuando veo a ese perro canoso seguirme me entra risa. Se llama Niebla. Ahora me está esperando fuera del hotel, desde donde te escribo.
¿Sabes, Mathias...? Por primera vez en mucho tiempo, me siento bien aquí en Mallorca. Es una Mallorca que conocía poco... Ya, ya sé que parece imposible haber vivido catorce años en esta isla y que haya rincones que no conozca..., pero los hay... Este pueblito entre montañas tan apacible y tan tranquilo... era desconocido para mí... La casa está destartalada y no tiene excesivo encanto, pero duermo muy bien..., no hay ruido. Solo el viento, la tramontana, que es el viento que sopla aquí. Me relaja escucharlo... Me encantaría que estuvieras aquí y lo vieras. Quiero que vengamos juntos a la isla algún día.
Tengo que llamar de nuevo a la sede para decirles que no vuelvo a Etiopía. Eso me rompe el alma, Mathias..., de verdad. Ayer por la noche me acordé de Naomi y de las dos noches que pasamos en vela junto a ella. Espero que esa niña que los dos trajimos al mundo encuentre pronto un hogar.
Te quiero. *I love you. Ich liebe dich. T'estim* (significa te quiero en mallorquín; he pensado en añadir una columna nueva a la Moleskine).

*Deine* Marina

| Español | Alemán | Mallorquín |
|---|---|---|
| Médico | Arzt | Metge |
| Agua | Wasser | Aigua |
| Te quiero | Ich liebe dich | Testim |
| Hermana | Schwester | Germana |
| Madre | Mutter | Mare |
| Padre | Vatter | Pare |
| Amiga | Freundin | Amiga |
| Molino | Mühle | Molí |
| Pan | Brot | Pa |
| Isla | Insel | Illa |
| Mi vida | Mein leben | Ma vida |
| Panadería | Bäckerei | Forn de pa |
| Te echo de menos | Ich vermisse dich | T'anyor |
| Dolores (Lola) | Schmerzen | Dolors |

El Registro de la Propiedad de Mallorca estaba situado en el casco antiguo de Palma. Úrsula viajaba una vez a la semana a la ciudad, donde se reunía con un grupo de jubilados alemanes en una librería café de la plaza Santa Magdalena y que regentaba un alemán de Múnich también jubilado. Juntas, Marina y Úrsula, cogieron el autobús hasta la plaza España, desde allí caminaron por las callejuelas del casco antiguo hasta llegar a la librería café. Para sorpresa de Marina, en el escaparate había un póster de dos metros con la foto de Úrsula, mucho más joven y con los brazos apoyados en un libro que rezaba: *Letzte Tage mit dir,*[*] y abajo «1.000.000 exemplare erraicht».[**]

[*] Últimos días contigo.
[**] 1.000.000 de ejemplares vendidos.

—Mirá que le tengo dicho al pelotudo que saque la foto de la vidriera..., pero no me da bola. Yo creo que se cree que me gusta, la concha de su madre, hace quince años que se publicó esta novela —dijo para sí.

—Eres escritora —se sorprendió Marina.

—Era escritora, querida..., en pasado. Ahora ya no lo soy. Llevo casi quince años sin escribir una línea. Mi época de escritora murió. Pero estos no se cansan de recordármelo —añadió con una sonrisa amarga—. Andá, que a los funcionarios del Ayuntamiento se les cae el lapicero a las cinco. La primera a la derecha y todo recto hacia abajo. Nos vemos después —dijo entrando por la puerta y echándole una bronca en alemán a un compatriota de su misma edad que salía a recibirla con los brazos abiertos.

Marina se alejó pensando en esa descarada y también entrañable abuela que tenía por vecina. ¿Cómo debía haber sido su vida? Le había contado brevemente en el autobús que fue profesora de universidad, muchos años, pero ni palabra de su faceta de escritora. Pensó en el título de la novela, *Letzen Tagen mit dir*... No estaba muy segura..., debería mirar en el diccionario. ¿*Mit dir*, «contigo»? ¿*Tag*, «día»?

Entró en el edificio del registro. Un *segurata* corpulento con cara de *atontao*, uniformado en tonos marrones y un ridículo chaleco anaranjado le pidió el DNI y le preguntó por el motivo de su visita. Una vez comprobado que la mujer de la foto era la persona que tenía delante, la hizo pasar por un detector de metales y subir a la segunda planta. Subió.

Allí aguardaba una funcionaria anodina tecleando en su ordenador. La sala estaba vacía. Se acercó a la funcionaria.

—Coja tique, por favor —le dijo la funcionaria sin mirarla y sin dejar de teclear.

Marina miró la sala desierta: no tenía sentido, pero obedeció. Dio media vuelta y caminó hacia una máquina moderna en la entrada de la sala. Pulsó el botón. Y la máquina vomitó un tique con el número 1. Se sentó a escasos metros de la funcionaria, que seguía sumergida en las profundidades de su ordenador (cambiando su perfil por tercera vez en www.solterosdemasdecuarenta.com). La funcionaria apretó un botón y sonó un pitido agudo en toda la sala, a la vez que sobre su cabeza se encendía un rótulo en rojo con el número 1. Marina se acercó a ella.

—Dígame en qué la puedo ayudar.

Marina le explicó su caso y seguidamente le entregó los documentos que certificaban que el inmueble sobre el que solicitaba información le pertenecía. Sin dar muchas explicaciones, la funcionaria le pidió que rellenara una instancia en la que por escrito se detallaba la petición formal de la información solicitada. Marina la rellenó y se la entregó.

—En un mes recibirá por correo ordinario el historial completo de la finca.

—¿En un mes?

—Mes, mes y medio. Buenas tardes —dijo volviendo su mirada al ordenador.

Marina se despidió amablemente y volvió por donde había entrado. El *segurata atontao* seguía allí, sentado en una silla, sorbiendo café. Levantó la vista en señal de despedida. Aquel era sin duda un lugar gris con trabajadores del mismo color.

Úrsula la esperaba a las ocho en la marquesina de la plaza España. Le quedaban un par de horas y caminó tranquilamente por el casco antiguo de Palma, buscando la catedral del Mar. Llegó hasta ella y miró al cielo como hacía todas las navidades que había ido a cantar villancicos con sus compañeros del San Cayetano. Desde los seis años hasta los catorce, cada 20 de diciembre, había participado en la fiesta de Navidad del colegio. Entró en la catedral. Siempre le pareció un lugar sobrecogedor... Caminó despacio por la alfombra roja que llevaba hasta el altar, recordando la fila silenciosa que formaban las colegialas del San Cayetano. Se vio saludando a su padre, excitada y nerviosa, con seis añitos, en su primera actuación con la coral del colegio. Fuera donde fuera en esa isla, siempre aparecían esos recuerdos agridulces del pasado.

Llegó hasta la capilla y vio algo que no esperaba y que ya, en el primer segundo, le pareció extrañamente bello. Ese rincón no formaba parte de la catedral en su niñez. Sus ojos no lo recordaban. Durante un segundo pensó que esa obra de arte era fruto de su imaginación, pero no lo era... Le pareció que una ola inmensa de arcilla cubría las paredes. Una ola de tierra en la que encontró las profundidades del mar Mediterráneo de su infancia, el árido desierto africano de su madurez, el trigo hecho harina de esos últimos días. *Mar, desierto y pan.* Era extraña la sensación que le provocó esa escultura en apenas unos segundos. Quiso sentarse para admirarla tranquila. Resultaba extrañamente bello y pensó que era como si su vida se hubiera materializado en ese rincón onírico de la catedral de Palma. No sabía nada de arte, ni de escultura, ni de pintura. Seguramente los críticos habían calificado aquella obra con palabras magnánimas y elocuentes, elogiándola, pero Marina solo supo decirse a sí misma: «Qué lugar más bonito», para enseguida preguntarse por las manos que lo habían esculpido.

No creía en Dios ni en la Iglesia; sin embargo, el escultor mallorquín Miquel Barceló la arropó con ternura en esa manta de arcilla que habían creado sus manos en aquel lugar de culto. Mecida por las manos del escultor, repasó las grietas de arcilla que trepaban hasta el cielo de la catedral. Unas grietas que inevitablemente le recordaron a las grietas de las tierras de Afar, donde ella, entre las suyas, meció por primera vez a Naomi.

Una vieja máquina de escribir Underwood y un gramófono yacían arrinconados sobre una mesa de madera de roble en una esquina del salón. Todo el ancho estaba cubierto por estanterías de madera de cedro donde se apoyaban cientos de libros desordenados y antiguos vinilos. El parqué tenía vetas color miel y estaba cubierto parcialmente por una enorme alfombra persa de tonos azules. Úrsula había abierto una claraboya y ensanchado las ventanas. Tenía una casa bohemia, desordenada y preciosa, que nada tenía que ver con la oscura vivienda de su difunta vecina María Dolores Molí. Marina cogió de la estantería una edición de *Letzen Tagen mit dir.*

—Últimos días contigo —tradujo Marina.

—Tu pareja es un buen profesor —contestó Úrsula.

—¿Se tradujo al español?

—No.

—No creo que pueda leerla.

—No te pierdes gran cosa. Es una carta a mi difunto marido. Trata de una pareja que se pasa cincuenta años junta peleándose. No sé por qué creó tanto entusiasmo en Alemania, la verdad.

—¿Estás escribiendo algo ahora?

—No. Soy vieja. Y escribir cansa. Además, no tengo ni ganas ni ideas. Y nada me inspira... Mis neuronas están muertas, jovencita —lo dijo como si tuviera preparada la respuesta. Segura de sí misma. Sin vacilar.

—No acabo de creerme tus palabras, Úrsula —repuso Marina esbozando una sonrisa.

—Pues creételas... Además, la máquina de escribir vieja esa que mirabas... está rota desde hace —hizo cuentas mentalmente— tres años y no tengo intención de arreglarla... Va, vamos a preparar la cena.

Marina se dio cuenta, enseguida, de que Úrsula no tenía interés en hablar de su producción literaria y volvió a dejar el libro entre los cientos de la estantería. Mientras colocaba los quesos que había comprado a un quesero de Palma en una tabla de madera, le habló de los dos amores de su vida, sus nietos, que vivían en Alemania y que pasaban todos los veranos con ella en Valldemossa. Sobre todo la mayor, que ya había cumplido quince años. Se llamaba Pippa, diminutivo de Phillipa, y era una preciosa amazona pelirroja, según la describió, tan revoltosa que sus padres se alegraban de poderla dejar tres meses enteros en la isla. A finales de junio estaría por allí. Según le contó, su nieto era más tranquilote y había heredado su pasión por la lectura, motivo por el que casi ni se enteraba de su presencia. (Lo dijo con sumo cariño y orgullo y sobre todo para enfatizar la diferencia con la traviesa pelirroja, de la que también hablaba con auténtica devoción.)

Abrió una botella de vino blanco que había dejado en el congelador y sacó dos copas de un armario. Marina cortó rebanadas del *pa moreno* que habían cocido esa mañana.

—¿Cómo era Lola?

—Si tuviera que definirla en una palabra, diría que era una mujer risueña. Sin maldad. Muy trabajadora.

—¿Y físicamente?

—Era... una tipa fuerte..., bajita pero grandota. Pelo negro, siempre recogido en un moño. Tenía unos ojos negros muy intensos... Qué injusto morir con sesenta y tres años, ¿no? —dijo para sí—. Más que amigas, nos hacíamos compañía en las mañanas.

—Es tan raro que no haya encontrado una sola foto de ella en la casa. Ni un papel con su nombre. Ni... nada... Es como si en esa casa no hubiera vivido nadie.

—Vivió sola toda su vida con el chucho este viejo que me llena de pelos la casa —dijo señalando a Niebla, que roncaba tumbado en la alfombra—. ¿Sabés qué estoy pensando? —continuó Úrsula—. Mañana me vengo a la panadería un rato. A ver si juntas le sacamos algo a la Cati. Cerrados como culo de botella...

Se sentaron en el inmenso sofá color tierra frente al ventanal y la noche que las acompañaba ya desde hacía horas. Cenaron tranquilamente y charlaron sobre sus vidas. Úrsula quiso recordar la primera noche que paseó por el pueblo de Valldemossa de la mano de su marido. Era una noche del verano de 1976. Se perdieron por una callejuela sin luz tras la Cartuja de Valldemossa. Mientras se besaban, sonó una melodía preciosa que su marido reconoció enseguida: era una pieza del compositor polaco Fryderyk Chopin, y ese segundo mágico en el que la música les acompañó besándose les hizo creer a ambos que el destino les había hecho una señal. Valldemossa era el lugar donde Úrsula y su marido envejecerían juntos. Con una sonrisa triste, Úrsula habló de los desengaños del destino, porque, cuando por fin ambos se jubilaron y habían decidido instalarse en Valldemossa para siempre, Günter, que así se llamaba su difunto esposo, falleció. Así que allí se encontraba Úrsula, sola, esperando la muerte, en el lugar donde juntos habían decidido retirarse.

Úrsula tenía una manera curiosa de zanjar las conversaciones y esa vez se levantó y se dirigió a la estantería. Parecía imposible encontrar algo en esa caótica y excesiva librería.

—Tengo que ordenar estas estanterías. Hay cientos de partituras de mi marido.

Lo encontró. Sacó el libro que buscaba. La cubierta rezaba: *Un invierno en Mallorca.* Se lo acercó a Marina.

—El libro no vale mucho. Pero te lo doy como algo curioso. Lo escribió la amante de Chopin cuando estuvieron aquí en 1838... Era una tarada, la tipa, seguro. Amandine Dupin se llamaba, pero firmaba como George Sand. El libro pone a parir a los mallorquines. A parir... Léelo. No darás crédito.

Marina observó la pintura de la portada con el duro retrato de la escritora.

—Pero ¿sabés lo más curioso? —siguió diciendo Úrsula—. Solo se publica aquí en Mallorca. Son los únicos que lo siguen publicando cada año. En inglés, español y alemán, y los pone de vuelta y media...

Dio un trago al vino.

—Contame vos de tu vida, Marina. Que la vieja chota empieza a hablar y no para...

A Marina esa vieja intelectual, cuyas arrugas le parecían cada vez más bellas y sus ojos más claros, le gustaba más a cada momento que pasaba. Úrsula tenía la sonrisa satisfecha de una mujer que ha pasado bien por la vida, haciendo las cosas como tocaban, leal consigo misma y con los demás.

Marina dio algunas pinceladas, sin explicar mucho, como siempre hacía. Úrsula era vieja y sabia; intuyó cierta tristeza en ella y adivinó que no debía preguntar más. Se incorporó, se acercó a la estantería de nuevo y buscó un vinilo.

Mientras lo hacía, Marina pensó que su vida hubiera sido muy diferente si esa mujer hubiese sido su madre. Muy diferente. Su hija debía de sentirse afortunada por haber salido del vientre de esa mujer.

Úrsula colocó el vinilo en el gramófono. La aguja sobre él. Se sentaron frente al ventanal, junto a la chimenea y, saboreando las últimas gotas de vino blanco, escucharon el *Nocturno en si bemol*, de Fryderyk Chopin.

Marina sacó la cafetera del fogón. En la encimera, la compra que había hecho en una pequeña tienda de comestibles del pueblo el día anterior, pagándolo todo con su primer sueldo de panadera: café, té, naranjas, tomates, manzanas, azúcar moreno... Miró la hora y bajó hacia el obrador.

Catalina introducía las palas metálicas en el horno de leña, moviendo los troncos que ardían en él.

—¿Un cafelito para una vieja porteña no tendrán? —dijo Úrsula asomándose por la puerta.

—*Bon dia* —saludaron al unísono Marina y Catalina.

—Justo lo acabo de preparar. —Sonrió Marina, cómplice.

Úrsula se sentó en una de las sillas de mimbre que había a la derecha del mostrador, para tomarse el café. Niebla se acercó a sus pies y se tumbó. Inició la conversación que ya había planeado con esa delicia que cocinaba Lola cada mañana, y que la mayoría del pueblo mojaba en la leche y el café.

—Yo me ofrecí ayer...

—No tenemos suficientes manos si queremos hacer los trescientos panes que necesita el pueblo. Además, los limones, las amapolas... En verano sí que la Lola lo recogía de los campos de enfrente. Pero ahora hay que ir a Palma... ¿Quién va a ir a buscar las semillas?

—Yo puedo ir.

Catalina levantó las cejas. Por algún motivo, esa señora no quería que se vendiera ese bizcocho que cocinaba Lola cada mañana...

—*No té cap sentit, collons...*,[*] que era un regalo de Lola a los clientes... Nunca quiso cobrarles nada... Las veces que peleamos por ese maldito bizcocho.

—Dice mucho de ella —contestó Marina.

—Marina, yo te agradezco mucho que hayas vuelto a abrir la panadería, pero, claro, *em sap greu, però...*,[**] te he de ser sincera, eres muy lenta, qué le vamos a hacer. Lola hacía el pan de limón, pero me ayudaba a mí también con la coc-

[*] No tiene ningún sentido, cojones.

[**] Me sabe mal, pero...

ción del *pa moreno...*, que hacer trescientos panes son muchos panes... y, claro, o me ayudas o tenemos que contratar a alguien y el *pa tants de doblers no dóna*.* Dicho en español, que mucho dinero el pan tampoco da... para vivir bien. La Lola y yo sí, pero para más... y contratar a alguien no es...

—¿Saben qué...? —cortó Úrsula, que estaba pendiente de cada palabra que intercambiaban las dos mujeres—. El médico me mandó ejercicios para la artritis con los dedos y no los hago nunca... Yo creo que amasar pan me va a ir bien.

Catalina miró, desconcertada, a la vieja argentina.

—¿Qué quieres decir, Úrsula? —preguntó Catalina.

—Les faltan manos, ¿no? Yo ya soy vieja y necesito descansar, pero si quieren puedo ayudarlas por las mañanas. A mí, si me regalan un pan moreno, me doy por pagada.

—A mí me parece bien —dijo Marina mirando a Catalina, que fruncía el ceño.

—Pero ¿qué me estás diciendo, Úrsula? Es que no te entiendo.

—Daaale. Cati, que te regalo mis manos, que son una birria. Lo sé..., pero mejor que nada...

—Es que no lo entiendo. *No ho entenc*** —repitió Catalina mirando a Marina.

—Yo creo que es la tramontana, que se les mete en la cabeza —dijo Úrsula volviendo la mirada hacia Marina—. Pero si no les cobro nada..., y ganarán más pesos —insistió de nuevo Úrsula volviendo la mirada a la panadera.

—*Quins orgues, els alemanys**** —dijo Catalina abriendo la portezuela del horno.

—Argentina, Cati, argentina...

* El pan tanto dinero no da.

** No lo entiendo.

*** Qué órganos, los alemanes.

Úrsula y Marina cruzaron brevemente la mirada, el plan tramado el día anterior estaba saliendo como esperaban. Úrsula, según le explicó con ese humor que la caracterizaba, dejaba pasar las horas releyendo sus novelas preferidas y, cuando Marina se despidió, le dijo: «¿Sabés qué? No voy a venir un rato mañana. Te voy a ayudar de verdad. Me picó la curiosidad y, qué querés que te diga, posponer seis horas la lectura diaria en la vida de una vieja moribunda... no cambia absolutamente nada en el mundo».

Eso es lo que pensaba esa octogenaria alemano-argentina. Pero la vida, a veces, sorprende. Y esas horas que pasaría amasando pan junto con esas dos mujeres cambiarían la trayectoria de su vida, la trayectoria de los años que le quedaban por vivir.

Anna colgó el teléfono y apoyó el codo en el cantarano de su suegra mientras respiraba intentando calmarse. Acababa de contarle la primera mentira de su vida a su marido. (A su marido directamente no, al contestador de su marido.) Se había inventado una cena en una pizzería de Palma con Marina, durante la que le haría recapacitar sobre la venta del molino. Subió los escalones de dos en dos y entró en su dormitorio. Se quitó los calcetines, los tejanos, la camisa, la camiseta interior, el sujetador y entró en el aseo en bragas. Se sentó encima del mármol junto al lavabo y apoyó sus piernas flexionadas en ella. De un neceser raído cogió una máquina de depilar y la puso en marcha. Tiempo atrás todo aquello se lo arreglaba una esteticista, pero desde que Armando le había reducido la mensualidad, sacrificó las sesiones mensuales de estética y se lo hacía todo ella misma.

Mientras se pasaba la máquina por la parte interior de la pierna, las preguntas iban apareciendo solas en su mente. «¿Qué haces, Anna? ¿Qué estás tramando? ¿Le vas a enseñar las piernas a Antonio?» «No, evidentemente no voy a enseñarle las piernas —se contestó a sí misma—, qué tontería.» «Es normal depilarse, ¿no? Hace casi cinco meses que no me depilo. Me tocaba.» Cuando observó sus piernas lisas, se sintió nerviosa. «Es un simple encuentro con un exnovio, relájate. No estás haciendo nada malo.» Por cierto, un encuentro con el único exnovio que tenía. Porque en la vida de Anna solo habían existido Antonio y Armando.

Detestaba depilarse las axilas con la máquina. Tomó aire y, mirándose al espejo, empezó. Una vez fusilado todo el vello de su cuerpo, encendió el agua caliente de la ducha y se puso debajo del chorro. Se enjabonó con un jabón con extracto de camomila, le gustaba el olor de su champú infantil, que nunca había cambiado. «Igual Antonio reconoce el olor.» «¿Quieres parar, Anna? Menuda cursilada acabas de pensar.» Suavizante en las puntas. Salió de la ducha y se secó.

Acercó su rostro al espejo y forzó una sonrisa para verse las patas de gallo. Sí, definitivamente, el bótox había funcionado. Se miró en el espejo completamente desnuda. Se vio guapa a pesar de sus casi cincuenta años, pero sus pechos, por primera vez, le parecieron excesivos. Los implantes de silicona de cuatrocientos cuarenta centímetros cúbicos que se había colocado hacía ya cinco años le parecieron ridículos. Sabía que eso nada tenía que ver con el pescador de su juventud. A Antonio seguro que no le gustaban… «Basta, basta, basta, basta, Anna. Deja de pensar esas cosas», se dijo en voz alta a sí misma.

Lo peor de esos implantes es que no lo había hecho por ella misma, sino para lograr que el narcisista de su marido la mirara de vez en cuando. Mientras se tocaba los pechos, pensó en su marido. Anna no lo deseaba sexualmente. Hacía años que no se tocaban y eso a Anna tampoco le importaba. Es más, le venía mejor que él no insistiera. Su vida sexual era prácticamente nula. Prácticamente nula no, nula. Anna solo necesitaba los abrazos de Armando, sentirse protegida, sentirse valorada y querida. Que le dijera «te quiero» de vez en cuando. Hacía años que no le decía un «te quiero». Ya ni se acordaba de la última vez que la había abrazado. Jamás se lo confesaría a nadie, pero hacía más de cuatro años que no tenía relaciones sexuales con Armando.

Lo cierto es que, a excepción de Cuca, su grupo de amigas del Club Náutico apenas tenían relaciones con sus maridos. Xesca, la más despreocupada del grupo, en una cena con poco vino —a este grupo de mujeres de la alta sociedad mallorquina no les hacía falta estar muy ebrias para contarse sus intimidades—, confesó:

—Yo, la verdad, como le hace tan feliz al pobre..., dejo que me la meta cinco minutos una vez al mes.

Estallaron en una carcajada. Cuca era la excepción que confirmaba la regla, las relaciones sexuales del resto dejaban mucho que desear.

Anna, por comparación, pensó que su inapetencia sexual era totalmente normal. «Les pasa a todas las mujeres casadas —se decía a sí misma—, tranquila.» Pero había una pequeña diferencia entre ella y sus amigas del Club Náutico. Sus amigas paseaban cada fin de semana acompañadas de sus maridos, cogidas de la mano de sus hijos, como hacían las familias normales. Sin embargo, Anna pasaba los fines de semana sola junto con su hija regordeta, justificando su soledad a través de las inversiones panameñas de Armando. Por supuesto, los maridos de sus amigas halagaban al empresario mallorquín, que amasaba fortuna en el extranjero. Mientras, sus amigas se compadecían de ella. «Para qué le sirven tantos millones si está más sola que la una», cuchicheaban en *petit comité*.

Eso sí, los veranos eran sagrados para la familia García Vega. Armando pasaba siempre julio y agosto en España junto con su esposa y su hija, y todo aquel miembro de la *jet* que quisiera pasearse en su yate de treinta metros de eslora. Anna subía al yate, morena, con pareos caros, bonita en su delgadez y luciendo a su Flavio Briatore y a su niña rolliza, orgullosa de caminar en familia. Le gustaba esa fotografía que mostraban los tres al mundo en los meses estivales... Pero, el verano de 2005, Armando, según le dijo, debía pasarlo entero trabajando en Panamá. Marcharía en junio y volvería en septiembre. Anna le propuso que fueran los tres a Panamá, ya que Anita no tenía que ir al colegio..., pero él enseguida se excusó diciendo que Latinoamérica no era un lugar seguro para una niña de diez años.

Anna y Anita pasaron esos cuatro meses solas. Armando llamaba poco y, cuando lo hacía, como siempre, nombraba a la urraca como su sustituta. Siempre preguntaba por las clases de recuperación de su hija, que había suspendido matemáticas, religión y ciencias naturales, y debía examinarse en el mes de septiembre. «¿Todo lo demás bien, Anna?» «Sí», respondía ella. Pero ¿qué era todo lo demás? La primera vez que Anna se atrevió a decir que se sentía sola, él la cortó.

«No te falta de nada. Tienes la tarjeta de crédito para todo lo que quieras y llama a mi madre si te sientes sola. No te quejes, Anna, que el que está solo soy yo.»

Era un cínico. Nació así o más bien la urraca lo moldeó así.

Anna, durante esos cuatro meses, buscó refugio en sus amigas del club y lo encontró. A los propietarios de yates les gusta contar con invitados... ¿Qué gracia tiene si no navegar en un barco de tres millones de euros solo...? Y, sobre todo, en esos meses intimó con Cuca. Cuca era una deslenguada muy diferente a ella y lo cierto es que le hacía reír. Cuca le aconsejó abandonar esa pose de mosquita muerta que tenía siempre. Si no, su marido se buscaría a otra, si no la había encontrado ya, y finalmente la abandonaría. (Cuca, sin que nadie se lo hubiera dicho nunca, tenía clarísimo que un hombre como Armando, que supuraba triunfo por cada poro de su cuerpo, tendría varias amantes en Panamá. Lo que no supuso es que el idiota se enamoraría ciegamente de una de ellas.) Cuca le dejó bien claro a Anna: primero sexo y luego ya vendrán los besitos y los abracitos y esas cosas tan monas que os gustan a las mujeres (ella no se consideraba una mujer al uso).

—Los hombres necesitan follar, Anna. No te olvides. Si no folla contigo, follará con otra.

Quizás Cuca tenía razón, y, sí, debía hacer un esfuerzo y hacer el amor de vez en cuando con Armando, aunque no se excitara. No entendía por qué Cuca utilizaba siempre la palabra «follar», era un término malsonante, de personas sin clase, ordinario, con lo bonito que sonaba «hacer el amor»...

Anna era muy consciente de que ella tenía parte de culpa de esa falta de sexo en la pareja. Fue ella quien empezó a rechazarlo. Diez años haciendo el amor con el único propósito de concebir a Anita. Durante la lactancia tenía la libido por los suelos. Luego, alegó una episiotomía mal curada, cansancio y dolores de cabeza, y la parte contraria no insistía demasiado. Armando tampoco era muy romántico (aunque lo fue en sus inicios), ni intentaba seducirla. Además, cruzaba el charco una vez al mes para encontrarse con su ambiciosa amante y follar, con un gramito de coca, hasta altas horas del amanecer.

—Piensa en otro cuando hagáis el amor —le dijo Cuca con una sonrisa cómplice—. Tú cierra los ojos. Si él no se entera. Yo pienso en un abogado, amigo de mi marido, que me pone mucho —concluyó guiñándole un ojo.

(Era la suerte que tenía Cuca, que le ponía desde un farsante tántrico con olor a pachuli hasta un abogado sin escrúpulos vestido de Armani y olor a Issey Miyake.)

Anna miró a su interlocutora como si fuera de Marte. Cuca le tocó los dos sacos vacíos que tenía como tetas.

—¿Qué falta para la vuelta de Armando? —preguntó Cuca.

—Dos meses —contestó Anna.

—Pues dale una sorpresa para cuando llegue.

Se dejó convencer y se implantó la sorpresa. Cuatrocientos cuarenta gramos de silicona en cada seno. Dejó que un cirujano plástico le hiciera una incisión en las aureolas de cada pezón para introducir esa masa transparente que le haría recuperar a su marido. Fue más duro de lo que había pensado. Nadie le habló del postoperatorio. De los senos tan hinchados que le llegaban hasta la barbilla. Del dolor de la herida en la aureola. Pasó un mes aullando en compañía de Imelda, quien le hacía las curas diarias con yodo en el pezón y le suministraba dos ibuprofenos al día.

Eso sí, a los dos meses los sacos vacíos se habían convertido en dos pelotas firmes que sobresalían de su pequeño cuerpo.

A finales de septiembre volvió Armando. Fue a buscarlo al aeropuerto. Esa misma mañana se había hecho un tratamiento de keratina y se había comprado maquillaje nuevo para la ocasión. Llevaba un escote pronunciado... Se miró al espejo satisfecha antes de salir hacia el aeropuerto. Anita, cómo no, la acompañaba vestida de chándal. Armando salió por la puerta de embarque y le dio un beso fugaz en la boca... «¿Qué tal, Anna?» No se dio cuenta de nada.

Cenaron los tres y acostaron a Anita. Armando bajó al primer piso y se tumbó en la *chaise longue* de leopardo. Cogió el mando y zapeó. Mientras, en el piso de arriba, Anna se preparaba en el dormitorio para hacer el amor a su marido. Se puso un camisón de seda verde de tirantes finos que se había comprado en una tienda exquisita del centro de Palma. Se miró al espejo de nuevo, sonrió viéndose bonita. Abrió la puerta del dormitorio y lo llamó. Armando le contestó con pereza.

—Sube, por favor —insistió ella.

Armando subió a desgana y entró en el dormitorio. Anna le esperaba sentada en el borde de la cama. Un tirante fino del camisón resbaló por su hombro. Sonrió, casi avergonzada; tenía la sensación de que se desnudaba por primera vez delante de él.

Armando se quedó en la puerta. Sorprendido.

Anna se incorporó y se acercó a él con dulzura. Se bajó el otro tirante del camisón y le enseñó los pechos.

—¿Te gustan? —le preguntó tímida.

Armando miró esos senos voluptuosos.

—Anna, ¿pero qué te has hecho? —dijo cogiendo con sus manos esas tetas que no parecía que fueran de su recatada mujer.

Le bajó el camisón, que cayó al suelo, dejando a Anna completamente desnuda. Volvió a mirar los pechos operados de Anna.

—Sí me gustan, Anna —le dijo sobándoselos.

Sí. Le gustaban y mucho. Armando acercó su boca al pecho de Anna, le chupó un seno y lo mordisqueó. Anna, al contrario de lo que había imaginado, cuando Armando succionó, sintió aprensión y se acordó del bisturí cortándole el pezón. Armando seguía vestido con la ropa con la que había viajado desde Panamá. Besó a su mujer desnuda brevemente en la boca.

—Espérame un segundito.

Se metió en el lavabo. Tarjeta de crédito y rayita de coca. Salió. Se bajó la cremallera del pantalón.

Volvió a su mujer, que lo esperaba tumbada en la cama, sin poder disimular la chica tímida que siempre había sido y siempre sería.

—Sigues estando buena, Anna —le dijo Armando.

Anna sonrió con timidez. Había conseguido su objetivo. Cerró los ojos y suavemente besó la boca de su marido a la vez que acariciaba su espalda. Armando, con un movimiento brusco, le dio la vuelta de modo que ella quedara de espaldas a él.

—Ponte como un perrito —dijo Armando, susurrándole al oído.

Anna no hizo nada porque no entendió sus palabras.

—De rodillas, mi amor…

Anna obedeció. Puso las rodillas en la cama y Armando, ayudándose de su mano, le hizo inclinar el cuerpo hacia delante. A Armando, esa posición aprendida en sus noches panameñas le hacía sentir poderoso. Enseguida, la erección. Se bajó rápidamente la cremallera del pantalón, que cayó al suelo sobre los zapatos. Se sacó el miembro erecto de su calzoncillo Calvin Klein y se arrodilló tras ella. Antes de penetrarla, puso sus manos en las nalgas de Anna y las apretó. Separó sus glúteos mientras se miraba la polla a punto de embestir. Le gustaba verla aumentar de tamaño… y así lo hizo antes de entrar. Entró dentro de su mujer sin contemplaciones. Anna sintió un cuchillo partiéndole en dos. Chilló de dolor y ese gemido de dolor que Armando interpretó como de puro placer le puso más cachondo todavía. Se miró el falo, duro.

Aceleró el ritmo. Se miraba el miembro que entraba y salía del cuerpo de su mujer a cuatro patas. Muda. Poder. Dominio. Se mordió los labios. Un minuto. Dos. Tres entrando y saliendo. «Un poco más rápido, Armando», se dijo a sí mismo. La coca le permitía aguantar tiempo. Le encantaba esa espera que la droga le proporcionaba. Aceleró mientras empezaba a escucharse sus propios sonidos entrecortados de placer. Estaba cogiendo velocidad. Vio a Anna tan frágil, dándoselo todo, ahí desnuda de espaldas. Sin mirarlo. Anna cogió con fuerza la manta que cubría la cama. Sus puños se cerraron. Solo sentía dolor.

A Armando, siempre le había gustado el cuerpecito delgado y frágil de su mujer, como a todos los chicos del Club Náutico, pero él fue quien se llevó a la rubita tímida y frágil que todos querían. «Mírala ahí, esa niña frágil y tímida del club. Quién lo diría, parece una puta dándolo todo.» Y sí, algo que siempre le había enorgullecido a Armando era que ese cuerpecito de mujer no había probado otra polla que no fuera la suya.

Él mismo se sorprendió de la velocidad con la que empezaba a penetrar en el cuerpo de Anna tantas otras veces penetrado en posición de misionero. Su mujer le estaba poniendo más cachondo que nunca. Dejó de agarrarle los glúteos. Con la palma de su mano, tal y como le gustaba a la panameña, le dio un pequeño azote. Anna emitió un sonido extraño. «Le gusta», interpretó Armando a la vez que cerraba los ojos para recordar la frase de su amante panameña, no hacía demasiado tiempo, en esa misma posición. «Cómo me gusta que me culee..., pero no se me vaya usted a correr ahora, mi macho papito.» Esa frase le ponía cachondo..., recordarla también. Ya le quedaba poco para llegar al clímax. Armando no era de los que se corrían antes, por supuesto, las damas primero. Dar placer a una mujer era de triunfadores.

—Tócate —le ordenó.

Ella hizo ver que obedecía y escondió su mano entre sus delgadas piernas y simuló los sonidos pertinentes. Armando suspiró de placer al oír a su mujer gemir y siguió follándosela como no lo había hecho nunca en todos los años de matrimonio. Cerró los ojos. Otro pequeño azote. Su miembro como un bate de béisbol. Lo miró orgulloso a décimas de segundo del clímax. Posó sus manos en los glúteos de su mujer. Se los separó. Levantó la palma derecha de la mano. Último azote y se la metió con rabia y, mientras una lágrima se deslizaba por la mejilla de su mujer, como un cerdo, se corrió.

No paró el motor de la moto ni se quitó el casco. Se subió la visera y le sonrió.

—Vamos un poco lejos —le dijo Antonio sacándose el casco integral que llevaba colgado del brazo.

Anna se recogió el pelo en una trenza baja como siempre hacía cuando la iba a buscar a la salida del colegio. Él le puso el casco y ella, sin pensarlo y sabiendo que él se adelantaría, alzó el cuello. Antonio le cerró las correas, como hacían treinta años atrás.

—Anna, pero si es que sigues igual —dijo con una leve sonrisa mirando el fino abrigo cámel que llevaba puesto.

Se quitó su chaqueta motera de cuero e hizo ademán de dársela.

—Estoy bien, Antonio. No te preocupes.

Él le colocó la chaqueta de cuero sobre los hombros, sin hacerle caso, y ella, como había hecho tantas otras veces, se metió dentro. Notó su calor y, sin querer reconocerlo en exceso, le gustó.

Anna subió a la moto y se agarró al asiento trasero. Antonio emprendió pausadamente la marcha, debían salir del centro de Palma.

La Kawasaki negra se alejó discreta por entre los coches hasta llegar a la MA-11. Aceleró. Le gustaba correr con la moto. Anna lo sabía bien. Recordó las pocas discusiones que habían tenido en su juventud, siempre por la dichosa moto.

—Corre cuando no esté yo encima, jolín, Antonio, que me da miedo —le decía enfurruñada cuando eran jóvenes, una vez se había bajado de la moto.

—Es que eres tan finita que me olvido que vas detrás. Pégate a mi espalda para que no me olvide —le respondía travieso plantándole un beso y poniéndolos en peligro un día sí y otro también.

Qué manía con la velocidad. Y, por supuesto, la Kawasaki en la que iban en ese momento corría mucho más que la Rieju en la que se montaban a los diecisiete. «Él tampoco ha cambiado», pensó. Seguía sujeta al asiento trasero y él, consciente de ello, aceleró. Ella, que notó el aumento de velocidad, sonrió, sin verle la cara; no le cabía duda que estaba recordando esas discusiones moteras de hacía treinta años. Anna sabía perfectamente qué tenía que hacer para que disminuyera la velocidad. Y lo hizo. Se reclinó, igual que a los diecisiete, sobre su espalda, ladeó la cabeza y le rodeó con sus brazos; él sonrió para sí y disminuyó la velocidad.

De: **mathiaschneider@gmail.com**

Fecha: **Feb 8, 2010 (3 hours ago)**
Para: **marinavega@gmail.com**

Marina, necesito parar. Descansar. No sabes lo devastador que está siendo estar aquí. Cruz Roja contabiliza ya cuarenta y cinco mil muertos. Quince funcionarios de la ONU siguen desaparecidos. Los buscan bajo los escombros. Los muertos se amontonan por las calles. No hay manos suficientes. Quizás es que no estás aquí y todo se hace más duro. No lo sé. Ayer por la noche volvíamos caminando hacia el campamento con Sigfried. Nos encontramos a un tipo de nuestra edad sentado en la acera, lloraba. Estaba solo. La gente llora aquí mucho. Pero ese chico de mi misma edad, me dio tanta pena..., tanta. Hablaba criollo y algo de español, y me pude comunicar con él con mi español básico. Las ruinas que teníamos detrás eran su casa, y su mujer y su bebé estaban seguramente debajo. El chico no podía parar de llorar. Se abrazó a nosotros y lo llevamos a un centro de la Cruz Roja.
Por la noche me encontré, con un par de Budweisers de más, llorando yo a hombros de Sigfried. (Evidentemente me llamó maricón y me hizo una proposición deshonesta. Consiguió sacarme la primera sonrisa del día. Por cierto, se ha vuelto a enamorar locamente de un enfermero local.) Apenas he dormido esta noche. Y le he dado varias vueltas. Muchas. Escribo rápido, tenemos diez minutos de conexión seguida como máximo... Marina, sé que lo hemos hablado en alguna ocasión. Pero esta vez va en serio. Quiero tener cuatro paredes contigo. Lo necesito. Necesito un lugar donde parar. Donde descansar. Donde poder olvidarme del mundo este extraño en el que vivimos. Llevamos cinco años dando vueltas por el mundo. Y claro que quiero seguir trabajando con MSF. No me veo en ningún otro trabajo. Pero quiero volver a mi casa. No quiero volver a casa de mis padres por mucho que sean unos tipos fantásticos. Quiero que tengamos nuestra casa. No sé por qué te hice caso..., se nos escapó el apartamento de Prenzlauer Berg.
Marina, sé que no quieres venir a Haití y si vienes lo haces por mí. Pero ¿por qué no me esperas? En junio estoy a tu lado y podríamos quedarnos un par de meses juntos en la casa esta que has heredado y decidir por fin dónde buscamos nuestro sitio. Pero necesito y quiero un lugar. Un lugar contigo. Quiero un lugar contigo para siempre.

T´estim.
Mathias

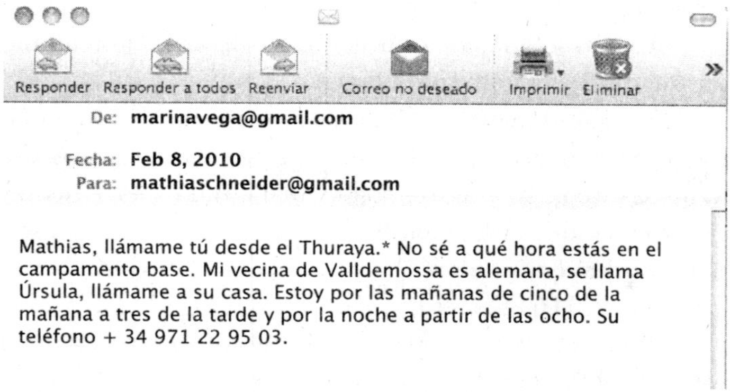


De: **marinavega@gmail.com**

Fecha: **Feb 8, 2010**
Para: **mathiaschneider@gmail.com**

Mathias, llámame tú desde el Thuraya.* No sé a qué hora estás en el campamento base. Mi vecina de Valldemossa es alemana, se llama Úrsula, llámame a su casa. Estoy por las mañanas de cinco de la mañana a tres de la tarde y por la noche a partir de las ocho. Su teléfono + 34 971 22 95 03.

Dio al *send* sin despedirse.

Miró hacia el interior del pequeño y acogedor salón del Petit Hotel de Valldemossa. Observó a Gabriel arrodillado frente a la chimenea. Cogía troncos de pino y almendro de un cesto de mimbre y los colocaba cuidadosamente dentro, donde ya pequeñas ramas de olivo formaban la base. Empujó papel de periódico viejo bajo ellos. Se sacó una caja de cerillas del bolsillo de su pantalón de pana. Cogió un fósforo, lo frotó, se encendió y lo lanzó hacia las ramitas de olivo. Ardieron, el pino y luego el almendro. Con un fuelle artesanal avivó el fuego. Como cada tarde, se sentó junto a su fuego frente al ventanal de su casa para cumplir su ritual diario y admirar segundo a segundo cómo el sol del invierno se escondía tras la sierra de Tramontana.

* Thuraya: teléfono vía satélite que utilizan los cooperantes para comunicarse en lugares donde no existe o ha sido interrumpida la comunicación telefónica convencional.

—¿Eres feliz?

—Uy, no sé qué contestarte a eso —le dijo Anna dando un trago a la copa de vino blanco.

Las olas del mar chocaban a pocos metros del pequeño y austero restaurante de Sóller que Antonio había escogido. Manteles viejos de cuadros rojos y blancos. Pescado fresco y vino blanco de la isla, bien frío. Lugar de cenas para pescadores con buen paladar.

—¿Y tú? ¿Tú eres feliz?

—Esto es pasarme la pelota —contestó Antonio con una sonrisa—. Miro hacia atrás y puedo decir que he hecho lo que he querido. He visto el mundo. He tenido una hija y, ahora, pues volviendo a las raíces, supongo. Sí. —Hizo una pausa—. Soy feliz o por lo menos estoy tranquilo. Que a los cincuenta es mucho.

Antonio cogió la copa de vino y dio un trago. La dejó de nuevo en la mesa.

—¿Por qué no contestaste a mis cartas? —continuó Antonio mirándola a los ojos.

Anna enrojeció y dejó los cubiertos sobre el plato.

—¿Qué cartas, Antonio? —preguntó bajando el tono de voz.

—Te escribí una cada semana. Cada semana, Anna. Durante tres meses. No me digas que no las recibiste. Primero postales que te compré en cada puerto donde paramos antes de cruzar al Atlántico, luego folios y folios que nunca contestaste.

—No recibí nunca nada, Antonio. Te lo prometo —dijo con sinceridad y urgencia.

—Calle Albenya, 33, en Son Vida. Han pasado años y sigo acordándome.

Anna asintió. Era la dirección de su casa. La de la abuela Nerea, luego de la de sus padres, ahora la suya. En la que seguía viviendo con su marido y su hija. Ella no se había movido nunca de esas cuatro paredes.

—No recibí nunca ninguna carta. Te lo juro... Y sentí tanta impotencia. Yo no sabía dónde escribirte. Créeme. Por favor.

Anna bajó su mirada un segundo, recordando el dolor desgarrador de ese año sin Antonio. Sin saber nada de él.

—Dónde te iba a escribir. Pasé con mi padre frente a S'Estaca, pero no me atreví a pedirle que parara. Podía haber preguntado a tus padres, pero pensé que estarían decepcionados conmigo. No lo sé...

Antonio permanecía callado. Algo incrédulo. Al fin y al cabo fue una historia de amor imposible entre un humilde marinero enamorado y una chica de clase alta. Y con la ausencia de respuesta, llegó a autoconvencerse de que ese fue el motivo de la ruptura.

—Mi madre, seguramente —dijo Anna con cierto rencor y mirando hacia el mar negro que tenía frente a ella—. No creo que mi padre hiciera algo así.

No valía la pena intentar descubrir quién había escondido esas cartas treinta años atrás. Su intuición fue acertada. Su madre escondió esas cartas. Ana de Vilallonga tenía muy claro cuál debía ser el futuro de su hija. Y un pescador barriobajero estaba a millas de distancia de lo que ella había planeado.

—Fui cobarde —dijo Anna con sinceridad y liberando a su madre de esa culpa. Estaba siendo honesta con ella misma y con él. Porque solo ella fue la culpable de no subirse en ese barco y de romper, así, la relación para siempre.

—Yo egoísta —le contestó Antonio inesperadamente. Como si hubiera llegado a esa reflexión después de pensarlo mucho tiempo.

—¿Por qué dices eso?

—Era mi sueño, Anna. Era yo quien quería conocer el mundo y en el fondo también tenía miedo de hacerlo solo. Sabía que, en ese momento, estabas enamorada de mí y te convencí..., sabiendo que tú no ibas a ser feliz... Bueno, la verdad es que a los veinte años no pensé que no ibas a ser feliz, claro, y me enfadé contigo, pero... con el tiempo entiendes las cosas.

Antonio cogió la botella de vino blanco, llenó la copa de Anna y después la suya y continuó:

—Cuando me subí en el velero, sin ti, tenía el corazón en un puño y te odié. —Antonio casi se avergonzó de decir esa palabra y enseguida retomó la conversación por otro lado—. En la grúa no te lo conté todo. En el barco, pasé mucho miedo. Mucho, Anna. Tuvimos mala suerte. Porque en Cabo Verde esperamos en el velero hasta que las condiciones meteorológicas fueran favorables. Esperamos quince días antes de zarpar. —Suspiró recordando ese trayecto—. Te juro que pensé que me moría, y allí me di cuenta de que había sido un egoísta, que me hubieras odiado tú por arrastrarte allí. Dos semanas en medio de la nada. De un océano plano sin una brizna de viento... Avanzamos en dos semanas 40 nudos. La gente se piensa que lo peligroso son las tormentas del Atlántico. Y no, es la calma, la falta de viento. Pensé que nos moriríamos allí porque la comida se iba acabando, y el agua. Encima, la mujer del inglés empezó a ponerse nerviosa..., histérica... Ella estaba allí por él. También la había convencido. Y yo en medio de sus discusiones en un barco de seis metros de eslora. Bueno, yo y dos marineros caboverdianos. Me sentí bastante solo porque los tipos hablaban portugués entre ellos y tampoco me daban mucha bola.

Dio un trago al vino.

—Eso no fue todo, de repente, la tormenta, el huracán. —Antonio esperó un segundo recordando esa travesía como una pesadilla—. Unas olas de quince metros que no había visto en mi vida... Me quedé en los huesos. Y luego ya, una vez llegamos a Dominicana, todo fue relativamente sencillo. En el puerto había tablones con papeles escritos a mano de marineros que ofrecían compartir habitación, y así lo hice. La vida es relativamente barata allí. Estuve un año y medio trabajando en embarcaciones turísticas, pero con base en Dominicana. Y te escribí y te escribí.

—De verdad, Antonio…, nunca recibí una carta tuya.

—Incluso reuní el dinero para que te compraras un billete de avión y me vinieras a ver. Y esperé paciente tus cartas durante un año. Y un día abrieron una peluquería debajo de mi casa. Me fui a cortar el pelo y me refugié en los brazos de la peluquera… Y acabé casándome con ella. —Sonrió con cierta tristeza—. La vida qué rara es, ¿no?

Se miraron unos segundos con ternura, con pena, con nostalgia, con dudas; encontraron cada uno en lo más profundo del otro, quizás, un resquicio de amor escondido.

—Tardaba unos dos días en escribirte cinco líneas y, cuando firmaba dando por acabada la carta, la releía y sonaban tan —rio para sí y alzó los hombros— tan infantiles que rompía el papel y volvía a empezar. —Sonrió de nuevo—. No sabes lo que me costaba escribir cinco líneas… Un día llegué a pensar que era más fácil cruzar el Atlántico que escribir…

Se buscaron la mirada. Mudos. Intentando adivinar la vida que no tuvieron.

—¡Marina! —gritó Úrsula desde la calle.

Marina se asomó desde el dormitorio.

—Mathias al teléfono.

Sin cerrar la ventana, bajó rauda las escaleras, cruzó la panadería y salió. Úrsula aguardaba ya en el umbral de su casa. Le hizo un ademán para que pasara. Marina entró en el salón y cogió el teléfono fijo en una mesita auxiliar junto a la máquina de escribir rota. Úrsula sonrió desde el umbral de la puerta, antes de salir a dar un paseo con Niebla. Cerró la puerta y dejó a su nueva vecina en casa.

Escuchar la voz de Mathias era un bálsamo de tranquilidad siempre. Era algo mutuo.

—¿Cómo estás, mi amor?

Fueron las primeras palabras de él. Las dijo en español. ¡Era siempre tan cariñoso y tan generoso con las palabras de amor que le decía a Marina! Pensó que debía de ser esa tradición del romanticismo alemán heredada de Goethe. O quizás que, cuando se dicen palabras como «mi amor» en otro idioma, parece que pierdan esa carga emocional que llevan. Pero Marina se equivocaba. Mathias le decía «te quiero» o «te amo» en español porque le parecía más bonito, creía que sonaba mejor que «Ich liebe dich». Él las decía con toda la sinceridad y la carga emocional que implicaban. A Marina le gustaba escucharlas de una manera tan liviana, porque, a ella, esas palabras no le salían nunca.

—Bien. Estoy bien —le contestó—. Y tú, ¿cómo estás?

Ella, como ya hemos dicho, amaba como cualquier otra mujer, pero pocas veces lo verbalizaba y le era mucho más fácil despedirse con un «Iloveyou» dicho de corrido que decir un «te quiero» o un «te amo». Palabras que en su idioma materno no recordaba haberlas pronunciado en sus cuarenta y cinco años de vida.

Marina escuchó a Mathias explicarle el horror que presenciaba cada día. Más de un millón de personas sin hogar. Las líneas telefónicas estaban colapsadas. Desde el Thuraya tenían unos escasos minutos para hablar.

—Marina, no puedo hablar mucho. A principios de junio puedo estar allí. ¿Qué piensas, dime? Espérame. Me encantaría estar a tu lado ahora y hablar tranquilos... ¡Voy, dos minutos! —dijo Mathias a Sigfried, que le hacía señales desde un jeep—. Me vienen a buscar, Marina. Como quieras. Marina, te conozco, sé que no quieres venir a Haití. Espérame allí. Voy yo a España, dime.

—Mathias..., vale, sí. Te espero aquí —dijo sin pensar.

—No te escucho, Marina.

—Sí, te espero y así quizás con tiempo pueda averiguar algo más de...

La comunicación se cortó. Marina permaneció con el auricular pegado en la oreja y escuchando el pitido continuo del teléfono.

Volvió asustada a casa de la difunta panadera. Entró en la panadería y subió directa a la segunda planta. Observó esa estancia que hacía a la vez de salón y de cocina. Le pareció más desangelada y fría que los días anteriores. El sofá, más raído. La vetusta alacena, más sucia. Miró al suelo de gres que pisaba, tan diferente al parqué de madera con vetas color miel que chirriaba a cada paso en la acogedora casa de su vecina.

Las fachadas de piedra de ambas casas eran iguales. La disposición de los cuartos también. Las claraboyas y las ventanas ensanchadas de su vecina iluminaban la casa. Sin embargo, la de María Dolores era oscura.

Subió al dormitorio. La tela africana le daba algo más de su personalidad. Levantó la pesada cama de hierro y la movió hasta situarla frente a la ventana, de manera que nada más abrir los ojos pudiera admirar las montañas y el mar a lo lejos. Miró las vigas de madera de pino que bajaban sobre su cabeza siguiendo la forma del tejado. Se quitó los zapatos y se sentó en la cama. Flexionó las rodillas sobre su pecho y las abrazó.

Otra vez, por algún motivo que no alcanzaba a entender, y mientras la voz del viento golpeaba los postigos de las ventanas, sintió que ese dormitorio la acunaba. La mecía entre sus viejas paredes desvencijadas.

Oyó el rebuzno de su hija Anita demandando su presencia. Abrió un ojo y enseguida sintió un leve dolor de cabeza del vino blanco de la noche anterior. Miró el despertador de su mesilla. ¡Las ocho y media de la mañana! Intentó no hacer ruido para no despertar a Armando. Aunque dada la dosis de Transilium que su marido se tomaba desde hacía unas semanas era improbable que la escuchara.

Anna salió del dormitorio en camisón y se asomó por la escalera.

—Me he dormido, cariño..., dame, dame unos minutos.

—¡Joder, mamá! Te espero en el coche.

Anna entró en su dormitorio de nuevo y observó a Armando, que emitía unos entrecortados suspiros con la boca abierta. Pensó en lo difícil que se le estaba haciendo a él la pérdida de poder. Anna no lo estaba viviendo de una manera tan traumática. A los dos les gustaba el dinero. A quién no. Claro que Anna echaba de menos entrar en las tiendas de moda como hacía años atrás, sin mirar el precio de nada. Comprarse los preciosos vestidos de Cortana, una joven diseñadora mallorquina que la había vestido personalmente, y lograr siempre ser la más bonita en todas las fiestas del Club Náutico. También había dejado de comprar los polvos japoneses de Shiseido y los zapatos italianos, y sí, evidentemente, echaría de menos los agostos torrándose al sol sobre el yate de treinta metros de eslora. Pero Anna era consciente de que seguían viviendo en esa mansión del barrio de Son Vida, con unas preciosas vistas a la bahía de Palma, una mansión que, por suerte, seguía estando a nombre de Anna y Marina. Anna sabía disfrutar del sol que salía cada mañana y de las aguas de Mediterráneo, que bañaban su vida. Eso, pasara lo que pasara, nunca cambiaría.

Sin embargo, su marido se estaba convirtiendo en otro hombre. Unos días, irascible y orgulloso, salía de casa dispuesto a arreglar la situación económica en la que se encontraban. Otros días, deambulaba por la casa, en batín, aspirando Marlboros rojos y buceando en la pantalla de ordenador. Una mañana, Anna le observó apartarse el batín y rascarse la entrepierna. Se había cortado las greñas canas el día anterior. Arrastraba los pies hacia el lavabo. Anna recordó la historia de un relato bíblico que les leyó la profesora de Literatura del San Cayetano. La historia de Sansón y Dalila. Sansón, un héroe de gran fortaleza física, temido por los filisteos y deseado por las más bellas mujeres. La fuerza de Sansón residía en su larga melena y era un secreto que había guardado siempre hasta que una bella filistea, llamada Dalila, se cruzó en su vida. Dalila consiguió su amor y él, loco de pasión, le desveló su secreto. Esa noche, cuando Sansón dormía, Dalila le cortó la melena y lo entregó a los filisteos. Armando, al igual que Sansón, había dejado de ser el tipo poderoso, admirado por todos; parecía, ahora, un Sansón derrotado pidiendo clemencia. Anna sintió pena por su marido. Se compadeció de él, a pesar de todo. Lo que Anna no se imaginaba es que la parte femenina de esa historia bíblica también existía en la vida de Armando.

—Si me compraráis la moto, no tendrías que despertarte —le dijo Anita sintonizando la radio del BMW.

—¿Tienes las notas?

—¿Tengo suficiente dinero para comprarme una de segunda mano? Es mi dinero. Es el dinero que me habéis dado en navidades. El dinero de la abuela.

Lo primero que logró sintonizar era «Party in the USA», de Miley Cyrus.

—No soporto a esta tía —dijo Anita aludiendo a la cantante norteamericana e ignorando las preguntas de su madre.

Buscó otra emisora. Noticias en mallorquín, reggaetón, música clásica... Anita rebuznó de nuevo y apagó la radio.

—¿Cómo han ido las notas, hija?

—Es que no entiendo qué paranoia con la moto. Que si voy con cuidado no es peligrosa. Llegaría en quince minutos al cole.

—¿Aprobaste mates?

—En quince minutos, mamá, y no tienes que andar haciendo de chófer todo el santo día.

—Es que lo hago encantada —dijo Anna pitando a un coche que le había adelantado de forma imprudente.

—Es que ya soy mayorcita para que me lleves al colegio, ¿sabes?

—La moto es peligrosa, hija.

—Es peligrosa si vas a toda hostia y eres imprudente...

Anna suspiró y calló. No tenía ganas de otra discusión más... «Qué boca, por Dios, qué boca tiene mi hija... Mejor me callo, que si no la liamos de nuevo», pensó Anna mordiéndose la lengua.

—He sacado suficiente en Castellano, Naturales, Religión, Latín y Arte —y de carrerilla y mirando por la ventanilla del coche siguió—; Física, Química y *mates*, cateadas.

—No puede ser —dijo Anna, sin enfadarse, con cierta desesperación ante los suspensos de su hija.

Anna miró a su Anita, que seguía con la mirada perdida por la ventanilla. Era una adolescente rara, pero le importaban sus notas. Sus notas no. Con un aprobado le era suficiente. El hecho de tener que estudiar de nuevo el mismo temario le parecía un coñazo y repetir curso no estaba en sus planes.

—No podemos seguir pagando al profesor particular. No sé cómo lo vamos a hacer. Hablaré con tu tutora.

—¡No! No hables con nadie.

Anita bajó la ventanilla del BMW.

—No sé para qué coño me sirve saber qué es una ecuación de segundo grado o una raíz cuadrada... Porque, a ver, mamá, ¿los adultos utilizáis las raíces cuadradas para algo en la vida?

Anna miró a su hija, que aguardaba una respuesta. Lo de las palabrotas la superaba... Es que era una en cada frase. Ella, que decía tacos en contadísimas ocasiones. O, por supuesto, en situaciones extremas como la vivida hacía no mucho en la carretera, al quedarse tirada con su BMW sin batería.

—Pues, que yo sepa, no. La gente que conozco no las utiliza en su vida diaria. Pero alguien habrá, digo yo. Para algo servirán y, por favor, cuida tu vocabulario.

—¿Y para qué coño tengo que memorizar la puta tabla periódica de Mendeléyev?

—Los de la NASA —dijo Anna.

Anita miró a su madre.

—¿Qué? —le preguntó sin entender.

—Que los de la NASA deben de utilizar raíces cuadradas —dijo Anna seria.

—Los de la NASA —repitió su hija sin dar crédito a la simpleza de su madre.

—Si digo yo que los astronautas igual... Tienes esos planos con líneas del universo...

—De verdad, mamá, yo estoy convencida de que fumas porros a escondidas.

—Dices unas cosas, hija... Si yo le hubiera contestado así a mi madre. No sé yo qué me hubiera hecho.

El hecho de que Anna no levantara la voz desconcertaba a su hija. Porque, por muy solitaria que fuera esta adolescente que iba sentada junto a su madre en el BMW, no era sorda. Había escuchado de refilón a sus compañeras de clase explicar las discusiones a grito *pelao* con sus madres. Sin embargo, la suya en contadísimas ocasiones levantaba la voz, y eso a Anita la desconcertaba.

—Yo puedo intentar ayudarte con las *mates*—dijo Anna, no muy segura de sus palabras, por haber sido una estudiante pésima que tampoco entendió nunca para qué servían todas aquellas ecuaciones que llenaban las pizarras del San Cayetano.

—¿Tú? —le preguntó su hija—. Pero si te lías con la cuenta del súper.

Se acercaron a la calle del colegio. Anita vio a algunas de sus compañeras subiendo risueñas hacia la escuela. Se fijó en las faldas excesivamente cortas que llevaban e inconscientemente se tapó las rodillas de futbolista con la falda del uniforme. Detestaba ese atuendo cursi y de señoritas que llevaba desde los tres años.

—Por si te interesa, he sacado un notable en Alemán y un excelente en Inglés —le dijo abriendo la puerta del coche.

Anna sonrió mientras dejaba el coche en batería a pocos metros de la entrada del colegio.

—Muy bien, hija. Enhorabuena —le dijo con una sonrisa sincera—. Si quieres, puedes.

—¿Sabes qué pasa, mamá?

En esos momentos, diez compañeras de clase pasaron a pocos metros del BMW. Ninguna se paró a esperarla. Ella las siguió un segundo con la mirada y volvió la vista hacia su madre.

—Que es lo único que me interesa..., estudiar un idioma para salir de la roca esta en la que he nacido.

Anna miró a su hija. Por primera vez en toda su vida notó que la miraba de forma diferente. Era la segunda vez en poco tiempo que le decía que quería salir de la isla, huir para siempre. Quizás fue el reencuentro con Antonio lo que hizo que Anna escuchara las palabras de su hija de forma diferente. No vio a una niña con una pataleta. No vio a una adolescente rebelde. Vio a una mujer expresando un deseo. Vio a una mujer en sí misma y no a una prolongación de la vida de su madre. Pensó que, si Anita pudiera subirse, en ese mismo instante, en el Lord Black para cruzar el Atlántico, lo haría con los ojos cerrados. Sin dudar ni un instante. No sería cobarde como lo había sido ella. Se dio cuenta de que su hija, no solo en lo físico sino en lo psíquico, era una mujer muy distinta a ella. ¿Conocía verdaderamente a Anita? Porque la conocía como hija, pero ¿la conocía como mujer?

Se dio cuenta, viendo a las compañeras de clase pasar ninguneándola, de lo valiente que era. Quizás era el momento de observarla como a una mujer de quince años con sus propios deseos, con sus propios anhelos. Una mujer a quien había de empezar a respetar y no solo a querer y a proteger como había hecho hasta ahora. Una mujer, esta vez sí, que deseaba salir de la roca.

—Si me prometes que vas a ser prudente —le dijo—, yo no tengo el dinero, hija, pero con tus ahorros miramos lo de la moto.

—¿De verdad? —preguntó incrédula.

—Muy prudente.

—Mamá... Intentaré aprobar Ciencias..., pero es que me lo explica el profesor en casa y lo entiendo, y luego llega el examen y saco un cuatro. —Alzó los hombros interrogándose a sí misma.

—Ya lo sé, hija. Sé que estudias. Venga, ve. Está a punto de sonar la campana.

Anita acompañó la puerta del coche con la mano y la cerró con suavidad. Se alejó hacia la puerta del colegio. Anna esperaba siempre hasta que cruzara el umbral, no por miedo a que no entrara, sino por seguridad. Anita llegó a la puerta de entrada y, por primera vez en toda su adolescencia, se volvió hacia su madre, levantó la palma de la mano en señal de despedida y levemente sonrió.

Anna sacó su Nokia del bolso y se sentó en la *chaise longue* de leopardo. Escuchó a su marido tirar de la cadena de váter del dormitorio. Algo insegura, pulsó la tecla MENÚ. Luego AGENDA. Buscó el número de Antonio. Pulsó la tecla mensaje y escribió:

> ¡Hola, Antonio! Lo pasé muy bien la otra noche. Pero insisto en que debería haber pagado yo. Te escribo porque mi hija quiere una moto. No muy cara, de segunda mano. Por si tenéis algún cliente en el taller que quiera vender una. Gracias... Beso.

Volvió al inicio del mensaje y borró el signo de exclamación. Demasiado infantil. Releyó el mensaje. Fue al final del mensaje y borró los puntos suspensivos. Daban a entender algo que no debía entenderse. Releyó el mensaje. La palabra «beso» tampoco hacía ninguna falta. Gracias a secas. Dio con el pulgar a enviar. Volvió a escribir «beso». Era frío acabar con un simple gracias. Escribir «beso» está bien. Lo pensó unos segundos y finalmente dejó: «Nos vemos pronto». Suspiró y borró de nuevo. Escribió «Un abrazo». Demasiado intenso. Borró. Pensó que era mejor añadir la letra ese a la palabra «beso». Escribió «Besos». Borró la ese. Beso a secas, mejor. Los puntos suspensivos tampoco quieren decir nada. Fuera puntos.

Oyó a su marido salir del dormitorio. Pulsó la tecla enviar. ¿Qué había escrito? ¿Besos, beso o abrazo? Releyó el mensaje. Besos.

Escondió el móvil en el bolsillo de su pantalón y echó un vistazo, con disimulo, hacia la escalera. Sonó el teléfono. Era casi imposible que le hubiera llegado el mensaje a Antonio. Anna se sacó el móvil del tejano. En la pantalla, el nombre de Antonio. De nuevo, miró hacia las escaleras. No hay moros en la costa. «A ver, Anna, no pasa nada, es una llamada del mecánico. Si hay moros en la costa o no los hay, es irrelevante», se dijo a sí misma intentando convencerse de que ahí no pasaba nada a pesar de que notaba como el latido de su corazón se aceleraba en exceso.

—Hola, Antonio —dijo Anna calculando con precisión un tono de voz de *aquinopasanada.*

Entró en la cocina y cerró la puerta.

—Hola, Anna. He leído tu mensaje. Tengo dos clientes que quieren vender su moto. Una tiene diez años de antigüedad, es una Yamaha y piden quinientos euros, y la otra una Vespino, que debe de tener veinte años... La venden por trescientos.

—Qué bien... Y ¿los conoces personalmente? ¿Son de fiar?

—Sí, sí, sí, son clientes del taller. No te preocupes por eso. Si no lo fueran, ni te lo comentaría.

—Pues perfecto, se lo digo a mi hija y vemos cómo lo hacemos.

—Vale pues... ¿Me llamas tú? —preguntó Antonio.

—Sí, te llamo yo. Sale del colegio a las cinco, se lo pregunto y te llamo.

—De acuerdo.

Se quedaron en silencio unos segundos. Ninguno tenía ganas de colgar. Ninguna gana.

—Bueno pues. Que tengas un buen día —dijo Anna.

—Tú también, Anna. Yo también lo pasé muy bien ayer.

Los dos desearon otra cita. Ninguno se atrevió. Esperaron en silencio.

—Bueno pues —dijo Anna—. Te llamo más tarde para concretar.

—¡Marina!

—Hola, Laura. ¿Cómo estás?

—Bien, ¿y tú? Hoy me preguntaban en recursos humanos si sabía algo de ti.

—Por eso te llamo. Me voy a quedar aquí hasta septiembre. Comunícales que renuncio al cargo de Etiopía... de momento —aclaró, no del todo convencida.

Marina le explicó todo lo que había acontecido en esas semanas. Cómo todo había tomado un rumbo inesperado. Laura, como siempre, escuchando entre líneas, notó cierto entusiasmo en la manera en que Marina hablaba de esa casa de piedra en medio de la sierra de Tramontana. Quizás su amiga, como le había recomendado, volvía por fin a sus raíces.

—Me iba a ir con la niña a Aldehuela del Rincón, a Soria, al pueblo de mis padres —dijo Laura—, pero, vamos, era por cambiar de escenario.

—Vente, Laura. Por favor. Hay espacio en esta casa.

—Estoy ahí para tu cumple. ¡¿Sí?! Nos quedamos un par de semanas con la niña... ¡Qué ilusión! Marina, que me está haciendo una señal un logista nuevo muy calvo y muy gordo, pero que me pone..., para que entre en una reunión. Te dejo.

—No me dejes así —suplicó Marina—, cuéntame...

—Te lo cuento con calma... Te quiero, amiguita.

—Te espero en agosto. Un beso —contestó su dulce e introvertida mejor amiga.

Ese mismo día y antes de que el sol se escondiera bajo el mar de la isla, Anita ya había comprado la moto. Nada más recogerla del colegio, Anna le contó a su hija las dos opciones que había encontrado a través de un mecánico de Palma y le hizo prometer que juntas intentarían repasar las matemáticas, la física y la química. Anita dijo que sí a todo, por la Vespino de trescientos. Por un poco más de libertad.

Fueron a casa. Anita subió a su dormitorio y cogió la mitad de lo que tenía ahorrado. Anna llamó a Antonio, que tardó algo más en coger, pero poco más, y le dio el número y la dirección del tipo que vendía la Vespino.

Fue una conversación breve. Anna estaba frente a su hija. Antonio frente a su jefe.

En quince minutos se plantaron en casa del tipo y veinte minutos más tarde Anita seguía a su madre por las carreteras mallorquinas. ¿Dónde demonios había aprendido su hija a conducir una moto? Suspiró... En fin, estaba claro que había cosas que su hija le escondía. Pero ¿no le había escondido ella misma a su madre absolutamente todo en su vida?

«Confía, Anna. Tranquila. Tu hija empieza a ser una mujer.»

Esa noche cenaron las dos en la cocina tranquilamente como no lo hacían desde no se sabía cuándo. Imelda no estaba. Era su día libre y a veces se quedaba en casa de una prima. Anita hizo un ejercicio de empatía que su madre no había hecho en ningún momento en todo el tiempo en que esa mujer asiática había convivido con ellas y a la que seguramente tendrían que despedir.

—¿Te imaginas, mamá, haberme dejado aquí con la abuela y que te hubieras marchado a... Rusia a cuidar a la hija de otra?

A Anna le sorprendió esa pregunta y se quedó pensativa. Intentó imaginarse cómo se hubiera sentido si, a los cuatro años de nacer su hija, se hubiera visto obligada a abandonarla en brazos de su suegra... Se le erizó la piel.

—A estas señoras asiáticas sí que se les tendría que poner una alfombra roja cuando bajan del avión —añadió mirando la revista *¡Hola!* del mes anterior que se hallaba sobre la mesa de la cocina y donde se anunciaban en su interior los mejores trajes de la gala de los Óscar 2010.

Saltaron de Imelda a su ruinosa situación económica.

—Tu padre nunca pensó que ella no fuera a vender... Yo tampoco, la verdad. El dinero nos hubiera sacado de la ruina esta en la que estamos. Pero ese molino, como esta casa, es tanto suya como mía.

—¿Esta casa también es suya?

—Sí, hija. Esta casa nos la dejó mi padre a las dos. Por eso no podemos hacer mucho por vender el molino. Porque todo es de las dos.

—Pues esta casa te la quedas tú y lo de Valldemossa que se lo quede ella... Y vende esta casa... Si es demasiado grande para los tres.

—Qué dices, hija. Es la casa de mi abuela, de mi madre, de mi padre. Será para ti en un futuro.

—Mamá..., yo sé que no me tomas en serio, pero yo no voy a vivir en Mallorca. Lo tengo muy claro. Haced lo que tengáis que hacer.

¡Su hija tenía las ideas tan claras sobre su futuro! La observó casi con admiración. Ella, a los catorce años, respiraba detrás de la falda de su madre. Se vestía con los vestidos que ella le compraba. Comía lo que su madre cocinaba. Olía a la colonia de su madre e incluso su madre seguía cepillándole la melena cada noche. Es verdad que eran otros tiempos, pero qué diferente era la relación que ella tenía con su hija.

—¿No te da pena dejar esta casa?

—¿A mí? Ninguna —dijo poniendo su plato en el fregadero.

Anna se sentía muy segura entre esas cuatro paredes, aun estando convencida de que no era sinónimo de feliz, pero a esas alturas de su vida... daba igual. No. Anna no quería desprenderse de la casa familiar. No se veía en ningún otro lugar. Era su casa. Su óvalo de cristal.

En ese momento oyeron la puerta de la entrada abrirse.

Se miraron entre ellas. Armando, desde que vio frustrada la venta del molino que aliviaba sus deudas, era un hombre totalmente imprevisible. Quizás entraba y saludaba tranquilo. Quizás malhumorado. Esa noche no entró. Subió al primer piso y se metió en el dormitorio.

—Yo no sé cómo lo aguantas, mamá.

**Examen San Cayetano 3.º ESO. Tercer trimestre**

Fórmula:

$$ax^2 + bx + c = 0$$

$$x = \frac{-b \pm \sqrt{b^2 - 4ac}}{2a}$$

Problema (2 puntos cada uno)

1. Un rectángulo tiene un lado el doble que el otro. Si el mayor se aumenta en dos unidades y el menor se disminuye en dos unidades, el rectángulo obtenido tiene 4 $m^2$ de área más que el primer rectángulo.
2. Calcula la longitud de los lados de un triángulo isósceles sabiendo que su perímetro es de 55 cm y que el lado desigual es 5 cm menor que uno de los lados iguales.

Resuelve:

$$2 + (2x + 3)(x - 2) = (2x + 1)(x - 4) + 18$$

$$\frac{x-3}{2x-5} = \frac{3x+1}{6x+1}$$

$$\frac{1}{1-x} = \frac{1}{x-x^2}$$

$$\sqrt{2}(x-3)\left(x+\frac{1}{3}\right) = 0$$

$$x^2 - \sqrt{2}x - \sqrt{3} = 0$$

$$\frac{a-x}{a} = \frac{-2a}{x-a}$$

$$9a^2x^2 - 12ax - 12 = 0$$

Anna miró el examen de su hija como si fuera un jeroglífico en arameo.

—A ver —dijo cogiendo papel y lápiz—, si un rectángulo tiene un lado que es el doble del otro…

Anna dibujó un rectángulo. Anita también en su libreta.

—… y el mayor se aumenta en dos unidades…

Volvió a leer la frase muy despacio. Hizo un rectángulo con una base dos veces más larga. Cogió el folio entre sus manos.

—Tú estás segura de que hay que seguir esta fórmula, ¿no?

—Segura, segura…, lo que se dice segura, no —respondió Anita dando un bocado a una tostada de jamón serrano.

Releyó el problema de nuevo. Dibujó. Volvió a leerlo. Así se pasaron aproximadamente cuarenta minutos sin lograr sacar una solución a ningún problema.

—Estoy de fórmulas de segundo grado y raíces cuadradas hasta el coño.

—Esa boca, mi amor, por favor.

—Intentémoslo otra vez.

Empezaron de nuevo. Cuando llevaban un par de intentos fallidos, el móvil de Anna emitió el sonido de mensaje recibido. Miró la pantalla: Antonio. Disimuló y se levantó de la silla. Mientras le latía el corazón a cuarenta mil latidos por segundo, leyó:

> Maria del Mar Bonet hace un concierto pronto…
> Me encantaría que me acompañaras.

Las maletas de Imelda estaban en la puerta de entrada. Prescindían de sus servicios tras catorce años de trabajar de interina en la familia García Vega. Se había despedido de Anita antes de que saliera hacia la escuela. Esperaba sentada en la cocina con los ojos vidriosos. Le daba pena irse de España, sobre todo por la señora. Porque, a pesar de que seguía presente la jerarquía entre ambas y seguían llamándose de usted la una a la otra, se tenían cariño. Criada y señora se habían hecho compañía durante catorce largos años. Había compartido la crianza de Anita, las ausencias de Armando, las enfermedades de una y la otra. Imelda recordó, saliendo por la puerta, cuando cogió una bronquitis aguda que la tuvo postrada en la cama durante tres semanas y la señora la cuidó como a una hermana. La acompañó al médico. Pagó los medicamentos de su bolsillo. La dejó llamar por teléfono desde su casa a Manila para hablar con su hija y así no tener que bajar, como hacía cada último jueves de final de mes, al locutorio del paquistaní.

Imelda podría haber buscado otra casa de interina pero decidió volver a Manila, había ya cumplido los cincuenta y cinco años de edad, y deseaba, por fin, estar cerca de su hija, a la que, en realidad, apenas conocía, pero a quien le había dado la mejor educación que una niña de un suburbio de Manila pudiera tener. Además, como culminación de ese sacrificio que había hecho separándose de su hija a los cuatro años, le hacía una ilusión inmensa verla entrar el primer día en el edificio que albergaba la facultad de enfermería de Manila, en el prestigioso City College, donde a Imelda le hubiera gustado estudiar.

Los señores le debían tres mensualidades y prometieron hacerle una transferencia bancaria en cuanto pudieran. Se fiaba de ellos. No habían dejado de pagarle nunca.

A la una salía el ferri a Barcelona y de allí iría al aeropuerto de El Prat, desde donde cogería, por fin y esta vez para siempre, el vuelo de vuelta a casa.

El BMW aceleraba alejándose del muelle de Peraires. Catorce años con la misma mujer de servicio. Sentía pena al ver partir a esa filipina con quien había compartido tanto tiempo de su vida. Cuca, Xesca y el resto solían cambiar cada cuatro años de chica. Decían que las chachas, pasado cierto tiempo en una casa, se acomodaban y se volvían vagas y reivindicativas. Además, a la isla llegaban jóvenes ecuatorianas que trabajaban casi por la mitad de sueldo que las filipinas, y, al no tener papeles, *contratarlas* era mucho más barato. Pero Anna nunca quiso dejar a Imelda. Prefirió hacerle los papeles y pagarle la Seguridad Social, hecho que, por supuesto, suponía más gastos. No obstante, no le importó porque quiso que se quedara con ella y su familia. Era cierto que ya no quitaba el polvo de esa manera tan meticulosa como solía hacerlo en los primeros años, y que los cristales del ventanal los limpiaba de Pascuas a Ramos, también la pilló sisando alguna vez la calderilla de Armando, pero todo se lo pasaba por alto. Para Anna esa mujer asiática era ya parte de su familia y se había acostumbrado a que estuviera en casa, a sus maneras silenciosas. A su compañía. A su sonrisa sincera e inocente. Pensó en cuánto tiempo le llevaría limpiar los quinientos metros de casa en la que vivían. Ni ella ni su hija suponían un problema. Anita era independiente, se hacía su cuarto a diario, se lavaba su ropa y había aprendido a cocinar. Su hija se acostumbraría rápido. El problema era Armando, que no había tocado un plato en su vida. Pasó de vivir con su madre a vivir con Anna y la filipina. Pensó en el montón de ropa que planchaba meticulosamente Imelda. En esa casa se planchaba toda la ropa, incluida la interior, sábanas y toallas. Sintió una pereza horrible por eso y por los túpers de comida que le llegarían de nuevo de la urraca.

Se dirigía a Valldemossa. No había avisado a Marina de que iría. Pero tenía ganas de verla. Cuca, Xesca y las del club habían quedado para comer. Pero le daba pereza y lo cierto es que tampoco tenía dinero. Deseaba ver a su hermana pequeña. Quizás contarle lo de Antonio... «Qué tontería», pensó. No había pasado nada entre ellos. Quería verla, solo eso. Y quizás podría pedirle ayuda con las dichosas matemáticas de su hija. Aparcó en la entrada del pueblo y caminó hacia la panadería. Bajó en dirección a la calle de la Rosa. Vio el viejo molino y, sentadas en un banco de madera bajo el sol de invierno, a tres mujeres. Un perro canoso tumbado junto a ellas. Enseguida, se percató de que una de esas mujeres era su hermana.

—Perdón, ¿estáis comiendo? No quería interrumpir —dijo Anna acercándose a ellas.

—No interrumpes nada. Es mi hermana —aclaró Marina a Catalina y Úrsula—. ¿Pasa algo?

—Nada importante. Anita y sus suspensos. Necesito, si tienes tiempo, que la ayudes... Luego te cuento.

—*Seu amb noltros, que on mengen tres mengen quatre.*[*] Porque tú el mallorquín lo entiendes ¿verdad? —preguntó Catalina tendiéndole su mano regordeta con restos de sobrasada y presentándose.

—Mucho gusto —dijo Úrsula tendiéndole la mano—. Perdóname que no me levante, pero ya ves en qué estado de senectud me encuentro.

[*] Siéntate con nosotras, que donde comen tres comen cuatro.

Tomeu, como cada año por esas fechas, les había regalado unas sobrasadas picantes de la matanza del cerdo, que se hacía dos veces al año en la finca de su mujer. Y en eso se encontraban, untando esa sabrosa mezcla de sangre y tripa porcina con el pan moreno tostado que ellas mismas habían cocido esa mañana.

Conversaron intentando averiguar qué habían hecho mal en su primer intento de cocinar el pan de limón con semillas de amapola. Porque les había salido un mazacote incomestible excesivamente dulce, que tiraron a la basura. Anna y Marina recordaron cómo la abuela Nerea le echaba algún ingrediente más al bizcocho, además del limón y las amapolas, algunos días almendras, otros extracto de vainilla, otros canela.

Catalina les aclaró que Lola era una mujer metódica y ordenada en la vida y, por supuesto, en su oficio de panadera, y que si eran cien gramos de azúcar eran cien, ni un gramo más ni un gramo menos. Debían ser fieles a la receta escrita por ella. Marina se puso en guardia.

—¿Lola era una mujer ordenada?

Catalina asintió.

—Demasiado ordenada. Antes de amasar el pan o batir el bizcocho alineaba todos los ingredientes frente a ella en la mesa. Los miraba unos segundos. No se podía tocar nada ni tampoco se me estaba permitido hablar. —Catalina hizo una mueca simpática—. *Per coure pa se necessita temps, amor i silenci.** Esa era su frase preferida. Yo me reía de ella a veces. De cinco a siete de la mañana se pasaba esas dos horas en absoluto silencio con las manos en la harina... Para Lola, amasar era como —Catalina pensó un segundo—, como una religión.

* Que para cocer pan se necesita tiempo, amor y silencio.

Catalina cruzó las manos en su regazo, estaba hablando más de la cuenta, pero la echaba de menos. Muchos años juntas pasando calor en Can Molí. Miró hacia el cielo y habló con ella, con su amiga muerta, en sus pensamientos... «Xerro massa, Lola. Però estigues tranquila, que no parlo més.»*

Marina siguió preguntando, porque no le cuadraba el desorden y la dejadez que ella había encontrado el primer día que entró en la casa de Lola con la descripción que Catalina hacía de ella. Pero Catalina, hábil, se salió por la tangente, contándole los cuchicheos sobre los secretos de su pequeño pueblo. Habló del amor platónico del párroco por una viuda valldemossana. De la horrible mujer del Tomeu, que limpiaba amargada la barra del bar, y con quien Catalina y Lola habían estado siempre enfrentadas por una trifulca que se negó a aclarar. De la tremenda soriasis de la peluquera, que a todo el pueblo cortaba el pelo, de la terrible gripe que había atacado al ochenta por ciento de los habitantes de Valldemossa en 2008 y de los problemas que acarreó la falta de médicos en el pueblo. Solo un centro de salud abría martes y jueves de nueve a dos, para pequeñas dolencias, evidentemente. Si había un problema grave, debían acudir a los hospitales de Palma.

—Si algún día me necesitáis, soy médica.

—*Ets metge tu?* —dijo Catalina sorprendida—. Ni se te ocurra decir que eres médico en el pueblo, que estarán todo el día preguntando —le advirtió mientras soltaba vaho en sus gafas y las limpiaba en el delantal.

Úrsula hizo café para las cuatro y siguieron cuchicheando hasta que el sol empezó a esconderse de nuevo y el frío dio por finalizada la agradable e improvisada comida de esas cuatro mujeres.

* Hablo demasiado, Lola. Pero estate tranquila, que no hablo más.

Por fin se quedaron solas las dos hermanas. Entraron en la panadería y subieron al dormitorio. Era, por el momento, el lugar más acogedor de la casa.

—¿Cómo estás? —preguntó primero Anna.

—Si me llegan a decir hace cinco meses que acabaría amasando pan, no lo hubiera creído.

Sonrieron.

—Anna, pensaba llamarte —siguió diciendo Marina—. He decidido quedarme hasta finales de agosto. Viene mi compañero y…

Anna se mordió el labio inferior en un acto reflejo. Asustada por las consecuencias que aquello acarrearía.

—Marina, nos dijiste a principios de marzo. Ahora agosto. Tenemos a otro comprador alemán interesado —se pasó las manos por la cara—. Armando va a montar en cólera.

Marina lanzó una mirada severa a su hermana. Anna sabía perfectamente qué pensaba Marina. Pero ninguna quiso sacar el tema.

—Ayer mi hija, que creo que es más lista que yo, me sugirió que te quedaras tú este lugar y nosotros la casa. Las cosas nos van mal, Marina. Necesitamos dinero.

Marina tragó saliva. Ese hecho era de una lógica aplastante, pero no supo por qué le molestó. Esa casa del barrio de Son Vida seguía siendo suya. La casa de su infancia. La casa a la que anhelaba volver en su adolescencia. Esas paredes, en las que no vivía desde hacía más de treinta años, formaban parte de su pasado.

Permanecieron en silencio. Para ninguna de las dos era una opción convincente.

—Quizás sí. Tiene sentido —contestó Marina en silencio—. Podemos hacer una separación de bienes… Pero ¿qué pretendes?, ¿vender la casa?

—No lo sé. Pero si realmente necesitamos el dinero... Se me saltan las lágrimas solo de pensarlo. La abuela Nerea la compró, ¿cuándo?

—En los años treinta —contestó Marina.

—Quizás sea una solución para salir de la ruina. No lo sé.

—Anna, es tu casa. Tu dinero. La ambición de tu marido le ha llevado a perderlo todo. A él. No a ti.

—Nos han embargado el edificio de Magaluf. Hemos vendido el yate. No entiendo qué pasó en Panamá. Le timaron.

—Eso es su problema. Yo firmo si realmente es lo que quieres. Pero si vendes, os quedaréis sin nada. Y si lo hago, lo hago por ti, Anna. Porque tú me lo pides. No por tu marido. Ni por su ruina económica.

Pasearon hasta la entrada del pueblo con Niebla tras ellas. Anna pasó su brazo por el de su hermana. Apoyó un segundo la cabeza en su hombro y la levantó de nuevo. Marina miró a su cariñosa hermana mayor y le sonrió. La perra, que andaba parsimoniosa a sus setenta años, se metió entre ellas dos y casi se caen al suelo. Era una perra tonta y vieja a la que Marina le estaba cogiendo cariño. Llegaron al coche.

—Anna, pregúntale a Armando si se llevó algo de aquí. Fue él quien entró en la casa. Es extraño que no haya encontrado nada, ni fotos, ni facturas, ni cartas de ningún tipo. Y cuando entré estaba todo tirado en el suelo...

—Lo haré —afirmó Anna no muy segura sabiendo que su marido contestaría lo que se adecuara a sus necesidades.

—Y dile también que quiero la carta que escribió María Dolores al notario.

Armando, y su falta de escrúpulos, hizo que en una semana Curro tuviera redactado un documento notarial con la separación de bienes de las hermanas. La casa donde vivían seguramente doblaba la cantidad de la casa de Valldemossa. Marina, con toda la pena de su corazón, frente a ese ser despreciable que tenía su hermana como marido, firmó la renuncia a la casa de su infancia, convirtiéndose así en la única propietaria de todos los bienes de María Dolores Molí.

Por la presente, yo, María Dolores Molí Carmona, manifiesto mi voluntad de hacer testamento, nombrando herederas de todos mis bienes a Marina Vega de Vilallonga y Anna Vega de Vilallonga.

María Dolores Molí Carmona
En Palma de Mallorca, a 10 de enero de 1984.

Marina dejó el folio encima de la cama. Abrió el cajón de la mesilla, cogió la Moleskine, la abrió y sacó de dentro la receta del pan de limón con semillas de amapola. Dispuso los folios uno al lado de otro. La firma y la caligrafía infantil de la receta habían sido escritas por la misma persona. Esa información corroboraba que la difunta panadera había escrito la receta que en principio se había inventado su abuela.

Volvió a leer. El apellido Molí era un típico apellido mallorquín. Su segundo apellido, Carmona, sin embargo, era habitual en el sur de España. Recordó que en Sevilla había un municipio con el mismo nombre. Quizás su madre era andaluza.

Siguió leyendo con atención esa escueta carta de apenas tres líneas.

Le extrañó que su nombre estuviera escrito delante del de su hermana. Toda la vida, al ser Marina la pequeña, la nombraban en segundo lugar. Anna y Marina esto, Anna y Marina aquello, Anna y Marina lo de más allá. En el San Cayetano, en las clases de catequesis, en las de costura, cuando las llamaba su madre, su padre o su abuela. Quizás era una tontería pero le llamó la atención.

—¿1984? —releyó la fecha en voz alta.

María Dolores había muerto en enero de 2010 a los sesenta y tres años. Si hizo el testamento en vida en el año 1984, lo había firmado a la edad de treinta y siete años. En 1984, ella tenía diecinueve años. Anna veintiuno.

—¿Por qué veintiséis antes de morir nos dejas todo esto? ¿Qué te une a nosotras, Lola? —dijo Marina mirando por la ventana de su dormitorio hacia el mar.

Úrsula y Marina leían atentas el folio amarillento con la receta del pan de limón con semillas de amapola que ya habían intentado hornear el día anterior.

—Viste que sigo convencida de que fue la levadura. Necesitamos la levadura química. Porque esta que tenemos no sube suficiente.

—Creo que lo dejamos demasiado tiempo en el horno… y nos pasamos de azúcar —respondió Marina.

—*Avui us ajudaré una mica...* Os ayudaré, que las pobres gallinas del Tomeu no tienen la culpa de que no sepáis contar.

En silencio, las tres empezaron la elaboración de ese complicado bizcocho de limón con semillas de amapola. Úrsula ralló los limones mientras Catalina batía los huevos y Marina tamizaba la harina y la levadura. Mezclaron los ingredientes, poco a poco, hasta que, cuando la masa se hizo uniforme, cada una cogió un puñado de semillas de amapola y las volcaron a la vez, mirando como caían..., como lo hacía la Lola, como si aquello fuera, de verdad, un ritual...

Marina rompió el silencio.

—Lola firmó el testamento con treinta y siete años... ¿Tú sabías eso, Cati?

Cati suspiró y volvió a fruncir el ceño.

—¿Por qué no dejas a Lola descansar en paz? —dijo sin atreverse a mirar a Marina a los ojos.

Marina no se esperaba esas palabras tan duras y directas. Catalina había hablado el día anterior de Lola con toda naturalidad.

—Tú harías lo mismo si estuvieras en mi lugar —contestó Marina con voz conciliadora.

—Sí, Catí. Ponete a pensar si te hubiera ocurrido a vos. No cada día le cae a uno del cielo una casa como esta —apoyó Úrsula.

Catalina levantó la mirada. La fijó en Marina y con la voz quebrada contestó:

—Soy mujer de palabra —zanjó la panadera cogiendo un trapo y saliendo del obrador.

Úrsula miró a Marina y alzó los hombros. Estaba claro que esa mujer no iba a ser de gran ayuda y, por esas últimas palabras que había pronunciado, sabía pero callaba. Pusieron la masa en el horno... y la sacaron quince minutos antes que el día anterior. Tenía buena pinta, lo probaron y les pareció delicioso.

Desde la puerta de entrada se coló la voz del párroco.

—*Bon dia, Pare Jesús*[*] —dijo Catalina cogiéndole su *pa moreno* y su pedacito de pan de limón.

En ese momento entró la viuda y, como cada mañana, los dos enrojecieron y el cura con un «Adéu, fins demà»[**] se escabulló como un marinero de agua dulce por la puerta de la panadería. Enseguida, Tomeu, que se llevó, como cada mañana, cincuenta panes para los menús y los bocatas de su restaurante y, por supuesto, su trocito de pan de limón. La tercera clienta, la peluquera con soriasis y sus cinco hijos. Para ellos una barra de pan y un trocito de pan de limón que comían tranquilamente dentro del cuatro latas camino de la escuela de Sóller. Cuando los niños salieron, casi al unísono, entró el guardia urbano del pueblo, quien hacía la vista gorda al exceso de niños que subían cada mañana en el Renault 4 de la peluquera, motivo por el cual, una vez cada tres meses, se cortaba gratis el pelo a navaja.

La peluquera tampoco cobraba a Catalina su corte de pelo anual, ya que pagaba veinte céntimos menos por el pan moreno. (Fue una decisión que tomaron Lola y Catalina al ver que esa pobre mujer y el bonachón de su marido, camionero de profesión y que se pasaba más tiempo sentado en su tráiler por carreteras europeas que en el sofá de la casa de su pequeño pueblo rodeado de su cinco hijos, no llegaban a fin de mes.)

A las ocho y media, el alcalde, bostezando y malhumorado, hablando como siempre de sus terribles problemas de insomnio. Dándole coba al alcalde, innecesarios funciona-

[*] Buenos días, padre Jesús.

[**] Adios, hasta mañana.

rios del Ayuntamiento pactando entre ellos las vacaciones de Semana Santa, varias Catalinas, varios Tomeus, y así, fueron pasando los valldemossianos, hasta la una del mediodía, hora en la que bajó la afluencia de clientes.

Lo curioso es que, a pesar de que estaban agradecidos de volver a saborear el pan de limón, todos tuvieron algo que objetar. Que si el de la Lola sabía distinto, era un poco más dulce o con menos limón y más amapola, más harina o un huevo menos...

Las panaderas pactaron los horarios de trabajo que llevarían a cabo diariamente. Empezarían cada mañana las tres juntas a las cinco para la primera hornada. Úrsula las ayudaba hasta las once. Catalina acabaría su jornada laboral a la una del mediodía. La panadera se disculpó, había intentado que uno de sus ocho hermanos fuera a dar de comer a su anciana madre durante esa semana que Marina y Úrsula aprendían el oficio de panaderas, pero ninguno tenía tiempo. Catalina decidió no pedirlo nunca más cagándose antes en la puta madre de sus cuñadas, en sus repugnantes sobrinos y en los calzonazos de sus hermanos. Así que, con ese panorama, Marina se quedaría sola cada día atendiendo a los clientes hasta las dos.

La panadería seguiría el mismo horario que había tenido siempre. En invierno, de lunes a domingo, de siete a dos. En verano, de siete a nueve, de martes a domingo.

El primer día que Marina se encontró sola tras el mostrador de Can Molí, cuando el campanario del pueblo dio la una y Catalina salió por la puerta, no pudo evitar una sonrisa.

Un cartero insulso entró en la panadería. Saludó fríamente y salió. Marina cogió, por fin, la carta del Registro de la Propiedad. Se dispuso a abrirla y en ese momento entró Gabriel con dos vasos de plástico de café humeante.

—Buenos días, Marina... Si te lo decía yo..., que es difícil entrar en este pueblo, pero, una vez entras, no sales —le saludó con una sonrisa.

Gabriel le tendió el café que había comprado para ella en el bar del Tomeu. Se había encontrado a Catalina de camino y esta le había comentado que Marina estaba sola por primera vez tras el mostrador.

—Anda, ven. Vamos a tomarlo al sol mientras no entre otro cliente —dijo Gabriel dando un sorbo al café.

Salieron a sentarse en el banquito que se apoyaba en la fachada de la panadería. Niebla, como siempre tumbada en la callejuela junto al umbral de la puerta.

—¿No echas de menos la acción?

Marina se quedó pensativa unos segundos.

—Un poco. La verdad. Pero, ¿sabes?, creo que me ha ido bien parar el ritmo.

—Sí, hay un momento en la vida en que te das cuenta de que llevas demasiado tiempo corriendo —contestó Gabriel.

—Yo no sé si estoy ya en ese punto. Creo que no —le dijo con una sonrisa sincera—. Todavía tengo ganas de correr... Estoy aquí para averiguar por qué me ha caído este regalo.

—Es un buen regalo —dijo Gabriel mirando el imponente molino que tenía sobre él—. Siempre me ha parecido una pena que este molino no se rehabilitara.

Pasearon por sus vidas en una conversación tranquila. Gabriel le explicó de sus dos hijos estudiaban en la Complutense de Madrid y que de la isla no querían saber nada. «Cuando dejen de correr, ya volverán», dijo convencido. Marina le habló de su compañero de vida, de su profesión. De su hermana. Y, no supo muy bien cómo, acabó contándole la llegada al mundo de Naomi.

**REGISTRO DE LA PROPIEDAD DE PALMA DE MALLORCA**

**Fecha de emisión:** veinticuatro de febrero del dos mil diez.

---

**NOTA SIMPLE IMFORMATIVA** **I34577782289**

Para información de consumidores se hace constatar que la manifestación de los libros por esta Nota simple informativa se hace a los efectos que expresa el art. 332 del Reglamento Hipotecario, ya que solo la Certificación acredita, en perjuicio de tercero, la libertad o gravamen de los bienes inmuebles, según dispone el art. 225 de la ley hipotecaria.

——————————DESCRIPCIÓN DE LA FINCA——————————

Naturaleza de la Finca: RURAL.
Molino harinero. Local comercial. Vivienda.
Calle: De la Rosa, número: 4
Referencia catastral: 3343409VK09845
Superficie construida: 90 metros vivienda. 70 local comercial.

——————————————TITULARIDADES——————————————

| NOMBRES TITULAR | NIF | TOMO | LIBRO |
| --- | --- | --- | --- |
| FOLIO | | | |
| María Dolores Molí Carmona (90 %) | 2345908-P | 12 | 1 |
| Nerea Vega Arroyo (10 %) | 56748932-L | 4 | 59 |

————————————————CARGAS————————————————

Ninguna

Marina lanzó el final de la rebanada de *pa moreno amb oli* a Niebla, que, vieja pero rápida, la cazó al vuelo. Aturdida, volvió a leer el nombre de su abuela en el papel del Registro de la Propiedad. ¿Un diez por ciento de esa casa había pertenecido a su abuela? Le pareció extrañísimo. Pero ¿por qué nunca supieron de esa panadería en Valldemossa entonces? ¿Y por qué ese diez por ciento, al fallecer ella, no había pasado a manos de su hijo Néstor?

Suspiró y durante solo un segundo su mente se trasladó a la cocina de Son Vida, donde su abuelita amasaba pan junto con ella y su hermana cada tarde. Pero... ¿por qué no iba a contarles que tenía una panadería? ¿Por qué nunca las trajo a Valldemossa?

Bajó las escaleras con el documento en la mano. Niebla tras ella. Salieron rumbo al Ayuntamiento. Entró. Niebla se quedó esperando en la puerta. Preguntó a un funcionario que ojeaba el periódico y en quince minutos estaba sentada en el despacho del alcalde.

—Dime, Marina. ¿En qué te puedo ayudar?

Marina disparó sus preguntas al tiempo que le mostraba el documento del registro.

—Estoy buscando respuestas, señor alcalde.

—Llámame Tomeu, por favor.

—La señora que aparece bajo el nombre de María Dolores es mi abuela... No tenía ni idea. ¿Quizás tengáis el historial de la finca? Puedo volver al registro también. Pero por no perder más tiempo quizás usted pueda ayudarme. Cualquier información que pueda averiguar, quiénes fueron los primeros compradores..., más información. Lo que sea.

—Sí, claro, puedo ayudarte. Pero tardaré un par de semanas. La funcionaria que se encarga del archivo está de baja. No sé qué pasa con los funcionarios de Valldemossa, que enferman a menudo…

En esas semanas de espera, Marina continuó con la rutina diaria en la panadería. Cada día aprendiendo un poco más del arte del buen pan. Además, descubrió el placer de los paseos en solitario junto con esa perra vieja que podía decirse que ya era suya. Marina recordó, en una de esas caminatas, la bronca que el párroco había echado a Catalina por no conseguir el sabor del pan de limón. De hecho, el pueblo entero se quejaba. Porque ni Úrsula, ni Catalina, ni ella habían conseguido en esos treinta días que llevaban juntas el sabor delicioso y único de ese dichoso bizcocho al que Lola les había acostumbrado. No había manera de conseguir ese sabor dulce y delicado, esa textura exquisita, por más que siguieran la receta escrita en el folio amarillento de la cocina. Además, cada habitante del pueblo, nada más dar un mordisco, ofrecía una opinión sólida al respecto: lo habéis sacado demasiado pronto del horno, demasiadas semillas, pocas semillas, poca harina, demasiada harina, demasiado limón…

Cómo había cambiado el rumbo de su vida en un mes. «Lola, no me voy a ir de aquí hasta que descubra por qué me has regalado tu vida. Tu casa. Y a toda esta gente entrañable que te ha acompañado siempre.»

La segunda semana del mes de marzo, cayó una inesperada nevada en la isla, cubriendo la arena de un manto blanco que, junto con el azul del mar, regaló un paisaje insólito a los mallorquines y los sacó a todos a la playa en anorak y botas. Los cinco hijos de la peluquera hicieron un muñeco de nieve con zanahoria incluida frente al Mediterráneo.

Una tarde que seguía nevando, la hija mayor de la peluquera entró asustada por la puerta de la panadería.

—Mi hermano pequeño cogió frío ayer en la nieve y está muy enfermo. Me dice mi mamá, que también está enferma en la cama, si puede venir un momento.

Marina subió de dos en dos las escaleras que llevaban a su dormitorio. Abrió la mesilla y cogió el viejo fonendoscopio de su padre. Bajó las escaleras lo más rápido que pudo y juntas salieron de la panadería.

La casa estaba situada en la callejuela que desembocaba en la calle de la Rosa. La puerta de la casa estaba semiabierta. Los tres hijos medianos de la peluquera, de cuatro, seis y ocho años, en pijama, tumbados en el sofá, y a un metro del televisor, miraban absortos unos dibujos animados japoneses doblados al catalán. Subieron al primer piso y entraron en el dormitorio de la peluquera, que tenía a su hijo pequeño con ojitos llorosos, sorbiendo un biberón de leche caliente y tapado con muchas mantas.

Marina se sentó a su lado y le tocó la frente. Estaba muy caliente.

—¿Tienes un termómetro?

—Tiene muchos mocos —dijo la peluquera— y dice que tiene frío, pero está ardiendo. Le he dado ya paracetamol y el mucolítico que me recetó el doctor Hidalgo..., pero no le baja. Quizás debería ir a Palma.

La hija mayor enseguida cogió el termómetro de dentro del cajón y lo agitó. Se lo entregó a la doctora, que se lo puso bajo la axila. Cogió la mano de su madre y se la colocó sobre el brazo de su hijo.

Desabrochó los botones del pijama del niño, que no se quejó de lo mal que se encontraba.

Se puso las olivas del fonendoscopio en los oídos y posó el diafragma en el pecho del bebé. Tenía los pulmones llenos de mucosidad. Le quitó el termómetro. Cuarenta grados y una décima.

—Ayudadme a quitarle la ropa —le dijo a la peluquera—. Ve a llenar la bañera con agua fría —le pidió Marina a la hija mayor.

Marina y la madre desnudaron al niño, que parecía ido y no abría la boca.

—¿Sabes que no nos hemos presentado? Soy Marina.

—Yo Catalina —le respondió la peluquera.

«Sí, claro, lo podía haber imaginado», pensó Marina cogiendo al hijo de la peluquera en brazos precipitadamente. En Mallorca solo Catalinas.

—Y este bebote, ¿cómo se llama?

—Tomeu.

Marina entró en el cuarto de baño con el niño en los brazos y, rápida y sin que el pequeño pudiera darse cuenta, lo sumergió en la bañera. El niño reaccionó con pánico al notar el agua helada en su cuerpo y con sus piececitos pataleó y lloró desconsoladamente demandando a su mamá.

Marina lo cogió en brazos empapándose ella también, lo envolvió en una toalla y se lo devolvió a su mamá. De la panadera, el bebé, no quería saber nada más. Ordenó a la hija mayor cambiar las sábanas y vestirle con pijama limpio.

El niño seguía llorando y su madre le puso de nuevo el biberón de leche caliente en la boca.

—No le des más biberón. La leche produce mucosidad.

—¿Cómo?

—Pero ¿no te lo ha dicho el pediatra?

—Pues no. Al contrario. Leche entera calentita con miel. Lo he hecho con todos mis hijos...

Cada médico tenía sus teorías y evidentemente cada uno pensaba que su manera de ejercer la praxis era la buena. Lo de la leche con miel para el catarro lo había escuchado desde pequeña. A ella seguramente también se la habían dado. Marina tenía algo con que no contaban muchos de sus compañeros médicos, y era la experiencia de haber practicado su profesión en los cinco continentes. Había visto a médicos chinos curar con infusiones de flor de loto, a chamanes latinoamericanos mejorar la salud de los que a ellos acudían con una liana que crecía en la selva del Amazonas llamada ayahuasca. Conocía muy bien la medicina tradicional africana, que utilizaba alcaparras, algarrobo, raíces de baobab... y, por supuesto, sabía del abuso de fármacos en Occidente potenciado por las industrias farmacéuticas norteamericanas.

—Té. ¿Tienes té verde? —le preguntó Marina.

—¿Que le dé té al niño? No tengo té, pero le puedo dar café.

—No, café no. Te he dicho té —contestó Marina.

—No tengo.

—Pues agua caliente. Hierve agua y cuando creas que está a una temperatura que se pueda beber se la das. Con una pajita. El agua va sacando el moco por la nariz y las heces.

Eso lo había aprendido de los tibetanos que conoció en China.

La hija mayor (también se llamaba Catalina pero no querría causar confusión en los lectores) entró con sábanas limpias y un pijama recién lavado. Su madre, escéptica con los remedios de la doctora-panadera, se fue a hervir agua. Entró en la cocina no sin antes chillar a sus otros tres hijos, que seguían mirando absortos, ahora a noventa centímetros del televisor, a un niño japonés con los ojos excesivamente redondos que atravesaba con una lanza el corazón de un gigante verdusco que vomitaba niños vivos que se había comido en la secuencia anterior.

—¡Queréis hacer el favor de apagar la tele! Lleváis casi dos horas y cuarto delante. Se os van a quedar los ojos *cuadriculaos* —dijo llenando un cazo con agua del grifo.

Evidentemente no le hicieron ni caso. Dudó de que la oyeran.

En el piso de arriba, la niña de nueve años vestía a su hermanito pequeño, que había dejado de llorar y miraba a Marina con recelo. Marina quitó las sábanas e hizo la cama. El niño, temiendo ser entregado de nuevo a la doctora, se agarró al cuello de su hermana. La niña lo metió en la cama y lo tapó de nuevo con todo el arsenal de mantas que yacían en una silla.

—Tápalo solo con la sábana. Si no, le subirá otra vez.

Marina cogió el termómetro, levantó el bracito del niño, que lloriqueó, y volvió a ponérselo bajo la axila.

—Solo te quiero curar —le explicó Marina con voz suave.

—Agua fría no —le respondió el niño, asustado.

—Ya no más agua fría. Pero déjame ponerte el termómetro otra vez.

La temperatura había bajado a treinta y ocho grados. Su madre llegó con un biberón de agua caliente y se sentó al lado de su hijo.

—Te lo tienes que beber todo —le dijo la doctora al niño y dirigiéndose a la madre le indicó—: Mucha agua. Si le sube de nuevo, me vienes a buscar. Ve mojándole con paños de agua fría la frente y esperemos. Si vuelve a subir, te acompaño al hospital. Ya conduciré yo. Fuera leche…: biberones de agua.

El niño notó, al ponerse la tetina en la boca y succionar, que su cuerpo se lo agradecía y lo sorbió entero. Marina le acarició la mejilla.

—Mañana volveré y, si mamá me dice que te has tomado los seis vasos, te traigo un pan de limón.

El niño, sacándose la tetina de la boca, le contestó:

— Vale. Pero un pan de limón como los de antes. Como el de la Lola.

Que el hijo de la peluquera se hubiera curado la bronquitis aguda en dos días gracias a los consejos de la panadera generó un gran revuelo en el pueblo.

Marina, además, le había aconsejado a la peluquera para combatir su soriasis aloe vera. Y el aloe, que crecía en algunos rincones de la isla, milagrosamente, también había funcionado. Así que la peluquera, a cada cliente que entraba a cortarse el pelo o teñirse las canas, le explicaba los sabios consejos de medicina natural de la panadera-doctora, ascendiéndola casi a la categoría de maga.

Los habitantes de Valldemossa entraban, ahora, en Can Molí pidiendo el *pa moreno* de cada día, su pedazo de pan de limón y un consejo para sus dolencias.

Al alcalde, para mejorar sus problemas de insomnio, le aconsejó cenar ensalada, sin pan moreno ni embutido, con un buen aceite de oliva y acompañar la cena con una infusión de pétalos de amapola.

A la madre de Catalina (panadera), que tenía siempre los pies hinchados por la mala circulación sanguínea, le colocó dos almohadas bajo su colchón a la altura de los pies y le regaló unos zuecos Birkenstock para que saliera a dar tres paseos diarios, ya que, como a la mayoría de los ancianos mallorquines, le habían embutido los pies dentro de unos zapatos de cuero ortopédicos con cordones que lo único que hacían era evitar que caminaran y llenarles los pies de callos. Con sus nuevos zapatos alemanes, salió por fin de casa. Las ancianas del pueblo, viendo a la madre de Catalina con sus Birkenstock, demandaron los mismos zuecos a sus familiares... y a la semana ya daban paseítos, juntas, agarradas todas del brazo.

A Tomeu le recetó tomillo para combatir la gota, un jugo de limón endulzado con estevia para bajar los niveles de ácido úrico en sangre y, por supuesto, dejar las bacanales de sobrasada porcina que se pegaba diariamente. Al conductor de autobús, infusiones de hoja de eucalipto para la diabetes.

Todos los pequeños cambios alimenticios que sugería a los lugareños funcionaban a la semana de ponerlos en práctica. El alcalde mejoró su humor gracias a las ocho horas seguidas que lograba dormir con la infusión de esa flor salvaje que crecía por la isla. Tomeu notó alguna mejoría con sus desayunos de tomillo, pero llegó a decir que tenía adicción a la sobrasada y que un desayuno sin sobrasada no era un desayuno..., así que siguió cojo toda la vida. Además, los niños del pueblo que jugaban a la pelota en esa misma plaza descubrieron que curarse las rodillas ensangrentadas en la panadería con agua y jabón era mucho menos doloroso e igual de efectivo que el alcohol o el agua oxigenada con los que sus madres rociaban sus rodillas. Marina aprovechaba cada consulta para preguntar por Lola. Pero, como buenos mallorquines, eran parcos en palabras. No sacó nada que no supiera. Sencilla. *Molt treballadora.* Siempre con una sonrisa en los labios. La mejor panadera de la sierra de Tramontana.

—*Tenia uns ulls negres..., uns ulls que te tornaven boig** —se atrevió a confesar Tomeu.

* Tenía unos ojos negros..., unos ojos que te volvían loco.

Lo que no esperaba Marina es que, con sus consejos médicos, ofendiera al médico en funciones que acudía a Valldemossa una vez a la semana. El doctor Hidalgo, que así se llamaba, cuando la peluquera le repitió la frase de Marina: «La fiebre es buena para tu hijo», al comprobar que le enchufaba una inyección de cinco mililitros de paracetamol con tan solo una temperatura de treinta y siete con dos décimas, calificó a la panadera de «curandera de poca monta».

El doctor Hidalgo, al enterarse de las hierbas y extraños ungüentos que aconsejaba la panadera, advirtió al alcalde que estaba poniendo en peligro la vida de los habitantes de Valldemossa y que o las cosas volvían a la normalidad o pedía traslado de dispensario. Aquello era una faena porque el doctor Hidalgo llevaba diez años visitando en Valldemossa, y estaba al tanto del calendario de vacunación de los niños, conocía el historial médico de todos los valldemossianos, firmaba las recetas y evidentemente había enfermedades que Marina, desde su panadería, no podía diagnosticar.

El alcalde, sin atreverse a decirle que Marina le había recetado amapolas en infusión que le sumían en el séptimo cielo, le prometió solucionar aquello con la mayor brevedad.

Cabizbajo, esa misma mañana, con el pan moreno bajo el brazo, le pidió a Marina si podía salir de la panadería para hablar con él un segundo. Marina salió del mostrador pensando que el alcalde le iba a entregar el documento que le había pedido.

—Primero quería decirte que la funcionaria sigue de baja. Ahora dice que ha cogido un catarro. Con esto de la nieve...

—¿Sigues teniendo problemas de insomnio?

—No, qué va... —respondió el alcalde sin atreverse a mirarla a los ojos—. Quién iba a decir que una flor salvaje que crece al *lao* de mi casa me iba a cambiar la vida.

Se hizo un silencio y el alcalde carraspeó.

—Cómo te digo yo esto ahora... —siguió hablando para sí pasándose las manos por la nuca—. Bueno, pues...

Marina arqueó las cejas expectante.

—Bueno, pues —repitió nervioso—. Nada, que el doctor Hidalgo se ha ofendido.

Marina le miró sorprendida.

—¿Por qué?

—Se lo ha tomado a mal que nos recetes hierbas. Cree que contradice las indicaciones que les da él a los pacientes...

—Iré a hablar con él. No te preocupes.

—¿Lo conoces?

—No. Pero no te preocupes. Ya me presento.

—Es de mal carácter.

—Yo no —le contestó Marina con una sonrisa.

A los diez minutos y después de pedirle a Úrsula que la sustituyera, se plantó en el dispensario de Valldemossa. Se disculparía en primer lugar y, si realmente iba a suponer un problema, dejaría de aconsejar a los clientes de la panadería. Llamó con los nudillos a la puerta.

—¡Adelante! —dijo el doctor.

Marina entró en el despacho del doctor Hidalgo.

Uno se olvida de los estudiantes que conoce en la facultad, de los compañeros laborales, de aquellos que alguna vez conoció en una cena de amigos en la edad adulta, pero nunca nunca nunca de aquellos con los que ha compartido su niñez. Por algún motivo, las redes neuronales que tejen el cerebro infantil y que siguen en la juventud son capaces de retener la fisionomía de aquellos que le rodearon durante esa etapa inicial de su vida, y así fue como Marina, a pesar de no haber vuelto a ver a ese estudiante con la cara llena de acné, larguirucho y *desgarbao* que, una vez, frente a un molino de Palma, interpretó el personaje de don Quijote, lo reconoció al segundo de cruzar el umbral de la puerta del dispensario

—¿Miguel?

—¿Marina?

—Pero ¿cuánto tiempo? —dijo sorprendido de verla e incorporándose.

—Treinta y un años... más o menos —le respondió acercándose a él.

Se dieron dos besos. Al doctor, encontrarse a esa amiga de su infancia le gustó. La cogió del brazo cariñosamente.

—Estás igual —dijo el doctor Hidalgo con una sonrisa sincera.

—¿Cómo voy a estar igual, Miguel?

—Yo me he *quedao* sin pelo —dijo señalándose la calva con una mueca graciosa.

Se observaron unos segundos. A los dos de alguna manera les conmovía ese encuentro.

—Bueno, cuéntame... ¿Qué es de tu vida? ¿Vives aquí? Lo último que supimos de ti es que te habías ido a un superinternado americano.

Marina asintió.

—Fuiste la envidia de toda la clase... Las demás hubieran pagado por acompañarte... Sobre todo Cuca, que intentó convencer a sus padres como una loca... ¿Te acuerdas de Cuca?

—Sí. Sigue siendo amiga de mi hermana.

—A tu hermana sí que la he visto alguna vez... Ya me dijo que habías estudiado Medicina en Perelman. —Hizo un gesto de admiración, sabía que era de las mejores universidades de Medicina del mundo y que solo una élite conseguía ser admitida.

Todos en el San Cayetano, alumnos y profesorado, sabían que Marina tendría un futuro brillante. Silenciosa como era, discreta a pesar de sus matrículas de honor. Sin llamar la atención, pero siempre la primera en clase.

—Qué alegría verte... Bueno, dime, Marina. Que me imagino que no has venido para saludarme. ¿Te puedo ayudar en algo?

Marina bajó la mirada un segundo. Hubiera preferido que el médico en funciones fuera un médico anónimo y no un compañero con el que estudió desde los tres a los catorce años y que, a pesar de no haber sido grandes amigos, habían compartido muchas horas juntos en las aulas del colegio. Marina le miró a los ojos y, alzando los hombros con una sonrisa, le dijo:

—Soy la curandera de poca monta.

Llevant, xaloc i migjorn,
llebeig, ponent i mestral,
tramuntana i gregal.
Vet aquí es vuit vents del món.

Una dona marinera
sempre mira d'on ve es vent,
tan si es llevant com ponent
es bon temps sempre l'espera.*

Llegaron los últimos versos de esa vieja canción marinera que tantas veces habían cantado juntos compartiendo los auriculares de su *walkman*, tirados por las playas mallor-

* Levante, siroco, mediodía,
garbino, poniente, mistral,
tramontana y gregal.
Estos son los ocho vientos del mundo.

Una mujer marinera
siempre mira de dónde viene el viento,
tanto si es de levante como de poniente
el buen tiempo siempre la espera.

quinas. Igual que no se olvidan las caras de las personas que te cruzas en la juventud, tampoco las canciones que se escuchan en esos años. Antonio acercó su mano a la de Anna e, inseguro, la rozó; Anna rozó con su dedo la mano de Antonio, invitándole a cogérsela, y juntos, con la mirada clavada en el escenario, acompañaron a Maria del Mar Bonet, palabra a palabra, en los últimos versos de la canción.

Qui s'enamora no es cansa
si viu emb l'opinió
que després d'una maror
sol venir una bonança.*

El alcalde, por fin, le trajo el documento con el historial de la finca. En ellos se decía que el molino harinero había sido construido en 1492 y la casa que albergaba la panadería cuatro años más tarde. Esos papeles constataban que, desde sus inicios, panadería y molino habían ido pasando de generación en generación en la familia Molí. Nunca había pertenecido a otra familia que no fuera la de María Dolores. Que Nerea Vega tuviera un diez por ciento de la titularidad carecía de sentido.

—Lo único que se me ocurre es que, cuando Lola heredó, no pudiera hacer frente al impuesto de sucesiones, que, precisamente, gira en torno a un diez por ciento en Mallorca, y le pidiera dinero a tu abuela.

* Quien se enamora no se cansa
si vive en la opinión
que después de la marejada
suele venir la calma.

Quizás, quizás, quizás… Solo Nerea y Lola sabían la verdad y, evidentemente, Catalina, que no pensaba soltar prenda.

Marina siguió preguntando sutilmente a los valldemossianos. La viuda le explicó algo curioso que a Marina le sorprendió. Le contó que Lola era *bailaora* del *ball de bot** y que, cuando enviudó, Lola se empeñó en enseñarle a bailar porque decía que bailar y cantar aliviaban las penas. Por eso de que las amigas se parecen, Marina había asociado siempre el físico de la miope y gruesa Catalina con el de Lola. Lo de imaginarse a Catalina saltando con los brazos al aire en un círculo de hombres y mujeres no acababa de verlo claro. Y el resto de los habitantes daban rodeos sobre la información que ya tenía: que si era risueña, que si muy trabajadora, que la mejor panadera de las Baleares… Nada que realmente la ayudara a descubrir el porqué de todo…

—*No la deixaràs en pau, eh?* —dijo refunfuñando Cati una mañana.

—No, Catalina. No la dejaré en paz —tradujo Marina, que ya entendía casi todo.

—Cuidó a tu abuela. A la señora Nerea. A los quince años la llevaron a servir a casa de los señores Vega de Vilallonga… A tu casa.

—¿Qué hay de malo en que Lola cuidara de mi abuela? ¿Por qué me lo has ocultado hasta ahora, Catalina? Mi abuela debió de querer mucho a Lola. Pagó el impuesto de sucesiones de este lugar. Es mucho dinero.

—No sé si se querían o no se querían. Yo ya te he explicado todo lo que sé —contestó Catalina cogiendo una ban-

* Baile tradicional de la isla de Mallorca, entre los que se encuentra la jota marinera y el bolero mallorquín. Se baila en círculo. Antiguamente, la bailaora llevaba el compás e improvisaba el baile haciendo que el resto la siguiera. El parado de Valldemossa tiene quinientos años de antigüedad.

deja de pan moreno y colocándola en un mostrador—, y ahora, por favor, deja de hurgar.

Y así pasaban los días, amasando durante la mañana y perdiéndose en los paseos de la tarde, junto con su perra, por entre las montañas de la sierra de Tramontana.

Además, Marina, que era mujer de ciencias y, más allá de las lecturas obligatorias del colegio y de los libros de su especialidad médica, apenas había leído, empezó a degustar el placer de la lectura. Úrsula supo introducirla poco a poco, dejándole los libros de sus maestras, de las que ella aprendió y seguía aprendiendo. Primero *Jane Eyre*, de Charlotte Brontë, *La amante*, de Marguerite Duras, *La casa de los espíritus*, de Isabel Allende, *Como agua para chocolate*, de Laura Esquivel, y uno que Úrsula supo que le encantaría: *Mujer en guerra*, de Maruja Torres.

Y los meses fueron pasando, tranquilos, entre harina y literatura, a la vez que se forjaba una bonita amistad entre esas tres mujeres solitarias perdidas en las montañas de la Tramontana.

Una tarde, poco después de haber hablado con el alcalde, Marina llamó a Anna para informarle de ese nuevo hallazgo. De ese diez por ciento que pertenecía a la abuela. Pero Anna, tal como era, le dio un par de vueltas sin prestarle excesiva importancia. Antes de colgar, prometió pasarse por Valldemossa esa semana con Anita… Quizás podrían empezar la clases particulares de matemáticas y de química.

Anna y Antonio se escribieron un par de mensajes de móvil. Él se insinuaba sutil para volver a quedar. Ella, reprimiendo sus deseos más profundos, contestaba con dulzura, tal vez algo más atrevida de lo que debería. Pero nada más, era una mujer casada y Mallorca, una isla muy pequeña.

Anita se tomó en serio las clases particulares. Entraba en el último trimestre escolar y, si lograba sacarse limpio el curso, sería la primera vez en cuatro años que pasaría el verano entero sin hacer deberes, sin abrir un libro de texto ni descifrar un problema matemático, y esa idea, que veía casi imposible, la aliviaba, y se esforzó por conseguirlo. A Anita, ese miembro nuevo de la familia le gustó desde el primer día que la vio. Tuvo un detalle que hizo que ya, desde el primer segundo, la mirara con otros ojos. Marina era la única persona en el mundo que la llamaba por su nombre y no se dirigía a ella con ese diminutivo cursi con el que sus padres le habían hecho pasar la vida, Anita. Las profesoras, sus compañeras de clase, el equipo de natación, la abuela paterna, las amigas de su madre del Club Náutico. Detestaba ese diminutivo de niña dulce e indefensa.

Un sábado, que como todos sus sábados Anita no tenía nada que hacer, cogió su Vespino y se plantó en Valldemossa. Marina se sorprendió al verla allí a las nueve de la mañana. Anita necesitaba un lugar donde estudiar tranquila durante todo el día, prometió molestar poco y subió a la planta de arriba. Así que, mientras Catalina, Úrsula y Marina amasaban, ella se enfrascaba en las enrevesadas operaciones combinadas con fracciones matemáticas, áreas y volúmenes geométricos que no le servirían absolutamente de nada en la vida, pero que tan importantes eran para un extraño informe llamado PISA.

Así un sábado y otro y otro. Por las tardes, tía y sobrina salían a pasear a la perra. Anita escuchaba a Marina hablar de esa apasionante vida que había tenido como cooperante y empezó a sentir una profunda admiración hacia ella, a la vez que su tía percibía en su sobrina el ansia de volar, de sentirse libre, de salir del pedazo de tierra en el que había nacido, salir de la roca, para ser ella misma... Y así, sin forzarlo y poco a poco, fueron recuperando esos catorce años que se habían perdido la una de la otra.

Un sábado de finales de mayo, Anna decidió acompañar a Anita a la panadería para darle las gracias a su hermana por la ayuda que le estaba brindando a su hija. Solo la acompañó el primer día y el resto Anita quiso ir sola. Esa panadería para Anita empezaba a ser un espacio propio y su madre lo entendió y lo respetó. Anita se opuso con la excusa de que las distraería y que tenían muchas dudas que resolver. Insistió en que quería ir sola.

A pesar de que la relación entre madre e hija había mejorado, Anita seguía siendo impredecible. Unos días cenaba sin hablar en exceso, pero tranquila, junto con su madre. Otros, y si recibía un no, pegaba un portazo y se encerraba en su habitación o, peor aún, cogía la Vespino y se perdía durante horas... Las hormonas descontroladas de la adolescencia.

—Solo será una hora, Anita. Mi amor. Me iré enseguida.

Tras un «joder, mamá», Anita se subió en la Vespino y su madre la siguió con el BMW.

—Qué alegría verte, Anna —le dijo Marina viendo a su hermana entrar en la panadería—. Pero ¿dónde te metes?

Marina se acercó a ella y Anna la abrazó. Anita cogió un trozo de pan de limón del mostrador y subió malhumorada hacia la casa. Marina, por el breve saludo de su sobrina, supuso que alguna bronca habrían tenido. La siguieron. Anita preparó café. Anna observó el espacio, que seguía igual de anodino, el sofá raído, la alacena vacía... Igual que la primera vez que lo vio. Le extrañó que Marina no lo hubiera decorado mínimamente o le hubiera puesto algún pequeño detalle. Llevaba casi cuatro meses en esa casa.

Esperaron a que subiera el café de la cafetera y Anna propuso tomárselo en el banquito de la fachada de la panadería para no molestar a Anita. Las dos hermanas bajaron y salieron.

Anna se excusó por no haber pasado ningún día por Valldemossa. No había vuelto a la panadería desde la primera clase particular que Marina había impartido a su hija porque sabía que esta prefería venir sola para sentirse independiente, y había respetado esa decisión.

También le contó, casi con orgullo, el enfrentamiento que tuvo con Armando cuando le dijo que se negaba a vender la casa de Son Vida. Se había armado de valor por primera vez en su matrimonio. Lo cierto es que Curro ya les había comentado a ambos que no era buen negocio vender la mansión donde vivían. Solo saldarían parte de la deuda y acabarían teniendo que pagar un alquiler. Esa casa se encontraba a salvo porque solo estaba a nombre de Anna y no de Armando. No corría ningún peligro de que fuera embargada. Anna le reveló a Marina que Armando tenía un pequeño colchón de dinero negro en un banco suizo. Y que lo estaba trayendo mes a mes, para los gastos mensuales. Para no tener que declararlo en la aduana como exige la ley española, según le aclaró Anna, pasaba solo diez mil euros en efectivo. Le contó que Armando estaba tan paranoico que, para no levantar sospechas en los aeropuertos, volaba con diferentes compañías aéreas hasta Ginebra. Además, también con el fin de pasar desapercibidos, Armando se había empeñado en que también ella viajara. Ya le había comprado un vuelo para el mes de junio.

—A ver si vais a acabar los dos en la cárcel —dijo Marina alarmada.

Anna no estaba muy preocupada por eso. Una gran parte de la élite mallorquina tenía cuentas en el HSBC de Ginebra. Habían viajado en varias ocasiones con Cuca, Curro,

Xesca y su marido y, en cada viaje, se habían cruzado con políticos y empresarios del resto de España. A Suiza todos iban a lo mismo.

—¿Sabes lo más raro de todo, Marina? Lo más raro de todo es ver cómo mi marido está dejando de ser un Narciso engreído para convertirse en un despojo humano, cada vez más consumido. Al principio le dio por comer y ensanchó, y ahora fuma con ansiedad y está *delgao* y viejo.

—Nunca entenderé por qué sigues con él.

—No le voy a dejar tirado ahora. Además, ¿yo de qué viviría? —concluyó con resignación.

Marina suspiró. No lograría entenderla nunca.

Subieron de nuevo a la primera planta, donde Anita seguía enfrascada con la tabla periódica de Mendeléyev.

—Vas a aprobarlo todo, Ana, ya verás —dijo Marina a Anita sentándose a su lado. Anna se sentó frente a su hija.

—Sí, Anita, lo vas a aprobar todo. Estoy segura. Nunca había estudiado tanto —la animó orgullosa a la vez que alargaba la palma de su mano hacia la mejilla de su hija.

Anita, al recibir la caricia de su madre, apartó la cara bruscamente. Marina hizo ver que no se había dado cuenta de ese gesto hostil que, por pequeño que fuera, le pareció algo cruel. Anna, humillada, bajó la mirada. Anna estaba acostumbrada a esos desaires, pero no lograba entender la adolescencia. Por mucho que hubiera leído varios artículos sobre el vaivén hormonal en esa etapa, el carácter de su hija se le hacía desagradable y difícil.

—Os dejo, entonces. Que estudiéis mucho —dijo Anna incorporándose.

Cuando Anna desapareció tras la puerta, tía y sobrina se miraron. No hizo falta que se dijeran nada. Anita notó la decepción en la mirada de su tía, que no esperaba esa actitud tan hiriente hacia su madre. No sabía la suerte que tenía de que Anna fuera su madre. Una madre bondadosa, que se preocupaba por ella, que la cuidaba y la quería por encima de todo. Sí, era cierto, algo boba y algo ingenua, pero una buena madre.

—Delante de mí, Ana, no vuelvas a ser cruel con tu madre. En mi casa, no.

Había una mujer en el pueblo con la que Marina nunca había hablado, Josefa, la esposa del Tomeu. Se pasaba el día sirviendo desayunos y menús en el bar junto a su marido, y las tardes, carajillos a los jubilados que jugaban al dominó. En esos cuatro meses que llevaba Marina en Valldemossa, esa señora no había entrado en la panadería ni un solo día. Recordó que Catalina la había mencionado con cierto desprecio en una ocasión. Pero, como siempre, se negó a profundizar en el porqué de sus palabras. Marina se la había cruzado una vez en la tienda de comestibles. Josefa la atisbaba con cierta arrogancia sin presentarse. Por cómo trató a la dependienta, adivinó que era seca y arisca. Debía de tener la misma edad que Catalina. Marina, habiéndolo planeado y sabiendo que estaría sola, ya que Tomeu se echaba la siesta de cuatro menos cuarto a cinco menos cuarto, se acercó al bar. Entró. No había ningún cliente. Solo ella limpiando las mesas. Marina se sentó ante la barra.

—¿Me pone un café, por favor? —pidió Marina.

Josefa se fue hacia la cafetera sin dirigirle la palabra. Se lo preparó y se lo acercó.

—Soy Marina.

—Josefa —contestó esquiva—. ¿Azúcar?

—Sí. Por favor.

Josefa le dio un azucarillo. Marina abrió el sobre y lo echó al café. Cogió la cucharilla, la introdujo y, mientras pensaba cómo dirigirse a esa señora, dio vueltas al café.

—Usted… ¿conocía a Lola?

Josefa la miró a los ojos con recelo.

—Es un pueblo muy pequeño este —dijo cogiendo un trapo—. Sí, claro que la conocía.

Siguió limpiando la barra. Marina sorbió el café y esperó. Eso lo había aprendido de Laura. A esperar a que el interlocutor hablara primero.

—A cada cerdo le llega su San Martín.

El café se metió por el conducto equivocado al bajar hacia el estómago de Marina y salió de su garganta.

—Josefa…, pero… ¿cómo puede soltar algo así? Esta frase que acaba de decir es muy dura —le recriminó cogiendo una servilleta del servilletero y llevándosela a la boca.

—Estás intentando averiguar quién era, ¿no? —contestó con dureza—. Una forastera* fresca y una mujer muy fácil.

Josefa levantó la vista del trapo y la fijó en Marina.

—¿Sabe qué le digo? Que más tranquilos hubiéramos estado si hubiera cerrado la panadería. Al Tomeu le pidió dinero. Yo no le dejé que le diera un duro. Vaya usted a saber cómo lo consiguió.

* «Forastero» se llama de forma coloquial a aquellos españoles que viven en Mallorca pero no han nacido en la isla. En ocasiones se utiliza de forma despectiva.

—*Què has de dir tu! Xerres massa, Josefa. Calla, collons. No saps res** —dijo Tomeu colérico entrando por la puerta de detrás de la barra.

—*A mi no em cridis, Tomeu. Jo només dic lo que me demanen*** —contestó seria desapareciendo por la misma puerta por donde había entrado su marido.

Marina, aturdida, pagó y salió del bar del Tomeu de vuelta a casa. Esa información no le cuadraba nada con la imagen que se había formado de Lola.

Caminó hacia la panadería. Úrsula aguardaba sentada en el banquito.

—Por fin hice limpieza en los estantes. Tengo algo para vos —le dijo Úrsula haciendo ademán de que se sentara junto a ella y tendiéndole una revista que tenía en sus manos.

Marina se sentó en el banco. Cogió la revista. En la portada, una modelo asiática rodeada de caligrafía nipona. Abrió apresurada la revista de la que, meses atrás, Catalina le había hablado. Ansiosa, pasó las páginas, buscando la cara de María Dolores Molí. Encontró aquella en la que aparecía Catalina amasando pan junto a una mujer lozana, bonita, de piel tostada y constitución fuerte: Lola. La observó con atención. En silencio. Adivinó que debía de tener cincuenta años en la foto. Su pelo era muy negro, recogido en un moño bajo. Tenía unas curvas generosas. Vestía con una escotada camiseta que dejaba ver sus también generosísimos senos. Intensos ojos negros, que acentuada con una raya negra y rímel. Poseía una belleza racial. Algo agitanada. Del sur.

* ¡Qué has de decir tú! Hablas demasiado, Josefa. Calla, cojones. No sabes nada.

** A mí no me chilles, Tomeu. Yo solo contesto a lo que me preguntan.

Miró con atención su rostro... Se había hecho una idea tan equivocada de ella. Tomeu ya lo dejó caer: «Tenía uns ulls negres que te tornaven boig». Se fijó en su sonrisa acercándose la foto a los ojos.

Esa mujer era, sin duda, como la llamaban en el pasado, la bella Lola.

# 6

# LA TRIBU O LAS TORRIJAS DE SANTA TERESA

## Torrijas de santa Teresa

### Ingredientes:

1 barra de pan del día anterior

½ copa de vino tinto

1 l de leche

2 barritas de canela

3 huevos

3 cucharadas de azúcar

Aceite de oliva virgen

### Preparación:

Hierve la leche con los palitos de canela y el azúcar. Una vez lista, retira los palitos y vierte la copa de vino. Corta la barra de pan en rebanadas de un centímetro. Empapa con la mezcla de leche. Bate los huevos y pasa las rebanadas por el huevo batido. Por último, fríelas con un buen aceite de oliva virgen.

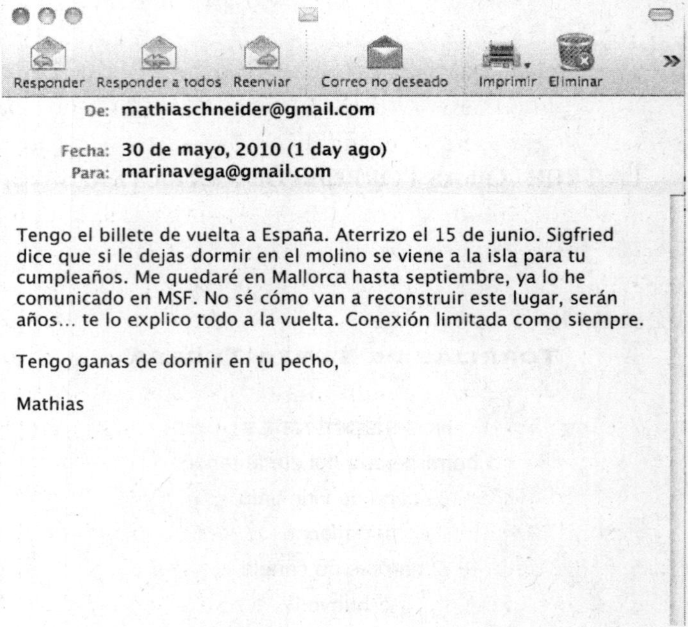

Responder Responder a todos Reenviar Correo no deseado Imprimir Eliminar

De: mathiaschneider@gmail.com

Fecha: 30 de mayo, 2010 (1 day ago)

Para: marinavega@gmail.com

Tengo el billete de vuelta a España. Aterrizo el 15 de junio. Sigfried dice que si le dejas dormir en el molino se viene a la isla para tu cumpleaños. Me quedaré en Mallorca hasta septiembre, ya lo he comunicado en MSF. No sé cómo van a reconstruir este lugar, serán años... te lo explico todo a la vuelta. Conexión limitada como siempre.

Tengo ganas de dormir en tu pecho,

Mathias

El avión de Mathias aterrizaba a las diez de la noche. Marina se miró desnuda en el espejo del armario. El pelo suelto le llegaba hasta el coxis. Samala le había cortado las puntas en Etiopía días antes de que naciera Naomi. Se observó las piernas, las axilas... Parecía una hippy de Woodstock. Sabía que a Mathias le daba completamente igual y, evidentemente, la había visto en peor estado. Se trenzó el pelo, saltó para ponerse los tejanos y se dirigió a la peluquería.

La peluquera, al verla entrar por primera vez en su negocio, se alegró enormemente.

—Un segundo —le dijo la peluquera abriendo su agenda.

Llamó al policía que iba a por su corte de pelo a navaja y le retrasó la cita. Buscó de nuevo en la agenda y marcó el teléfono de la viuda para anularle el tinte.

—Qué ganas tenía de darle un meneo a esa melena —le confesó la peluquera colocándole un batín rosa.

Le lavó el pelo con un champú afrutado. Le cortó las puntas. La depiló de arriba abajo. (Quiso hacerle la brasileña en las ingles pero Marina se negó en redondo.) La convenció para depilarle ligeramente las cejas. Marina no se las había depilado en su vida, pero le pareció mal no aceptarlo y dejó que lo hiciera. Quiso maquillarla, y Marina no la dejó.

—Venga, mujer, que a tu marido le encantará. Al Manolo le encanta que me maquille y le pone que me pinte los labios de rojo carmín, ¡uy!, y las uñas a juego... —dijo guiñándole un ojo.

Pero el Manolo, su querido camionero y padre de sus cinco hijos, nada tenía que ver con su Mathias.

Cogió un pintauñas color *rouge noir* y lo agitó.

—Las uñas por los menos.

Marina, muy educada, le recordó que las panaderas no podían pintarse las uñas, pero la vio tan ilusionada que le dejó pintarle las uñas de los pies.

—Pelo suelto.

—Una trenza baja como siempre.

No quiso cobrarle nada.

En la calle se cruzó con Gabriel, que había salido en busca de un grupo de japoneses que iban a hospedarse en su hotel.

—*You should take a photo now* —dijo señalando a Marina—. *This is the typical beautiful woman from Spain.**

* Deberías hacerle una foto. [...] Es la clásica belleza española.

Marina le hizo una mueca simpática, momento en el cual los japoneses aprovecharon para mirar por el objetivo.

Hicieron el amor poco a poco, pensando el uno en el otro. Mathias conocía el cuerpo de Marina como el suyo propio y la acarició sin prisas esperando paciente para llegar juntos hasta el final. Ella seguía con los ojos cerrados sintiendo placer después de tantos meses y él acercó sus labios a su boca y bajito le dijo «te quiero».

*Ich liebe dich auch, Mathias.*

Casi veinticuatro horas de vuelo desde Latinoamérica con las escalas en los aeropuertos de Miami, Fráncfort y Madrid. Por fin, se acostó sobre el pecho de su mujer y se durmió.

Le bastó abrir los postigos de la ventana para enamorarse de Mallorca. Marina se había levantado como siempre a las cinco de la mañana. Se vistió con sigilo intentando no despertarlo y bajó a amasar pan.

Mathias salió de la cama a las dos del mediodía. Caminó en la penumbra hasta la ventana y, al abrir la contraventana que frenaba la luz, le recibió la belleza del paisaje mallorquín, el apacible sol de verano, la brisa que llegaba tranquila desde el mar y el verde de la sierra, y todo ello acompañado por el constante canto de las chicharras, que volvían en el mes de junio. No había ninguna prisa por primera vez en ese año. Se sentó en el alféizar de la ventana, dejando que la isla empezara a entrar en él. Sin quererlo, su mente se trasladó a Haití. Volver a Occidente era siempre sinónimo de paz y descanso, pero se hacía imposible cortar en seco con todo lo que había dejado atrás. Pensó en los cientos de personas que seguirían años intentando, solamente, sobrevivir en este extraño mundo…

Observó el dormitorio donde habían pasado la noche: las paredes amarillentas, los muebles viejos. La noche anterior observó la cocina, que, a su vez, hacía de sala de estar, desangelada y fría. Las bolsas de ropa de la difunta panadera seguían en la despensa… Su mujer era así.

Mathias se vistió y bajó a la panadería. Marina estaba sola en el obrador, mezclando harina y agua. Se encontraba de espaldas a él y no lo oyó llegar. Se acercó a ella y la rodeó con sus brazos. Ella se volvió hacia él y, sin dejar de amasar, le besó. Mathias puso sus manos sobre las de ella.

—Marina, este lugar es… precioso —le dijo besándole la mejilla.

—Hay que amasar con los nudillos poco a poco.

—Enséñame.

Amasaron juntos en silencio. Él deslizó sus dedos por entre las manos de Marina, llenándoselas de harina y agua. Llegaron los besos en la mejilla, en el cuello, en el hombro…, y amasaron un poco más, cerrando los ojos y dejándose llevar.

Juntos metieron los troncos de encina y de almendro en el horno. Marina encendió la cerilla y la tiró dentro… A los cinco minutos ardía una llama inmensa. Ver esa imagen del horno arder impactaba la primera vez, y Mathias se quedó absorto frente a él mientras Marina preparaba el pan de limón.

—He pensado —dijo Mathias— que algo tendré que hacer todos estos meses. No me veo todo el día yendo a la playa, tumbado sin hacer nada.

Era cierto. En las ocasiones en que viajaban a Berlín a casa de sus padres, Mathias se buscaba cualquier quehacer para mantenerse distraído, desde arreglar una tostadora, sacarle la carcoma a un mueble antiguo de su madre y ayudar a su hermano a montar los muebles de su nueva casa de separado e incluso montar el Lego con su sobrino..., lo que fuera. Pero delante de la tele o ante un libro tranquilamente en el sofá, ella no lo había visto jamás. Lo que no imaginó Marina es que no pudiera tumbarse a la bartola en cualquier playa mallorquina como hacían sus paisanos por los rincones de la isla.

—Nos puedes ayudar en la panadería. En breve se va a llenar la isla de turistas y tenemos que hornear el doble de lo que hacemos ahora.

—¿Sabes qué he pensado? Que, si no te importa, arreglo la casa para cuando vengan Laura y Sigfried... ¿Puedo?

—Mathias, puedes hacer lo que quieras —contestó besándole los labios.

Introdujeron el *pa moreno* y el pan de limón en el horno mientras Mathias ideaba los cambios que podían hacerse en la casa. Pensó que la despensa no tenía ningún sentido, que en ese espacio podían hacer un estudio o un dormitorio más y meter lo indispensable de la despensa en la alacena de la cocina, que estaba llena de cachivaches inútiles. O incluso tirar la alacena, que ocupaba demasiado espacio. Las paredes en blanco quedarían bonitas con las vigas de madera...

Entró Tomeu en busca de los panes de la tarde.

—*Bon dia.*

Marina le presentó a Mathias.

—Ya me ha dicho Catalina que venía tu marido —le dijo Tomeu

—Es mi compañero —respondió Marina.

—¿Qué quieres decir con compañero? Trabajáis juntos.

—Sí, también... *És el meu novio, sí.*

—Ah, que no estáis casados.

—No, no estamos casados.

Tomeu le dio unos golpes toscos pero amables a Mathias y, alzando el tono de voz, se dirigió a él:

—Pues, hala, joven..., bienvenido a Valldemossa.

(Tomeu, como Catalina, era de los que creía que, si hablabas español alto y claro a los extranjeros, lograban entenderte.)

Entró la peluquera en la panadería más por curiosidad que por otra cosa.

—Pero, por favor..., por favor, por favor —exclamó la peluquera disimulando una mirada a Mathias y dirigiéndose a Marina—. ¿Este es tu marido...? No entiende español, ¿no?

—Poco —contestó Marina.

—Está *pa* tirar cohetes —dijo susurrando a Marina.

La simpática peluquera se acercó a Mathias presentándose también y subiendo tres tonos el volumen de voz. Volvió a dirigirse a Marina.

—Tú imagínate al Manolo al *lao* de este hombre. Le debe de sacar dos cabezas por lo menos... Si es que esto del *latin lover* está *sobrevalorao.*

Marina sonrió. También tuvo que aclarar que no estaban casados. Entró el alcalde, volvieron a aclararlo y, a la cuarta vez y viendo que eso de ser compañeros en los pueblos no se estilaba, dejaron de dar explicaciones y se declararon marido y mujer.

—Mathias, subo un segundo al dormitorio. ¿Te quedas tú aquí por si entra algún cliente? El pan moreno un euro. El bizcocho ese, dijo señalando al pan de limón, es regalo de la casa para los clientes de siempre...

Marina subió a cambiarse. Notó que empezaba esa semana coñazo que pasamos todas las mujeres del mundo una vez al mes. En una ocasión, en un campo de refugiados en Sudán a cuarenta y cuatro grados, cuando notó el dolor de ovarios que precedía a la menstruación, calculó los mil novecientos veinte días que aproximadamente tenían la regla todas las mujeres a lo largo de su vida y encontró aquello totalmente absurdo.

Mathias se sentó en un taburete esperando a que entrara algún cliente. Al poco apareció el párroco.

—*Bon dia.*

—*Bon dia* —contestó Mathias.

—¿Tú ser marido Marina?

(El párroco era de los que creía que, si hablabas subiendo tres tonos y como un indio, los guiris te entendían mejor.)

Mathias salió del mostrador.

—Sí, yo ser marido de Marina —le dijo estrechándole la mano al cura—. Encantado, señor.

—Yo querer *pa moreno* y un poco de pan de limón.

Mathias con unas pinzas cogió el pan de limón y lo envolvió en un papel. Se lo entregó al cura, que se despidió amablemente. Apenas lo hubo cogido, como hacía siempre, dio el primer bocado al bizcocho. No llegó a salir de la panadería, y, sin dar crédito al sabor que percibían sus papilas gustativas, se volvió a Mathias.

—Mmm...

Dio otro bocado. Masticó, poco a poco, emitiendo sonidos de placer, sonriendo a Mathias, que, *ojiplático,* observaba al cura español hacer sonidos extraños.

—Sí, por fin esta vez sí —masculló para sus adentros y subiendo el tono concluyó—: El auténtico sabor del pan de limón con semillas de amapola.

Salió por la puerta sin despedirse. Marina bajó.

—Tipo raro el párroco, ¿no? —preguntó Mathias.

—Está enamorado de una viuda.

Salieron a sentarse en el banquito que se apoyaba en la fachada de la panadería. Niebla, a sus pies, se levantó y movió la cola para recibir las primeras caricias del nuevo inquilino de la casa. Mathias contempló a su mujer, luego la sierra y el mar a lo lejos. Pasó su brazo por los hombros de Marina. Ella le cogió la mano y él la miró. Acercó sus labios a ella. «Te he echado tanto de menos.»

El vozarrón de su sobrina rompió ese momento de intimidad en la pareja. Venía acompañada de Anna. Anita corrió hacia su tía. Marina, algo extrañada, se incorporó y Anita se abalanzó sobre ella.

—¡He aprobado todo, tía! Con suficientes pero todo.

Anna, que aguardaba tras ella, le dijo bajito: «Gracias».

—Lo has conseguido tú sola, Ana. Yo me he limitado a explicártelo.

—No, tía. Sin ti no lo hubiera conseguido. Muchas gracias.

Anita miró a su madre y le sonrió. Lo hizo más para que Marina lo viera que por ella misma. Pero lo hizo. Se acercó a su madre y, como no había hecho desde hacía varios años, la abrazó.

Mathias se subió de paquete en la Vespino de Anita rumbo a la sección de bricolaje del Alcampo, en busca de todo el material necesario para convertir esa casa oscura que había heredado su mujer en un lugar algo más acogedor. Pintura, cubetas, rodillos, cinta, brochas, aguaplast, pinceles…

Las dos hermanas se quedaron en la panadería.

—Quiero enseñarte algo. Vamos arriba.

Subieron al dormitorio. Anna se sentó en la cama y Marina abrió el cajón de la mesilla y sacó la revista japonesa.

—Es ella.

Anna la miró con atención.

—Cuando esta señora se fue a trabajar a casa de papá y mamá, tenía quince años. Si supiera exactamente cuánto tiempo trabajó en casa…, pero Catalina no me lo quiere aclarar —dijo Marina acercándose a su hermana y mirando la foto—. ¿No te dice nada su cara? Porque a mí… algo me dice.

—Yo no he visto en mi vida a esta señora —contestó.

Siguieron mirando la foto hasta que el móvil de Anna emitió un sonido. Le pasó la revista a Marina, que escrutó, de nuevo, la cara de la difunta panadera.

Anna abrió su bolso y sacó el móvil. En la pantalla, Antonio. Abrió el mensaje.

> Me han contratado unos árabes para navegar hasta Grecia. Estaré fuera julio y agosto. En septiembre, cuando vuelva, Anna, ya no quiero más mensajes de móvil, te vengo a buscar…

¿Por qué un simple mensaje de texto de treinta palabras lograba agitarle el alma de esa manera? A cada mensaje de móvil que le llegaba de Antonio, sentía como si un objeto material le atravesara el cuerpo poco a poco y la llenara de pequeñas gotas de placer. Empezaba por el pecho y bajaba hacia el vientre hasta llegar a su sexo…; solo eran palabras. Respiró intentando evitar esa sensación que invadía su cuerpo, enfadándose consigo misma, por esa falta de control.

—Anna, ¿te encuentras bien?

—Hay que llamar al proveedor de harina. Se está acabando. En verano tenemos que duplicar los sacos —dijo Catalina.

—¿Y dónde hay que llamar?

—Lola tenía una carpeta granate, muy vieja, en la mesilla de su dormitorio, con los números de teléfono de todos los proveedores.

—Nunca ha habido allí ninguna carpeta. Ni ningún papel. No lo ha habido nunca —contestó Marina.

—Entonces estará en la alacena.

—En la alacena nunca ha habido nada.

—Igual tu marido, con tanta bolsa que está haciendo, la ha tirado.

—No hemos tirado nada todavía. Está todo en bolsas en la despensa, pero no hay ningún papel.

Marina tenía la certeza de que en esa casa no había ni viejas carpetas granates, ni agendas telefónicas, ni libretas, ni fotos, ni facturas. Pero no iba a desaprovechar esa oportunidad para intentar averiguar algo más por pequeño que fuera.

—Ven y lo miramos juntas —dijo Marina subiendo las escaleras de la casa.

Catalina la siguió. Llegaron a la primera planta. Niebla se acercó a la panadera moviendo el rabo. Mathias lavaba en el fregadero las tazas del desayuno.

—*Ay, quins records*[*] —dijo Catalina con nostalgia, suspirando para sí al ver la cocina de su vieja amiga.

—*Bon dia, Cati* —saludó Mathias en mallorquín aclarando los vasos.

—*Bon dia, Mathias.* Tú dormir bien hoy, ¿eh? Se duerme bien en Valldemossa, ¿verdad, majo? —gritó Catalina.

—Sí. Majo dormir muy bueno hoy —contestó Mathias cogiendo la escoba.

—Mira que son *apañaos* estos alemanes —añadió Catalina volviendo la mirada hacia Marina—. Tan tranquilo,

[*] Ay, qué recuerdos.

oye... Con el estropajo, la escoba y el Fairy. Como si fuera lo más normal...

Mathias miró a Marina para la traducción simultánea. Las palabras «apañao» y «estropajo» no las conocía. Marina le dirigió una mueca queriendo decir: «Nada importante».

—Los hombres mallorquines la palabra «escoba» sí. Igual les suena..., pero lo del estropajo... —puntualizó Catalina abriendo el cajón de la alacena—. Aquí guardaba las facturas —dijo mirando el cajón vacío.

—Nunca ha habido nada dentro. Ya te lo he dicho. Servilletas sin doblar.

Catalina, extrañada, siguió a Marina hacia el dormitorio.

Abrió el cajón de la mesita. Dentro, el fonendoscopio y la Moleskine.

—Aquí guardaba la carpeta.

—¿Y había algo más?

Catalina arqueó las cejas..., su amiga volvía al ataque. Qué mujer más tozuda.

—Guardaba un álbum pequeño con fotos familiares y las fotos de la fiesta de la Beata.* Era una de las bailaoras principales y siempre le hacían fotos los del comité de fiestas.

Catalina aguardó unos segundos. Pensativa.

—Yo tampoco entiendo que todo esto haya desaparecido. Porque Lola se fue rápido y sin avisar. Ella no esperaba morir. Me despedí de ella y estaba perfectamente. Al día siguiente, Niebla vino a ladrar a la puerta de mi casa... Vinimos corriendo y aquí la encontramos serena con los ojos

* Fiesta tradicional que se celebra el 28 de julio en Valldemossa, en homenaje a santa Catalina Tomás, religiosa y escritora, nacida a principios del siglo xvi en esa localidad. El pueblo entero, vestido de forma tradicional, baila, canta y desfila en carros engalanados con cintas de colores llenos de niños, homenajeando a la santa.

cerrados. Y todo estaba igual… En fin. Alguien debió de entrar. Pregúntale a tu hermana. Bueno…, da igual. Yo tengo el número del proveedor en casa. Ya le llamo esta tarde.

Bajaron al primer piso. Mathias sacaba bolsas de basura al exterior.

Catalina vio la fina rebequita roja que su amiga utilizaba en las noches de verano cuando a veces, despistada, la tramontana se paseaba por Valldemossa.

—¿Te importa si me la quedo? —le preguntó sacándola de la bolsa de basura.

—Quédate lo que quieras, Cati.

No quiso coger nada más y observó, con pena, a Mathias alejándose calle abajo, con siete bolsas de basura llenas de sartenes, ollas, cachivaches antiguos, camisetas, faldas y espardeñas…, bolsas llenas de la vida de Lola.

Marina y Mathias se pasaron por Ikea a comprar un sofá cama, un armario y un par de lámparas para la habitación donde dormirían Laura y su hija. Además de un tatami para Sigfried.

Mathias enseguida se puso manos a la obra siguiendo, con precisión, las instrucciones de los panfletos donde un muñequito sonriente que sujetaba una llave inglesa acompañaba las explicaciones. Seis horas más tarde y después de cagarse varias veces en la puta madre que parió a los suecos, logró montar el armario y el sofá cama del cuartito de invitados.

—Estoy agotado —dijo tirándose en el sofá a las once de la noche.

—Si es que no paras un segundo. Pero, Mathias, no sé si vale la pena arreglar tanto la casa, la verdad.

—No podíamos dejarlas dormir en la despensa sin dar una mano de pintura y poner una cama en condiciones… Y, además, así la venderás mejor.

—Eso es cierto —le contestó Marina.

—Qué bien se está aquí —dijo Mathias cogiéndole la mano.

—Yo me sentí bien el primer día que llegué. Nada más salir del taxi. Tiene algo especial este pueblo... ¿Sabes?, estoy dándole vueltas a esa carpeta. Estoy segura de que se la ha llevado Armando.

—Cuando venga Sigfried, podemos asustarle un poco —dijo haciéndose el duro con una sonrisa socarrona—. ¿Cómo se dice en español *arschloch*?

—Cabrón —tradujo Marina de pasada—. Sé que hay algo más, Mathias. Y él lo debe de saber. Estas paredes encierran algo que se me escapa. Está claro que Lola necesitó dinero para pagar el impuesto de sucesión. Que ella se lo pidió a Tomeu y, según intuí por lo que me dijo su mujer, se lo pidió a más gente en Valldemossa. Hasta que llegó a mi abuela. Pero es raro.

—No es raro que una mujer como tu abuela, que tenía dinero, ayudara a su enfermera. O su cuidadora, o lo que fuera. Hay millonarios que desheredan a sus hijos y lo dejan todo a Médicos Sin Fronteras, ¿no?... O que se lo dejan a la dulce latina que les ha cuidado en sus últimos años de vida. Pues Nerea ayudó a Lola. Y, además, tampoco le regaló el dinero. Nerea se hizo copropietaria.

Marina no contestó. Pero tenía claro que debía enfrentarse a su cuñado y averiguar si había cogido algo de la casa. Ella sola.

—Lo cierto —continuó Mathias— es que esta buena mujer te ha hecho un regalazo maravilloso. Y solo con dos días en este lugar puedo entender por qué los alemanes están colonizando vuestra isla. No es mal sitio para jubilarse.

Marina rio. Mathias se volvió hacia ella y la besó en los labios. Le acarició el rostro y volvió a besarla. Entre besos y caricias, ella bromeó visualizando a Mathias y a Sigfried dándole una paliza a Flavio Briatore. Rio con ella y él volvió a besarla y le soltó la goma de la trenza...

—Pero ¿tú no estabas agotado?

Primera semana de julio. Una oleada de turistas se abalanzó sobre Mallorca. Cuando abandonaban las playas y al caer la tarde, paseaban aletargados arrastrando sus chancletas por las calles de Valldemossa, comprando artesanía, figuritas flamencas *Made in China*, licores de hierbas mallorquinas, pulseritas de hilo y ceniceros con inscripciones al estilo «Passion for Mallorca». Sin olvidarse de la visita obligada a la Cartuja: el nido de amor de Chopin y su arrogante escritora francesa, ni de la última parada para descansar: la panadería de Can Molí. Mathias construyó un par de bancos con troncos de madera y allí se sentaban a saborear la coca de patata, la de *trempó* y, a veces, un pedacito de pan de limón con semillas de amapola, cuando a Catalina se le antojaba regalárselo. Debo hacer un paréntesis antes de seguir con el mes de julio mallorquín. Quizás el lector piense que por fin las panaderas habían encontrado la receta del pan de limón. Pero nada más lejos de la realidad. Para desconsuelo de Marina, el párroco y el resto del pueblo volvieron a quejarse del sabor del dulce al día siguiente...

Faltaban manos en Can Molí. Marina le preguntó a su sobrina si quería ganarse un sueldo. Al día siguiente, la joven se plantó puntual a las cinco de la mañana en la puerta de la panadería. Úrsula, mientras le enseñaba cómo amasar el pan, le habló de Pippa, su nieta quinceañera, que aterrizaba en la isla al día siguiente y también trabajaría en la panadería por las mañanas.

—Creo que la pasarán bien juntas —le dijo la anciana argentina—. Se caerán bien.

Anita sabía que no solía caer bien a nadie y no mostró ningún interés en conocerla.

Al día siguiente, y como había anunciado su abuela, entró la segunda ayudante de panadería por la puerta, Pippa, una amazona pelirroja cuya melena le cubría la espalda, robusta, de un metro ochenta y cinco, y con la misma mirada limpia que su abuela.

—*Hi ha molta feina avui, jove.* Mucho trabajo hoy, jovencita —le dijo Catalina alzando la voz a Pippa y dándole un delantal.

—Ana, ¿por qué no le explicás vos cómo funciona todo? —dijo Úrsula a Anita—. Dale…, sí. Así vos practicás alemán y ella español.

Pippa miró a Anita y seguidamente a su abuela. Había medio entendido las palabras que su abuela había dirigido a la adolescente española y, viendo que esta reaccionaba sin ningún tipo de entusiasmo, le pidió:

—*Oma…, bitte. Lass sie in Ruhe.*[*]

—*Oma* significa abuela, ¿verdad? —preguntó Anita.

Pippa, volviendo su mirada a Anita, asintió con una sonrisa.

—Toma una espátula y haz lo que yo hago. *Mach wie ich mache*[**] —le dijo Anita cortando la masa y haciendo bolas con las manos.

Pippa, al escuchar esa mezcla castellano-alemana en boca de esa chica robusta de su misma edad, sonrió y la imitó, y desde ese segundo ya no le hizo ni caso a su abuela en todo el verano. Las adolescentes son así de extrañas. Basta que

[*] Abuela, por favor, déjala en paz.

[**] Haz lo que yo estoy haciendo.

les propongas tú algo para que digan de mala gana que no. Si ese mismo algo viene de otra adolescente, en la mayoría de los casos, les parecerá una idea fantástica.

Olía a tabaco. Las cortinas estaban corridas para frenar los rayos de sol. Apenas soplaba el viento. La casa de su infancia le pareció más oscura que nunca. Marina siguió a Anna hacia el interior.

—¿Qué pasa, Marina? Pero ¿cómo es que has venido sin avisar? ¿Por qué quieres hablar con Armando? Está arriba. Le digo que baje —sugirió Anna con voz temblorosa temiéndose lo peor del encuentro entre su hermana y su marido.

—Sí, por favor.

Anna subió las escaleras rápido sin poder disimular su nerviosismo. ¿Por qué no la había llamado antes de venir?

Marina se sentó en el sofá. No quiso avisar a su hermana porque prefería cogerlo desprevenido y observar su reacción. Miró el salón, reconociendo, de nuevo, la decoración de su madre, recargada y rococó. Realmente, su hermana era una prolongación de Ana de Aróstico… en versión bondadosa. En la repisa de la chimenea seguía la foto de Anna posando a lo Lady Di, recibiendo el beso de su joven triunfador. Miró el cantarano, el frío suelo de mármol. Pensó que había hecho bien en darle su parte a Anna, esa casa ya no tenía nada que ver con ella.

Armando bajó aspirando un Marlboro rojo dejando caer su peso en las escaleras. Marina se volvió hacia él. Anna ya le había dicho que su marido estaba consumiéndose, pero al verle le pareció que había envejecido diez años en pocos meses. Anna caminaba invisible tras él.

—Hola, Marina.

—Hola, Armando.

Ninguno de los dos hizo el ademán de besarse.

—Estoy ocupado, dime —dijo sin invitarla a sentarse.

—Tú fuiste el primero que entraste en la casa, ¿verdad?

Armando asintió sin pronunciar palabra.

—¿Entró alguien más?

—Yo. Al día siguiente —contestó Anna con inseguridad.

—Sé que había una carpeta con facturas y también varios álbumes de fotos.

—Yo no cogí nada. Ya se lo dije a Anna —aseguró rotundo.

—¿Seguro?

Armando volvió a asentir sin pronunciar palabra. Marina notó una presión en el pecho. Se enrojeció, sabía que tenía que enfrentarse. Se armó de valor y decidió ser directa.

—Me estás mintiendo, Armando.

Marina conocía bien la mirada de su cuñado…, la ira ascendió en segundos a sus pupilas.

—Cuando te dicen que no, es que no. ¿Sabes lo que te pasa a ti, Marina? Que te crees muy lista. Señora doctora licenciada en las Américas y, en el fondo, querida, eres una desgraciada sin vida propia. Si ya te enviaron bien lejos a los catorce… para que dejaras de molestar. Molestas, Marina. —Sonrió levemente y disparó—: Pero si ni tu propia madre te aguantaba.

Fue un golpe bajo que Marina ni esperaba ni supo contestar. Notó sus ojos humedecerse mientras su cuñado la retaba con la mirada. Aguantó la lágrima como pudo, pero la aguantó. Sin embargo, y por primera vez en sus veinticinco años de casada, su invisible hermana reaccionó.

—¿Cómo puedes ser tan cruel, Armando?

—No te metas.

—Sí me meto. Si cogiste algo, haz el favor de dárselo. Todo lo que había dentro de esa casa es suyo.

—Dejadme en paz —dijo con desprecio dando media vuelta y saliendo de la estancia.

Marina no quiso reproducirle a Mathias las palabras exactas de su cuñado, pero algo le contó, y él, por lo inquieta que estaba, intuyó que no había sido una conversación agradable. Mathias, tras varios insultos en alemán a ese hombre al que no había visto en su vida y con el que deseaba no cruzarse jamás, le aconsejó que dejara de buscar respuestas. Si tras siete meses de intentar averiguar algo no lo había conseguido, era mejor dejar de darle vueltas.

—Lola quiso recompensar a tu abuela por el dinero que le dejó. Como tu abuela había muerto os lo dejó a vosotras. Ya está, Marina. Mi amor, es que te estás obsesionando con esta historia. Olvídate.

Úrsula les llamó desde la calle. Mathias salió a la ventana. Anna estaba al teléfono. Marina salió sin ganas. Su hermana mayor lloró, destrozada, pidiendo disculpas. Otra vez.

Laura y su hija llegaron y se instalaron en el dormitorio nuevo. A las pocas horas de llegar, los cinco hijos de la peluquera la recogieron y se la llevaron a los jardines de la Cartuja, donde se pasó el agosto, jugando al escondite, a lanzarse globos de agua y al churro media manga o mangotero.

Sigfried alquiló un jeep en el aeropuerto de Palma y llegó a Valldemossa como Indiana Jones, con gorro de cuero y pluma, y dispuesto a encontrar las playas escondidas de la isla. Quedaban pocas pero las encontraron... Buenas paellas, buen vino, el Mediterráneo y sol, nada más les hacía falta a esa familia de amigos que tenía Marina.

Una mañana de agosto, Anna se subió de paquete en la Vespino de su hija. Su BMW estaba de nuevo en el mecánico. Al llegar a la panadería, Anita se metió en el obrador con Pippa, y Anna subió a ver a Marina.

Al entrar, observó a los amigos pintorescos de su hermana pequeña, que nada tenían que ver con los suyos. Mathias, sin barba esta vez, y con el pelo mojado, ataviado con un pareo africano en la cintura que le llegaba hasta los pies y con el torso desnudo, pasaba sus manos por el pelo de Marina. Reían y hablaban en inglés con una extravagante familia. Laura y un tipo rubio y desaliñado, con un gorro horroroso, que tenía en su regazo a la que supuso que era su hija. Una niña muy rubia, con la cara cubierta de Nutella y dos coletas demasiado altas, a la que el tipo rubio le pintaba las uñas de un color rosa que le había regalado la hija de la peluquera. Achicharrada en un rincón, Niebla. Qué diferentes eran sus vidas. En esa casita de piedra perdida entre montañas, todo parecía tener vida. A escasos kilómetros, en su mansión de mármol, todo parecía estar muerto.

Niebla ladró. Marina vio a su hermana y se incorporó con una sonrisa. La presentó a sus amigos. Estaban ya casi acabando el desayuno. La hija de Laura demandaba playa. Salieron todos con el jeep hacia la playa de Es Trenc, dejando a las dos hermanas solas.

—¿Cómo estás?

—Amasando pan todo el día y con estos amigos escandalosos…

—Siento tanto lo del…

Marina la cortó. No tenía ganas de recordar el episodio con su cuñado.

—Ya está, Anna. Dejémoslo estar, por favor.

—Sí. Perdona.

Anna miró la casa. Se veía cambiada. Llena. Alegre. Los postigos estaban abiertos y entraba una brisa agradable. Otra tela africana que había traído Laura cubría el sofá; libros infantiles y pinturas de colores descansaban en la encimera, cuatro pares de zapatos de la talla cuarenta y seis, tabaco de liar...

—Está quedando muy bonita la casa.

—¿Tú crees? —dijo Marina sin creerse del todo las palabras de su hermana y mirando su saloncito cocina totalmente desordenado.

—Marina, yo he venido para darte las gracias de nuevo.

Marina se sentó a su lado.

—No me has de dar las gracias por nada.

—Te parecerá una tontería, pero Anita está tan cambiada desde que viene aquí. De carácter, de forma de vestir. No sé qué le has debido de contar...

—Anna, yo la he escuchado. Nada más.

—Me pidió que la llevara a mi peluquera y que la acompañara a comprar ropa. Eso hace un año era impensable... Ahora, desde que viene aquí, se viste un poco más femenina. Bueno —sonrió y alzó los hombros—, un poco.

—Eso no es por mí —dijo sonriendo y señalando su práctico atuendo diario de cooperante: bermudas y camiseta blanca.

Anna se rio. Pero era cierto. Su hija estaba cambiando. Porque Anita seguía con esos pantalones anchos de chándal del Alcampo que le cubrían sus robustos muslos y se seguía embutiendo unos sujetadores de deporte que prácticamente le anulaban los pechos que tanto detestaba, pero ahora, en vez de camisetas anchas cerradas al cuello, se vestía con camisetas de tirantes algo más femeninas. Anita, además, ese verano descubrió frente al espejo sus preciosos ojos color avellana heredados del abuelo Néstor y que tenía su madre y también su tía Marina; se apartó el flequillo de la frente y, por primera vez en toda su vida, se vio bonita.

—Mis amigas del Club Náutico, Cuca y compañía, ya sabes, me cuentan que sus hijas se despiertan a la hora de comer, que solo quieren salir de marcha y que no paran de pedir dinero. La hija de Cuca, tan mona que parece, cogió un coma etílico la semana pasada y acabaron en el hospital.

Anna miró al suelo. Le era difícil sincerarse.

—Anita siempre ha sido la rara. La..., la marimacho. Lo oí decir un día a mis espaldas. Y por primera vez en todos los años que llevo criando a mi hija, orgullosa, les digo a mis amigas que trabaja por voluntad propia de lunes a domingo y que no me pide un duro desde hace un año. Me escuchan, todas, casi con envidia.

Anna miró a su hermana con ternura y siguió:

—Y todo es gracias a ti.

Marina le cogió la mano.

—Eres una madre maravillosa y tu hija es tan maravillosa como tú. Yo no he hecho nada.

—Por favor, si puedo hacer algo por ti..., dímelo, Marina.

—Lo haré... Vamos —le dijo sin soltarle la mano e incorporándose—, quiero que veas cómo funciona todo esto... Eras tú la que tenías que hacerte panadera, no yo. Si la abuela ya decía que era lo tuyo.

Entraron en el obrador y allí estaban la abuela argentina, Pippa, Cati y Anita amasando, muertas de calor... El termómetro marcaba treinta y nueve grados y los troncos de olivo dentro del horno parecían abrasar con más fuerza que nunca.

Úrsula discutía con su nieta, evidentemente en alemán, nadie entendía nada, aunque sí intuían que la convivencia diaria entre esas dos mujeres pelirrojas, fuertes de carácter y a las que les separaban casi setenta años, no debía de ser siempre fácil, y ya llevaban más de un mes juntas.

—Anna, ¿te quedás a ayudarnos hoy? —le preguntó Úrsula inesperadamente.

—Bueno…, venía a mirar —contestó Anna sorprendida.

—¡Qué a mirar…, a laburar! —le dijo guiñándole un ojo.

Úrsula sabía, perfectamente, de esa historia de amor fraternal truncada por el destino y que a Marina le pesaba tanto como a su hermana. Quizás era el día en que todo aquello empezara a cambiar de verdad…, pero lo que Úrsula necesitaba realmente en esos momentos era perder de vista a su salvaje nieta.

—¿Saben qué? Ustedes dos váyanse a la playa… Tenemos sustituta —les dijo a Anita y a Pippa—. Les doy un día de fiesta a las dos…, porque, ¿saben qué?, me tienen hasta el orto.

—A mí no me incluyás —le dijo Anita, simpática, imitándole el acento.

—Sí, a vos también te incluyo. Fuera de aquí, las dos, ya.

Anita se quitó el delantal y se lo pasó a su madre por el cuello. Rauda y siguiendo a la adolescente alemana, salieron del obrador.

Entraron en casa de Úrsula y subieron al dormitorio de Pippa. Parecía una jungla llena de ropa tirada por el suelo, vasos vacíos y cómics. El motivo de las peleas con su abuela se le hicieron evidentes a Anita. Se pusieron los bañadores. Pippa cogió toda la ropa tirada por el suelo e hizo un batiburrillo en sus brazos.

—¿Me abres el armario, Ana?

El batiburrillo fue introducido en el armario sin contemplaciones. Su abuela, con tal de no verla tirada por el suelo, estaría contenta. Cogió los cinco vasos vacíos de agua y salieron de allí. Antes de cerrar la puerta miró el cuarto, algo más recogido; los cómics seguían por el suelo junto a la cama, así que les dio una patada y quedaron sepultados debajo.

—¡Listo, vamos!

Como cada tarde cuando salían de la panadería todavía con harina en las manos, subieron en la Vespino rumbo a la vida. Buscando las playas. Escalando las rocas. Escondiéndose entre ellas. Burlándose, a menudo, de otras adolescentes cursis que flirteaban con chicos revolviéndose el pelo con los dedos. Escuchando a Patty Smith, a Janis Japlin, a Nina Simone... Dejando pasar las horas junto al Mediterráneo y dentro de él. Pippa se pasó los dos meses intentando aprender a nadar estilo mariposa. Anita le enseñaba, paciente: «Brazos, piernas y respiración, entrada en el agua, agarre, tirón y empuje», le repetía. Pippa se semiahogaba entre risas al intentarlo... y sí, sobre todo eso, se reían. Porque juntas se reían mucho. Una risa despreocupada que Anita no había conocido antes. Y con el paso de los días fue surgiendo un extraño sentimiento hacia la pelirroja alemana a la vez que ya no huía del espejo y se gustaba un poco más a sí misma. Sin embargo, Anita, a pesar de lo bien que se sentía, por las noches, ya sola en su dormitorio, se sentía confundida. Tumbada en su cama y con las palmas de sus manos en forma de almohada bajo su cabeza, se preguntaba si ese sentimiento era el mismo que experimentaban sus compañeras del San Cayetano entre ellas. Porque era un sentimiento hermoso que se mezclaba con el deseo de estar todo el día a su lado.

Esa noche, Anita la llevó a una calita virgen perdida en el extremo sur de la sierra de Tramontana. Caminaron casi cuarenta y cinco minutos antes de llegar a cala En Basset, un rincón secreto resguardado por acantilados que solo los mallorquines conocían. Eran pasadas las once de la noche. Estaba desierta. Al llegar, Pippa se quitó la ropa y el bañador y corrió desnuda hasta el mar. Anita la miró. Sintió algo de vergüenza, pero estaba oscuro y se quitó también el bañador y corrió hacia el mar. Pippa se sumergía como una sirena con su melena rojiza cubriéndole el pecho... hermoso. Se puso de pie, de forma que el agua solo le llegaba hasta la cintura. Miró al cielo y bailó desnuda jugando con el mar. Anita la miraba sumergida en el agua.

—Ojalá pudiera quedarme aquí todo el año... ¡Echo tanto de menos este paraíso en invierno!

—Si vivieras aquí..., te aseguro que no hablarías así.

—Pero ¿qué te falta? El sol, el mar, una comida riquísima, este paisaje... —dijo mirando el imponente acantilado sobre ellas.

—Odio esta isla. Si pudiera irme mañana, me iría.

—¿Qué te falta? —repitió Pippa, que ya conocía ese rechazo que sentía su amiga española hacia su propio país.

—No lo sé..., es la gente que vive aquí, supongo. Los veo a todos iguales. Cortados por el mismo patrón..., pueblerinos con dinero —chasqueó los labios—, pijos, esnobs.

—¿Los ochocientos mil? ¿De verdad?

Anita sonrió levemente. Generalizar era lo suyo.

—Supongo que has de vivir aquí todo el año para entenderlo. Me siento señalada aquí. Un bicho raro. Diferente.

—¿Y qué hay de malo en ser diferente, Ana? Está bien ser diferente.

—En Alemania quizás sí... En la puta roca esta, no.

Toda la conversación se mantuvo, como siempre, mezclando inglés, alemán y español. Pero tras ese verano juntas, ya tenían un código con el que se entendían a la perfección. Pippa se acercó a ella al notar esa tristeza, le cogió la mano e hizo que saliera del agua. Anita, tímidamente y bajando la mirada, se incorporó. Se sintió como estaba, desnuda. Desnuda por primera vez delante de otra persona.

—Podrías venir a verme a Heidelberg. Es una ciudad preciosa y no hace tanto frío como en el resto de Alemania.

—Claro.

—No me digas que vienes y luego no vienes.

—Iré. Te lo prometo.

—Hay un antro que se llama Cave 54. Ahí todos son raros, así que te sentirás bien. Es un sótano de estudiantes y frikis, y ponen música que está muy bien. Sé que te encantará. Tengo una amiga que falsifica los DNI. La entrada es a los dieciocho… Yo tengo uno. Te haré otro a ti, ¿vale?

Se alejaron planeando todo lo que podrían hacer en ese futuro viaje al sur de Alemania.

Llegaron a la orilla y se sentaron en las piedrecitas que formaban la playa. Pippa recogió sus rodillas entre sus brazos y Anita la imitó. Permanecieron en silencio, solas, las dos, con la luna y el vaivén de las olas.

Pippa se tumbó en las piedrecitas cogiéndole la mano a su amiga, que la siguió. La joven pelirroja recostó su cuerpo acercándolo al de Anita. Se miraron con timidez. Pippa le pasó el pelo por detrás de la oreja. Anita notó un cosquilleo subirle por el cuerpo. Pippa se acercó un poco más e, insegura, acercó sus labios a los de ella. Se apartó un segundo de Anita y vio como, serena, cerraba sus ojos y suspiraba tranquila. Besó sus labios de nuevo, una vez, otra y luego otra y entonces Anita abrió su boca y sus lenguas se rozaron tímidas y el cabello pelirrojo de Pippa se desparramó sobre el pecho de su amiga española y así, mientras las tenues olitas de la cala chocaban contra sus cuerpos vírgenes, hicieron, despacito, el amor.

—Mi hija se pasa el día con ella. Ahora tú.

—¿Y a ti qué más te da?

—Sí me da. Sois mi familia. No la suya.

—Llevamos solas toda la vida, Armando.

—Ya estamos con la cantinela. No quiero que vayas.

—Sus amigos le han organizado una cena. Es su cumpleaños.

—¿Yo estoy invitado?

—Tú lo que quieres es discutir.

—¿Y Anita también va?

—Sí, Ana también va. Ella ya está allí.

—Tiene cojones la cosa.

Cuando bajó el sol, Mathias y Sigfried sacaron la mesa del obrador a la calle. Anita y Pippa extendieron un enorme mantel de hilo blanco sobre ella. Anna colocó dos vasijas con unas enormes amapolas que esa misma tarde había recogido en el campo de trigo que flanqueaba la carretera de Valldemossa. El mismo por el que treinta años atrás corría con su hermana mientras su padre las fotografiaba.

—*Quants som, vint, trenta?*[*] —discutían Catalina y la viuda mientras disponían la cubertería.

Tomeu, después de una discusión con su mujer, que, evidentemente, no había sido invitada por Catalina, se hizo cargo de la barbacoa y el carbón. A Úrsula le hacía ilusión preparar un asado. Llevaba años sin hacerlo, así que ella se encargó de la carne. El doctor Hidalgo y su mujer, también exalumna del San Cayetano, prepararon un *tumbet*, un plato típico mallorquín a base de capas de verduras cortadas finas, que acompañaría muy bien la tira de asado. El cura prometió sorprender con el postre. El alcalde vino con su guitarra y hierbas de Mallorca. La peluquera, sus cinco hijos y su marido, que, por fin, iba a aparcar el camión tres semanas, para no molestar, trajo macarronada para los niños. Gabriel e Isabel, el vino, mucho vino, demasiado vino.

* ¿Cuántos somos, veinte, treinta?

Todos iban vestidos para la ocasión. Catalina, con un ancho faldón de verano y la rebequita roja de su amiga que le apretujaba las carnes. Úrsula, elegante como era, con un sencillo vestido negro y unos pendientes de esmeraldas pequeñas en las orejas. Mathias y Sigfried, solo tejanos y camisetas blancas. Anita se vistió con ropa de Pippa. Los hombres mallorquines, bermudas y camisas blancas.

Marina se asomó por la ventana desde su dormitorio. Ya había anochecido y las farolas anaranjadas iluminaban la calle. Observó a sus amigos y vecinos en silencio. Tomeu discutía con Úrsula, que quería colocar la entraña en la barbacoa. Sigfried y Mathias intentaban comunicarse, gesticulando, con el alcalde y Gabriel. Catalina, Isabel y la viuda, sentadas en unas sillas, miraban a los niños pintar los adoquines de la calle con unas tizas de colores que les había traído su padre de Paises Bajos. Pippa y Anita miraban el móvil entre risas. La peluquera cogía la mano de Laura, le miraba las uñas y negaba con la cabeza... Marina sonrió para sí.

—¿Y tú qué te vas a poner? —preguntó Anna entrando por la puerta del dormitorio.

Marina se volvió.

—Yo... No tengo nada. Lo de cada día —dijo sin darle la mayor importancia.

—Pues mira. Tu hermanita, que te conoce muy bien, se ha pasado por el Zara esta mañana.

—Pero, Anna. No tenías por qué...

Anna abrió la bolsa que llevaba en la mano y sacó un vestido rojo largo, sencillo. Era sencillo y precioso, pero Marina se quedó extrañada de la elección de su hermana. No era su estilo. Lo cierto es que no recordaba haberse puesto un vestido desde la graduación de Perelman. Cuando debía ir elegante, que únicamente era en Navidad en casa de los padres de Mathias, pantalón negro y camisa blanca.

—Confía en mí —dijo Anna advirtiendo la cara de su hermana.

Se desvistió nada segura del atuendo que se iba a enfundar. Se lo puso y se miró. Anna sonrió al verla vestida. Marina abrió el armario y se vio reflejada en el espejo que había colgado en la puerta. Se sintió diferente.

—Siéntate —dijo Anna colocando la silla de mimbre frente al espejo. Marina obedeció sin dejar de mirarse en el espejo. Anna abrió su bolso y sacó su neceser de maquillaje.

—Solo los ojos.

—Ya lo sé, pesada.

Le pintó la raya de abajo, la de arriba y pegote de rímel en las pestañas. Se colocó tras ella, de modo que las dos se reflejaban en el espejo. Anna le deshizo la trenza. «Hoy, pelo suelto, Marina.» Sacó un cepillo de su neceser y se lo cepilló con cuidado. Sin prisas.

Reflejada en el espejo, Marina observó a su hermana mayor, a sus casi cincuenta años, peinándola igual que en su infancia..., y cuando las manos de su hermana se enredaron entre su pelo, sin quererlo, se conmovió...

Salió de la panadería. Su larga y negra melena suelta caía sobre su piel morena, que resaltaba con el rojo del vestido.

Los invitados, al verla, enmudecieron. Mathias vio a su mujer más mujer que nunca. Porque Marina, a sus cuarenta y seis años, por dentro y por fuera, era una mujer, sencillamente, preciosa.

Fue un festival de entraña, tira, chuletas, butifarras, excesivo y delicioso, que acompañaron con el vino de uvas mallorquinas. Los niños, que acabaron los primeros, se quitaron las camisetas y jugaron a pintarse la cara y el cuerpo con las tizas de colores, ayudados por Pippa y Anita. El cura, a quien estratégicamente Úrsula había sentado junto a la viuda, elogiaba tímido su estilo en el *ball de bot.* Laura y la peluquera se enfrascaron con la marea verde y el trilingüismo en las aulas. Sigfried y el alcalde, que si Rafa Nadal o Boris Becker, Michael Schumacher o Fernando Alonso. Mathias dibujaba en una servilleta la silueta del molino ante la atenta mirada de Gabriel. Isabel rellenaba copas de vino sin parar...

Una vez acabada la cena, el cura ordenó a todos sentarse y, junto con Catalina, entró en la panadería. El párroco quiso encargarse personalmente del pastel, hecho a base de pan, leche, vino y canela, el plato que su pobre madre, que también había enviudado joven, y para aprovechar el pan duro de la semana, le hacía cada domingo. Colocaron cuarenta y seis velas en las cuarenta y seis torrijas y salieron cantando el cumpleaños feliz. Los invitados les siguieron, Marina pidió un deseo, sopló velas, y el cura, tal como había planeado, repartió esa delicia entre los invitados como si fuera la hostia consagrada. Bendiciéndolos uno a uno y dándole gracias a Dios por esa familia de amigos que le había dado sin él pedírselo.

Úrsula le hizo descorchar a Tomeu una botella de champán y le dio, varias veces, a una copa con el tenedor. Los invitados callaron.

—Voy a pedir un brindis por Marina —dijo Úrsula levantándose de la silla—, por habernos unido a todos este verano acá en esta calle de este pueblucho isleño... Tengo que decirte, querida amiga, que está siendo un verdadero placer conocerte y que me alegro mucho de que Lola te dejara este lugar a vos... Te lo digo con la mayor sinceridad con la que puede hablar una vieja porteñoalemana a sus ochenta años.

Marina sonrió por las bonitas palabras de su vecina mientras los invitados chocaban las copas y le pedían que hablara.

Lo de la timidez era algo que aún llevaba con ella, pero se levantó…

—Yo voy a pedir un brindis por Lola —cogió su copa de champán y siguió—, porque ha sido ella la que ha hecho que estemos todos hoy aquí… Me ha regalado su casa, su panadería… sus amigos. —Sonrió mirando a la franja mallorquina en la mesa—. Su vida… Gracias a Lola también he recuperado a mi hermana, Anna, y a mi sobrina. —Alzó su copa hacia ellas.

A Anna se le humedecieron los ojos y su sobrina se sonrojó.

—Y gracias a Lola también porque estoy pasando un verano maravilloso, como nunca antes lo había pasado, junto a mis buenos amigos Sigfried y Laura —miró hacia Mathias y concluyó—, y junto a mi marido.

Inesperadamente y cuando chocaban las copas, Catalina empezó a llorar.

—*Ai, Catalina, com l'enyores.**

—*I tu, Tomeu, què…, tu l'enyores més que ningú… Brindem, que no vull plorar*** —dijo quitándose las gafas y secándose una lágrima que le resbalaba por la mejilla.

—Marina, esto es para ti —dijo Tomeu, del bar Tomeu, acabándose su quinta copa de vino, y añadió alzando la voz al Tomeu alcalde—: *Tomeu, fota-li a la guitarra. Ja saps quina.****

El alcalde rasgó las cuerdas, afinó y sonaron los primeros acordes de una vieja habanera que todos los mallorquines allí presentes reconocieron enseguida. Tomeu pasó su brazo

* Ay, Catalina, cómo la echas de menos.

** Y tú, Tomeu, qué…, tú la añoras más que nadie… Brindemos, que no quiero llorar.

*** Tomeu, dale a la guitarra. Ya sabes cuál.

por el de su amiga Catalina, que se secaba ahora las lágrimas con la servilleta.

—*Començo jo i seguiu la tornada** —vociferó Tomeu carraspeando, esperando a que la guitarra le dejara entrar y... sin vergüenza alguna gracias a las cinco copas de vino:

Después de un año de no ver tierra
porque la guerra me lo impidió
me fui al puerto donde se hallaba
la que adoraba mi corazón.
Cuando en la playa... la bella Lola
su larga cola luciendo va
los marineros se vuelven locos
y hasta el piloto pierde el compás.

La peluquera, el marido de la peluquera, Cati, Úrsula, el cura, su amada viuda, Anna, Anita, Gabriel e Isabel se unieron a Tomeu para seguir juntos cantando esa vieja canción marinera. Sigfried, con una amapola en la oreja, le dio a las palmas intentando seguir el compás con la hija de Laura en su regazo.

Ay, qué placer sentía yo
cuando en la playa sacó el pañuelo y me saludó.
Luego después se acercó a mí,
me dio un abrazo y en aquel acto creí morir.
Mi bella Lola, qué hago yo aquí sin ti...

Todos rieron por la última frase inventada por Tomeu... Y la canción empezó de nuevo... Y los cinco niños mallor-

* Empiezo yo y me seguís el estribillo.

quines con sus cuerpecitos tostados por el sol y pintarrajeados con tizas corrieron hacia el alcalde como monitos bailando alrededor de su guitarra…

Marina sonreía agradecida por ese cumpleaños tan inesperado. Le pareció imposible que todos esos personajes que cantaban frente a ella hubieran hecho acto de presencia en su vida hacía solo siete meses, y, mientras ese pensamiento cruzaba por su mente, Mathias le pasó el brazo por los hombros, se acercó a ella y susurrándole al oído le dijo:

—Quiero pertenecer a esta tribu.

| Español | Alemán | Mallorquín |
| --- | --- | --- |
| Estropajo | Topfkratzer | Fregall |
| Cabrón | Arschloch | Cabró |
| Forastero | Fremder | Foraster |
| Extranjero (guiri) | Ausländer | Extranjer |
| Abrazo | Umarmung | Abraçada |
| Limón | Zitronen | Llimona |
| Amapola | Mohn | Rosella |
| Brindis | Toast | Brindis |
| Vino | Wein | Vi |
| Canción marinera | Seemanslied | Canço marinera |
| Pueblo | Dorf/Volk | Poble |
| Añorar | Sehnsucht/ vermissen | enyorança |
| Tribu | Stamm | Tribu |

—Marina, tenemos que decidir.

—Ya sabes dónde quiero ir, Mathias.

—Yo no quiero volver a Etiopía.

—Lo sé. Pero yo necesito despedirme del país. Hay una vacante de tres meses en un proyecto materno-infantil en la capital.

—Lo has mirado sin mí —le contestó Mathias decepcionado.

—Laura me lo dijo antes de irse.

—Necesitan cooperantes en el proyecto de Pakistán.

—Tú también lo has mirado sin mí —le contestó con dulzura Marina.

Mathias suspiró. Habían tenido esa conversación varias veces. Marina era consciente de que Mathias, como ella, ejercía su profesión con vocación y se entregaba plenamente a ella. Pero a sus treinta y cinco años seguía teniendo la necesidad de ver, conocer y palpar el mundo. Su relación estaba basada en el amor y el respeto mutuo. Él había accedido a quedarse con ella en Etiopía tres años. Tal vez era ella la que tenía que ceder. Marina le miró y le acarició la mejilla en silencio, dándose cuenta de que esos diez años que les separaban, quizás, empezaban a pesar.

—Tres meses, Mathias. Hasta diciembre. Necesito despedirme de Etiopía. Me fui pensando que volvería en una semana y… siento que tengo que cerrar mi ciclo allí.

Mathias no contestó.

—En Navidad volamos a Berlín, como cada año, y escogemos otro destino —añadió.

—Tres meses —contestó Mathias serio.

Ella se acercó a él, le besó los labios y se tumbó sobre su pecho.

—¿Has decidido ya qué vas a hacer con esta casa? —preguntó Mathias.

—¿De verdad vivirías aquí?

—Ya te dije ayer que sí... Me gusta este pueblo, Mallorca, la gente —dijo Mathias sin excesivo entusiasmo.

—Si lo vendemos, con lo que nos den podemos comprarnos un ático enorme en Prenzlauer Berg.

—No me lo recuerdes, Marina, eh... Dejamos escapar un piso maravilloso.

Porque a punto estuvieron de comprar un ático en ese barrio berlinés que a ambos les encantaba. Era algo que Mathias anhelaba. Su propia casa. Un lugar para ellos dos. Un agosto, los padres de Mathias se fueron a Tailandia y se instalaron un mes en la capital alemana. Fueron unas semanas tranquilas en las que gozaron de una intimidad que no habían conocido antes. Como dos berlineses más, se inmiscuyeron en ese mes cálido donde la ciudad alemana sale a sus inmensos parques en sus bicicletas antiguas y hace vida en los *biergärten* a orillas del río que serpentea por la ciudad. Quedaron casi a diario con amigos de la escuela Waldorf, a la que Mathias había ido toda la vida, y con excompañeros de la Facultad de Medicina. Algunas noches se quedaban en casa y cenaban en la terraza sin prisas. Casi cada noche, hicieron el amor, poco a poco, sin pensar en nada más que en ellos dos. Otras noches, junto con el hermano de Mathias y su nueva novia turca, disfrutaron de conciertos de música en baretos grafiteados, dispersos por esa inmensa ciudad... Cuando regresaron a África, en el vuelo hacia Addis Abeba, Marina le dijo a Mathias que le encantaba Berlín, a lo que él contestó: «Si tú quieres, podemos comprar un piso juntos, para nuestra vida, para siempre». Marina esbozó una sonrisa tenue. Pensó que quizás sí. Su Ítaca, su hogar. El hogar que no tenía podía crearlo en Berlín junto con Mathias. Al llegar a África, el primer domingo que tuvieron libre se sentaron frente al ordenador de la sede y buscaron en portales inmobiliarios. Vieron cientos de fotos, hasta que encontraron el ático en Prenzlauer Berg, y enviaron al hermano de Mathias a verlo. Era un apartamento amplio, de techos altos y con grandes ventanales. Mathias enseguida dijo sí, pero Marina puso freno a ese primer intento de encontrar un hogar. Luego, aparecieron un par de pisos más. No tan bonitos como el primero, pero por los que mostraron cierto interés. Marina les encontró pegas a ambos. Llegaron a mirar un estudio en el barrio de Born, en Barcelona, que les había encontrado Laura. Tampoco. Y, así, esa romántica idea de encontrar juntos cuatro paredes propias en el mundo, poco a poco, se fue desvaneciendo.

—Venda o no venda, quiero dejar bien atado el tema de la panadería. Quizás haya una manera de vender la finca pero manteniendo a Cati. De todos modos, hasta diciembre ella sola no va a poder con todo. Mi sobrina vuelve al colegio la semana que viene. Y Úrsula dice que ella seguirá viniendo cada mañana, pero su artritis empeora cada día.

—¿Y Anna?

—Anna no ha trabajado en su vida. No sé yo... Lo cierto es que mi abuela siempre le decía que sería una buena panadera... Puedo preguntárselo.

—Se me está ocurriendo una cosa... ¿Por qué no les decimos a mis padres que, en vez de celebrar la Navidad a menos veinte grados, se vengan aquí?

—Si quieres. Pero ¿querrán ellos?

—Estarán encantados de salir del frío. Igual se viene mi hermano también... Por cierto, ha dejado embarazada a su novia turca. Yo a mi hermano no lo entiendo. Si apenas se apaña con uno.

Mathias apagó la luz del dormitorio, cerró los ojos y pasó su brazo por la cintura de Marina.

—¿De verdad vivirías aquí toda la vida? —preguntó ella—. Piensa que, si vendemos, podemos comprar algo más pequeño aquí y otro en Berlín… Dos millones de euros son muchos euros —Marina dejó de hablar esperando que quizás Mathias contestara, pero no lo hizo—. No estoy muy segura de lo que estoy diciendo, la verdad.

—Ya, mi amor, ya —dijo con cierta reticencia—. Mejor te aclaras y luego decidimos.

Esas palabras cargadas de recelo en boca de Mathias encerraban un nudo sin resolver en la pareja. Un par de años atrás, un cuarto de hora después de haber anulado la compra del estudio del barrio del Born en Barcelona, Mathias preguntó a Laura, aprovechando una ausencia de Marina, por qué Marina veía problemas en todos los apartamentos que visitaban, evitando siempre encontrar un hogar juntos. Un hogar para los dos. A lo que Laura, por intentar ayudarle a entender a su mujer, le contestó:

—Cuando te echan de tu propia casa a los catorce años, te pasas la vida intentando buscar el lugar que te robaron. Un lugar que ya no existe.

7

# MI VIDA SIN TI Y UN TROZO DE PAN

## PAN SENCILLO SIN AMASADO

INGREDIENTES:

500 g de harina de trigo

300 ml de agua

5 g de levadura seca

3 g de sal

10 ml de aceite de oliva

PREPARACIÓN:

Vierte todos los ingredientes en un bol. Mézclalos bien con una espátula. Tápalo con un trapo y deja que repose toda la noche. Si al destapar la masa te ha quedado algo líquida, añádele harina usando tu propia intuición hasta que encuentres la textura idónea. Pliégala varias veces dándole la forma que deseas. Precalienta el horno e introduce la masa durante 40 minutos a 220 °C. Sácala. Dale la vuelta al pan de manera que la parte inferior quede hacia arriba y vuelve a introducirlo diez minutos. Cuando saques el pan, da pequeños golpecitos en él, si suena hueco, ya está cocido.

Kaleb les esperaba con los brazos abiertos en el aeropuerto. Al verles salir se abalanzó sobre ambos. Siempre tenía palabras amables para sus cooperantes favoritos. No dejó que Marina cargara con su mochila. Se la quitó de los hombros y caminaron hacia el coche. Enseguida les puso al corriente de todo. Aritz y Ona habían regresado a Mundaka, y Manolo y la cursi cooperante francesa habían compartido habitación los tres meses que habían vivido en la casa de MSF. Samala había sido abuela por décima vez... Marina miraba a través de la polvorienta ventanilla del jeep la bulliciosa Addis Abeba. El colorido paisaje que tan bien conocía. Ese mismo trayecto lo había realizado hacía nueve meses con un bebé en sus brazos. ¿Cómo estaría Naomi? Tal vez había tenido suerte y se encontraba en brazos de una madre adoptiva. Quizás no.

—*Arribes tard** —dijo Catalina tirando una cerilla hacia el tronco de almendro del horno.

Anna miró su reloj de pulsera, que marcaba las cinco y treinta y uno. Un minuto tarde. No respondió y se puso el delantal... Fue difícil convencer a Armando de que la dejara ir a trabajar de panadera, por el simple hecho de que la panadería pertenecía a su hermana. Armando amenazó con dejarla sin mensualidad, que ya había reducido a quinientos euros. Si empezaba a ganar un sueldo, no tenía por qué pasarle más dinero. Anna volvió a armarse de valor. «Haz lo que tengas que hacer, Armando. A mí ya me da igual. Pero no pienso volar otra vez a Suiza.» Y con esta frase Anna salió de casa a sus casi cincuenta años rumbo a su primer trabajo.

* Llegas tarde.

—Cati…, aflojá un poco —dijo Úrsula entrando en el obrador.

Y la rutina de siempre, amasar, fermentar y hornear…

Era septiembre, la panadería volvía poco a poco a la tranquilidad y al horario de invierno de ocho a dos. El campanario marcó la una.

—¿Estás segura de que puedes quedarte sola? —preguntó Catalina malhumorada a Anna.

—Confíe en mí, Catalina, mujer…, que la cuenta de la vieja no es tan complicada.

Renegando en mallorquín, salió por la puerta. Prefería a Marina…, qué le íbamos a hacer.

Cuando Anna se quedó sola, al mando de la panadería, no pudo evitar una sonrisa.

No pensó en exceso en esa responsabilidad laboral que tenía por primera vez en su vida, pero lo que sí notaba era que se sentía bien. Así de sencillo. Limpió el interior del horno de leña, minuciosamente, como le había enseñado Catalina. Cuando acabó de limpiar el obrador, salió a sentarse en el banco de piedra. Niebla, como siempre, espatarrada al sol. Úrsula volvía a hacerse cargo de ella. La perra se levantó y puso el hocico en el banco. Anna miró a la perra vieja siempre babosa y, con el dedo índice y cierto asquito, le rascó la oreja.

Marina ya no recordaba lo rápido que transcurrían los días en África. El trabajo era tan intenso que te sumergía en un estado en el que las horas pasaban como segundos. Podía atender a cien mujeres y niños al día. A pesar de unas jornadas laborales de nueve horas, era incapaz de irse a casa sin haber visitado a todas las personas que acudían al proyecto. Había mujeres que esperaban allí sin quejarse hasta seis horas con sus hijos dando vueltas. Y, otra vez, empezaron las noches en las que dormía poco…, buscando soluciones imposibles a la enfermedad de su querido pueblo etíope.

Después de siete días, llegó el domingo, su primer día de descanso.

—¿No es este el camino del orfanato? —preguntó Marina observando los campos de cereales que creyó haber visto nueve meses atrás.

—Sí, creo que sí.

—Quizás siga allí Naomi.

—Vamos si quieres.

Caminaron cinco minutos hasta que encontraron la casucha rosa en la que habían dejado a la niña. Se acercaron a la puerta de entrada. Como la otra vez, estaba semiabierta. Marina llamó con los nudillos y se asomó.

—*Ëndemën aderu* —dijo Marina alzando la voz.

Enseguida, se acercó la mujer de ojos bondadosos con un recién nacido en los brazos, dándole el biberón.

—Hola —respondió la mujer etíope en inglés.

Marina la reconoció.

—¿Se acuerda de nosotros?

Ella les observó un segundo en silencio. No eran muchos los blancos que se acercaban al orfanato. Los padres adoptantes iban a buscar a sus hijos a las casas de acogida del Estado.

—Sí, me acuerdo… Trajisteis a Naomi, ¿verdad?

—Sí.

El recién nacido que llevaba en sus brazos empezó a llorar.

—¿Sigue aquí?

—Sí… Allí donde la dejaste. En la misma cuna. Id a verla. Voy a intentar dormir a esta bebé que acaba de llegar hoy.

Marina y Mathias caminaron por el estrecho pasillo. En los cuartos, varias cuidadoras daban biberones a los huérfanos. Marina deseó inconscientemente que Naomi la reconociera y llegó hasta la cuna de hierro.

Naomi, sentada, se cogía con sus puñitos a los barrotes de hierro, mirando hacia la puerta de salida, por donde entraba la luz.

—Hola, preciosa —le dijo con dulzura acercándose a ella.

Naomi no alzó la vista ni se movió. Seguía con la mirada fija en los rayos de sol que entraban por la puerta. Marina estiró sus brazos hacia ella y la sacó de la cuna.

—Hola, Naomi —le repitió con voz suave.

La niña rodeó con sus piernas la cintura de Marina. Silenciosa, sin hacer ningún ruido. Sin mirarla.

—*Hallo, schönes Mädchen** —le dijo Mathias, acariciándole la mejilla.

Cada uno siguió hablando con ella en su idioma, como lo habían hecho cuando esa niña entró en sus vidas. Pero Naomi no parecía reaccionar a ninguna de las palabras. No les miraba. No hacía ningún gesto. Nada.

La cuidadora pasó tras ellos.

—¿Quieres darle el biberón?

—Pues sí. Me encantaría.

Le dio uno de los cuatro biberones que llevaba en la mano.

—¿Puedo dárselo fuera?

Salieron los tres y se sentaron en un banco de hierro que había frente a la fachada.

Naomi abrió la boquita esperando la pequeña dosis de leche que le tocaba cada mañana. Sin cruzar un segundo su mirada con la de Marina. Ni cuando le introdujo el biberón en la boca guardó contacto visual con ella. Se bebió despacito la leche, había aprendido a hacerlo sin prisas. No era solo co-

* Hola, hermosa niña.

mida lo que su cuerpo necesitaba, sino esos escasos minutos al día en que otro ser humano tocaba su cuerpo. Inconscientemente, había aprendido a succionar despacio porque solo los barrotes de la cuna la esperaban hasta la próxima toma.

—Naomi —le dijo bajito Marina.

—Es extraño que no reaccione. ¿Quizás no oye? —preguntó Mathias.

Sí oía y no era extraño. Nadie miraba a esos niños y ellos no miraban a nadie. Sus cuidadoras no podían dedicarles el tiempo que deseaban y les daban sus biberones como una necesidad vital y sin el tiempo y el cariño que necesita todo ser humano al crecer.

—Voy a pasear un rato con ella. ¿Te importa que vaya sola? —le preguntó Marina a Mathias.

Marina se incorporó y se la puso en el pecho. Le dio palmaditas en la espalda para que eructara y se fue paseando por el camino por el que habían llegado. Caminaron las dos; seguramente nunca se había alejado tanto de las puertas del orfanato. Marina notó como Naomi apoyaba su cabecita en su hombro y siguió caminado con ella hasta llegar al campo de cereales. Se detuvo y recordó las palabras de Laura: «Los niños, aunque recién nacidos, deben escuchar el sonido de la voz de un adulto en un tono suave. Se acostumbran al timbre de esa voz y escuchar ese mismo tono cada día les proporcionaba seguridad y bienestar. Hay que hablarles de cualquier cosa...».

—Sabes, Naomi, donde yo nací, en Mallorca, tenemos campos de cereales también, como este que vemos frente a nosotras, pero no son campos de *teff*, son campos de trigo... y a veces, y junto al trigo, nacen unas flores rojas preciosas, salvajes, de un rojo muy intenso...: se llaman amapolas.

Notó que Naomi se movía. Parecía querer cambiar de posición. Se la apoyó en la cadera y ella entrelazó sus piernecitas en la cintura de Marina. Pero no quiso regalarle su mirada.

—Naomi…, mírame, mi niña, por favor.

Pensó que quizás estaba asustada. Pero no lo parecía. Ojalá pudiera saber qué le pasaba a ese bebé de ocho meses que le parecía el bebé más triste que había visto en su vida. No se le ocurría qué más decir. Solo le invadía una sensación de pena inmensa. Empezaba a oscurecer, quizás sería mejor dejarla en su cuna dormida. Caminó despacio mientras otra vez bajito, y como había hecho en los primeros días de su vida en el desierto de Afar, le susurró al oído «A la nanita nana, nanita ella, mi niña tiene sueño, bendita sea…».

Naomi, por primera vez, levantó su cabecita y la miró, reconociendo esa melodía que escuchó en sus primeros días de vida. Sus ojitos marrones se llenaron de pena y, en silencio, como había aprendido a hacer en esos ocho meses de vida, lloró.

Anna llegó el lunes a las cinco y cuarto. Abrió la puerta de la panadería y entró en el obrador. Ese día sería ella la que introdujera las ramas de olivo y los troncos de encina y almendro dentro del horno. Los hizo arder. Catalina entró por la puerta del obrador a las cinco y media en punto. Se sorprendió de que todo estuviera ya en funcionamiento, pero no dijo nada. Anna hizo una mueca simpática y, tras un saludo cordial a esa mujer cascarrabias, empezó a amasar en su segunda semana de panadera. Ya se sabía los nombres de los habitantes del pueblo, del párroco, del alcalde, de la peluquera y sus cinco hijos… Todos echaban de menos a Marina y sus sabios consejos, que, aseguraban, habían mejorado la salud de toda la sierra de Tramontana. Y, como siempre, Anna sentía orgullo de ser la hermana de esa mujer a la que todos halagaban.

A la una, Catalina se marchó. Como era habitual, al ver a Catalina alejarse por la callejuela, Niebla entró en el obrador. Anna, con cariño y ordenándole que saliera, le dio una hogaza de pan duro. Pronto se hicieron amigas las dos. Volvió al obrador y se dispuso a limpiarlo. Oyó el sonido de la puerta cerrarse. Se extrañó. Se limpió las manos de harina en el delantal y salió a mirar quién era. Cuando lo vio y solo en ese momento, se olvidó de esos treinta años que se habían perdido el uno del otro.

Antonio caminó hacia ella; con sus manos fuertes le cogió la cara y sin esperar a su aprobación la besó con violencia. La sentó en la mesa del obrador y le quitó el delantal.

—Antonio, yo…

—Calla —le ordenó en voz baja mientras le desabrochaba el sujetador.

Se besaron apasionadamente. Antonio paró y comprobó el deseo en los ojos de Anna. Ella bajó la mirada con timidez…, sin saber qué decir. Cerró los ojos y dejó que la besara y cogiera las riendas…, ella no se atrevía. Le besó el cuello, luego los hombros, lamió su pecho reconociendo y notando crecer sus pequeños pezones poco a poco, como lo hicieron la primera vez que los tocó. Le hizo sonreír su pecho operado, solo eso. Notó su miembro erecto pero esperó. Anna se excitaba y notaba su corazón latir demasiado rápido. Antonio le acarició los muslos mientras le subía la falda. La tumbó en la mesa, que seguía llena de harina, y, con cuidado, le subió las piernas. Le dejó las bragas puestas y le acarició las ingles. Anna gemía bajito con los ojos cerrados. Sabía que él la miraba y era un sentimiento extraño, de placer y vergüenza, pero deseaba tanto dejarse ir… Notó la libido ahora sí llegar a lo más profundo de sus entrañas. Antonio besó sus rodillas y lamiendo el interior de sus muslos bajó poco a poco, hacia su sexo. Jugó con sus bragas, con su lengua y sus manos, dejando que Anna se excitara cada vez un poco más. Paraba, sin prisas…, y ella dejaba de gemir; entonces él empezaba de nuevo, una y otra vez. Anna se retorció reconociendo el placer.

—¿Y tú? —le preguntó tímida.

Antonio no contestó y le quitó las bragas. Notó el sexo de Anna húmedo pidiendo más y lo lamió mientras escuchaba sus gemidos de placer queriendo estallar. Antonio se incorporó. Él la miró desnuda, frente a él, por primera vez. Se desabrochó el pantalón y acercó el cuerpo de Anna hacia su sexo y, con el deseo reprimido de toda su vida, la embistió. Anna gimió de placer y se ayudó de sus manos para incorporarse y abrazar a ese hombre que tanto había amado y que sentía, en esos momentos, volver a amar.

—He deseado tanto este momento —le dijo Antonio bajito al oído mientras deslizaba sus manos por su espalda—. Mírame, Anna, por favor.

Anna lo miró y Antonio volvió a entrar, ahora con suavidad, dentro de ella.

—No te he olvidado nunca, Anna.

Anna bajó un segundo la mirada. Él acercó sus manos a su rostro, la acarició y la besó.

—Mírame…, nunca, Anna.

—Yo tampoco he…

La besó sin dejarle terminar la frase. Se habían deseado tantos años y se habían esperado pacientes porque ninguno de los dos pensó que ese amor acabaría en la juventud. Tanto el uno como el otro, mientras el obligado paso de los años caminaba por sus vidas, en algún momento pensaron en el reencuentro. Lo percibieron como un sueño imposible. Quizás Anna más que Antonio… Pero él, las pocas veces que volvió a su isla, imaginó cómo sería ese reencuentro si alguna vez acontecía. A ellos no les había separado el desamor, sino el destino.

Antonio cada vez estaba más excitado, cerró los ojos e intentó esperar a Anna, pero no pudo y, abrazándola con fuerza, acabó. Sintiendo todavía los últimos segundos de placer, salió del cuerpo de Anna..., la besó en la boca, en el cuello, y la tumbó, de nuevo, con delicadeza en la mesa; besó su vientre y volvió a bajar, generoso, hacia su sexo.

—No voy a dejarla aquí, Mathias. No puedo. Llevo toda la noche sin dormir. No puedo.

—Pero, Marina, cálmate. ¿Qué estás diciendo? —le contestó Mathias pasándose las manos por los ojos, mirando su reloj de pulsera, todavía bajo las sábanas.

Marina se sentó a su lado con un té caliente en las manos. Eran las cinco de la mañana. Había esperado hasta esa hora para despertar a Mathias.

—Yo... —suspiró—. Nunca he sentido la necesidad de ser madre, Mathias. Lo hemos hablado alguna vez. Nunca, Mathias, y tengo cuarenta y seis años. Pero siento que esta niña forma parte de mí. Me siento culpable de haberla traído a la mierda de mundo este en el que vivimos.

Mathias se incorporó sin querer entender las palabras que le decía su mujer.

—No digas eso.

—Pero es cierto. ¿Qué tipo de vida la espera? Ayer me hubiera quedado con ella toda la noche..., la hubiera traído aquí. Cuando la dejé dormidita en la cuna, ¡me sentí tan mal! Estaría mejor muerta abrazada a su madre. ¿Cuántos miles de huérfanos tiene este país? ¿Y cuántos más va a tener? ¿Tan difícil es parar esto? No la voy a dejar aquí.

—Pero, Marina, ¿qué pretendes?

—No lo sé, Mathias... Adoptarla.

—¿Adoptarla? —repitió Mathias alarmado.

Marina le aguantó la mirada

—Sí.

Mathias se incorporó. Tardó unos segundos en contestar.

—No entiendo lo que me estás contando y no sé qué decirte.

—Si no quiero que digas nada.

—Ya, pero somos una pareja, Marina. Y, de un día para otro, me estás planteando algo que yo no quiero.

Mathias miró a Marina. La conocía tan bien que sabía que, aunque no se lo dijera, necesitaba que la abrazara, y, a pesar de que no compartía nada de lo que le estaba diciendo, la abrazó.

Marina, cuando sintió los brazos de Mathias protegiéndola, sin ella saber muy bien por qué, se derrumbó y lloró.

—Pero si hemos visto miles de niños en condiciones peores. ¿Qué te pasa? —le dijo secándole las lágrimas.

—Peores quizás, pero no tan solos. No sé qué me pasa, Mathias. Igual es..., no sé.

No se atrevió a decirle el porqué. Se sentía avergonzada, egoísta..., recordando el sentimiento de soledad de su adolescencia. Sola, llorando en silencio a ocho mil kilómetros de su familia. Es verdad que le desgarró el alma separarse de ellos para siempre, pero esos catorce años estuvieron llenos de las caricias de su abuela, de los abrazos de su padre y de la compañía de su hermana. Era consciente de que le faltó el amor de su madre y, aun con el peso de esa falta de amor materna, la maleta invisible que transportaba con ella en el corazón, a todos los países a los que viajaba, seguía cargada del recuerdo de esos años abrazada a esos tres seres humanos. Y pensar que esa niña que ella había traído al mundo no tendría nada por su culpa, ni esos catorce años de cobijo, le rompía el corazón.

Cada día, hasta que llegó diciembre, fue a darle el último biberón. Empezaba la jornada laboral a las siete de la mañana y a las cuatro de la tarde Kaleb, que vivía cerca del orfanato, la llevaba hasta allí. Habló con las cuidadoras, que estaban encantadas de tener una mano más, previo consentimiento del funcionario que gestionaba el orfanato local y a quien Marina solo vio tres veces en esos tres meses. Era un tipo larguirucho de mediana edad, orgulloso y educado, que solo dio facilidades a la médica europea que ayudaba por las tardes. El funcionario le explicó el procedimiento de adopción que Marina debía llevar a cabo. Complicado si era una mujer europea, ya que debía hacer toda la tramitación de adopción desde España. Mathias la acompañaba los domingos sin tomarse realmente en serio los deseos de su mujer.

A los dos días, Naomi ya reconocía a Marina y nada más oír su voz la miraba. A la semana, con sus manitas se levantaba de la cuna y flexionaba las piernas para que la cogiera; a las tres semanas, lloraba cuando la dejaba en la cuna y tenía que volver a cogerla en sus brazos y pasearla, de nuevo, por el camino de tierra hacia los campos de cereales...

Amantes. Ocultar esa relación fue sencillo. Tenían la casa encima de la panadería y hasta finales de diciembre Marina no volvería. Antonio, cada día, salía del taller a las dos menos un minuto, con casco y a todo gas, y a las dos y cuarto se plantaba en Valldemossa, previo saludo al policía local, que también era motero y hacía la vista gorda a los excesos de velocidad de Antonio... En ese pueblo se multaba a los guiris, y punto. Anna tenía siempre la comida preparada. Comían tranquilos cuando Antonio quería, claro. Porque Antonio seguía siendo el miura de los diecinueve. Sí. Cómo describirlo sin que parezca vulgar: era un guarro, pero un guarro en el buen sentido de la palabra. De esos hombres que, cuando estás comiendo tranquilamente la manzana del postre y sin venir a cuento, atraviesan tu escote con la mano y te agarran el pecho y te levantan de la silla, te llevan hasta la pared comiéndote la boca, te bajan las bragas de la forma más salvaje, y te empotran bien. Sin olvidarse de ti, claro. Se lo curran para que ese sexo salvaje te excite tanto como a ellos. Más o menos como lo que hizo el primer día en la mesa cubierta de harina con Anna, pero subiendo el tono cada día un poco más. Habían roto dos platos, una botella de vino y casi la ventana…

No fue difícil engañar a Armando. Anna le dijo que se quedaba en la panadería preparando la masa de los panes del día siguiente y que el fermentado era importante y debía revisarse que la masa subiera correctamente. A Armando ya todo le daba igual.

Septiembre, octubre, noviembre, diciembre… fueron los meses más de verdad, más divertidos, más apasionados en toda la vida de Anna. Sin duda, lo fueron.

El 22 de diciembre, Marina y Mathias volvían a la isla…

—¿Y ahora qué, Anna? ¿Voy a estar un mes sin verte? ¿Qué vas a hacer en fin de año? ¿Tomarte las uvas con tu maridito, como si nada pasara, y desearos un feliz 2011? —le preguntó Antonio—. Es que me toca los huevos, Anna.

Anna no contestó. Habían evitado el tema y vivían sus días dentro de esa casa como si fueran una pareja normal.

—¿Te acuestas con él?

Anna se violentó. Acababan de hacer el amor. No era el momento de hacer esas preguntas. Se incorporó y le miró a los ojos.

—No, Antonio. No me acuesto con mi marido. Ya te lo he dicho. Nunca —le dijo sincera, mirándole a los ojos, que por primera vez sintió inseguros.

Y no mentía, no tenía ninguna relación con su marido. Hubo ese intento nefasto que duró un par de meses, pero

Anna, al contrario de lo que pensaba, en vez de sentirse más cerca de él, empezó a sentir repulsión… y ya nunca más.

—Hace años que no me acuesto con él. Créeme, por favor.

Y Antonio la creía, pero, a medida que su relación avanzaba, el simple hecho de que su marido compartiera la cama con ella le molestaba.

—Quiero…, quiero estar contigo siempre, Anna.

Guardaron silencio. Anna lo deseaba tanto como él. Pero ¿qué se supone que debía hacer? Y no era solo Antonio. Era Anita. Anita y su búsqueda de identidad, porque desde que había empezado el curso volvía a ser la niña taciturna y solitaria de siempre, unos días bien, otros mal, otros se aislaba, otros chillaba, otros compartía.

—¿Y qué hago, Antonio? ¿Echo a mi marido de casa, que en estos momentos no tiene dónde caerse muerto, y te vienes a vivir con nosotras?

—Vente a vivir a S'Estaca conmigo. Ya sé que es pequeña mi casa y húmeda…, pero suficiente.

—¿Y mi hija? Es una tiarrona que me saca una cabeza… No va a venir a vivir con nosotros. No querría.

—Lo único que sé es que yo no tengo ganas de seguir escondiendo mi relación contigo. No quiero, Anna. No tenemos edad, ni tú ni yo. Y otra cosa, Anna, tienes que aprender a ser tú misma. A tomar tus propias decisiones. A no tener miedo al qué dirán. A que te importe una mierda lo que piensen tus amigas del Club Náutico —dijo firme y con cierta dureza, sin levantar la voz.

Anna no sabía cómo contestar a todo aquello. Era consciente de que tenía razón y que guardar las apariencias era algo que había aprendido desde bien pequeña.

—Perdona, no quería decir eso —añadió Antonio acercándose a ella y besándole los labios—. Solo piensa en ello, por favor… Entiendo que lo que te propongo no es fácil para ti y sé que ahora viene la Navidad y hay que estar con la familia..., y yo también tengo que ver a mis primos y a sus hijos, y a los tíos, y están las comidas y las cenas y los regalos..., como todos. Si estuviera mi hija aquí, yo también querría pasarlo con ella, pero..., Anna —le dijo besándola—, aunque lo de que vivamos juntos es un sueño difícil, lo sé..., empecemos por pasar el fin de año juntos en S'Estaca, en la fiesta de cada año, con mis amigos y mis vecinos, y durmamos, por primera vez, juntos en mi casa, sin prisas y sin escondernos. Al día siguiente nos apiñamos en el brasero a comer sardinas frescas. Después de todo..., nos lo merecemos, Anna, ¿no crees?

—Cuca y Curro han organizado una fiesta de fin de año en su casa —le dijo Armando el 25 de diciembre en la comida de Navidad mientras cortaba un trozo de pavo.

Anna no contestó. Armando tampoco esperaba una respuesta. Simplemente irían.

—¿Tienes la maleta preparada? —le preguntó Anna a Anita.

—Sí —le dijo Anita sonriendo—. Papá, necesito algo de dinero.

—Pues no hay —le dijo sin mirarla.

—Yo tengo algo. No te preocupes —contestó su madre.

—Mira que hemos viajado con tu padre, pero a Alemania no hemos ido nunca.

—Me ha dicho Pippa que Heidelberg es uno de los pueblos más bonitos de todo el país.

—Estoy orgullosa de ti. Yo a tu edad no me atrevía a dar la vuelta a la esquina —dijo Anna acariciándole el pelo a su hija—. Qué bien te queda el corte de pelo que te has hecho.

Lo primero que hizo Marina al entrar en su dormitorio de Valldemossa fue colocar una foto enmarcada que Kaleb había tomado de los tres. En ella, Mathias pasaba su brazo por el hombro de Marina, que tenía en su regazo a Naomi.

El padre y la madre de Mathias, su hermano con su novia turca embarazada y el hijo de su exmujer volaron de Berlín a Mallorca el 26 de diciembre para quedarse en Valldemossa hasta el 6 de enero. Los padres de Mathias se hospedaron en el hotel de Gabriel e Isabel, y su hermano, su novia y su hijo, en la despensa reconvertida en dormitorio.

Fue un diciembre apacible donde el sol salió cada día y no bajaron de los doce grados. A la familia de Mathias les hacía una ilusión tremenda celebrar la entrada de año participando de la tradición española de las uvas. En un principio, pensaron en celebrarlo en casa, pero Marina creyó que lo pasarían mucho mejor en el bar del Tomeu, junto con todos los habitantes de Valldemossa, engullendo las doce uvas frente al televisor según daban las doce campanadas de la Puerta del Sol de Madrid, y pasando los minutos previos como todas las familias españolas: que si pelamos las uvas, que no, que a mí me gustan con piel, que si el anuncio más caro del año, que son los cuartos, no, todavía no, callaos niños, coño, que se nos van a pasar las campanadas…

El 31 de diciembre siempre es mejor vivirlo entre amigos o, por supuesto, con el verdadero amor de tu vida.

Y llegó el 31… y la fiesta de Cuca y Curro.

Armando se hacía el nudo de la corbata. Anna se puso un vestido negro ajustado al cuerpo y con la espalda descubierta que se había comprado en Cortana y que tenía ya unos años, pero seguía pareciendo nuevo y le hacía una figura bonita. Se metió en el lavabo. Cerró la puerta, se miró en el espejo y tomó aire. Antonio la esperaba en una hora en la rotonda de Palma y de allí se irían a S'Estaca.

No se había atrevido a decirle a su marido que no asistiría a la fiesta de sus amigos. Pensó que mejor a última hora. Durante la semana previa, buscó las mil mentiras que podría contarle a Armando hasta que encontró la mejor.

—Anna, vamos, que llegaremos tarde —dijo Armando llamando en la puerta del lavabo.

Anna se volvió y notó que el corazón se le aceleraba. Una cosa era ocultar la relación en el silencio y otra mentir. Anna abrió la puerta del lavabo y forzó una sonrisa a su marido. Armando cogió las llaves del coche y, juntos, salieron del dormitorio. Bajaron las escaleras. Armando iba apagando las luces tras de sí. Cogieron los abrigos y se los echaron a los hombros.

—Iremos en tu coche mejor. Va a haber controles en cada esquina.

—Armando.

Miró a su esposa.

—No voy.

—¿Cómo que no vas? ¿Que no vas adónde?

—No voy a ir a la fiesta de Cuca y Curro.

—Pero ¿qué dices? —lanzó Armando en tono despectivo.

—Me voy a pasar el fin de año con mi hermana a Valldemossa.

—¿Qué?

—Sí. Me ha invitado a su casa y… puedes venir si quieres —dijo Anna insegura, bajando la mirada.

Armando rio irónicamente.

—No digas tonterías y sube al coche.

—Sabía que te enfadarías y… Me lo propuso ayer. Por eso no te he dicho nada antes.

—Mira, Anna. Tú te vienes a la fiesta y después de las uvas te vas donde te dé la gana —le dijo subiendo el tono de voz.

—No. Lo siento —le contestó bajito Anna.

—Anna, por favor, sube al coche —le ordenó tajante.

Armando abrió las puertas de su coche. Anna no le siguió.

—Anna, sube.

—De acuerdo. Pero me voy después de las uvas. Cogemos los dos coches entonces —le contestó Anna sacando las llaves del BMW de su bolso.

—Cogemos los dos BMW y luego ya veremos si te vas —dijo Armando entrando en su coche y dando un portazo.

Anna se subió a su BMW. Nerviosa, condujo detrás de su marido odiándose a sí misma. Llegaron a la mansión de Cuca y Curro. Había ya más de veinte vehículos en el jardín. La fachada de la mansión había sido decorada con unos rótulos de neón rojo que rezaban en inglés: «Happy New Year».

Armando aparcó y bajó. Anna aparcó tras él. Apagó las luces del coche. Observó a Armando saludar a Xesca y a su marido, que iban acompañados del profesor de yoga de Cuca y su nueva novia, una joven extranjera, lánguida y vestida con un sari naranja, que creyó conocer.

Anna puso la mano en el contacto dispuesta a sacar la llave. Pensó que Antonio ya estaría esperándola en la rotonda de Palma. Sentía rabia hacia sí misma. Lamentó ser cobarde, como lo había sido toda la vida. Volvió su mirada de nuevo hacia su marido. Gesticulaba sonriente en exceso, intentando disimular su estado de ansiedad que, evidentemente, sabía toda la isla. Armando y Xesca le hicieron un ademán a Anna para que saliera del coche. Y entonces vio esa falsa apariencia en la sonrisa de su marido y el cinismo en el gesto de su amiga.

«Después de todo lo que nos ha pasado, nos lo merecemos, Anna. ¿No crees?» Las palabras de Antonio golpearon su mente.

Puso la marcha atrás. Suspiró y apretó el acelerador. El coche derrapó y, sin pensarlo, giró el volante y salió de la mansión de sus amigos. Hacía un cuarto de hora que Antonio esperaba. Aceleró todo lo que pudo hasta llegar a la plaza España, donde habían quedado. Lo vio, sentado en la moto, mirando su reloj de pulsera. Anna hizo sonar el claxon. Él se incorporó con una sonrisa. Aparcó el BMW detrás de la moto. Sin apagar las luces, bajó del coche, dejó la puerta abierta y se abalanzó sobre él. Y, esta vez, fue ella quien le comió la boca, sin que le importaran una mierda las miradas ajenas.

—Marina, yo no quiero ser padre. No lo siento. Y menos de un bebé que no es mío —se desahogó—. Es que me siento un cretino siendo sincero, sabes, porque sé que no hablamos de ti, hablamos de Naomi... Pero he de serte sincero. No quiero. Lo siento.

Marina había llamado por teléfono al Instituto Mallorquín de Asuntos Sociales para informarse de los trámites de adopción internacional. Dio su nombre para participar en la primera charla explicativa que se llevaba a cabo a mediados de enero en Palma.

—¿Qué hago, me quedo aquí en Mallorca y te acompaño a la charla de adopción? No voy a ser feliz así. No lo seré. Es que a mí me gusta la vida que tenemos, Marina. Me gusta mi profesión. Y la veo incompatible con criar a un niño. Pero ¿tú de verdad lo tienes claro? Vas a dejar MSF.

Marina asintió. Lo tenía muy claro. Era la decisión que tomaba con más seguridad en su vida. Y lo cierto es que en esos momentos, en vez de estar en Mallorca pasando las fiestas con sus amigos de Valldemossa, con la familia de Mathias, donde de verdad deseaba estar es en ese humilde orfanato junto con Naomi.

Esa era su primera crisis de pareja y tenía difícil solución. Formaban un buen equipo. Se querían. Se respetaban. Pero la vida les ponía la primera prueba. Después de mucho hablar, decidieron que seguirían con su relación, pero Mathias volvería a su profesión de cooperante y Marina empezaría como madre soltera los trámites de adopción de esa niña etíope a quien había dado la vida.

Anna abrió los ojos. Antonio seguía dormido sin que el sol de la mañana de su humilde casita de pescadores ni el sonido de las olas que rompían a pocos metros de donde dormían, le molestaran. Se quedó mirándolo…, enamorada.

Su bolso estaba en el suelo. Sacó el móvil, que había silenciado. De su marido, ni rastro, solo un mensaje de Anita:

«Feliz año, mamá. Gracias por dejarme venir a Alemania. Me encanta este país. Te quiero mucho.»

Te quiero mucho…, eso es lo que le había escrito su hija. Nunca le había dicho esas palabras y fueron un regalo precioso en el primer día del año.

Los brazos de Antonio rodearon su cuerpo.

—De aquí ya no te escapas nunca —le amenazó cariñoso, besándole la espalda y *trempao* (sin pretender ser vulgar, porque *trempao* era el estado natural de Antonio, para qué nos vamos a engañar).

—Hoy mando yo… —le dijo Anna, cariñosa, volviéndose hacia él y besándole en la boca—. Hoy lo hacemos poco a poco…, que a mí también me gusta así.

Y ese 1 del 1 de 2011 hicieron el amor poco a poco, se desearon, y se abrazaron y se miraron a los ojos queriéndose cada segundo un poquito más, y se juraron amor eterno…

Pero la vida no es como uno quiere que sea, sino como es, y la vida, a veces, puede ser muy puta. Ese día fue cuando Antonio, jugando con el pecho de Anna, encontró el trocito de muerte que se la llevaría, para siempre, un año más tarde.

La charla informativa sobre adopción tenía lugar en el Instituto Mallorquín de Asuntos Sociales, ubicado en el mismo edificio que el Registro de la Propiedad. Marina caminó decidida hacia el interior con el DNI en la mano y se lo entregó al *segurata atontao* de la última vez.

Aguardaban en el pequeño hall de entrada un matrimonio anodino y una mujer sola, que desprendía tristeza por cada poro de su piel. Saludó brevemente y hubo un murmullo de bienvenida conjunto, devolviéndole el saludo, pero evitando cruzar miradas.

Apareció una funcionaria que se presentó brevemente y les condujo a una estancia pequeña y funcional con diez pupitres individuales dispuestos en forma de círculo, una pizarra blanca, una mesa de oficina y un proyector.

Se llamaba Marta. Era psicóloga y pedagoga y, desde hacía diez años, encargada en el IMAS, el Instituto Mallorquín de Asuntos Sociales, de las adopciones en Mallorca. Ella les acompañaría en lo que, avisó en el primer minuto de su intervención, sería el larguísimo proceso de adopción.

La charla que se disponía a dar la había repetido unas cien veces desde que la hicieron funcionaria del Ayuntamiento de Palma. Y, sin dejar de ser amable, fue clara y rápida. Se acercó a la pizarra, cogió un rotulador y escribió:

— Adopción internacional
— Adopción nacional
— Adopción de pasaje verde

Les explicó que eran tres procesos de adopción muy diferentes y preguntó a las familias qué tipo de adopción deseaban llevar a cabo. El matrimonio anodino quería adoptar un bebé en el extranjero, en China, preferentemente, aclaró la mujer. La madre soltera regordeta explicó que no le importaba tener un hijo con necesidades especiales, adoptaría con el llamado pasaje verde. Marina, sin dar explicaciones de su relación con Naomi, dijo que adoptaría en Etiopía.

—Si tenéis claro que queréis adoptar en Etiopía o en China, podéis escribir únicamente un país. Pero tenéis la opción de elegir dos países. Yo, personalmente, os aconsejo que indiquéis dos.

Dirigió su mirada hacia la mujer casada y continuó:

—El gobierno chino lleva una generación sin mujeres..., las que fueron dadas en adopción en masa hace diez años, y han parado esas facilidades que ofrecían tiempo atrás.

Marta se entretuvo hablando sobre algunos de los veinticuatro países con los que España tenía un convenio de adopción. Un proceso de adopción de un niño chino era muy distinto al de los procesos de adopción de un niño etíope.

Cogió el rotulador y volvió a escribir en la pizarra:

*Documentación que hay que presentar*

*Solicitud de adopción.*
*Elección del país de adopción.*
*Fotocopia de la última nómina.*
*Declaración de la renta.*
*Situación de salud física y psíquica.*
*Antecedentes penales (Ministerio de Justicia de Palma).*

Cuando Marta colocó un punto y final tras las palabras «antecedentes penales», Marina y el resto de los presentes se sorprendieron. Pero nadie osó preguntar y aguardaron a la aclaración de la psicóloga.

Marta explicó en orden los puntos escritos en la pizarra. Informó sobre el nivel económico mínimo exigido por el gobierno español para adoptar: las parejas sin hijos debían ganar veinticuatro mil euros netos al año; las parejas con un hijo, veintiocho mil euros; con dos hijos, treinta y dos mil euros netos, y las familias monoparentales, dieciocho mil euros. Marina llegaba a esa cifra. Respiró tranquila.

Habrían de ir a la Seguridad Social a hacerse un chequeo general físico y psíquico. Por último, para conseguir el informe de antecedentes penales, debían dirigirse al Ministerio de Justicia y pedir el Modelo 790. Nadie preguntó nada. Obedecerían, y punto. Si había que certificar que uno no era un delincuente..., pues se hacía.

—Cuando me hayáis entregado toda la documentación, empezaremos el curso de formación en grupo para padres adoptantes. Luego pasaremos a la formación individualizada y a una última entrevista personal en vuestra casa, en la casa donde se hospedará vuestro hijo. Una vez se haya acabado el curso, se redactará el llamado certificado de idoneidad. Aproximadamente, todo el proceso dura nueve meses.

Marta sorbió agua de un botellín de plástico.

—Si el equipo psicosocial mallorquín considera que sois idóneos para la adopción...

Marta se detuvo un segundo, sabía que sus siguientes palabras herirían a las cuatro personas que tenía frente a ella.

—Una vez tengáis un certificado de idoneidad positivo..., deberéis esperar entre dos y nueve años para tener a vuestro hijo en casa.

Marina sintió un golpe seco en el corazón. No miró a ninguno de los allí presentes, pero estaba segura de que todos ellos sentían la misma honda angustia que percibía Marina en esos momentos. ¿De dos a nueve años? Aquello no tenía ningún sentido. Con algo de suerte, en 2014 Naomi llegaría a Mallorca. ¿Qué haría esa niña todo ese tiempo en ese humilde orfanato? El golpe seco se añadió a la pena.

—Yo tengo que ser sincera. No puedo engañaros… —dijo amable.

Marta repartió un sobre marrón a los cuatro asistentes.

—Aquí encontraréis la solicitud y los demás documentos que necesitamos antes de empezar el curso de adopción.

A las cuatro menos un minuto, se despidió y se fue rauda por la puerta. Su hija biológica salía en veinte minutos de la guardería. Marta entró en el ascensor con prisa, con tal mala pata que en esos momentos el *segurata* de chaleco naranja con cara de *atontao* salía de él, sorbiendo café en un vaso de plástico. El choque de los dos funcionarios hizo que el café se desparramara por el traje de chaqueta de Marta, que, mirándose la camisa y mirando al *segurata* con cara asesina, y sin levantar la voz, le dijo: «Tu ets imbècil o què? Has vist quina taca m'has fet!!».*

Se sentó en la cama y acomodó los cojines. Abrió el sobre marrón que les había repartido la psicóloga y sacó los cien folios que contenía. El encabezado del primer folio rezaba:

* ¿Tú eres imbécil o qué? ¡¡Has visto qué mancha me has hecho!!

**SOLICITUD DE ADOPCIÓN INTERNACIONAL**

País 1 ______________

País 2 ______________

Recordó la frase de la psicóloga: «Os aconsejo que indiquéis dos países de adopción».

En otro folio estaban escritos por orden alfabético los veintiséis países con los que el gobierno español había firmado un acuerdo de adopción: Bolivia, Bulgaria, Brasil, Colombia, Costa de Marfil, China, El Salvador, Ecuador, Etiopía, Filipinas, Honduras, India, Kazajistán, Madagascar, Mali, México, Nicaragua, Perú, Polonia, República Dominicana, Rumanía, Rusia, Senegal, Sri Lanka, Tailandia, Vietnam.

Revisó los requisitos de cada país. No todos permitían adoptar a madres solteras. Como familia monoparental, podía adoptar en Rusia, en China, en Perú. Dejó de mirar el listado. ¿Para qué? Ella no tenía otra intención que ser madre de esa niña que había traído al mundo.

Cogió un bolígrafo y escribió:

**SOLICITUD DE ADOPCIÓN INTERNACIONAL**

País 1 Etiopía

País 2 X

En el último folio grapado se detallaba el importe que debía pagarse a los países de origen. Para adoptar un niño ruso había que entregar al gobierno ruso treinta mil euros. Un niño chino, cinco mil. Los países latinoamericanos oscilaban entre los siete mil y los nueve mil euros. Marina debería pagar a Etiopía diez mil euros. «Barato-caro»: estos dos adjetivos calificativos que sonaron en su mente le parecieron obscenos…, pero, en definitiva, la cruda realidad era que adoptar un niño ruso era tres veces más caro que un niño etíope y seis veces más caro que un niño chino.

Acabó de rellenar los datos y metió de nuevo los folios en el sobre marrón. Abrió el cajón de la mesilla y lo dejó encima de la Moleskine y el fonendoscopio.

Se tumbó en la cama y se tapó con las mantas de lana de Lola; apagó la luz de la mesilla y miró a través de la ventana. Un cirro cruzaba la luna… «De tres a nueve años…» Con lo fácil que sería coger un vuelo a Addis Abeba y en tres días tener a Naomi en sus brazos.

El compresor presionó la mama derecha. La prótesis de silicona entorpecía la visibilidad sobre la glándula mamaria. La enfermera volvió a descomprimir. Recolocó el pecho de nuevo estirando las mamas como si quisiera extraerlas del cuerpo, y el compresor volvió a bajar. Anna sintió dolor.

—Contenga la respiración, por favor.

Marina entró en la Gerencia Territorial del Ministerio de Justicia de Palma. Ocho funcionarios tecleaban en sus pantallas. Solo uno de ellos atendía a un ciudadano. Marina se acercó al policía sentado tras un mostrador.

—Buenos días. Vengo a pedir —inconscientemente bajó el tono de voz— el documento de mis antecedentes penales.

—Su DNI, por favor.

Marina extrajo su DNI del bolso y se lo entregó.

El policía tecleó en su ordenador. Esperó y le sacó un papelito con un número impreso.

—Espere en la sala.

Marina se sentó en la sala de espera. Apenas un segundo después apareció su número en la pantalla. Se sentó frente a una funcionaria a quien explicó brevemente su historia. La funcionaria tecleó en el ordenador y leyó en silencio.

—Aquí me consta que usted residió en Estados Unidos durante un período de quince años.

—Sí.

—Pues deberá dirigirse a la embajada americana en Madrid y pedir que nos envíen su ficha de antecedentes penales de esos años. Desde aquí no podemos hacer nada.

Estaba sola en el obrador limpiando los últimos resquicios de harina. Se sentía molesta, enfadada, por lo que empezaba a pensar que era un proceso absurdo. Debía viajar a Madrid... El proceso de adopción no había ni empezado y ya se estaba impacientando. ¿Qué significaban todos esos papeles que le pedían? Y no solo los antecedentes penales, era el informe psiquiátrico al que debía someterse, las enfermedades que había padecido en su vida, los euros que tenía en el banco. ¿Acaso preguntaban todo aquello a las madres que concebían a sus hijos en sus vientres? Como ginecóloga que era, podía asegurar que había sacado niños de vientres de mujeres totalmente ineptas para la maternidad. Aquello era una invasión a su intimidad que no esperaba. Marina no imaginó hasta qué punto el equipo del Instituto Mallorquín de Asuntos Sociales invadiría su intimidad para asegurar la vida de Naomi.

—¿Hola? —se oyó desde la puerta de entrada.

—¿Anna? —le dijo Marina reconociendo la voz de su hermana.

Habían hablado por teléfono el 2 de enero. Anna llamó a casa de Úrsula para desearle un feliz 2011 a su hermana. Y estuvieron media hora contándose la vida. Pero esa vez fue Marina la que no paró de hablar de su futura maternidad y de sus planes de, quizás, quedarse a vivir en Mallorca.

Anna entró en el obrador. Marina se acercó a ella y la besó.

—¿Ya volvió Anita?

—Sí… Ya está haciendo planes para irse a Berlín todo el verano a aprender alemán y ha venido con unas ideas rarísimas de que… quiere ser *disc jockey* y de que en Alemania se puede estudiar una carrera de técnico de sonido…, y está con eso todo el día. —Anna arqueó las cejas y siguió—. ¿Tú te imaginas si le llegamos a decir a mamá que queremos estudiar para ser pinchadiscos?

—No me lo puedo imaginar, no —contestó notando que su hermana hablaba rápido y más de la cuenta.

—¿Estás bien?

—¿Te importa que vayamos arriba y hablamos tranquilas?

A Anna le gustó volver a ver el salón. Se sentaron en el sofá.

—Cuéntame —le dijo Marina preocupada.

Anna sacó las mamografías del bolso. Marina las reconoció enseguida y sintió cómo se alteraba.

—Me hacen la biopsia pasado mañana.

Marina cogió la mamografía y, enseguida, vio el nudo blanco.

—Puede ser un quiste. Tranquila. Espera a ver los resultados —contestó.

Marina miró a su hermana mayor. Siempre había sido así… Ese era el rol que habían desempeñado en esa relación de hermanas. Entendió sus palabras sin que Anna se las dijera… «Cuídame, si algo me pasa, por favor.»

—Quizás no sea nada, Anna. Tranquila. Espera a ver qué pasa.

—*Hello!* —una voz masculina se oyó desde la panadería.

Marina miró la hora.

—Son las dos y cinco… La panadería está cerrada no tenemos por qué bajar.

—*Hello!!! Anyone there? Loula!!! Cata!!! Houla,* hola. *Are you there?*

—Vamos. Si no hay nada más que contar. Ya le atiendo yo. Echo de menos el oficio de panadera… y los guiris me hacen reír siempre.

—Pues, Anna, vente a ayudarnos… Yo nunca te he dicho que no vinieras.

Se incorporaron las dos. Marina le pasó el brazo por los hombros a su hermana.

—Estoy aquí para todo. Pero no sufras hasta que no te den los resultados.

—Gracias, Marina… —Bajó la mirada, otra vez.

—*Hello!!! Anyone there? Maruia Doloures!!! Catalaina!!! Houla, houla. Are you there?*

—Yanqui *pesao* de la costa este —auguró Marina reconociendo el acentazo del cliente.

Cuando vieron al americano que tenían ante sus ojos se quedaron mudas. Estupefactas. Atónitas. Anonadadas y al unísono se sonrojaron.

—*Houla,* amigas, yo busca *Loula* y *Catalaina*… ¿No trabaja aquí las señoras, más? —dijo el protagonista masculino de *Instinto básico* a las dos hermanas.

Tardaron unos segundos en reaccionar porque lo único que veían las hermanas Vega de Vilallonga en ese momento era a ese señor comiéndose con los ojos a una sexy Sharon Stone sentada en una sala de interrogatorio policial, abriendo las piernas frente a él, sin bragas.

Anna tragó saliva y se olvidó por un momento de la mamografía.

—María Dolores falleció —contestó Marina.

—*I am sorry* —dijo extrañado—. Yo no saber nada. *Loula* era joven. ¿Ustedes son hijas de *Loula*? ¿Hijas de Catalina?

—No, no somos sus hijas.

Anna seguía embelesada con el mito erótico de su juventud. Toda la isla sabía que Michael Douglas y Diandra, su primera mujer, pasaban los veranos en una mansión mallorquina de S'Estaca. La isla entera se enteró de su divorcio amistoso, de la llegada de Catherine a la vida de Michael, y de los celos de Catherine y del fin del buen rollo con su ex (qué tontería es esa de compartir casa de veraneo con su exmujer); toda esa comidilla se la sabía de memoria, pero casi ningún mallorquín había logrado verlo. No se sabe bien cómo, pero se las ingeniaba para pasar desapercibido los meses que se instalaba en S'Estaca.

—¿Le podemos ayudar en algo? —se atrevió a decir Anna en un arranque de valentía.

—Yo querer *pa moreno* y yo cliente amigo Lola, un poco de pan de *lemmon and…* ¿Cómo se dice *poppy seeds*?… *Oh, yeah*, si pienso…, *amapula*, por favor —contestó Michael.

Anna agarró unas pinzas, se dio la vuelta y de una bandeja cogió un *pa moreno*. Marina hizo el mismo movimiento con las pinzas y tomó un trozo de pan de limón. Ambas, de espaldas a Michael, se miraron y Anna sacó su lengua y con un gesto entre ridículo y simpático se la pasó por los labios.

Marina sonrió. Ambas se volvieron hacia él y le entregaron su pedido previamente envuelto en un papel.

Michael dejó los dos euros correspondientes en la mesa, desenvolvió el pan de limón con semillas de amapola y le dio un bocado. Masticó lentamente buscando el sabor de todos sus veranos... Ellas le miraban expectantes.

—Sabor de pan de *lemmon* no ser igual —dijo dando otro bocado al bizcocho.

Les lanzó una sonrisa seductora y, saliendo por la puerta y recordando una frase aprendida de su amigo Arnold Schwarzenegger en *Terminator 2*, soltó:

—Hasta la vista, *babies*.

Intentó que en la embajada le enviara por correo los documentos que necesitaba, pero no hubo manera. Una semana más tarde cogió un vuelo a Barajas y se plantó en Madrid rumbo a la embajada. Cita previa con el secretario del embajador. Un mes perdido para recibir el maldito papel americano que certificaba que Marina no era una criminal. Durante ese mes, recopiló las últimas declaraciones de la renta, el certificado de su patrimonio, en el que constaba que era la propietaria de un molino harinero, una casa en Valldemossa y un local comercial (la panadería), además del extracto del banco donde constaban los ingresos anuales y la última nómina. Se hizo un chequeo médico en la Seguridad Social y pasó por el psiquiatra de Son Dureta que recomendaba el IMAS para certificar que era una persona psíquicamente estable.

Después de un mes logró recopilar todos los papeles, los introdujo en el mismo sobre que le había dado la funcionaria en la charla del primer día y los llevó al Consell Balear.

Ahora, otra vez, a esperar.

Responder · Responder a todos · Reenviar · Correo no deseado · Imprimir · Eliminar

De: **marinavega@gmail.com**

Fecha: **27 enero, 2011**
Para: **mathiaschneider@gmail.com**

Hola, Mathias:

¡Estoy escribiendo desde el ordenador de casa! La semana pasada fui con la mujer de Gabriel al centro y compramos un ordenador de mesa enorme y esta mañana han venido los de Telefónica... + (34) 971 456723. Llámame, por favor, en cuanto puedas.
¿Cómo estás? Cuéntame del proyecto en Palestina. ¿Siguen Ona y Aritz contigo? Aquí todo sigue igual. Que si el *pa moreno*, que si el limón, que si las amapolas... Úrsula y nuestros paseos. Niebla cada vez ve menos, ayer se dio un golpe con una farola, la pobre, creo que la tendré que llevar al veterinario.
No sé por qué, Mathias... Te siento lejos. Más lejos que nunca. Se me hace eterno esperar hasta julio para verte.

I love you,
Marina

Anna se sentó frente al mar. Al atardecer. Sola. Hacía poco menos de una hora que la oncóloga le había confirmado los resultados negativos de la biopsia. El viento soplaba con fuerza haciendo que el pelo le tapara la cara. Se lo pasó por detrás de la oreja. Sintió un escalofrío. Se cruzó la rebeca por el pecho y miró las olas que formaba el viento en el Mediterráneo.

El móvil sonó. Metió la mano en el bolso, lo cogió y leyó el nombre de Antonio en la pantalla. Dejó que sonara.

En su mente, solo su hija de quince años. Se imaginó cómo sería el día a día de Armando y Anita sin ella. Los vio cenando cabizbajos sin apenas hablarse. Pensó que seguramente su suegra acabaría instalándose en su casa, y cenarían los tres cada noche juntos. Esa fotografía imaginaria que se hacía en su imaginación la llenó de angustia. Ella había aguantado suficientes años a la madre de su marido y no la quería cerca de su hija. No podía permitir que eso sucediera.

Pensó que todavía había una opción mucho peor. ¿Y si Armando, a su muerte, decidía vender su casa y aliviar, como deseaba, parte de la deuda? ¿Alquilarían un apartamento? No. Armando no se iría con su hija adolescente a un apartamento. No sabría por dónde empezar. Esa opción era imposible. Tuvo claro que, si algún día Armando vendía la casa, su hija Anita se iría a vivir con su suegra y vete a saber dónde iría él... O quizás acabarían los tres en casa de la suegra. Se angustiaba cada segundo más pensando en el futuro de su hija. Respiró hondo. «El cáncer se cura, Anna. Relájate. Respira. Espera.»

«¿Esperar a qué, Anna? ¿A que estés muerta? Has vivido la vida que han querido los demás. La vida que ha querido tu mamá, Ana de Vilallonga. La vida que ha querido tu marido, Armando García. La vida que ha querido tu suegra. ¿Qué decisión, real, has tomado tú?»

Y mientras su mente la castigaba por todo aquello que no había hecho, a sus casi cincuenta años y un cáncer que se la llevaba por delante..., Anna supo, por fin, lo que debía hacer.

—Respeto al origen del niño adoptado. A la familia de origen. A la cultura de origen. Respeto a la raza —repetía Marta como una letanía.

Marina suspiró escuchando a la funcionaria.

—Nuestra prioridad son ellos y no vosotros. Y una adopción no puede significar llenar un vacío en vuestras vidas. Sé que todos deseáis ser padres, pero antes de eso hay un niño que necesita una familia idónea y tiene que convertirse en un adulto sano.

Marta cogió un vaso de plástico y bebió el café. Había dormido poco esa noche. Su hija tenía bronquitis aguda.

—Pase lo que pase, son vuestros hijos para toda la vida. Para toda la vida —repitió incisiva—. Nos devuelven niños. Más niños de los que creéis —dijo justificando el tono de sus palabras—. Pase lo que pase, es vuestro hijo y tenemos que estar seguros de que sois capaces de cuidarlo.

Los cuatro espectadores la escuchaban entre ofendidos y molestos. Ninguno allí se creía capaz de devolver a un hijo. Como si Marta pudiera leer sus mentes, les contestó:

—Hay adolescentes biológicos a los que devolverías y no los devuelves..., pues a los adoptados tampoco. Y sucede, sobre todo en la adolescencia, que nos los traen aquí, sí, aquí, a este edificio. Con el último niño que nos devolvieron el padre se justificó: «Es que me lo disteis mal», y se lo habíamos entregado con tres años. Es un niño ruso que en la actualidad tiene dieciséis años. Ahora vive en una casa de acogida. Y fui yo quien les dio a esa pareja el certificado de idoneidad.

Marina tuvo la sensación de que la psicóloga pretendía asustarles y hacerles dudar de ese deseo tan noble que todos los presentes en esa fría sala del IMAS tenían. Cada frase de esa señora, de una forma sutil, dolía.

Tras la charla se proyectó un documental donde adultos que habían sido adoptados daban su visión sobre su proceso de adopción. La mayoría explicaba sin problemas su condición de adoptado, otros recriminaban levemente la actitud pasiva de sus padres hacia su país de origen. Fue interesante escucharles a todos. Pero Marina se quedó con algo que le llamó la atención. De alguna forma, todos los entrevistados que salieron en el documental mostraron cierto rechazo al hecho de tener que sentirse eternamente agradecidos a sus padres por haberlos adoptado. Era un peso que acarreaban todos ellos. Una de las mujeres adoptadas concluyó: «¿Sienten los hijos biológicos ese agradecimiento por haber sido cuidados por sus padres? ¿Han de darles las gracias eternamente, cada día, por haberlos traído al mundo?».

Salió de la reunión con bibliografía suficiente para todo el año. Libros escritos por mujeres de todo el mundo que habían pasado por el proceso de adopción y su experiencia como madres adoptivas. Novelas escritas por adultos adoptados. Una novela gráfica titulada *Piel color miel,* una autobiografía del propio dibujante, un surcoreano adoptado por una familia belga en los años setenta y que Marina compró y leyó de principio a fin, durante toda una noche. El primer cómic que se compraba en su vida y jamás pensó que unos dibujos pudieran conmoverla de tal manera. Eran las cinco de la mañana. Apagó la luz y recordó las palabras de su amiga Laura cuando esta le puso la mano en el vientre años atrás:

«Eres capaz de amar a un hijo. No lo dudes nunca.»

—Empiezo quimioterapia dentro de unas semanas —le dijo Anna con voz firme a Cuca.

—¿Cómo? —le contestó alarmada.

—Tengo cáncer de pecho —le explicó con frialdad.

Cuca, en un acto reflejo, le cogió la mano.

—No vengo a buscar tu compasión, sino tu ayuda.

—Por supuesto, Anna. Te ayudo en lo que quieras —respondió Cuca con urgencia.

—Necesito vender mi casa. Encontrar un comprador. El mejor, y sé que tu marido sabe cómo hacerlo.

—Pero..., Anna..., ¿qué dice Armando?

—Lo que diga Armando en estos momentos me es totalmente indiferente. Y te pido, por favor, que no le digas una palabra de esta conversación. Es una cosa entre tú y yo. ¿Sí?

—Sí, Anna.

—Mírame a los ojos y dime que vas a saber guardar esto entre tú y yo.

—Te doy mi palabra —contestó Cuca sincera—. Pero... ¿dónde piensas vivir y...?

—Con el dinero que me den por la venta compraré un apartamento pequeño, ochenta metros, no me hace falta más, en el centro de Palma. Con luz y vistas al mar. Tres habitaciones. Lo que sobre de la venta de la casa lo pondré en una cuenta bancaria a nombre de mi hija y a la que solo mi hermana tendrá acceso hasta que ella cumpla dieciocho años. Dime qué necesita Curro.

Cuca estaba asustada, procesando la información que esa mujer, que conocía desde hacía casi cuarenta años, le estaba dando y que, en esos momentos, le pareció la mujer más íntegra que había conocido en su vida.

—Fotos de tu casa y la tasación del banco. ¿La tienes?

—Las fotos te las envío hoy. Pero los papeles están, seguramente, en la caja fuerte de Armando.

—No te preocupes. Curro debe de tener copia de todo. Yo lo busco en su despacho.

—No voy a empezar la quimioterapia hasta que no haya vendido mi casa y tenga un apartamento para mi hija y para mí. No sé si puedo considerarte una amiga, Cuca..., yo lo que necesito es, por los años que nos conocemos, que me eches un cable.

—Anna, te voy a ayudar en lo que haga falta. Cuenta conmigo. Pero..., por favor, tranquilízate, el cáncer de mama se cura.

Anna se levantó de la silla del bar en el que habían quedado, dejó cinco euros para pagar las bebidas de ambas y le contestó:

—Eso espero.

Responder Responder a todos Reenviar Correo no deseado Imprimir Eliminar

De: **marinavega@gmail.com**

Fecha: **Febrero 15, 2011**
Para: **mathiaschneider@gmail.com**

Hola, Mathias:

No sé si leíste mi mail. Laura me ha dicho que la conexión con Palestina es muy difícil y que estáis bien. Escríbeme o llámame desde el Thuraya, por favor. Necesito saber de ti.
A finales de marzo acaba el curso de formación. Tendré dos semanas hasta las entrevistas individuales con la psicóloga. Volaré a Etiopía a ver a Naomi.

Te quiere siempre,
Marina

Cuca demostró estar a la altura. Se tomó aquello como algo personal y utilizó todos los contactos de Curro para buscar al mejor comprador. Curro sabía ya de varios alemanes que podían estar interesados. Pero Cuca quiso picar alto y renunció al mercado alemán, que ya había aprendido a regatear, y se centró en el ruso. En apenas dos semanas encontró a un tal Dimitry Bulgakóv, que estaba en el puesto ochenta y dos de la lista Forbes y, además de haber comprado un equipo de fútbol europeo, amasaba millones con un dudoso producto farmacéutico. La mujer de Dimitry viajaría a la isla para ver la casa y si le gustaba daría las arras en el mismo momento.

Cuca era una amiga, a su manera, pero lo era.

El siguiente paso sería hablar con su marido. Cuando Anita salió por la puerta para ir al colegio, Anna la abrazó y le dijo lo orgullosa que se sentía de ella. Anita miró a su madre extrañada, se puso el casco, se subió a la Vespino y aceleró. Anna observó a su hija alejarse y, cuando desapareció de su vista, cerró la puerta de su óvalo de cristal. Miró su casa. Suspiró. La conversación que tenía por delante no era fácil.

Vació el cenicero rebosante de colillas aspiradas con ansiedad. Abrió las cortinas dejando que entrara el sol. Miró la foto de su boda como si de unos desconocidos se tratara. Oyó a Armando bajar por las escaleras. Se volvió hacia él.

—Buenas —dijo Armando desganado.

—Buenos días... ¿Puedes venir un momento, por favor? Tenemos que hablar.

—Voy a hacerme un café.

Armando entró en la cocina y Anna se sentó en el sofá esperando a que volviera e imaginándose, asustada, lo que ocurriría en pocos segundos. Debía ser rápida e ir sin rodeos. Armando salió sorbiendo el café de una taza minúscula. Se sentó en el sofá junto a ella.

—Dime —dijo encendiéndose un Marlboro—. ¿Por qué has descorrido las cortinas? Entra demasiado el sol.

Anna tomó aire y lo soltó.

—Quiero el divorcio.

—¿Perdona?

—Quiero el divorcio, Armando —repitió bajando el tono de voz.

Armando sonrió irónico. Tardó unos segundos en contestar.

—Si es que sois todas iguales. Poder. A eso se reduce todo... Cuando uno deja de tener poder, ya no vale para nada.

—¿Qué dices, Armando? —lo cortó Anna.

—¿Que qué digo? Pues la verdad. Cuando hay buenos hoteles, buenas comilonas, paseos en yate, tarjeta de crédito, de divorcio nada. Ahora que lo he perdido todo y que no tengo dónde caerme muerto, fuera... Ahora sí. Si es que sois todas iguales —dijo para sí acordándose de su joven amante panameña, que, cuando ya le había chupado hasta el último euro, le dio, sin contemplaciones, la patada—. Todas iguales. —Y con un susurro concluyó—: Hijas de puta.

—Armando, nuestra relación está acabada desde hace muchos años.

—Pues mira, querida, no quiero el divorcio —le contestó con saña.

—No puedes oponerte a eso.

—Sí puedo, sí. Si quieres guerra, la tendremos. No te va a ser tan fácil. Este es el domicilio conyugal. Es tan tuyo como mío —dijo aplastando la colilla contra el cenicero y mientras se levantaba, dando por finalizada la conversación.

Armando se alejó hacia las escaleras dejando a su mujer con la palabra en la boca. Anna le miraba furiosa desde el sofá.

—Armando.

—Déjame en paz.

—Mírame, por favor.

Armando se volvió hacia su mujer, mirándola con desprecio. Ella detestó esa mirada que tan bien conocía y que pretendía hacerla pequeña. Sin buscar un segundo de compasión, con voz grave se lo soltó.

—Tengo cáncer.

—Tú eres idiota —le dijo Imelda, con dureza, a su hija al verle el vientre abultado cuando entró en el aeropuerto Ninoy Aquino de Manila.

Su hija le había ocultado su embarazo. No porque no hubiera un padre para la criatura que llevaba en el vientre. Se había casado discretamente, al saberse embarazada, con el joven al que amaba. Un vendedor ambulante que se pasaba las tardes con la bicicleta repartiendo pan de sal por los barrios de Manila.

Pero para eso no había sacrificado su madre catorce años en España. No. Para eso no. Para seguir ahí en ese cubo de mierda donde habían nacido. En ese asentamiento humano marginal de chabolas de uralita y plástico. Imelda, para su hija, había hecho mejores planes. Y había imaginado una vida alejada de ese barrio en el que había nacido toda su estirpe familiar. Imelda sacrificó su maternidad para ver a su hija en la Universidad de Manila convirtiéndose en la mujer que ella no pudo ser.

Pero la vida, como ya venimos diciendo hace algunas páginas, no es como uno quiere que sea, sino como es, y esos eran sus planes pero no los de su hija, que, enamorada de ese vendedor ambulante de pan de sal bonachón, se conformaba con la vida que le había tocado vivir. Ahora bien, había algo que la hija de Imelda tenía muy claro, y eso sí debía agradecérselo a ella. Tenía muy claro que ella jamás abandonaría a la hija que llevaba en el vientre, como había hecho su madre con ella, porque así es como la hija de Imelda lo vivió. Preferiría alimentarla con pan de sal y huevos crudos durante toda la vida que abandonarla a los cuatro años al cuidado de nadie..., por mucho que ese nadie fuera su abuela.

Se encontraba arrodillada, en la orilla del río Pasig, lavando la ropa de su futura nieta, ropa que había utilizado su hija cuando era un bebé y que se guardaba en una caja de plástico en la casucha de ladrillo y uralita en la que vivían. No fue fácil adaptarse de nuevo a la vida en Filipinas. No eran solo las comodidades que había dejado atrás en Occidente. En casa de los señores, tenía su propia habitación, su cuarto de baño con agua caliente, su televisión, su espacio. Ahora compartía cuarto con su madre. Su hija y su marido ocupaban el otro dormitorio en la casa. Pronto, Imelda se dio cuenta de que su hija no la necesitaba para nada. La había dejado a los cuatro años. Volvía catorce años después, ¿qué esperaba? Su hija no le consultaba nada, siempre acudía a su abuela, quien la había cuidado toda la vida. Alguna vez, incluso, había sentido que molestaba.

Miró la hora en el reloj de pulsera que le compró al pakistaní del locutorio de Mallorca. Calculó las seis horas menos que tenía España. La señora estaría sola en casa en esos momentos. Todavía no le habían pagado las tres mensualidades que le debían. Había hablado un par de veces con el señor Armando, que prometía hacer el ingreso, pero después de casi un año no lo había hecho. Deseó que la señora Anna cogiera el teléfono.

Escurrió la ropa, la tendió en una cuerda que colgaba de la chabola y se dirigió al Kawali Manila Bar, situado en el centro del barrio, donde se recibían cartas y llamadas telefónicas de todos los vecinos.

—¡Señora!

—¡Imelda!

—¿Cómo está, señora?

—Bien, Imelda, ¿y usted?

—Muy bien, señora. No puedo hablar mucho, es muy caro.

—Dígame, Imelda.

—Su marido no me ha pagado todavía.

—¿Cómo que no? Si me dijo que lo había hecho.

En su último viaje a Suiza había planeado hacerle un giro postal sacando el dinero del HSBC a Manila.

—Yo me encargo personalmente, Imelda. Disculpe.

—Sí, por favor, señora. Mi nieta nace este mes. Y quería que naciera en hospital y no en casa. Además, la ecografía vale mil dólares, señora.

—No se preocupe. Se la hago hoy mismo.

—Gracias, señora.

—De nada, Imelda. Espero que esté muy bien.

No supo por qué, Anna sintió que la voz se le quebraba y ganas de llorar junto con esa mujer asiática que le había hecho compañía durante tantos años.

—Cuídese mucho, Imelda —dijo con la voz rota despidiéndose de ella.

—Usted también, señora... ¡Señora!

—Dígame.

Ni ella misma supo por qué le dijo esas palabras. Pero era algo que en su subconsciente rondaba desde los primeros meses que volvió a su ciudad natal.

—Si sabe de alguna amiga suya que necesite una interina, llámeme. Mi hija ya es mayor. Y está bien cuidada aquí.

Anna fue a buscar a Antonio a S'Estaca. No le había cogido el teléfono en toda la semana. «Te llamo en cuanto pueda», le escribió Anna por SMS. Cuando Antonio abrió la puerta, le dio un abrazo desesperado.

—No me hagas esto otra vez, Anna. No me lo hagas —le dijo sin soltarla y mientras brotaban lágrimas en sus ojos.

—Lo siento —le contestó Anna—. Pero no llores, tonto —añadió secándole las lágrimas—. Si yo pensaba que tú no sabías llorar...

Antonio se rio mientras se disculpaba, pues ni él mismo sabía de esa reacción que su mente le provocaba al ver a esa mujer a la que volvía a amar como lo había hecho en su juventud.

—Y no me mates todavía, que igual me curo.

—Claro que te vas a curar. Es que hace siete días que no sé nada de ti. No me lo hagas otra vez.

Anna le besó en los labios. «Qué gusto cuando un hombre te ama de verdad», pensó mientras lo hacía.

—Llévame a dar una vuelta en moto. Al sitio más bonito. Al que tú quieras…

Se subieron en la moto. Decidieron no ponerse el casco y disfrutar del viento, del sol, del mar, serpenteando por la costa sin prisas. Anna, pegada a su cuerpo, lo rodeó con los brazos.

Llegaron al acantilado de Sa Foradada, el mismo en el que se habían sentado hacía más de treinta años y en el que recorrieron el mundo con sus dedos. Bajaron de la moto y se cogieron de la mano. Caminaron. Los dos sabían dónde se iban a sentar. Llegaron hasta la punta más lejana del acantilado. Solos ellos dos. Se sentaron en la roca con los pies colgando hacia el mar. Anna le acarició la mano y jugó con sus dedos. Él la besó el cabello y pasó el brazo por sus hombros. Ella apoyó la cabeza en su hombro.

—El verano que viene, cuando esté curada, me gustaría, si tú quieres, irme de viaje contigo. Un mes. Los dos solos.

—¿De verdad? —dijo Antonio incrédulo.

—Sí. De verdad. Podemos ir a República Dominicana si quieres. Así visitamos a tu hija… y luego nos vamos solos a conocer la isla… Y saltar a Cuba… Tengo muchas ganas de conocer Cuba.

—Luego no te vengas atrás…, que ya sabes que yo me tomo estas cosas en serio.

—No. Te prometo que esta vez no…

Antonio la besó.

—Solo una cosa —continuó Anna.

—Ves…, ya estamos con las condiciones.

—Yo me cojo un avión… Si tú quieres ir en barco, yo te espero allí.

—Ya veremos…, igual va bien que suba yo en alguno un mes antes y así tendremos para los gastos allí.

Antonio la besó cuatro veces seguidas acompañando cada beso con un «te quiero».

Estuvieron más de una hora sentados frente al mar. Antonio le explicó con entusiasmo cómo eran los lugares que visitarían: la playa de Bayahibe, la del Macao, la bahía de las Águilas...

Cuando se hizo de noche, volvieron a casa de Antonio. Anna no tuvo que decirle nada y él le hizo el amor como a ella le gustaba, mirándola a los ojos, poco a poco, y por última vez.

Responder Responder a todos Reenviar Correo no deseado Imprimir Eliminar

De: **mathiaschneider@gmail.com**

Fecha: **17 de febrero, 2011**
Para: **marinavega@gmail.com**

Hola, Marina:

No había podido leer tus *mails*. Perdona. Hubo un ataque de las fuerzas israelís. El Thuraya se corta a menudo y no permite comunicación de más de treinta segundos.
Estoy confundido, Marina. Te echo de menos, pero yo también te siento lejos. Ha sido una decisión que has tomado tú unilateralmente. Sé que lo hablamos y que acordamos que tú adoptarías sola y seguiríamos con nuestra relación. Pero al llegar aquí me di cuenta de que no lo tengo claro, Marina. Que te echo de menos y que quiero que estés conmigo en los proyectos. Que sigamos ejerciendo nuestra profesión juntos como lo hemos hecho hasta ahora. No así. Viéndote tres veces al año. Piénsalo bien, por favor. En junio estoy en Mallorca y hablamos con calma.

Cuídate mucho,
Mathias

Cuídate mucho..., le gustaron poco esas dos palabras.

Sin contestar, apagó el ordenador y subió a su dormitorio. Se tumbó en la cama y cogió la foto de la mesilla que les había hecho Kaleb en el orfanato pocos días antes de volver. La cogió. Las yemas de sus dedos rozaron el cristal sobre el rostro de Mathias..., luego sobre el de Naomi.

La genética del niño adoptado, la incertidumbre ante las enfermedades de ese código genético desconocido, las consecuencias psíquicas del abandono, los problemas de vinculación afectiva temprana, la resiliencia parental, los malos hábitos adquiridos, el TDAH, la impulsividad, la baja autoestima, las dificultades para integrarse en entornos institucionalizados, la desorientación y el desbordamiento de los padres adoptivos, los conflictos en la pareja, etcétera, etcétera. A finales del mes de marzo, cuando finalizó ese intenso curso de formación en grupo de futuras familias adoptantes, tenían todos la cabeza como un bombo.

Los cuatro futuros padres adoptivos bajaron juntos en el ascensor del IMAS. Solo osó hablar el único hombre presente en ese cubículo metálico en el que estaban encerrados: «Yo no sé a vosotras, pero a mí esta psicóloga me tiene *acojonao*».

Marina acojonada no estaba, lo único que deseaba era salir del pulcro edificio del gobierno mallorquín en el que se encontraban y coger un avión rumbo a la caótica Addis Abeba.

Kaleb la llevó directa al orfanato. Tenía una entrevista concertada con el funcionario. Nada más entrar vio a Naomi en la cuna de hierro, como siempre, con la vista al frente dirigida al mismo lugar, hacia el sol que entraba por la puerta del hospicio.

—Perdóname, mi amor…, perdóname —le dijo Marina cogiéndola en brazos—, no me muevo de tu lado en dos semanas.

Con Naomi en su regazo, se sentó en el despacho del funcionario etíope. Chapurreaba el inglés y, con ayuda de Kaleb, se comunicaron. Él la informó de que debía hacerle llegar el certificado de idoneidad al Ministerio de Asuntos de la Mujer en el gobierno de Addis Abeba y otra copia para él. Después, Marina tendría que contratar a un abogado etíope para el juicio que se celebraría meses después.

—¿Y no pueden dársela a otra familia?

—No. Soy yo el que firma las adopciones internacionales. Todo pasa por mí.

Marina le informó de que conocía a dos abogados etíopes que llevaban todas las cuestiones de MSF, pero el funcionario le propuso unos letrados especializados en adopción internacional. Marina conocía bien cómo funcionaban las cosas en el país africano, así que no dudó en aceptar al abogado que le proporcionaba el funcionario.

Se instaló en un hotel funcional de dos estrellas cercano al orfanato. Se levantaba a las siete cada mañana para darle el primer biberón y pasaba el día entero junto a Naomi. Cada día que pasaba a su lado, encontraba menos sentido a ese proceso larguísimo de adopción al que estaba obligada a someterse.

Los catorce días pasaron rápido. Kaleb la iría a buscar directamente al orfanato. Su avión salía a las nueve de la noche. Dejaría a Naomi dormida en la cuna y partirían hacia el aeropuerto. Le besó la mejilla y le rompió el corazón dejarla dormidita en la cuna... Naomi la esperaría al día siguiente, pero Marina tardaría meses en volver.

Se subió al coche. Sintió una honda tristeza en su corazón. Kaleb cerró la puerta del jeep. En esos momentos, el funcionario golpeó con sus nudillos en la ventana. Kaleb la bajó. Se despidió de nuevo de Marina en inglés y se dirigió en amárico a Kaleb. Kaleb escuchó atento y habló. Marina no entendía ni una sola palabra de lo que esos dos hombres etíopes hablaban, pero supo, por el tono de la conversación, que discutían. Kaleb preguntaba enojado y el funcionario respondía firme y duro. Se despidieron. Kaleb puso la llave en el contacto sin pronunciar palabra y más serio de lo normal. Aceleró.

—¿Pasa algo?

Kaleb, avergonzado, sin mirarle a los ojos, respondió:

—Quiere diez mil euros.

A la rusa le encantó la decoración rococó de la mansión; añadiría una alfombra de leopardo a juego con la *chaise longue* y varias esculturas estrambóticas de grandes dimensiones que se haría traer en un tráiler desde Moscú.

Solo hubo un objeto que Anna quiso llevarse de su casa, el baúl de su padre. Pero no para ella, sino para su hermana. Sabía que tenía cariño a ese trasto antiguo lleno de recuerdos. Y le haría ilusión guardarlo con ella en Valldemossa. Aprovechó un viaje a Suiza de Armando para llamar a Antonio, que enseguida encontró la furgoneta de un amigo y se plantó en la ostentosa casa de Anna. Entre los dos metieron el baúl en la *furgo* y se presentaron por sorpresa en la panadería de Valldemossa.

Marina envolvía el pan de limón. Uno para la viuda y otro para el párroco, que, desde la fiesta de cumpleaños de Marina, acudían juntos cada mañana a comprar.

—¡Anna!

—Hola, Marina...

El párroco y la viuda salieron comentando: «¿Massa llimona? Si, massa».

—¿Te acuerdas de Antonio? —continuó Anna—. De S'Estaca.

Marina tardó dos segundos en reconocerlo.

—Claro que me acuerdo. ¡¿Cómo estás?! Debe de hacer treinta años que nos conocimos. Un 1 de enero, ¿sí?

—Estás igual —saludó Antonio dándole dos besos.

—Ven —dijo Anna cogiendo a su hermana de la mano y saliendo de la panadería.

Antonio abrió el capó de la furgoneta.

—¿Dónde quieres que te lo dejemos?

Es extraño que un objeto físico pueda remover el alma con solo mirarlo. Sin abrirlo pudo visualizar las pechinas hechas pulseritas, la estrella de mar de cala Ratjada, la caja metálica con las fotos desenfocadas de su infancia... Sintió alegría y nostalgia al volver a ver ese viejo baúl marinero de su querido padre.

—En mi dormitorio quedará bonito, junto a los pies de la cama —contestó pasando el brazo por el hombro de su hermana y susurrándole un gracias.

Era muy pesado y demasiado ancho para subirlo por el hueco de la escalera. Antonio tuvo que llamar a su amigo motero, el policía local, para que les ayudara. Este recogió una carretilla en el bar del Tomeu y, volcado, entre los tres, consiguieron llevarlo en vertical.

Una vez lograron subirlo, Anna le pidió a Antonio que la dejara sola con su hermana. Se fue junto con el policía y Tomeu a hacer unos quintos en el bar.

—Entonces, ya está, ¿la has vendido? —preguntó Marina.

Anna asintió y bajó la mirada.

—Es un tumor maligno de cinco centímetros. Hay que reducirlo.

—¡¿Anna, desde cuándo lo sabes?!

— Desde hace un mes..., pero, Marina..., sé que querías ir a Etiopía a ver a esa niña y no te lo iba a impedir.

—Anna, por favor... Deberías habérmelo contado enseguida.

—¿Crees que me curaré?

—Claro —le dijo abrazándola y con el corazón en un puño, mientras pensaba en su madre, que había muerto de la misma enfermedad.

Anna salió de la panadería y recogió a Antonio en el bar de Tomeu. Tenía ganas de caminar y subieron a la furgoneta hacia la playa de Es Trenc. Se quitaron los zapatos y pasearon descalzos por el arenal jugando con el agua cristalina de esa playa paradisíaca del sur de la isla. Antonio hablaba tranquilo. Tenía muy claro que estaría a su lado en todo el proceso. Los fines de semana que Anita pasara con su padre, se instalaría con ella en su nuevo apartamento. Anna escuchaba sin contradecir ninguno de sus planes. Asentía sin pronunciar palabra, perdida en el miedo de todo lo que le venía encima.

Esa misma noche, Anna entró en el cuarto de su hija. Le explicó con delicadeza y sin drama alguno que le habían encontrado un bulto en el pecho y debían extirpárselo. Evitó la palabra cáncer, pero Anita supo leer entre líneas. Le habló del divorcio y de la libertad que le daba a ella para elegir con quién quería vivir. Armando se instalaba de momento con su madre. Ella había encontrado ya un comprador y buscaría un piso en el centro de Palma. Anita la abrazó, sincera, con todas sus fuerzas: por supuesto, se iría a vivir con ella.

Esa semana, se saltó todas las clases de religión, que eran a primera hora, y juntas fueron a ver varios pisos. Visitaron ocho, hasta que entraron en un ático con vistas al mar en el barrio de la Llotja. Las vigas de madera cubrían el techo, la luz chocaba contra unas paredes blancas recién pintadas. Se miraron y sin palabras decidieron. Ese mismo fin de semana, se fueron a Ikea en busca de muebles. Anita, desde que había vuelto de Alemania, no paraba de ver series y le pidió una buena televisión de plasma y un DVD nuevo. A los tres días tenían amueblada su nueva casa. Anita se había empeñado en montar los muebles sola, ya que había ayudado a Mathias con los del dormitorio. Cuando cubrió el sofá con la funda blanca y lo vio colocado contra la pared, se sentó agotada sobre él. Su madre la imitó.

Permanecieron en silencio, en su casa nueva..., era un gran cambio. Cada una en sus pensamientos. Anna había cerrado ya su óvalo de cristal. La casa de su vida. Había dejado de pertenecerle. Suspiró. No sentía dolor en su cuerpo. A veces se olvidaba de que tenía cáncer. Hacía apenas un mes que le habían realizado el diagnóstico. Anna cogió la mano de su hija.

—Anita. —Enseguida rectificó—: Ana, tengo que hacer algo más y te necesito.

Anita se volvió a su madre.

—Ven —le dijo sin soltarle la mano e incorporándose.

Entraron en el lavabo. Anna sacó una caja de cartón de una bolsa de plástico. Anita no acababa de entender qué le pedía y observó cómo sacaba con la uña el celo que cerraba la caja.

—¿Qué es, mamá?

Desplegó el cartón, metió la mano en la caja y sacó una máquina de cortar pelo masculina. Miró asustada a su hija. Anita, entendiendo lo que le pedía su madre, notó cómo palidecía mientras le alargaba el aparato para que lo cogiera. Anita sabía lo coqueta que podía ser su madre y el dolor y casi la humillación que suponía pasarse la máquina por la cabeza.

Anna lo cogió en sus manos y lo encendió. El sonido del motor de ese pequeño aparato sonó como un taladro en sus cabezas. Anna se miró en el espejo y sintió pánico. Anita le cogió de las manos la máquina a su madre y la abrazó.

—Qué putada, hija —dijo susurrando sin dejar de abrazar a Anita.

—Vamos a salir de esta, mamá. Yo te voy a ayudar.

Anita miró a su madre y le secó con sus manos la lágrima que le resbalaba por la mejilla.

—Házmelo tú, hija —le pidió cogiendo aire.

Anna se sentó en un taburete frente al espejo del baño. Miró hacia el suelo y suspiró. El taladro sonó. No quiso mirar al frente. Cerró los ojos. Y volvió a respirar, intentando contener las lágrimas.

Anita, con la máquina encendida, miró a su madre, delgadita como era, más frágil que nunca, conteniendo sus lágrimas. Anita miró el movimiento de las cuchillas del aparato. Escuchó el sonido hueco.

—Vamos, hija —la animó intentando sonreír.

—Allá vamos —contestó Anita mirándose en el espejo.

Anita apoyó la máquina en su propia frente y, presionando, se la pasó hasta la nuca.

—¡Anita! Pero ¿qué haces? —exclamó atónita viendo el cabello de su hija caer al suelo.

Anita sonrió al espejo y volvió a pasarse la máquina. Al fin y al cabo, siempre había querido raparse.

—Mañana, las pijas del San Cayetano van a flipar —dijo guiñándole un ojo a su madre, que no daba crédito a la salvajada que hacía su hija—. Ya verás tú como Miley Cirus se rapa el año que viene y lo pone de moda.

Los músculos del estómago se le contrajeron. Notó la bilis subirle por la tráquea y vomitó la nada que tenía dentro. Debería haber hecho caso a la oncóloga e ir acompañada. Pero no quiso. Cincuenta años dependiendo de los demás era suficiente. Se sentó en un muro de hormigón que aguantaba la verja metálica del aparcamiento del hospital. Sacó su móvil del bolso y buscó en la agenda el número de Antonio.

Tardó apenas dos segundos en coger.

—Anna. Hola, mi niña. ¿Ha ido todo bien? Salgo de currar antes. En dos horas como mucho estoy en tu casa.

—Antonio... No quiero que vengas.

—¿Cómo?

—No quiero que me veas así... Estoy...

—A mí me da igual cómo estés.

—Por favor, Antonio, te lo pido.

—¡Voy a estar a tu lado, Anna, me da igual lo que me digas! —dijo alzando el tono de voz.

—Me da vergüenza, Antonio —le contestó mientras notaba una lágrima resbalarle por la mejilla—. Estoy... Calva. Déjame, por favor, mi amor, hacer esto a mi manera. Por favor... Te quiero. Te amo, Antonio, y quiero empezar una vida contigo para siempre. Pero no así. Déjame que me cure sola. Seis meses. Espérame seis meses. Por favor. Yo te llamaré cuando pueda. Te quiero más que a mi vida.

Imelda vio a la señora con un pañuelo verde atado a la cabeza, con la cara cetrina y el cuerpo más delgado que nunca. Sintió pena y la abrazó como nunca antes lo había hecho.

—No se preocupe, señora, que yo sabré cuidarla.

Imelda se retiró a la cocina a preparar un té.

Anna se sentó en el sofá y llamó a su hermana por teléfono. Marina volvió a recriminarle que no la dejara acompañarla. Volvió a insistirle. Pretendía ir cada tarde después de cerrar la panadería. Pero Anna volvió a negarse. No quiso hacerle pasar ese mal trago y convertirla en su enfermera durante esos seis meses. No quiso ser la carga de nadie. Ni de su marido. Ni de Antonio. Ni de su hija. Ni de sus amigas. Ni de su hermana. Iba a pasar por ese trance asqueroso sola. Sin depender de nadie más que de Imelda, a quien pagaba por sus cuidados.

—Vente el domingo a comer —le dijo Anna a Marina—. Estará Anita e Imelda tiene el día libre. Podemos estar las tres tranquilas en mi nueva casa. No quiero que me cuides, Marina, solo quiero que volvamos a ser hermanas.

El domingo, madre e hija prepararon un cordero al horno que acompañaron con una *Kartoffelsalat* que le había enseñado a hacer Pippa. Anna, al primer «¿cómo te encuentras?», contestó «bien», pero un poco hartita de darle vueltas siempre a lo mismo.

—Cuéntanos tú... de esa niña africana que va a ser tu hija.

—Y si es tu hija, será mi prima —sonrió Anita.

—Sí, claro —contestó Marina a su sobrina—, vais a ser familia.

Marina se sinceró con ellas. Les contó que estaba harta de esperar. Harta de seguir hablando con Marta, una psicóloga que no conocía de nada pero a la que debía poner siempre buena cara. Ella era, en definitiva, la encargada de decir sí o no al certificado de idoneidad. Les explicó que incluso la había hecho dudar de su capacidad de ser madre. De si habría quizás otra mujer en el mundo mejor para esa niña huérfana.

—Marina, vas a ser una madre maravillosa. No lo dudes nunca.

Acabaron de comer y se sentaron en el sofá con un té filipino que dejaba hecho Imelda siempre antes de irse. Anna se quitó el pañuelo. Al llevarlo más de dos horas, empezaba a picarle. Marina la miró y no pudo evitar un segundo de dolor.

Marina cogió su bolso y sacó una bolsita de plástico que contenía unas hojas de color verde. La abrió. Su sobrina la observó.

—Pero, tía Marina, que esto es…

—Marihuana —contestó extrayendo un cogollo de la bolsa.

Anna miró a su hermana sin entender muy bien qué pretendía.

—¿De dónde la has sacado? —le preguntó su sobrina, incrédula.

—Un amigo camionero de Valldemossa, que la consigue en Ámsterdam. Me ha traído un inhalador también.

—Pero ¿tú fumas porros, tía?

—Evitará los vómitos y las náuseas, Anna —le dijo a su hermana.

Anna no contestó.

—Confía en mí.

—¿Y yo puedo fumar también? —preguntó Anita así de pasada.

—No. Tú no —respondieron madre y tía a la vez.

Marzo, abril, mayo y junio… fueron meses duros para las dos hermanas. Anna, por supuesto, por el proceso de degradación física al que se estaba sometiendo. La marihuana evitó los vómitos, pero se quedó sin cejas y sin pestañas; las uñas de las manos se le ennegrecieron y varias de los pies se le levantaron del lecho ungular: cándida por todas partes. Llegó a pesar cuarenta y nueve kilos. Antonio insistía e insistía y la llamaba, tenían largas charlas por teléfono, pero Anna nunca accedió a verlo. Así no.

Marina siguió el curso de formación de padres adoptantes durante esos tres meses. Marta, la psicóloga, hacía su trabajo, e insistía en lo maravilloso que podía ser adoptar, a la vez que ponía sobre la mesa los casos más extremos de adopciones fallidas. Tuvo la sensación de que en cada entrevista la llevaban al límite para que estuviera segura de esa decisión que había tomado. El grupo de psicólogos del IMAS velaba solo por la seguridad del niño, repetía en cada sesión. Esa frase le empezaba a resonar en la cabeza como una letanía escuchada demasiadas veces. Marina explicó en una de las sesiones individuales cómo había traído a Naomi al mundo y la relación que la unía a ella.

Y mientras todo eso sucedía en la vida de Marina, Naomi seguía esperándola en la cuna de hierro y Mathias estaba demasiado ocupado ayudando a los cientos de palestinos que trataban sus manos. Se hablaron dos veces por el Thuraya, pero las conversaciones se cortaban al minuto y decidieron escribirse *mails*. Marina le hablaba sobre los vecinos del pueblo, o la operación de su hermana y él le respondía con las injusticias que se estaban llevando a cabo con el pueblo palestino. Cada uno en su mundo.

Marina y Anna se veían todos los domingos. Anita volvía a primera hora del domingo a pesar de que le tocaba pasar los fines de semana alternos en casa de su abuela, donde se había instalado su padre desde que firmaron los papeles del divorcio.

—Cariño, deja de llamar a tu abuela urraca..., por favor —dijo Anna seria a su hija, que había adoptado el apodo cada vez que hacía referencia a su abuela paterna.

—Pero si te lo inventaste tú, Anna —explicó Marina sonriendo.

—No. Te lo inventaste tú —contestó rápida.

—Que no, ¿no te acuerdas? Tenías a Anita recién nacida en los brazos y la mirabas a través del cristal del cuarto de la abuela. Ella paseaba por la piscina con ese blusón negro ancho que lleva siempre, mirando al suelo…, y dijiste…

—Bueno… Da igual quién fuera… —dijo cortando a Marina, no queriendo reconocer que efectivamente el apodo se lo había inventado ella—. Hija, por favor, es tu abuela, y le debes un respeto. Te lo pido por favor. Deja ya de llamarla así.

—Vale pues —respondió su hija también muy seria—. Yo la semana que viene paso de irme con el cuervo.

A Marina le entró un ataque de risa. Anna tampoco pudo contenerse y Anita se sumó a esa risa floja bañada del humo que exhalaba Anna en cada calada.

Y esos domingos, a pesar de todo, fueron bonitos. Las hermanas volvieron a ejercer de hermanas, acompañadas, siempre, de buen cine, buena música y un suave olorcito a cannabis…

—¿Has abortado alguna vez?

Esa fue la pregunta número diez en el listado de la psicóloga, que, sentada en el sofá de la casa de Marina, tomaba notas en una carpeta que apoyaba en sus piernas. Junto a ella, una asistente social que no había visto antes.

—Sí —contestó molesta pero sin que Marta pudiera notar nada.

—¿Puedo saber por qué?

«Pues no. No tienes por qué saberlo. Forma parte de mi pasado —pensó—. Pero te voy a contestar porque no me queda más remedio.»

—Hace más de diez años. No sentí que fuera el momento ni tampoco la persona con la cual quería tener un hijo.

La psicóloga escribió en su papel. Todo era importante en esa entrevista, cualquier gesto, la comunicación verbal y la no verbal…, para darle a esa mujer el derecho a la maternidad.

—¿Te has sometido durante estos años a fecundación in vitro o inseminación artificial?

—No.

—¿Y no has querido nunca tener un hijo biológico?

—No.

—¿Por qué?

—Como sabes, he trabajado como cooperante durante diez años y me he entregado a mi trabajo. No he tenido deseos de ser madre hasta ahora.

—Y ¿por qué ahora?

—Ya te expliqué la relación que tengo con esa niña.

—¿Te sientes culpable por haberla traído al mundo?

Marina se tomó unos segundos para contestar.

—Hice lo que cualquier médico hubiera hecho en mi situación.

Ambas escribieron en sus papeles.

—¿Y vas a renunciar a tu trabajo como cooperante para siempre?

—Como médico en terrenos de conflicto, sí. Cuando llegue mi hija… —hizo una pausa y rectificó—, Naomi, ya no volveré más. Quizás más adelante pueda ejercer como médico aquí en Mallorca o en otra oenegé que tenga proyectos estables. Da igual en qué lugar del mundo. De momento —sonrió sincera—, estoy a gusto haciendo de panadera y gano suficiente para vivir.

—Y ¿cómo lo piensas hacer cuando llegue?

—La panadería está en el piso de abajo… Podrá estar conmigo las veinticuatro horas. Hasta que vaya al cole.

—La maternidad en solitario es dura. ¿Tus padres podrán ayudarte?

—Mis padres fallecieron.

«¿Quieres saber de mí, Marta? Pues, vale, juguemos. Ahí va.»

—Mi padre murió cuando yo tenía diecisiete años... En un accidente en *llaüt*. Lo pasé muy mal. Yo estudiaba en Estados Unidos por aquel entonces y volvía ese mismo año para cursar aquí la carrera de Medicina..., pero cuando murió hice lo que mi padre antes de morir quiso que hiciera: estudiar Medicina en la mejor universidad de Estados Unidos, donde me habían becado. Y allí me quedé. Mi madre falleció cinco años después de cáncer.

—¿Cómo era la relación con tus padres?

—Estaba muy unida a mi padre. Con mi madre tuve una relación algo más difícil.

La asistente tomó nota.

—¿Por qué era más difícil?

«Empieza a mentir, Marina. No le des a esta señora lo que te pide. Tiene tu ficha de antecedentes penales, tu declaración de la renta, conoce todo tu patrimonio, el dinero que posees en tu cuenta bancaria, tiene ya un informe psicológico previo, sabe tu grupo sanguíneo y todo tu historial médico... Serás una madre maravillosa. Tú no quisiste a tu madre y tu madre no te quiso a ti..., pero eso es políticamente incorrecto. Miente.»

—La relación con mi madre era más difícil que la relación que tuve con mi padre, pero nos queríamos. Nos queríamos mucho. Seguro que vosotras tenéis unas madres a las que queréis mucho, pero... las hormonas femeninas..., ya se sabe —dijo sonriendo levemente.

Las dos juezas sonrieron sinceras... Es verdad..., lo de pelearse con la madre es un clásico.

—No tienes a nadie, entonces —siguió Marta.

—Sí. Tengo a mi hermana y a mi sobrina.

La asistente tomó nota. Marina no mencionó la enfermedad de su hermana y dijo que la ayudaría siempre.

—Marina —la psicóloga desvió la mirada un segundo—, ¿sientes que te estás haciendo mayor?

—No —contestó segura a esa mujer que empezaba a detestar.

—¿No crees que quizás estás llenando un vacío con la llegada de esta niña? ¿Seguro que no tienes miedo a hacerte mayor sola?

Marina miró a la psicóloga con dureza. ¿Por qué estaba haciendo esas preguntas? Marina había descubierto un espacio nuevo en su corazón para dar amor a una niña que necesitaba el amor de una madre. ¿Realmente era necesaria esa invasión a su intimidad?

—Dime, Marina —insistió Marta—, ¿tienes miedo a hacerte mayor sola?

—No, Marta. No tengo ningún miedo a hacerme mayor sola. Llevo sola desde los catorce años. Quizás a esa edad sí me dio miedo vivir tan lejos de esta isla en la que nací, pero, ahora, te aseguro que a mis cuarenta y seis años no me da ningún miedo. —Hizo una pausa—. Si te soy sincera, solo tengo miedo de una cosa. Sé que hay una niña a siete mil kilómetros de aquí que me espera y el miedo que tengo es que vayan pasando los días, los meses, y esa niña se sienta cada vez más triste, y la herida que provoca el abandono sea cada vez más profunda… Ese sí que es mi único miedo.

Las juezas escribieron casi sin volver a mirar a esa mujer que tenían enfrente, que les pareció la mujer más cabal que habían entrevistado en los años que llevaban como funcionarias del IMAS.

—Tenemos que ver la casa. ¿Nos la enseñas, por favor?

Primero les mostró el futuro dormitorio de Naomi. La peluquera le había regalado la cuna, pues su último hijo ya dormía en cama. Y ahí estaba esa cunita demasiado cursi para el gusto de Marina, cubierta con una tela africana.

Subieron al dormitorio de Marina. Echaron un vistazo rápido. Marta se acercó a la mesilla y cogió la foto que había tomado Kaleb de Mathias, Naomi y ella.

—¿Es Naomi?

—Sí —contestó Marina con una sonrisa.

—¿Y el chico que la tiene en sus brazos?

—Mi compañero..., mi novio. Llega dentro de un mes.

Marina las acompañó hasta la calle. Las vio alejarse por el camino de la Rosa y cerró la puerta tras de sí. Se apoyó en ella y resopló liberando la tensión de esa última entrevista. En un mes recibiría el certificado de idoneidad que le abriría las puertas a su maternidad.

El tumor había quedado reducido a la mitad, le realizaron la mastectomía. Marina se instaló en el hospital a pesar de que Anna le dijo que estaba bien cuidada por las enfermeras. Imelda iba cada mañana y le traía ropa limpia. Anita iba cada tarde después del colegio. Marina, haciendo caso omiso a su hermana mayor, llenó la mochila con cuatro camisetas y algo de ropa interior, y no se movió del hospital hasta que le dieron el alta. Anna no quiso ni ver ni hablar con Armando, que la llamó varias veces. Tampoco quiso que sus amigas del Club Náutico la visitaran.

La última noche, cuando el móvil de Anna sonó, Marina lo cogió y miró la pantalla.

—Es Antonio —le dijo a su hermana.

—No lo cojas.

—¿Por qué? Te ha llamado dos veces hoy y ayer también te llamó...

—Porque no quiero. Ya te lo he dicho. No quiero que me vea así.

Marina pulsó la tecla de contestar.

—Hola, Antonio. La operación ha ido muy bien. Ahora te la paso.

Fue Marina quien cogió la mano de Mathias en el taxi. Sabía que debía ser ella la que iniciara la conversación.

—Tenemos dos meses para los dos. Solos... Yo te quiero, Mathias.

—Yo también te quiero, Marina. —Bajó la mirada—. Pero te necesito a mi lado. No quiero una relación a distancia.

Marina le cogió la mano, levantó su brazo y se lo pasó por su cuello. Entrelazó sus dedos entre los de él y apoyó la cabeza en su pecho. Por la ventanilla de taxi que les conducía a Valldemossa, el sosiego de los meses estivales en la isla, la calma, la brisa, el sol, los campos de olivos, de almendros, de trigo y amapolas... Mathias acarició con la yema de su dedo la palma de la mano de su mujer.

Marina sacó la ropa sucia de la mochila de Mathias y la metió en la lavadora nueva que había comprado. Subió al dormitorio. Oyó el agua de la ducha caer. Entró en el cuarto de baño. Mathias dejaba resbalar el agua por su cuerpo con los ojos cerrados. Marina se desnudó y entró en la bañera. Se puso de puntillas y acercó su boca a la de él...

Otra vez los turistas y los seiscientos panes y las dos adolescentes y sus besos a escondidas. Laura y su hija tuvieron que viajar, muy a su pesar, a Aldehueca del Rincón a visitar a su tía abuela enferma y no pudieron ir a Mallorca. Sigfried se trasladó a una misión de urgencia a la República Centroafricana. Aritz y Ona aparecieron sin avisar una tarde de mediados de julio en moto y por supuesto les prepararon el cuarto y se quedaron una semana. Pero el resto del verano estuvieron solos. Hablaron muchas horas sobre su relación porque ninguno se imaginaba la vida sin el otro. Hacían cábalas de cómo podían seguir trabajando juntos con Naomi en sus vidas. Mathias pensó que sería buena idea ir a vivir a Berlín, donde su madre podría ayudarles con el cuidado de Naomi mientras ellos seguían de cooperantes en MSF. Era una buena opción. Además, estaba su hermano con su hijo y la nueva bebé de su novia turca, que se habían instalado en Prenzlauerberg. Era una opción que Marina no descartó. De todos modos, Naomi tardaría de dos a nueve años en llegar...

Un mediodía caluroso de agosto, Marina se encontraba sola en la panadería. Catalina daba de comer a su madre. Úrsula preparaba con Pippa y Anita un pícnic para que se fueran a la playa a pasar el resto del día y Mathias había salido con Niebla a dar un paseo por la montaña. Marina amasaba pan moreno cuando oyó el sonido de la puerta. Salió del obrador. Era el cartero insulso de cada mañana.

—Traigo una carta certificada del Instituto Mallorquín de Asuntos Sociales. Firme aquí, por favor —le dijo apoyando un albarán encima de un sobre.

Sonrió. El corazón se le aceleró. Por fin. Se acercó a él, limpiándose la harina en el delantal y firmó ansiosa. El cartero se alejó por la calle de la Rosa. Marina subió de dos en dos las escaleras hasta su dormitorio. Rompió el sobre. Contenía unos cien folios. Fijó la mirada en las hojas mecanografiadas. Leyó rápida los formalismos y fue pasando páginas, nerviosa y feliz, hasta que llegó a la frase final que concluía que Marina Vega de Vilallonga era declarada no apta para adoptar.

La vida no es justa para muchos. Eso lo sabía bien Marina, que llevaba diez años viendo las injusticias del planeta cebándose con los más débiles. Esa carta, ese certificado de idoneidad, que sujetaban sus manos temblorosas, era una insignificante injusticia comparado con lo que habían visto sus ojos, y era muy consciente de ello.

Aun así, sintió una mezcla de rabia, dolor y tristeza que pocas veces había sentido.

Los folios estaban repletos de palabras que hacían un análisis exhaustivo de su personalidad. El certificado la definía como una mujer cabal, inteligente e introvertida. La causa principal de denegación del certificado de idoneidad se apoyaba en que, a sus cuarenta y seis años y queriendo adoptar como familia monoparental, Marina mantenía una relación sentimental con un hombre que no había manifestado interés en dicha adopción; además, Marina mostraba cierta confusión en su vida laboral, debatiéndose entre si seguir ejerciendo de médico en el terreno, hecho que le impediría cuidar a un menor, o continuar con el oficio de panadera en Mallorca.

Miró la foto de la mesilla. Esa fotografía lo había cambiado todo. Notó que el corazón le palpitaba con fuerza, tomó aire y lo soltó poco a poco. Su mirada se perdió por entre las montañas de la sierra. Aborreció a esa psicóloga, funcionaria del Estado, maniática de las manchas, que le había hecho perder demasiado tiempo en su vida y en la de Naomi, y, evidentemente, quien había negado el derecho a esas dos personas a la felicidad.

Respiró de nuevo, intentando mantenerse serena y sosegar su corazón, que parecía que se le iba a salir del cuerpo. Se sentó junto al baúl marinero a los pies de la cama.

Tuvo la necesidad de ver a su padre, a su abuela…, refugiarse en ellos, como si mirar las fotos que contenía el baúl fuera a aliviar su pena. Lo abrió. Sacó la caja metálica. La primera foto, una que ella había tomado en la que su padre, feliz, abría las palmas de sus manos subido a su querido *llaüt*. Otra foto de la abuela Nerea junto a su limonero. Qué bien se hubiera sentido si hoy esas dos personas hubiesen estado con ella. La hubieran mecido y la hubieran calmado. Pasó las fotos poco a poco. Desmenuzando cada detalle, evitando pensar en nada más que en seres que existían en su alma.

«No eres apta para ser madre», le dijo esa voz de su consciencia que evitaba escuchar. Marina podía refugiarse unos minutos, unas horas, en esas viejas fotos. Pero sabía el sufrimiento que se le venía encima. Los latigazos dolerían mucho, los primeros meses serían tan horribles que incluso la dejarían días postrada en la cama. Pero, poco a poco, se repondría de ese palo injusto que le había dado la vida, y los latigazos dolerían cada vez menos. Incluso, algún día, podría olvidar a esa niña que quiso adoptar. O quizás no, tal vez esa niña etíope quedaría para siempre arrinconadita en sus pensamientos para toda la vida.

Niebla entró por la puerta del dormitorio. Se acercó a Marina y le lamió la mano. Mathias entró y se sentó a su lado.

—Mira qué se me ha ocurrido —dijo Mathias abriendo el cajón de la mesilla.

Mathias sacó la Moleskine y cogió un lápiz que tenía en su mochila. Hizo un esbozo del molino harinero que, según le iba explicando en cada trazo, pretendía convertir en una casa de pueblo más.

—Quiero venderlo todo —contestó.

—¿Cómo?

—Sí —le dijo sin mirarlo—. Ya no quiero estar aquí. Volvamos a nuestra vida de cooperantes.

Mathias tardó un segundo en entender lo que le sucedía.

—Ha llegado el certifi...

—Sí... No soy apta para ser madre.

Mathias se acercó a ella e intentó abrazarla.

—Déjame, Mathias. Necesito estar sola.

Intentó de nuevo rodearla entre sus brazos. Ella, brusca, se apartó de él.

—Vete, por favor.

—Marina…, hablemos.

—¡Vete!

Mathias se sentó en el banco que descansaba en la fachada de la panadería. Niebla se espatarró a sus pies. Úrsula acabó de atender a una familia de rusos con sobrepeso y se unió a él. Intuyó que algo le sucedía a esa joven pareja. Sin pretenderlo, oyó a Marina alzar la voz y echarlo de su casa.

—¿Vamos a pasear a Niebla? —le preguntó en alemán.

—¿Y la panadería?

—Esto es un pueblo. Ya volverán —dijo cerrando la puerta tras de sí.

Caminaron por una ruta escarpada entre olivos y encinas. Niebla delante, haciéndoles de guía. Mathias no quiso compartir la noticia y sin excesivas ganas le explicó que su madre era una gran admiradora suya, que había devorado sus libros. Otra vez la pregunta obligada que todos hacían a Úrsula a pesar de sus ochenta y un años… «¿No vas a escribir otra novela?» Y otra vez un no rotundo: «Ya no tengo nada que contar».

Y dieron varias vueltas por sus vidas hasta que Mathias sintió la necesidad de contárselo todo. Úrsula, por supuesto, conocía los detalles del proceso de adopción que su amiga había llevado a cabo. Sabía de esos siete meses que llevaba esperando esa carta, de esa invasión a su intimidad que tan bien había guardado durante tantos años y a la que se expuso durante todo ese tiempo. Hablaron del sentimiento de maternidad..., del de paternidad.

Úrsula le explicó que, si hubiera sido por Günter, seguramente no hubieran tenido hijos. Él nunca mostró excesivo interés, siempre encerrado en sus partituras, queriendo ser el compositor que nunca consiguió ser. Llegaron a un pacto y buscaron un hijo. No tardó mucho en quedarse embarazada de su hija y, al segundo de salir de su vientre, Günter se enamoró de ella. La adoraba y la quería más que a su vida. Mathias habló de su hermano y de su segunda paternidad, que no la había planeado y que no llevaba del todo bien.

¿Existía el deseo de paternidad? Si un hombre llegaba a los cuarenta, a los cincuenta años sin hijos..., ¿sufría? ¿Tenían los hombres la necesidad de tener hijos?

—Es lo que mi experiencia me ha enseñado hasta hoy, Mathias, y, por supuesto, puedo equivocarme... Creo que los hombres no sentís la necesidad de tener hijos y, por cómo te has comportado hasta ahora con esta niña etíope, pienso que tú tampoco lo tienes. No creo que nunca llegues a entender el dolor que siente Marina en lo más profundo de su corazón.

Caminaron unos segundos en silencio. Mathias reflexionaba sobre las palabras de esa vieja compatriota. Úrsula, sin embargo, preparaba su traca final.

—Tú debes de estar contento, ¿no?

Mathias sintió esa frase como un insulto. Miró a Úrsula, que siguió:

—Bueno, en definitiva, nunca has querido adoptar a Naomi... Ahora ya solo te queda comportarte como un hombre y aguantar el chaparrón.

Nunca antes había visto a Marina en el estado de histeria en el que la encontró.

Marina caminaba de un lado a otro. En una mano sujetaba la revista japonesa. En la otra sostenía una foto antigua. Su cara estaba bañada en lágrimas. Hablaba en voz alta para sí. En el suelo del dormitorio, desparramadas, las fotos de su infancia, el contrato de compra-venta del *llaüt*, el certificado de idoneidad, la receta, la Moleskine...

—Antes de vender este lugar, quiero saber quién eres María Dolores Molí. Y lo voy a averiguar. Porque todo este dolor que estoy pasando no existiría si no me hubieras regalado este molino que ahora mismo me parece un infierno.

Mathias aguardó en el umbral de la puerta.

—Te he dicho que necesito estar sola, Mathias. Déjame.

Mathias podía haber bajado de nuevo, pero se sentó en la cama en silencio mientras ella seguía gritando en su lengua materna no sabía bien qué.

—¿Ves esta foto, Mathias? —le dijo acercándole una en blanco y negro.

Mathias miró la foto. En ella aparecía su hermana Anna sentada en el regazo de una niñera joven vestida con uniforme.

—Y ahora mira esta —continuó mostrándole la foto de Lola en la revista japonesa.

—¿Qué ves? —le preguntó a Mathias.

—Son la misma persona —contestó— con, por lo menos, treinta años de diferencia.

—Míralas bien, por favor.

Mathias observó las dos fotos.

—¿A quién se parece esta mujer? —preguntó Marina inquisitiva.

Mathias no se atrevió a decir lo que pensaba porque lo que le pasó por la cabeza en ese momento le pareció tan inverosímil que prefirió callar.

—No lo sé —respondió bajito.

—En este año que llevo aquí solo he conseguido descubrir esto. Que la panadera que me ha dejado este lugar trabajó en casa de mis padres. Pero, por mucho que mi abuela le prestara un dinero, no me creo que esta mujer me dejara esto solo por eso... No me lo creo. Quiero saber la verdad.

Salió de allí sin aclarar adónde iba. Mathias se quedó sentado en la cama. Amontonó las fotos y, metiéndolas de nuevo en la caja de galletas, recogió el certificado de idoneidad e intentó entender lo que había escrito en él.

Marina salió de la panadería, caminando rápido y secándose las lágrimas. Ida. Se cruzó con Gabriel y lo ignoró. Tomeu también la saludó desde el bar y ni lo miró. Llegó a la casa de Catalina y golpeó con la aldaba. Catalina abrió.

—Voy a vender la panadería, Catalina. Antes de hacerlo me gustaría que me explicaras por qué Lola me dejó toda su vida —dijo dura.

Catalina notó sus ojos llorosos que evitaban las lágrimas.

—Hice una promesa a la única amiga de verdad que he tenido y no la romperé, Marina. Lo siento. Me hizo jurar que nunca diría nada.

Como había hecho con Mathias, le plantó la foto de la revista japonesa y la foto de la mujer joven.

—¿A quién se parece esta mujer?

Catalina bajó la mirada.

—Marina, sigue con tu vida..., ahora llegará esa niña africana y...

—No llegará, Catalina... Esa niña no llegará.

Catalina no entendió bien esa última frase, pero Marina se la dijo con tanto dolor que no pudo más que intentar ayudar a esta nueva amiga traicionando a la vieja... Ella no podía contar nada, sabía que nadie del pueblo lo haría, porque nadie sabía a ciencia cierta la verdad; las habladurías de Valldemossa habían corrido en el bar del Tomeu desde el primer día en que Marina puso el pie en el pueblo. Pero Catalina sabía que solo una persona allí le diría la verdad.

—Ve a hablar con el párroco... Él quizás pueda ayudarte.

Marina le dio la espalda sin despedirse. Entró en la iglesia. Lo encontró limpiando el sagrario. Caminó hacia él. El párroco se volvió al oír sus pasos.

—*Bon dia,* Marina —le dijo sorprendido.

Era la primera vez que Marina entraba en la parroquia.

—*Bon dia, pare.*

El párroco se acercó a ella y, como Catalina, lo primero que vio fueron sus ojos rotos.

—¿Te puedo ayudar en algo?

Marina se sentó frente al altar. El párroco la siguió.

—Llevo casi un año y medio en este pueblo perdido de Mallorca. No he conseguido averiguar en todo este tiempo quién era María Dolores Molí, quién era esta señora que con tanto cariño llamáis Lola. Catalina calla y Valldemossa calla. Y no entiendo por qué. Yo a usted no se lo he preguntado nunca..., porque no pensé que usted supiera nada.

—¿Qué tienes en la mano, hija?

—Son dos fotos de ella.

El párroco cogió la foto de Anna sentada en el regazo de una joven Lola. Habían ido juntos a la escuela de Valldemossa. Él era tres años mayor. Miró la imagen con ternura. Él, como el resto del pueblo, intuyó quién era Marina en el momento en que puso un pie en la panadería.

—Mírala bien, Marina.

Marina cogió la foto entre sus manos y se la acercó.

—Mira bien la sonrisa de Lola. ¿Cómo se dice en castellano *clotets*? Sus hoyuelos... y la forma de sus ojos, ¿a quién te recuerda?

El párroco esperó un instante e insistió.

—¿A quién te recuerda, Marina? Tú lo sabes mejor que nadie.

Marina, bajito, mientras las lágrimas resbalaban por su mejilla, dijo:

—A mí.

Catalina corría por la avenida Blanquerna mirando al cielo y hablando en mallorquín con su amiga muerta. Gabriel la siguió con la mirada. Tomeu la observó atónito. «A les dones, qui les entengui que les compri.»* Catalina se desvió por la calle de la parroquia.

—*Mira, Lola, me sap molt de greu i saps que jo d'amiga ho som molt. No t'he traït mai i mira que els pardals de Valldemossa m'ho han demanat. Però no li puc fer això a la teva filla. T'he vist plorar, dia sí dia també, abocant les teves llàgrimes al maleït pa amb llavors de rosella... Massa llàgrimes vas abocar tu... I ara no és just que les aboqui la teva filla. Na Marina no té cap culpa de res... I saps què, Lola..., que estic fins els orgues de ses mentides, secrets i la mare que vos va a parir a tots. Per cert, mai millor dit.***

Marina y el párroco seguían sentados frente al altar.

—No sé si puedo procesar todo esto, padre —dijo Marina sin mirar al párroco y con los ojos clavados en la eucaristía.

* A las mujeres, quien las entienda que las compre.

** Mira, Lola, me sabe muy mal. Soy una buena amiga. No te he traicionado nunca. Y mira que los *pesaos* de Valldemossa me lo han preguntado. Pero no le puedo hacer esto a tu hija... Te he visto llorar día sí, día también, vertiendo tus lágrimas en el dichoso pan de limón con semillas de amapola. Demasiadas lágrimas vertiste tú. Ahora no es justo que las vierta tu hija. Además, Marina no tiene culpa de nada. Y ¿sabes qué? Estoy harta de mentiras, secretos y la madre que os parió a todos, por cierto..., nunca mejor dicho.

—¿Y por qué he vivido con esta mentira durante cuarenta y seis años? ¿Por qué nunca nadie me ha dicho nada? ¿Con qué propósito engañarme?

Pensó en su padre, en su abuela Nerea, en la relación tormentosa con esa mujer cruel que había creído que era su madre. ¿Cómo le habían podido mentir durante tantos años? ¿Por qué?

—No puedo contestarte a esa pregunta, es algo que deberás averiguar tú. La mentira no es buena nunca. Los secretos… Es cierto que aquí todos intuían que eras hija de Lola, pero nadie estaba seguro del todo… Solo Catalina, y te aseguro que se lo preguntaron mil veces y ella nunca desveló nada. Eso es lo que hace una buena amiga. No te enfades con ella ni con Valldemossa, sabes que te adoran aquí, y fuiste una más desde el primer día. Y, seguramente, porque todos en el fondo sabían que eras la hija de Lola te acogieron como una valldemossana de toda la vida. Es un pueblo cerrado, te lo aseguro. Y no es fácil ser un forastero… Y ya formas parte de esta gran familia del interior de Mallorca.

El párroco hizo una pausa.

—Nada puede compararse a este secreto que todo el pueblo ha sabido guardar. Pero ¿no sabes tú que el camionero se saca un sobresueldo vendiendo marihuana? ¿No sabes tú que estoy enamorado de una viuda, por lo que podrían expulsarme de la Iglesia si se descubriera? Tú, yo y todos… callamos, en cierto modo, para protegernos los unos a los otros. Sin maldad…, ya sabes, hija, no sé si en el mundo entero, porque yo nací en esta isla y no he salido de ella, pero en el confesionario me lo sueltan todo y sí puedo asegurar que en los pueblos de Mallorca las mentiras, los secretos… son el pan nuestro de cada día.

El 9 de enero de 1964, María Dolores Molí cumplía diecisiete años. Jugaba con la hijita de los señores sentada en su regazo. Hacía dos años que la familia Vega de Vilallonga la había contratado como empleada del hogar y niñera de esa bebé rubita y frágil que sus padres habían bautizado como Anna.

Barría y pasaba el mocho a diario por los quinientos metros de esa mansión de Son Vida, limpiaba los ventanales, lavaba y planchaba la ropa, hacía las camas, acompañaba a la madre del señor, que vivía con ellos, y también se encargaba del cuidado de la recién nacida.

Trabajaba de lunes a sábado. El domingo, su día de fiesta, cogía un autobús hasta Valldemossa, para ayudar a sus padres en la panadería de Can Molí.

Néstor, trajeado con su maletín médico, llegó ese 9 de enero de 1964 a su hogar. La casa en la que vivía su madre, su esposa, su hija y esa joven niñera, alegre y lozana, de la que, sin quererlo, se había enamorado. Una chica de pueblo que apenas sabía leer ni escribir pero cuya dulzura lo embriagó desde el primer día en que entró a trabajar allí.

María Dolores vio al señor entrar por la verja del jardín. Le pareció tan elegante como siempre. Tan guapo... Nada que ver con el hombre que ella tenía como referencia, su padre, un humilde y orondo panadero cuyo atuendo diario eran camisetas viejas bajo delantales blancos y cubierto de harina de la cabeza a los pies.

María Dolores sonrió al señor Néstor con timidez. No estaba bien enamorarse del señor de la casa, pero el señor estaba también enamorado de ella, o eso le dijo la noche anterior cuando por fin se entregó a él.

Néstor caminó por el jardín hasta ellas. Se sentó y besó a su hija en la mejilla.

—Feliz cumpleaños, María Dolores.

—Gracias. Pero ya le he dicho que no me gusta nada mi nombre. Llámeme Lola, señor.

—Si usted me deja de llamar señor y me llama Néstor, prometo llamarla Lola.

Lola sonrió y, mientras lo hacía, sus dulces hoyuelos, como siempre, se marcaron en el rostro. Néstor pasó su mano por la mejilla de ella. Lola, tímida, bajó la mirada.

—Si pudiera la besaría —dijo Néstor bajito cogiendo la mano a su joven amante.

—Tengo a su hijita sobre mi falda, señor. A ver si nos va a entender.

Néstor echó una ojeada hacia su casa y, asegurándose de que su mujer no miraba por la ventana, sacó una cámara de fotos de su maletín.

—Tenemos que hacer algo para inmortalizar este día... No todos los días se cumplen diecisiete años..., Lola.

A María Dolores le gustó escuchar el nombre de Lola en boca de Néstor.

Néstor se alejó un metro de su hija Anna y de su joven amante. De esas dos mujeres que movían su mundo.

Ana de Vilallonga apartó la cortina del ventanal de su dormitorio.

«Ver, oír y callar.» Las palabras de su madre, como un golpe seco, penetraron en la mente de Ana de Vilallonga.

Era una mujer inteligente. Su marido sentía algo por esa joven pueblerina que cuidaba a su hija todas las tardes. Pero lo que no podía imaginarse Ana de Vilallonga, ni Néstor ni Lola, era que en ese momento, en el vientre de la niñera, empezaba a gestarse una vida. Una vida que les separaría para siempre.

Lola era una mujer sencilla y las faltas de la regla no supo asociarlas a un embarazo hasta que su mejor amiga, Catalina, le abrió los ojos.

—*Mon pare em matarà* —dijo asustada Lola a la única amiga que tenía en la isla—. *M'has de prometre que guardaràs el secret per sempre.**

—*Així ho faré, Lola.***

—*Mira'm als ulls, Catalina.****

—*Som amigues. Confia amb mi.*****

—*Jura'm-ho.******

—*No diré mai res. Mai a la vida. Passi el que passi.* —Le cogió la mano—. *T'ho juro.*******

Catalina entró en la iglesia. El párroco y Marina seguían sentados frente al altar. Se acercó a ellos.

—Os dejo solas —dijo el párroco incorporándose.

Catalina se sentó junto a Marina.

—¿Y Néstor? ¿Néstor era mi padre? —le preguntó Marina casi asustada sin apartar la vista del altar.

—Sí. Sí lo era.

—¿Y mi hermana Anna? ¿También es hija de Lola?

—No. Tu hermana no es hija de Lola. Es hija de Néstor y Ana de Vilallonga. No entendí muy bien por qué Lola quiso dejaros el molino y la panadería a las dos. Sabía por tu abuela Nerea que Anna, desde que llegaste a la casa, solo quería estar a tu lado y que se metía en tu cuna, cada noche, para que no os separaran. Tu hermana Anna te ado-

* Mi padre me matará. [...] Me tienes que prometer que guardarás el secreto para siempre.

** Así lo haré, Lola.

*** Mírame a los ojos, Catalina.

**** Somos amigos. Confía en mí.

***** Júramelo.

****** Nunca diré nada. Nunca en la vida. Pase lo que pase. [...] Te lo juro.

raba. Piensa que Lola, tu madre, cuidó de tu hermana desde que era un bebé y, cuando volvía los domingos a Valldemossa, no paraba de hablar de tu hermana... La tuvo en los brazos desde que tenía horas de vida.

Catalina dejó de hablar.

—Sigue, por favor —le pidió Marina, que lloraba más que nunca en toda su vida.

—Lola quiso mucho a tu hermana y ella nunca tuvo hermanas. Supongo que pensó que si os dejaba la herencia a las dos nunca os separaríais.

Catalina hizo una pausa. Miró al altar frente a ella.

—Lola fue una mujer muy solitaria... y no quería lo mismo para ti.

—Pero... ¿qué pasó realmente? ¿Qué hizo mi padre?

—Esa es una pregunta que ya no podrás resolver. Yo solo puedo decirte lo que me contó tu madre. La historia de amor entre tu padre y ella solo la saben ellos. Tu madre tenía diecisiete años cuando se quedó embarazada de ti, embarazada del señor de la casa. Un hombre casado, de buena familia... Imagínate el revuelo que eso podía crear. Al cuarto mes de embarazo, Lola ingresó en una casa-cuna para madres solteras que llevaban unas monjas y...

Catalina paró un segundo. ¿Hacía falta, realmente, contar toda la verdad?

—Sigue y sé sincera, Catalina. Más mentiras no.

—Una madre soltera en aquella época, Marina... En este pueblo. Su padre era una bestia. Si se hubiera enterado, la habría molido a palos. Lola pensó en darte en adopción. Las monjas ya habían encontrado una familia pudiente de Mallorca que no podía engendrar hijos y que querían adoptarte... Pero saliste de su vientre y me contó que no lloraste nada. Te cogió y, en un acto reflejo, sonreíste. Vio sus hoyuelos en tus mofletes, los mismos, y fue incapaz de entregarte a las monjas... No sé bien qué pasó, pero fue tu abuela Nerea la que decidió que te quedaras en la casa de Son Vida. La mujer de Néstor, la que tú considerabas tu madre, enfermó de rabia, pero tuvo que tragar. Le hizo jurar a tu padre que, si te quedabas en esa casa, no volvería a verla nunca más. Y así lo hizo.

—¿Y Lola? ¿Nunca más me vio?

—Sí, sí te vio —continuó apenada—. Cada 15 de agosto.

—¿El día de mi cumpleaños? —preguntó Marina casi en un susurro.

—Sí. Se ponía guapa, se pintaba los ojos y se sentaba en la marquesina de Valldemossa para poder verte. Se quedaba un segundo, dos... Nada más. Sabía que Néstor os llevaba al puerto a coger el *llaüt*... Sé que Lola fue en el *llaüt* de tu padre alguna vez..., antes de que se quedara embarazada de ti, claro. Pues ahí permanecía Lola. Sentada, hasta que pasabais. Los tres. Tu hermana, tú y él. —Catalina repitió—: Dos segundos..., tres. Nada más... Y volvía a casa con el corazón roto...

Marina no podía procesar nada. Era como si su mente se hubiera paralizado y fuera tragando información inconexa que no lograba conectar.

—Hay algo que recuerdo bien. Cuando estabas en su vientre, fui a verla a la casa cuna. Estuvimos toda una mañana hablando de qué nombre ponerte, a pesar de saber que tu familia adoptiva te daría uno. Pensó que, si pudiera darte un nombre, te daría uno que fuera alegre. No como el suyo, que ya te dije que no le gustaba nada. Pero quería que hubiera algo del de ella en ti y pensó en su primer nombre, María. Luego pensó en el de tu padre, Néstor, y jugando y jugando, a María le intercaló la primera letra del de tu padre y te quedó un nombre precioso...: Marina, mujer nacida en el mar.

—¿Cómo era Lola?

Catalina quiso pensar unos segundos antes de contestar. Intentó buscar las palabras correctas. El primer adjetivo que la definiría y, por primera vez, escucharía su hija. La mejor frase para mitigar el dolor que sentía ante esa cruel verdad que acababa de descubrir. No encontraba la palabra exacta. Ninguna le parecía adecuada.

—¿Cómo era mi madre, Cati? —insistió Marina.

—Tu madre era…

Le cogió la mano. Marina por primera vez miró a su amiga a los ojos. Lo único que se le ocurrió decir a Catalina fue:

—Tu madre era un pedazo de pan.

Aguantó el chaparrón como el hombre que era. Marina vació todas sus lágrimas entre sus brazos. Mathias la abrazó con fuerza y sentimiento de culpa. Úrsula le leyó los motivos por los cuales le habían denegado el certificado de idoneidad e insistió irónica en esa hipotética felicidad que debía sentir Mathias ante la resolución de los psicólogos del IMAS. Mathias, sin dejar de abrazarla, le propuso ir a hablar con las personas que firmaban esos papeles. Alguna forma de arreglarlo tendría que haber. Alguna manera de hablar con las funcionarias del Estado. Marina le pidió silencio. En esos momentos intentaba entender qué había pasado en su vida.

Como si de una broma del destino se tratara, a pocos kilómetros de allí y dentro de un aparcamiento con olor a gases de combustión, Anna vaciaba sus lágrimas entre los brazos de Antonio. «Metástasis en los pulmones. Tres, cuatro, cinco meses», le dijo la oncóloga en la última revisión.

Mathias quiso quedarse el mes de septiembre en Valldemossa, pero ella le pidió que volviera a Palestina. Era la peor racha de toda su vida..., necesitaba estar sola. Naomi se desvanecería poco a poco en sus pensamientos. Encontraría el lugar de Lola en su vida. Pero lo único que le importaba en esos momentos era acompañar a su hermana hasta la muerte.

—¿Me quieres, Marina? —le preguntó en el aeropuerto a escasos metros de la entrada del control de pasaportes.

—Sí. Cuando pueda, me uno a ti —contestó con tristeza dándole un beso en la boca.

Caminó hacia la salida y cogió un taxi a casa de su hermana. Las encontró tranquilas sentadas en ese bonito apartamento con vistas al mar en el que habían planeado pasar la vida.

—Ven. Siéntate con nosotras —le dijo Anna con una sonrisa.

Marina se sentó junto a Anita, que tenía en su regazo el portátil. Desconocía si Anita sabía del diagnóstico de su madre. Se limitó a sentarse con las dos mujeres de su familia, que sintió en ese instante más cerca que nunca. No les había explicado nada de Naomi ni de Lola. La tragedia de Anna lo relegaba todo a segundo plano.

Anita traducía la página web de Universität der Künste Berlin,* la universidad alemana especializada en arte y audiovisuales.

—Esto para mí sería un sueño, mamá.

Anna miró a su hija con dulzura.

—Los sueños se cumplen si uno quiere, hija. A por ello. Te quedan todavía algunos años para ir a la universidad y tendrás que apretar con el alemán.

* Universidad de Arte de Berlín.

—Le pediré a Úrsula que me dé clases.

—Además, esa universidad está en Berlín. Ahí viven los padres de Mathias —añadió Marina.

Siguieron navegando por la red. Mirando vídeos en YouTube en los que estudiantes alemanes trabajaban en salas de mezclas para acabar siendo futuros técnicos de sonido en teatros, conciertos, cines, pasarelas, disc jockeys... Les dieron las tantas sentadas en el sofá mirando en la pantalla del portátil.

—¡Mamá! ¿No me has contado cómo te ha ido la revisión, qué te ha dicho el médico? —dijo Anita con urgencia.

—Todavía me han de hacer algunas pruebas —le contestó acariciándole la mejilla.

Marina sintió el alma rompérsele de nuevo...

Marina observó a Antonio quitarse el casco y caminar hacia ellas. Le sintió roto y perdido. Tan perdido como el día en que él la llamó para comunicarle la muerte de su hermana. Habían salido a navegar juntos en el *llaüt* y Anna había expirado entre sus brazos a bordo de esa barquita vieja, mirando la puesta de sol.

—Espera, cariño —dijo Marina a Anita, que en esos momentos acariciaba las cenizas de su madre con la mirada perdida en el mar.

Marina se incorporó y se dirigió hacia él. Él la abrazó y lloró sin vergüenza alguna. Marina le cogió la mano y juntos caminaron hacia Anita.

Se sentaron a su lado.

—Ana, este es Antonio. Un buen amigo de mamá.

Antonio se secaba con torpeza las lágrimas que le caían sin parar.

—Si mamá os viera desde donde esté, sé que le hubiera gustado que juntos la dejarais marchar.

Anita no preguntó nada, cogió la mano de ese desconocido y la posó sobre la urna. Esperaron unos minutos sin decirse nada. La tramontana soplaba flojito, el mar todavía era como una balsa inmensa. Fue Anita quien despacio, sin soltar la mano de Antonio, volcó las cenizas de su madre sobre el mar.

Marina ladeó el cuello apoyando la cabeza en el cristal del autobús. Notó el frío del cristal en la frente. Intentó relajar su mente concentrándose solo en lo que veían sus ojos a través de la ventana. Imposible. Cogió su mochila del asiento, se la puso en el regazo y sacó una carpeta granate y vieja con las gomas raídas. Aquella de la que le había hablado Catalina y que Lola había guardado en su mesilla.

La abrió y volvió a mirar las fotos de su madre biológica. En algunas salía sola. En otras, con sus padres o rodeada de sus vecinos de Valldemossa. Las había mirado y remirado durante toda la semana y, cuanto más fijaba la vista en ellas, más se daba cuenta del parecido físico entre su desconocida madre y ella. Además, entre las fotos, el papel de la casa cuna de Palma que certificaba que María Dolores Molí Carmona había dado a luz a una niña de «3,456 kilogramos el 15 de agosto de 1964». De padre desconocido y con el nombre provisional de Marina.

La carta que Anna le envió días antes de morir seguía…

*Cuca encontró esta carpeta en el despacho de Curro, entre los papeles de Armando.*

*Marina, las fotos que hay dentro te harán tambalear la vida. Lo sé.*

*Mis ojos ven en ellas algo que no me atrevo ni a escribir.*

*Ayer pensé que lo mejor sería romperlas y olvidarlas.*

*Porque quizás solo te causen dolor.*

*Pero una vez me dijiste que la mentira nunca es buena.*

*¿Sabes?, mientras miraba las fotos recordé que papá me contó una historia de amor imposible que tuvo con una mujer mallorquina mucho más joven que él. No fue claro y no quiso explicar demasiado, pero recuerdo su mirada profundamente triste antes de abrazarme.*

*Por mi parte, yo ya sé todo lo que necesito saber de esa mujer a la que papá amó, es la que te trajo de nuevo a mi vida y por ello le estaré eternamente agradecida.*

La carta seguía, pidiéndole, casi rogándole, que por el bien de su hija intentara tener una relación cordial con Armando. Aunque sabía que era un cretino, en definitiva, siempre sería el padre de Anita. «Cuídala. Guíala, por favor.» «Una punzante paradoja», pensó Marina. Hacía apenas unos meses le habían negado el derecho a ser madre y ahora su hermana le pedía que ejerciese como tal. Lo haría. Sin dudarlo. Si Armando se lo permitía.

Pero lo cierto es que Anita supo cuidar de sí misma. Era una mujer fuerte y, a pesar de esa extraña adolescencia, tenía muy claro qué quería en su vida. Acabó el bachillerato y logró entrar en la Universidad de Arte de Berlín. Pippa y ella rompieron, y tardó años en encontrar el amor de otra mujer. Pero lo encontró. Veinte años después de la muerte de Anna, Marina asistió a la boda de Anita en San Francisco. Cuando, con una dulce y preciosa sonrisa Anita dijo el «sí, quiero», Marina miró al cielo y pensó que quizás Anna, desde allí donde vamos todos al final de nuestras vidas, pudo resolver lo único que de verdad le preocupaba antes de morir ver a su hija, por fin, feliz.

Marina bajó del autobús. Caía la tarde. Miró la marquesina unos segundos, caminó hacia ella y se sentó en esa misma marquesina en la que su madre solía hacerlo para verla pasar cada 15 de agosto. Le invadió la pena calculando los tres segundos que alcanzaba a ver a los ocupantes de los coches que pasaban frente a ella.

Caminó despacio por el pueblo hasta Can Molí. Sacó las llaves de su bolsillo y las introdujo en la cerradura de la panadería. Abrió la puerta. Niebla se acercó a ella y le lamió la mano. La acarició y, con ella siguiéndola, subió las escaleras hacia la cocina. Cogió un vaso, abrió el grifo, lo llenó de agua y se lo bebió. Se apoyó en la encimera mirando a Niebla. Lo único que le quedaba en Valldemossa era esa perra vieja de ojos tristes y cansados. Y el fantasma de la mujer que la llevó en el vientre. Tomó aire y lo soltó poco a poco. Caminó hasta el ordenador y sin sentarse miró su cuenta de *mail*. Vacía. Subió al dormitorio, se desvistió y se metió en la cama..., le esperaba una noche larga. Una noche de dolor por su hermana muerta. Una noche llena de preguntas sin respuesta. Qué hacer con su sobrina. Con la panadería. Con su trabajo de cooperante. Con su vida... Pero fue, otra vez, Lola la que acudió a su mente. Y, en esta ocasión, retorció sus pensamientos viéndose en el útero de esa mujer que no había conocido. Visualizó el momento en que atravesaba su pelvis y salía de su cuerpo y los primeros segundos sobre su pecho...

Se durmió hacia las cuatro de la madrugada. A las siete sonó el teléfono. Abrió los ojos desorientada, miró la hora y bajó corriendo al salón. A esa hora solo podía ser Mathias.

—¿Sí?

—Hola..., soy yo —dijo Mathias con voz apagada—. ¿Cómo fue ayer?

—Fue un entierro bonito. Como ella quería. ¿Y cómo estás tú?

—Marina... No estoy bien... Es la primera vez que me necesitas a tu lado y no estoy ahí.

—Fui yo la que te dije que no volvieras —le contestó.

—Da igual. Debería haber vuelto... y no habértelo preguntado. Sé que tú lo hubieras hecho por mí... Lo siento.

—No pasa nada.

—Marina, hoy soy yo quien lleva dos días sin dormir... dándole vueltas a nuestra relación. Y...

Mathias calló un segundo. Ese segundo de espera hizo que el corazón de Marina se tambaleara. Sabía que Mathias estaba cansado de esperarla. Tuvo un miedo que no había sentido en ningún momento en los seis años que llevaba a su lado. Romper la relación con ese hombre significaba romperse la vida. Acabar de destrozarla.

—Yo, Marina, ya te lo he dicho muchas veces.

Calló de nuevo. Parecía que a Mathias le costara pronunciar cada palabra. Como si tuviera miedo a hablar.

—¿Qué pasa, Mathias? —preguntó con urgencia—. Ya voy... Mañana llamo a MSF para incorporarme.

—Yo nunca he tenido la necesidad de ser padre. No sé por qué. Seguramente soy un egoísta.

—Mathias, ya lo hemos hablado —interrumpió Marina.

—Déjame seguir, por favor... Si tú quieres —se detuvo de nuevo—, podemos adoptar a Naomi juntos.

El corazón la golpeó con fuerza y una lágrima silenciosa resbaló por la mejilla de Marina. Si hubieran podido verse, hubiesen sonreído, porque a Mathias también le caía una lágrima por la suya.

—Yo quiero seguir trabajando en el terreno. No me veo en un hospital de Berlín yendo cada mañana al mismo lugar. No seré feliz así. Pero si tú quieres podemos quedarnos en Mallorca, en tu casa, y, si me dejas, hacerla nuestra. Para siempre. Volveré cada tres meses para estar a vuestro lado...

Lloraron los dos amándose como se amaban.

A finales de noviembre, llegaron desde Berlín diez cajas con la vida de Mathias. Ropa, muchos libros de medicina, cómics que su madre estaba harta de guardar, el traje de submarinismo, demasiados zapatos gigantescos, una caja de herramientas con taladro incluido... Cuando vio a los dos transportistas subir las diez cajas, se quedó boquiabierta. En esa casa de apenas setenta metros no había espacio para tanta cosa.

Un mes más tarde, Mathias voló a Mallorca. Entró en su casa y le conmovió ver los cómics que no leería en su vida junto a los libros de medicina en las estanterías del salón.

A la semana empezaron juntos el curso de formación para padres adoptantes. Marina casi se alegró de que Mathias no pudiera entender la mitad de lo que decía la psicóloga. Realmente era para echar a correr. Marta, viendo que esa pareja insólita que se amaba en la distancia era diez veces más sólida que la suya, tardó dos meses en concederles la idoneidad.

Durante esos meses, Mathias conoció a un arquitecto alemán, jubilado y amigo de Úrsula, con el que estuvieron haciendo unos hipotéticos planos de la remodelación del molino. Se hicieron buenos amigos... Una noche, Úrsula les invitó a cenar y, mientras ellas cocinaban, Mathias despedazó la máquina de escribir, sacó los rodillos, la cinta, el carro, y con sus herramientas, y tozudo como era, la arregló.

Empezaron los juicios de Addis Abeba para considerar a Naomi adoptable, los pagos a los abogados etíopes, y la larga espera africana. Tras mucho aguardar y pagar más de lo que debían, la vida fue poniéndose en su sitio... y, por fin, el 1 de mayo de 2014, Naomi llegó a Mallorca.

Entraron en la panadería. Quiso bajar de los brazos de Marina y corrió hacia el obrador. Mathias y Marina la observaban algo inquietos. Era su primer día en la casa de su vida... Naomi encontró los sacos de harina de *xeixa* y metió las manos dentro. Jugó con la harina y se miró las palmas blancas que contrastaban con su piel negra.

—¿*Injera*? —preguntó Naomi mirándose las manitas.

—Sí, es para cocinar la *injera*. Aquí con la harina hacemos pan —contestó Marina.

—Pan —repitió Naomi metiendo de nuevo las manos en el saco de harina.

—Pan, sí pan —dijo orgullosa al escuchar la primera palabra que su hija pronunciaba en castellano.

Naomi cogió un puñado de harina y salió corriendo hacia el exterior. Abrió sus manitas y dejó que la tramontana barriera la harina de ellas. El viento de otoño había desperdigado cientos de semillas de amapola por los campos de la isla. Y, como cada año, crecían salvajes.

Naomi señaló hacia ellos.

—¿Quieres ir allí?

La niña asintió. Marina besó a Mathias, que, algo asustado y silencioso, esperaba órdenes de Marina.

—¿Preparas algo de comer?

—Sí, voy —le contestó dando media vuelta.

—Mathias...

Él se volvió hacia ella. Ella le sonrió, le miró a los ojos y, en su lengua materna, por fin, le dijo las dos palabras que nunca le había dicho...

—Te amo.

Naomi cogió la mano de Marina y la arrastró hacia los campos de amapolas. Se soltó de sus manos y corrió sola por ese bellísimo paisaje. El paisaje del resto de su vida.

Corría, saltaba y se abalanzaba en brazos de su mamá.

Mathias miró a través de la ventana de la cocina a esas dos mujeres que se le habían cruzado en la vida. Él se marchaba en dos semanas para incorporarse como jefe del equipo médico a la República Centroafricana para combatir otro nuevo brote de ébola. A principios de diciembre estaría con ellas de nuevo. Abrió la ventana y miró a esa niñita negra que jugaba entre las flores rojas, junto a su mujer, y, sin pretenderlo, empezó a echarlas de menos.

Y esas dos semanas pasaron volando. Naomi no durmió ningún día en su dormitorio. Lo intentaron un par de noches, pero cogía unos berrinches horrorosos y lo dieron por imposible. Así que durmió cada noche entre sus padres.

El día de su marcha, caminaron los tres por las callejuelas de Valldemossa; Mathias tenía a Naomi apoyadita en su cadera, su brazo por los hombros de su mujer, que miraba, junto a su familia, feliz el trocito de Mediterráneo que le pertenecía.

## 8

## EL PAN Y MI MÁQUINA DE ESCRIBIR

Fue ese ingrediente que nunca encontraron el motor que le hizo empezar a escribir.

Úrsula arrastró la mesa de madera de pino hasta el ventanal del salón. Sus manos quebradizas y viejas no le impidieron el sobreesfuerzo que ello requería.

Acarició el gramófono de su marido que, aletargado, dormía junto a su vieja máquina de escribir. La cogió y la colocó encima de la mesa. Empujó la silla ergonómica que había comprado con Gabriel en una tienda de Palma y se sentó en ella. Suspiró... Sí. Ese era un buen lugar para pasarse el próximo año de su vida. Si agudizaba la vista, después de los campos de trigo, pasados los olivos y los almendros, podía verse, muy a lo lejos, un pedacito de mar.

La semana anterior apenas había salido de casa. Demasiado frío para una vieja artrítica. Para entretenerse, buscó refugio en las novelas ya leídas que dormían en la estantería. Pensó que quién si no le haría mejor compañía y deslizó sus dedos por los cientos de libros hasta llegar a las novelas de su juventud, y allí estaban las ediciones antiguas de sus maestros latinos, que había leído durante el exilio.

A su edad tenía todavía una asignatura pendiente. En toda su carrera literaria había algo con lo que nunca se había atrevido. Nunca había osado jugar con el realismo mágico del que tanto había aprendido. Lo había intentado, pero sus genes germanos, que tanto buscaban la perfección, la habían frenado siempre. A su edad, no había nada que temer, si se apoyaba con humildad en ellos...

Mientras releía despacio, subrayaba y anotaba en una libreta, a la vez que forjaba su novela. La historia transcurriría entre las cuatro paredes de una panadería ubicada en una isla desconocida bañada por las aguas del Mediterráneo. En la panadería se cocía un pan dulce que contenía un ingrediente mágico que llenaba de un profundo placer a los isleños. Las primeras líneas de la novela estarían dedicadas a ella, a la protagonista femenina, una joven de tez morena, robusta pero bella, de pechos generosos y cabello negro y lacio, recogido siempre en una trenza. Cada mañana, esa joven panadera mezclaba sin prisas la harina, el azúcar, la leche, el limón y las semillas de amapola; entonces... sucedía. Mientras su cuerpo se llenaba de su pasado, cerraba los ojos y recordaba esos minutos en los que acunó a su bebé después de nacer y que, a las pocas horas, sabiendo que eso le pesaría toda la vida, abandonó... Y, entonces, mientras esos pensamientos se cruzaban por su mente, cerraba los ojos y las lágrimas resbalaban cayendo en la masa, que, sabia, las recogía y las esparcía entre los habitantes de su pequeña isla, los cuales al primer mordisco sentían el amor contenido en ellas.

Úrsula tenía un año largo por delante para imaginar personajes, historias de amores imposibles y giros inesperados. Siempre sin perder de vista un final que tenía muy claro. Un final que cerraba la historia, dejando esa pequeña panadería en manos de una niña preciosa de pelo alborotado y piel de chocolate.

Suspiró. Miró la máquina de escribir con recelo. Quince años, sin tregua, castigada. Quizás era ella ahora la que se negaba a colaborar. Intentó esquivar sus inseguridades y esas dudas que la asaltaban en los primeros días. Pero no pudo. ¿Sería capaz de llenar trescientas páginas? Y esas páginas, que, en definitiva, eran tinta sobre papel, ¿le interesarían a alguien?

Se miró las manos. Hizo los malditos ejercicios de cada mañana para intentar desentumecerlas.

El título, como siempre, lo primero. Ya se pelearía con sus editoras para mantenerlo. Posó sus dedos con delicadeza en el teclado y, a sus ochenta y cinco años, y esta vez sí, empezó la que sería su última novela: *Pan de limón con semillas de amapola.*

# AGRADECIMIENTOS

No habría sido posible escribir esta novela sin tener una tribu de amigas con las que comparto mi vida y que son, a menudo, fuente de inspiración de todo lo que escribo. Por ello quiero dejar por escrito mi más profundo agradecimiento a Marian Coromina, Chiara Arroyo, Ana Manresa, Maria Alejandre, Ana León, Mónica Puga y a la Tere Enrich. A las nuevas, Mar Saez y Manuela Moreno…, y en especial a Clara Tarrero ya que sin ti, Clara, no habría sido posible el personaje de Marina.

También quiero agradecer al equipazo de mujeres de la editorial Planeta, que me han acompañado y aconsejado durante todo el tiempo. Gracias, Nuria Valls, por presentármelas. Gracias, Raquel M. Barrio, por tus sabias aportaciones.

Me gustaría dar mi agradecimiento a las personas que enseguida quisieron ayudarme y cuyas palabras, aunque conversamos poco tiempo, siempre fueron de gran ayuda para hacer avanzar la historia. El primero, Miguel Ángel, propietario de Ca´n Molinas, la panadería de Valldemossa, que fue el motor de esta historia. A Lisi Lluch por un pedacito de León y a la amiga que me presentaste y que deseo que tenga pronto a su hijo entre sus brazos. A Rosa Esteve por las correcciones del mallorquín. A Pere Puig por el Lord Black. Al Avi Llorenç por regalarme sus conocimientos en ginecología.

A mis amigos de la infancia que aún siguen, Marc Mormeneo y David Bazán, por acompañarme hasta hoy. A Javi Oliden por seguir. A Pali Amilibia por ser el amigo de todos. Y a Quique Camín por su inagotable generosidad. Román Loverdos, te perdí la pista, hace quince años demostraste ser un amigo entonces y no lo he olvidado. Gracias, Thomas Schneider, Alemania no hubiera sido posible escribirla sin haberte conocido.

Y mi mayor agradecimiento, mamá, papá, es para vosotros, por cuidar tan bien de mis hijos, siempre que lo he necesitado.

Y el último, a ti, Jaume, gracias, por todo.